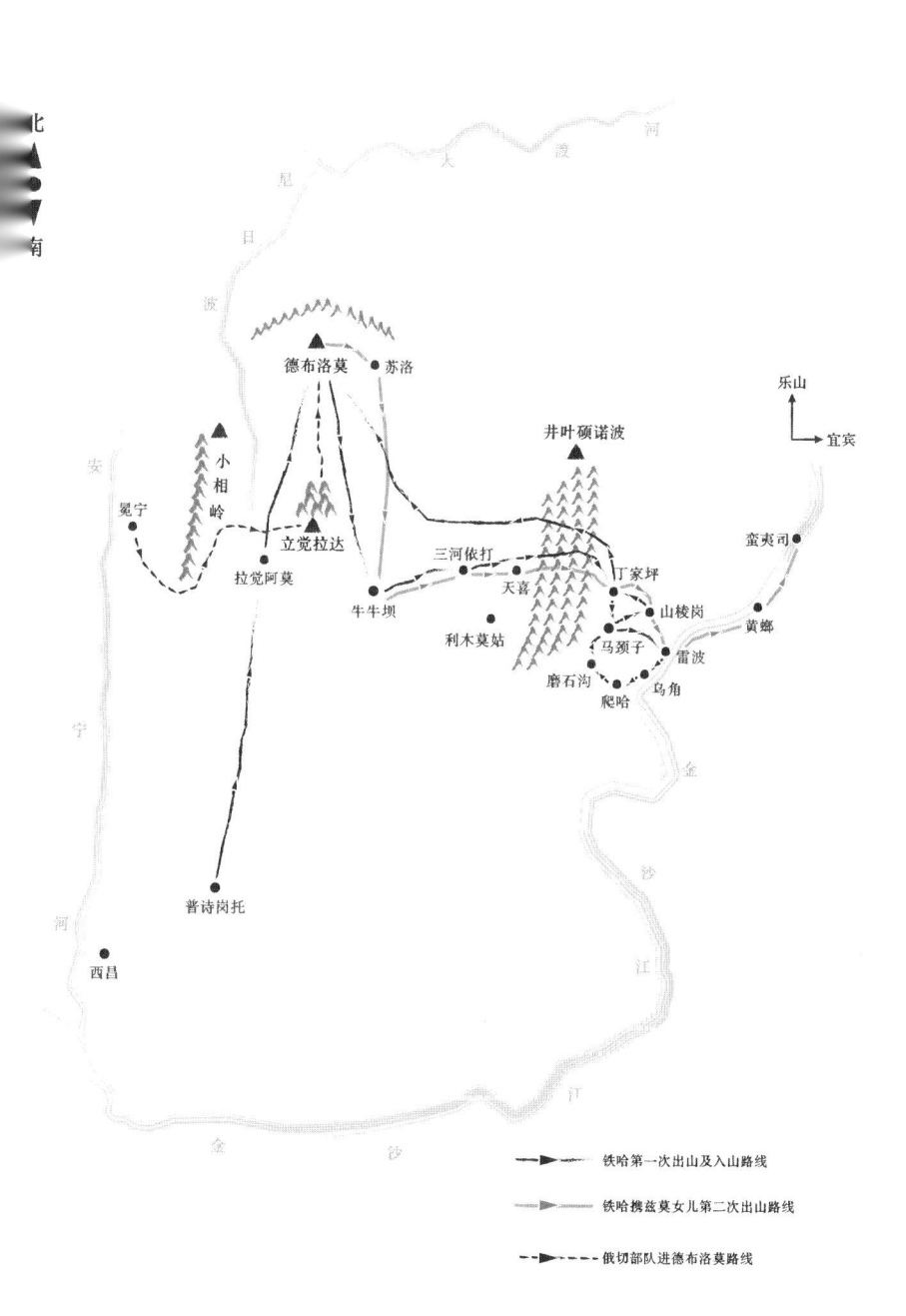

路线图 I

生者世界　　　亡灵世界

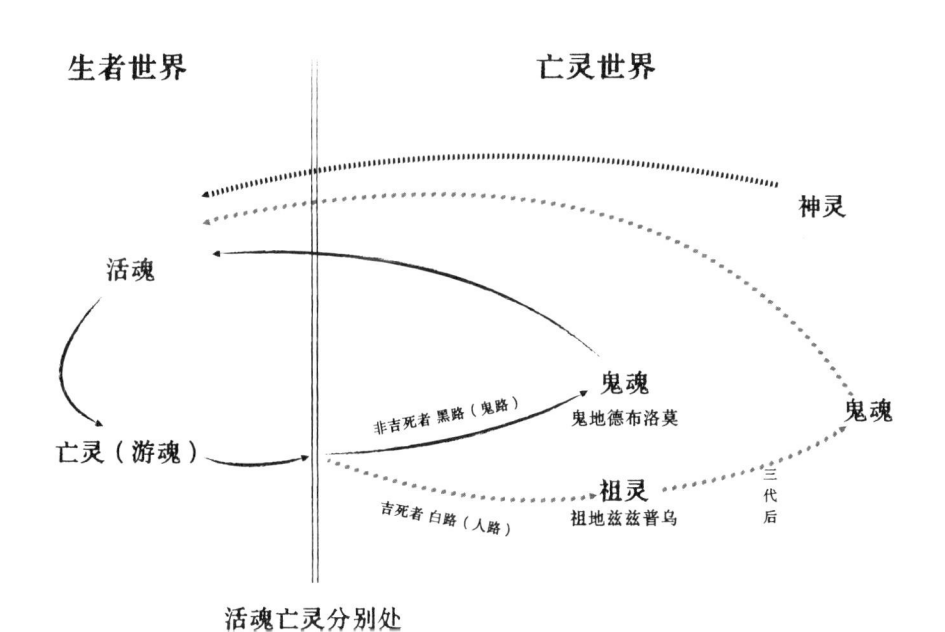

神灵

活魂

鬼魂
鬼地德布洛莫

亡灵（游魂）　　非吉死者 黑路（鬼路）

鬼魂

祖灵
祖地兹兹普乌

三代后

吉死者 白路（人路）

活魂亡灵分别处

路线图 II

人道　　　　　神道　　　　　鬼道

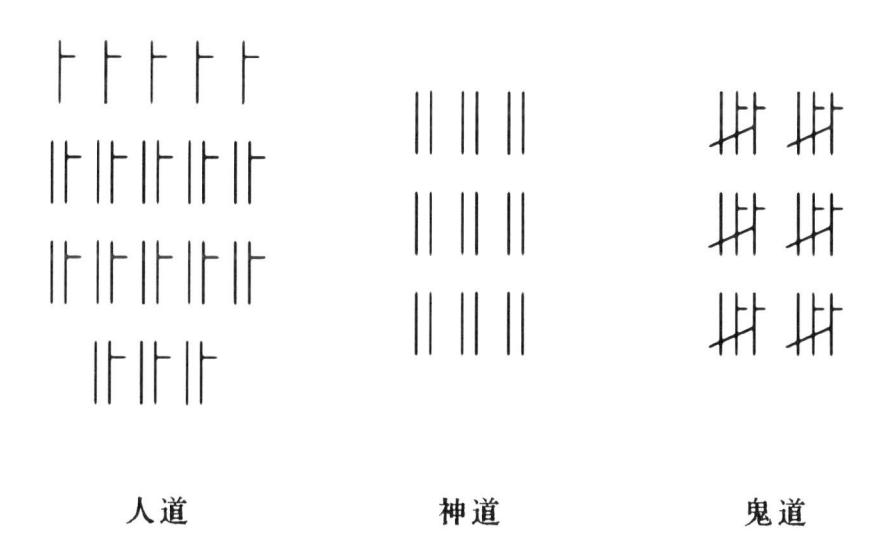

路线图Ⅲ

时

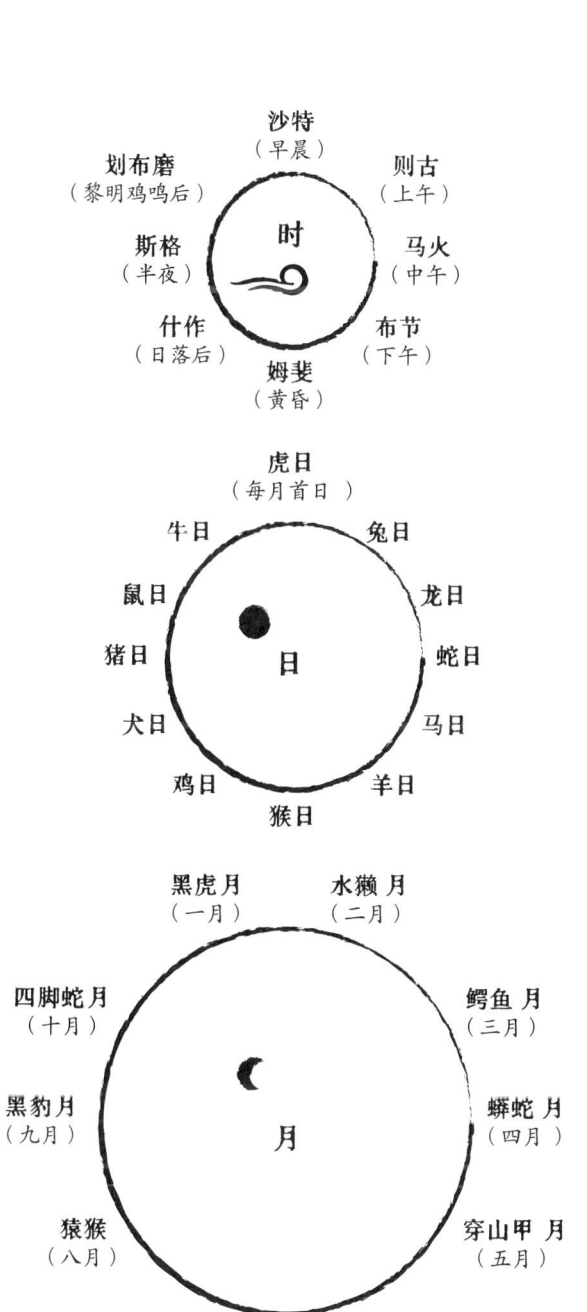

- 沙特（早晨）
- 则古（上午）
- 马火（中午）
- 布节（下午）
- 姆斐（黄昏）
- 什作（日落后）
- 斯格（半夜）
- 划布磨（黎明鸡鸣后）

日

- 虎日（每月首日）
- 兔日
- 龙日
- 蛇日
- 马日
- 羊日
- 猴日
- 鸡日
- 犬日
- 猪日
- 鼠日
- 牛日

月

- 黑虎月（一月）
- 水獭月（二月）
- 鳄鱼月（三月）
- 蟒蛇月（四月）
- 穿山甲月（五月）
- 麂子月（六月）
- 岩羊月（七月）
- 猿猴（八月）
- 黑豹月（九月）
- 四脚蛇月（十月）

诺苏计时法及名称

只有未生者,
哪有不错者。

———

诺苏谚语

目录

一

1 俘虏 03
2 逃亡者 16
3 道路下方 29
4 鬼地德布洛莫 57
5 归途 76

二

6 猎人和猎物 97
7 第二次归途 121
8 道路上方 134
9 窟窿 171
10 空白之人被重新启用了 159
11 "没有什么希望"之歌 188

三

12 血与粪   207

13 凶兆和神谕   231

14 鬼魂是敌是友？   243

15 德布洛莫计划   268

16 大颠倒在准备   283

四

17 黑路终点   309

18 大颠倒时的集会   329

19 断路者   349

20 黑路迢迢   373

后记   401

1 俘虏

　　两个人，一个骑马，一个步行，在暮色中，走在山路上。这是黑豹月[1]，第二个蛇日[2]，什作[3]时分。光早已从山谷中撤退了，在他们头顶上，极远处的天空一角仍然迸射着强光，没有一丝消逝的迹象。但黑夜已经来了。黑夜不是从天而降，倒是从地上升起的。开若星[4]出来了，时间在夜这一边。

---

1. 黑豹月：诺苏太阳历的九月，大致相当于现代公历的十月下旬至十一月下旬。太阳历分为十个动物纪月，每个月有三十六日。一月黑虎，二月水獭，三月鳄鱼，四月蟒蛇，五月穿山甲，六月麂子，七月岩羊，八月猿猴，九月黑豹，十月四脚蛇。
2. 第二个蛇日：太阳历中，每个月三十六日分为三周，每周十二日，以农历十二生肖动物纪日，第一日为虎日。第二个蛇日，即进入该月后的第十六日。
3. 什作：根据天色的明暗和太阳在天空的位置，诺苏把一天大略分作八个时段，依次是：沙特（早晨），则古（上午），马火（中午），布节（下午），姆斐（黄昏），什作（太阳落下后的晚间），斯格（半夜），划布磨（黎明鸡鸣后）。
4. 开若星：金星。

在这昼夜交替的时刻，一个人若抬起眼，尽管视线处处受这里隆起的大地所限，无法远望，也能觉察出明暗处处不同，好像有不同的时间在其中行进。高低远近的各处山头、山腰、平坝、深谷，有的已是夜的领地，有的瑟缩在灰冷的余晖中，有的才刚刚迎来天际迸射出的金色辉光。于是这个人不禁觉得，山地被这个时刻切割成了一片片彼此独立的领土，它们之间越是邻近，越是显得遥远。但给山地覆上这副破碎表情的并非时间的行进。此时明与暗的互相攻防，只是恰好和统摄这片山地的古老原则同步了。那原则不是别的，就是永不休止的分割、争战，就是相信分割与争战将永不休止。这一点，这里的人们从未忘记，也一刻不曾远离。眼下，山外的世界正受到同一个原则的鼓动，在敌意和战争中四分五裂。要是有人踏入这里，他会发现他不但未能逃避推搡着人的那股力量，而且它在山里更赤裸，更猛烈。几百年来，在和这儿发生了真正的接触之后，只有少数人还能以活人的面貌返回他来的世界。

当黑暗合拢天地，又再拆开，吐出群星，整座山谷就只剩下先前那两个赶路人。前方几里开外，一面坡地上，露出四五间瓦板房的轮廓。土墙内的火塘已经点起来了。人就在那团跳动的红色里活动，看护着自己的影子。屋外，夜像一扇沉重的石门转动起来。

一阵狗吠声落在赶路的两人身上。骑马的那一个抬起头，看见前方的几星红光。他把脑袋从黑钟一样扣在身上的查尔瓦¹里转了一下，朝身后那人说了句什么。他叫什哈尼曲，是头人阿禄什哈的小儿子。紧跟在马后的，是他家的一个呷西²，铁哈。

尼曲的说话声没在铁哈身上引起一点儿变化。铁哈既没抬头，也没放慢脚步，只是近乎机械地继续摆动双腿。铁哈弓着背，扛着自己的行囊、尼曲的行囊、一袋荞麦、四壶杆杆酒，还有路上吃了一大半的风干鹿腿。能放在牛羊身上的东西就能往一个呷西身上放。铁哈个子矮，眼梢细长、上翘，一看便知是汉家出身。一道伤疤从他的左侧眉骨中央爬上前额，伸进发间，在颅骨刻下一道凹陷。在牧场上，闪电劈中一片灌木，牛群站立的地方起了火。受惊的牛四散，其中几头朝铁哈笔直奔来，他愣在原地，被一头牛撞倒，又遭后面的一头黑牛踩中脑袋。幸好只是三个多月的小牛犊。那是铁哈进山后的第二个夏天发生的事。

赶路时不可负重的是黑骨头，如同此时的尼曲。他两手空空，持紧缰绳，眼望前路。这是尼曲第一次带着任务出远门，他遵照传统，背挎长刀，箭箙挂在腰间，没带枪。两人离开普诗岗托的家已经整整四日。每日都是大亮上路，天黑

---

1. **查尔瓦**：诺苏披风，由羊毛揉成，可御寒、遮雨。颈部缩紧，长度至腰或膝盖，男女老幼皆穿着。
2. **呷西**：在该小说中人物活动的大凉山地区，人分三个等级，分别为诺合（黑骨头）、曲诺（白骨头）、阿加和呷西。诺合为世袭贵族，自视为大洪水后仅剩人类觉穆的后裔，等级最高，且与白骨头之间界限森严，永不可转化。诺合与曲诺统称为"诺苏"。阿加与呷西为诺苏从汉地劫掠而来的奴隶及其后代，其中呷西最为低贱，完全依附诺合生存，阿加有屋宅、土地与财产，稍独立。阿加可与曲诺通婚，数代之后亦可转变为曲诺。

歇脚。尼曲这趟出门有一个任务,就是把铁哈带到的各家,交给沙马家支的人。

谁也说不上来,阿禄家和沙马家之间打冤家[1]打了多少代。古老的原则不放过任何一人。自这山地世界诞生,黑骨头的远祖分支开始,山是骨,人是血,一个家支就是一根血管,沿着山地繁衍,覆盖一块领地。血和血是不同的,一旦混合就会带来灾难。一个人诞生,除了继承家支的财产和声名,也要继承古老的世仇。没人知道家支间的世仇从何处开始,它带来的血债如河流一般涌涨、消退,要求每一个活人投身其中,在一代人中间唤起新的流血。新血中,败者倒下,胜者立起英勇善战的名声。

这年夏天,阿禄家和沙马家打了一次冤家。这一次卷入了两个家支内几乎所有男人。枪支进山,死伤比旧时翻了一倍。阿禄家死了十八人,沙马家死了二十七人。经过德古[2]调停,入秋后,两个家支的头人们坐在一起喝了血酒,钻了牛皮,打了鸡,商定休战。休战讲条件,要阿禄家作出赔偿。清点双方死伤后,按照以下名目核算总赔偿额:人命金、接受调解牛、擦眼泪马、打露水金、禳邪超度金、一个背骨灰人、一匹驮骨灰马、赔舅父金、赔祖父金、赔外祖父金。这一次,铁哈也成为赔偿的一部分。(双方约定在中间人的各家

---

[1] 打冤家:诺苏家支之间因误会或利益冲突产生的公开冲突,采取仇杀、械斗、大型战争等不固定形式,参与者范围可大可小。无法和解的冤家关系可延续数代。黑骨头尚武,打冤家是黑骨头社会生活的重要部分,组织远征、出击、截劫等活动的成败,关系到黑骨头的名望和领袖地位。

[2] 德古:黑骨头中能依照习惯法及过往案例公道裁决是非之人,相当于民间法官。

移交铁哈。）的各家既是阿禄家的远房亲戚，也是沙马家的亲戚。阿禄头人派尼曲负责送铁哈到的各家。今晚，尼曲的任务就完成了。的各家现在就在两人面前的那面坡上。沙马家的人明天会来的各家，把铁哈带走。

到了明天，铁哈就不再是铁哈，只是沙马家一个没名字的呷西了。

土墙升高，人影在门栅内晃动。尼曲和铁哈走上坡地。附近的树林里，鸮出来了，发出长长的叫唤。这一切铁哈都没有听见。压在他心头的是比四天来的疲累更沉重的东西，它把铁哈变成了梦游者。周遭的一切都消失了。

他回到了十五年前的那一天。他的死日。

入侵的夜色瞬间吞没了山棱岗。他们来了。从山那头冲下，用火舌和子弹带来末日。焚掠中到处是哭喊和奔号，人和牲畜翻倒在地，冲天的火光从街道一头烧到另一头，浓烟遮蔽天空。世界被连根拔起，洪水般的黑夜中，人们不信自己还能看到另一天，将这裂开的世界重新合拢。他跟在父亲和哥哥的身后，往城外跑。脚下一片死寂，仿佛锤打地面的他的脚掌不再是脚掌，地面也不再是地面。突然间，声响接连冒出，到处是火光，太响了，太亮了，敲进他的脑袋，从此留在里面。他摔了一跤，焦枯的泥土吸住他。他望向父亲和哥哥奔去的前方，一片树林从大地升起，拽出他们的死亡。那死亡里本来有他的一份。

那天之前,世上没有铁哈。他是九岁的冯世海。往上数几代,冯家是祖籍中原的屯营兵士,驻扎山棱岗。冯世海的曾祖父、祖父,都为守卫这座小城殉职。父亲接替祖父的职位,担任山棱岗普安营守备秘书。自冯世海记事起,每天清晨,他都和哥哥跟在父亲身后,爬上山棱岗的城门。从那里,目光越过这座边城,摇晃着,攀过莽林,继续往西,碰上克尔梁子,被连绵的山壁折断。对九岁的他来说,克尔梁子是他可以想象的世界的终点。但冯世海知道,在它的背后,大地仍在延伸。在他看不见的那片山地中,是倮倮[1]的地界。山棱岗就栖在那个世界的边沿,像一枚悬崖上的鸟巢。几百年里,人们和他的先祖一样,从东边陆续前来,沿着熟识的世界走到尽头,停脚在克尔梁子这一侧。

冯世海熟悉从那个世界刮来的风。它滚过僻静的街巷,破落的屋檐,把山棱岗震得呜呜作响。风在警告。山棱岗一天天破败下去,住户有的迁走,有的被掳,人越来越少。在乌黑山岩的环绕下,这座边城露出一副临时拼凑的模样。后来,倮倮有了枪支,威胁更大了。倮倮上山棱岗来,不再为了易货,常常是直接的抢掠。上一轮遭殃之后,碉堡和城门还没来得及修补,山棱岗就迎来了那一天。

守备营很快被攻陷了。父亲面前只剩下唯一的路,冯世

---

[1] 倮倮:云贵川地区汉人对自称"诺苏""纳苏""罗武""撒苏"之人群的称呼,又作"猡猡""玀玀""玀㺒""罗鬼"等,带侮辱性。最晚自晚清时期,"夷"或"彝"成为对该人群另一广为人知的他称。至二十世纪四十年代,该地区汉人称"倮倮"为"蛮子",诺苏在与汉人往来中也会自称"夷家"。

海的曾祖父和祖父走过的路：殉职。这一刻必定会到来，父亲早就知道；周遭的哭喊和哀号充斥着他每一天的梦。但想到自己死去后，儿子们被掳进山，任由敌人摆弄命运，他的腑脏就揪紧了。他准备当这一刻到来时，把儿子们带走。要是妻子还活着，她也会做出同样的决定。

傍晚，父亲带着他和哥哥奔向那片树林。在树林前的一道缓坡上，冯世海回过头，最后一次看见山棱岗：被掳的人正和一群牲畜拴在一起，走出坍圮的城门。猓猓头子骑在马上，裹着查尔瓦，背着枪，带着可能是最后的一批掠夺物，隐没在树荫下的土路上。

他的脖颈套进树林中的麻绳，被重力拉向大地。他走上了一条路，走在夜里。夜晚生出了另一天，他不可能存在于其中的第二天。他睁开眼，头顶，一根粗壮的树枝正跨过他，砍断天空，滑向脑后，好像是死亡的手，慷慨地把紧贴着他的阴沉天空为他重新抬起。他察觉自己正靠在一个颠簸着的温热活物身上，他听见它在喘息，费力地往天空爬升。一阵笑声。他眼前掠过另外几匹棕马和黑马，马背上露出几个黝黑的脑袋，裹着藏蓝色的头帕。他们抽打着马，嘴里打起清脆的唿哨。

九岁的冯世海以为自己正在穿过幻觉，好像死不是别的，是人走上了时间中的岔路：他回到了进树林前回望山棱岗的时刻。那会儿，他不就见到了这样一队进山的猓猓吗？但现在，并不是他远远望着他们；他在他们中间。他的双手被绑在背后,双脚也缚住了。他尝试站起来,却一下滑进麻袋,跌得更深。一匹马超过他,马背上挂着一个篓子,里面大概是一个和他年纪相仿的男孩,正在大声嘶吼。那个男孩的叫声在岔路口远去了。冯世海昏倒了,又醒来。在拖曳他的马的疾驰中,他看见山壁升高,直到和天空完全垂直。他回头望去,山在他身后合拢了。

山棱岗被关在了山那头。父亲和哥哥被留在了那头。他们和母亲团聚了。冯世海独自翻过克尔梁子,去往另外的世界。意识变成一条昏暗的甬道,一头坍塌,一头钻着洞,洞眼小小的,看着世界的背面,世界那幽暗的内核。剩下的路途中,他一直睁着眼睛,听着麻袋上方黑夜吐露的声响,感受山路的每一次升降和弯折。他想记住他怎么进的山,过的河。但路太长,太黑,他在脑中画着的地图很快乱了。

空气越来越冷。路几经分岔,马蹄声渐渐稀疏。在没有尽头的漆黑中,只剩下他和那个带他进山的倮倮。马停下不走了。他被带进一户人家。骑马的倮倮把他交给这家人,换得几块银锭,走了。他被锁进一间废弃的马厩。三天后,他又一次被装进篓子,缚上手脚。这次,他在暴风雪中翻过了一座大山。后来他才知道,那座横亘天际的山就是井叶硕诺波[1]。过了井叶硕诺波,才算真正进入了完全由倮倮掌控的地

---

[1] 井叶硕诺波:诺苏神山,为一南北走向山脉。汉人称其为"黄茅埂"。以此为界,西南为"骊匹朵伙",汉人习惯称其"大凉山",为诺苏的核心聚居区。黄茅埂山脉东侧为"小凉山",为诺苏与汉人杂居区域。

带,那个叫作驷匹尕伙[1]的世界。几个世纪以来,驷匹尕伙的山岭中,高山的牧场和广袤的森林中,鹰巢一样的房屋里,火塘边,生活着这些自称诺苏[2]的黑色的人类。他们把自己叫作"大地中心的人"。

十五年前,铁哈被带进山,成了他们的俘虏。翻过井叶硕诺波,他看见驷匹尕伙的中心,利木莫姑。过了利木莫姑,他站在昭觉的普诗岗托。在普诗岗托,他见到了他的买主,阿禄头人一家。黑骨头的头人阿禄什哈,什哈尼曲的父亲,给他取名铁哈。是诺苏松开他脖颈上的麻绳,又把驷匹尕伙套上他的脖颈。驷匹尕伙不允许外面的世界活在它的里面。如果他继续是冯世海,就是选择了死。再死一次的决心在九岁男孩身上泯灭了。从此,冯世海像一株断了根的树,在铁哈身体里倒下。

他从来没能完全地成为铁哈。每个傍晚,他会看到那一天的夜色。死日重来,像一把斧头劈开铁哈。掳进山后的日子,对他来说是没有血色也没有尽头的时间的麻绳,延长着,套住他的脖颈。只有白昼结束时,纷乱的记忆刺向他,他才像个人一样活过来。其余的时间里,他就像牲口一样在阿禄家干活、吃饭,只在必须开口时才说话。他心里保存着的唯一要紧的念头就是,如果他注定在这片山地里待到死去的那

---

[1] 驷匹尕伙:井叶硕诺波以西、安宁河以东、大渡河以南、金沙江以北地区。
[2] 诺苏:最早定居于西南凉山地区的族群的自称。"诺"意为"黑"或"主体","苏"意为"人"。

天,他也不要彻底地变成倮倮。铁哈只是一张面具。面具和脸是不能粘连在一起的。所以当阿禄放出他可以娶妻成家的话时,铁哈回答,他不需要。一个呷西是一无所有的。但成了家,就可以变成阿加,后代可以慢慢变成白骨头的曲诺,有自己的火塘和撮次[1],就能完全像诺苏——真正的人一样在山地里生活。但铁哈拒绝了。这是很少见的事:一个呷西拒绝了头人。阿禄没有生气,因为铁哈是普诗岗托最能干的呷西。从此之后,"阿禄家的硬骨头呷西"就成了铁哈的外号,传开了。

铁哈干一切呷西该干的活,种地、放牛、赶羊,后来阿禄把买卖也交给他。他一个人带着皮、鬃、毛和土药去集市上卖,再从贩子手里换来山外的布、盐巴和米。他识字,会讲话,能谈出一个最好的价格。

刚被掳进山的人,头几年里总试着跑出山。铁哈也逃跑过一次,和其他几个年长的呷西一起。但山地太大,头人们的家支像网一样交织在一起,铁哈能跑到的地方,每座山上都坐着一个黑骨头,都是阿禄家的亲戚。过了几年,等铁哈可以单独去集市的时候,听说山外比山内更不太平,到处都在打仗,不打仗的地方,就和山棱岗一样,经受倮倮一遍遍的焚掠,直到城毁人散。他已经无处可去。这几年里,倮倮们带进山的人越来越多,甚至还有不少汉家因为山外兵荒马

---

1. 撮次:家谱。

乱，年年闹饥荒，主动进山做了呷西。一年年过去，许多呷西成了家，变成了阿加，就在山里过起了日子，活过一天算一天。

天黑后的短暂时刻，后来成了铁哈唯一的逃跑机会。那是他带着牛羊进畜圈的时刻。伴随着圈里蹄子跺地的声音，被风扬起的牛羊的粪味，铁哈逃跑了——他成了一个梦游者。倒下的冯世海又从铁哈身体里站起，领着他回到那一天，走上当年被掳进山的那条路。路上交替着那天的火光和黑夜，他的头脑疲惫破碎，许多事都不再记得。遗忘正在生长，像一个诅咒，一种晦暗的诱惑，像这片脚下不断延伸的山地，命令他接受。最后的遗忘总会来的，那抹去一切的黑暗。但现在，当他梦游时，遗忘是托起记忆浮冰的黑暗水面。他总是忍不住朝水中望去，找寻日益模糊的冯世海的脸。

铁哈回过神来，发现自己正一个人蹲坐在离火塘最远的角落里，尼曲和的各围着锅庄在喝酒。铁哈望着尼曲，想起他刚到阿禄家时，尼曲还没出生。尼曲两岁时，每次铁哈去放牛，尼曲总要跟着，要铁哈抱他坐在牛背上。现在要把铁哈送进阿禄的仇人家的正是这个当年的小孩。他恨阿禄家吗？他问自己。他只知道，阿禄什哈也会把黑骨头儿子们一个个送去需要他们流血的地方。在山里，黑骨头的诺合负责打仗、狩猎，保护白骨头和呷西；白骨头的曲诺要交粮食、牛羊和金银给黑骨头；阿加负责给黑骨头家种田和养牛；呷西负责像牛马一样围着锅庄终日劳动——每个人就这样背负着一份固定的命运。

铁哈舔到一丝苦味。他抹掉脸上的眼泪。一头知道自己即将被宰杀的羊一样会流眼泪的,铁哈想。他心里什么感觉都没有;他不让自己有所感觉。他还没来得及想想明天之后的处境。谁都知道沙马家的凶悍。他们现在正哀悼死去的族人,这很可能会让他们迁怒于铁哈。照规矩,头人家可以任意处置作为赔偿送来的呷西,甚至杀了他们。沙马家和阿禄家的宿仇持续太久,只会在更深处结冻,不会消融。那恨意是另一条长长的夜路。明天,铁哈就要被放在路口了。

铁哈此刻累得像摊泥巴,什么都想不了。他裹紧查尔瓦,倒地睡去。

睁眼时,火塘黯淡了,黑暗中只有鼾声。用了好一会儿,铁哈才想起自己在哪里。他试图接着睡,但怎么也睡不着。天过了很久才亮。铁哈看见倒在竹笆上的两块黑影,是沉睡的尼曲和的各。他拉开门闩走了出去。

山坡敞开在清晨干冷的空气里。坡上的瓦板房耸肩呆望着铁哈。微弱的光线正在对面的山壁上跳动。铁哈往门外的空地走去,泥地里的冰碴在他脚下轻声碎裂。在铁哈正前方,越过河谷,几重大山前后错落成一处垭口,在垭口的尽头耸起一座山峰,比铁哈目力所见的任何一座都要高。清晨的辉光已经完全笼罩了峰顶,雪线之上闪闪发光。铁哈看见在那片白色当中的某处,紧挨着雪线的某个地方,出现一个黑点。他凝神细看,发现那是个山洞。

一阵熟悉之感掠过铁哈心头。这个山洞,他曾从同样的位置抬头望见过。他不由得回头细看身后的山坡,上面的房屋,屋后的森林。他不记得来过这里。前几天走的路,他从不曾踏足。只有一个可能:当年他被掳进山时走过这条路,见过这个山洞。就是这样。说不定——铁哈的心跳加快了——这个覆雪的山头属于井叶硕诺波。如果是这样,翻过这座山,就出了倮倮们的地界。

铁哈又望了眼山洞的方位,心里估算着距离。过去的四天四夜里,尼曲带着他一路往东,也许不知不觉中,他已经来到了这座囚牢的边界,也许现在,他真的已站在井叶硕诺波的脚下。翻过它,就能通往山棱岗,他的家乡。放弃逃跑这么多年后,此刻他重新生出希望。心跳猛烈地捶打着他,似乎已经预感到他将要做出不可能的事。

他再次回头。山坡上没有人。

铁哈最后望了一眼的各家。栅门内仍旧是一片黑沉沉的静寂。他转过身,背对山坡,朝下方的谷地跑去。

2　逃亡者

头几天里,铁哈一直避开露天的地方,在树林里赶路。只有天黑后他才下到路上,走到走不动了再返回树林。为了避开村寨和人,绕路是必要的。他在密林里一点点地攀爬,折返又前进。冬季的树和他一样枯瘦委顿,却出乎意料地难以穿越。他估摸他并没有走多远。一开始他往东走,井叶硕诺波的方向。后来他想起沙马家支就在东面。往西不可能,那是回头路,阿禄家恐怕也会派人搜寻他。南面是完全无法穿越的峭壁。他只有往北。在树林里,一个砍柴的呷西给了他几块荞麦粑粑。铁哈贴身包着,饿得不行了才掰一点,吃得很慢。在有泉水的地方,他都尽量喝饱,雨季结束后,山泉每天都在断流。

他几乎没有休息。他不敢在任何村寨附近入睡。天越来越冷,在夜晚的林子里歇脚需要砍柴生火,他身上什么工具都没有。只有等到晨光熹微又还没人上山的一两个小时里,铁哈会找一面斜坡或一块大石,背靠在上面睡一小会儿。他很少真正睡着。他感到四面都是来追捕他的人,阿禄家的,沙马家的,的各家的,还有他们无穷无尽的亲戚。他们在朝他逼近,也许就在几步开外,正悄无声息地缩小他们的围猎圈。有几次铁哈真切地感觉到了他们的呼吸,就在他身后,似乎只要他一转身,就会听见挥向他的鞭子发出脆响。

走了整整一夜后,他看见林子外出现了一片高高低低的瓦板。那是一个村寨。对一碗热菜汤、一颗土豆的渴望让铁哈发起抖来。被土墙包围着多么温暖,多么安全啊。他可以好好地合一会儿眼,哪怕是躺在畜圈里,哪怕只有一小会儿。渴望越来越强烈,拖住他往前迈动的双脚。再等等,铁哈对自己说,再走远一点。

他重新消失在树林里。天亮时他不再休息,继续往北。脚下的山势一直在升高,有些时候他需要整个人贴在山壁上,手脚并用地把自己一点点往更高处拽。他的鞋磨烂了,露在外面的皮肤剐出一道道口子。正午时他终于到了山顶。山的后面还是一样:高山、深谷、林地、日渐枯黄的牧场。铁哈向东面望去,期待看见井叶硕诺波那耸立的群峰。但他的视线被东面笼罩着山腰的厚厚云雾遮住了,似乎有一场新雪正在那个方向落下。山顶大风刮来,晃动成片的云杉。树丛间突然露出一块茅草屋顶。那是座废弃的屋子,站在山腰上,背向山顶，屋前是一小片向下倾倒的光秃秃的野地。

铁哈整个下午都躲在林子里等待。他忍耐着，延长观察的时间。没有人出现。天黑后，他小心翼翼地离开树林，走进屋子。

趁着天黑，铁哈在屋内屋外走了一遍，发现一捆半干的稻草，屋脚一只破碗里积了半碗泥水。除此之外什么也没有了。他把稻草搬上顶层，把泥水喝了下去。随后他拉上门闩，把稻草靠墙铺好，裹上查尔瓦躺下去。一片漆黑中，铁哈听见大风不停击打着屋顶的椽子。虽然饥肠辘辘，但他放松了下来。有那么一会儿，他觉得自己卸下了十五年来身为阿禄家呷西的重担，暂时也逃脱了沦为沙马家祭品的可怕处境。这对他来说是头一次。他现在只需要背着他自己走出山地。轻松的心境只持续了一小会儿。他很快想到正在逼近的冬天，想到不知还有多远才能走出头人们的领地……时间在流逝，山地在关闭，恢复了囚牢的面目。铁哈顿时觉得待在这个屋里睡觉是在浪费宝贵的时间。他这几天绕开村寨多走了十几里路，中间又走错路，已经花去了不少时间。他挣扎着坐起来，却头晕目眩，栽倒在稻草上。这是哪里？铁哈昏昏沉沉。说不定就是要捕获他的那张网的中央，他已经在不知不觉中踏入了他们布下的陷阱。他还有喘息的时间，只是因为头人们赐给了他时间，也许他们乐于看着猎物徒劳地挣扎，直到筋疲力尽后自己放弃。他们毫不着急。

他在焦灼中昏睡了过去。醒来时，他不知道睡了多久。

铁哈走到门口,透过栅门的缝隙往外看,天色阴沉,屋外没有人。胃里一阵绞痛,饥饿在反抗他。他抱着一丝期待,再次绕着屋子仔细翻找了一遍。还是什么都没有。铁哈猜想这应该是白骨头的家,才能有时间在离开前收拾东西。他们去了哪里?他站在屋前的野地上愁闷四望。光线灰暗,一时辨认不出这是一天里的什么时候。他的目光落在半空中的一只黑鹰身上,鹰朝着斜下方某个点扑了过去。茫然中,他朝着鹰下落的方向望去。坡下某处反射出一线亮光。他往前走,来到野地的尽头,踩着没有草皮的碎石坡继续往前。他渐渐听到流水声。一条之字形的下山路的尽头,江水正在峡谷底部急遽奔涌。

铁哈跪在碎石滩上,把江水一点点地往嘴里舀。冷风钻进肚里,抽打着他的胃。他的身体已经感觉不出饥渴,才喝几口就乏力了,喘着粗气。被他搅过的岸边的水流很快平复,水面上晃动着铁哈的影子。在那间茅屋里,铁哈调整样貌,成了接近诺苏的模样。现在他的额头顶着头帕缠成的兹摞——英雄结,把短发藏起在头帕下。他有点认不出水里的自己。在脸的位置,铁哈只看见一团模糊的黑影。在他掬水揉搓着自己的脸时,一阵马蹄声靠近。铁哈浑身僵硬,随后双手撑地,深吸一口气,慢慢直起背来。

马背上坐着一个年轻男人,腰上挂着一杆枪,身后的篓子里砰砰作响,突然戳出一对被缚的羊蹄。年轻男人身材高大,此刻正昂着头,冷冷地打量铁哈。他头顶的兹提细长挺拔，红珠耳坠垂到肩头。一个黑骨头。看见黑骨头时习惯性的不安把铁哈钉在地上，让他做不出任何反应。

这人在离铁哈几步远的地方下了马，在一块大岩石上套住马缰绳，朝铁哈走来。

"你是什么人？"男人目露怀疑。"我没见过你。"

绝境催生急智："什哈尼曲，从昭觉普诗岗托来。"

铁哈边回答边起身站立。他努力挺直脊背，不动声色地看向面前黑骨头的眼睛，竭力把身上属于呷西的东西抹掉。是否能成功，他却毫无把握。

照山里的规矩，两个陌生的黑骨头第一次见面，需要报出自己的撮次。撮次是家谱，是长长一串祖先的名字，每一个活着的黑骨头都站在撮次投下的影子里。如果见面的两个人的撮次里有名字搭在一起，这两个人就成了某种意义上的亲戚。另一种可能是，如果某个名字沾过对方家支的血而没有清偿，交换撮次时，两家的交恶也就随之重新开启。

"索格律其。"黑骨头报出自己的名字。"家住拉觉阿莫。"

索格律其开始背撮次，铁哈听着。一个个名字像山顶的石块滚落，铁哈准备着随时被其中一块击倒。他呆站着，浑身发疼，像一个聆听判决词的犯人，被这串长长的没有尽头的人名煎熬。

似乎没有出现铁哈认得出来的名字。但他知道的本来就很少，担忧也屡屡让他分神。他的胃开始抽搐起来。他忍受着，小心翼翼地开始背诵阿禄家的撮次，一边盯着索格律其的脸,仿佛它就是正在落向他的厄运的面孔。

"帕谷帕扎、帕扎尼能……"

听到这两个名字,索格的眼珠转了一下。

"……阿禄什哈、什哈尼曲。"

铁哈背完了。他沉默地站着,等候最终的宣判。

笑容出现在索格律其的脸上,驱散了之前的阴沉。

"不开亲两家,开亲是一家。原来是表亲。"索格律其亲热地揽过铁哈的肩膀。一阵冷汗蒙上铁哈的脊背。他的耳朵里嗡嗡地响,听不清索格律其在说什么,只听见索格律其念了几次"帕扎尼能"这个名字。这么说,就是这个名字将两个人连成了"亲戚"。又一次逃脱了厄运,铁哈庆幸地想,看来索格律其什么都不知道,也没有对一个独自走在山路上、一副逃难模样的"黑骨头"起疑心。一线生机让他的血又流动起来,他的耳朵发烫。

连上了"亲"后,索格律其一下子变得爽朗热情,和之前的模样判若两人。

"今晚我家要做略茨日毕[1],你也来。"

铁哈答应了。他此刻没法掉头逃跑。他已经用尽了最后一点力气。

索格律其带着铁哈上了马,离开江岸,沿着之字形爬坡、

---

1. 略茨日毕:诺苏咒鬼仪式。

升高，直到一条贴着峡谷的直道展开在他们面前。马跑起来。铁哈弓着背，双手紧紧抓住索格律其座下的马鞍。他上一次这样坐在马上还是在山棱岗。在驷匹尕伙，马背的位置永远比呷西高。

索格律其像所有年轻的黑骨头一样，在马上打起响亮的唿哨，不时挥甩着皮鞭。马驮着他们疾驰。沿着山腰上一线土路望去，一边是高大的山壁，另一边是幽深的峡谷，河水在他们下方的谷底中轰鸣。铁哈注视着这片山岭。这里和普诗岗托完全不一样：两岸竖起重重岩壁，随着他们的移动快速后退，堆积向天空，又向着大地倾轧下来。铁哈感到自己正在穿过一道徐徐敞开的巨门。大地在他眼里运动起来，崖壁整块地抬高，又渐次平移、错开，在大地深处垒起巨大的梯坎，好像有谁曾踏着这些巨大石阶，从高空步入峡谷中。当岩壁不断抬升和断裂时，河流也诞生了，它冲撞着台阶的最低处，发出阵阵怒吼，犹如一把利刃不断切下，想要削弱它的对手——乌黑的山壁却岿然不动。迈入这扇巨门时，铁哈看到的就是这样一幅景象，一场旷日持久的无言的战役，自第一天开始就从未停止，也不曾为任何力量改变，裸露着，却仍像一个秘密，成为凝缩在时间深处的一片化石，又像一颗古老心脏仍在强韧地跳动。

他正是步入了山地的心脏。在普诗岗托，每当人们怀着畏惧和崇敬谈起这片最古老的北部山地时，总说山地间的一切都是从那里开始的。它此刻就在铁哈的面前，却是这样一片残暴、绝然的景象,用陡峻、严酷和一刻不停的震怒,排除着人,拒绝着人可能做出的一切。这股掌控此处的力量对人来说是完全陌生的。它诞生在人类之前,也将继续在人类之后存在。而人一旦降生在这里,就面对着它发出的这个要消灭人的命令。他想起人们常说,北部的诺苏是最勇猛刚烈的战士。

月亮出来了,日光却仍未减退,从世界的另一头给这扇天门内添上一道道透明的光柱。又一个昼夜交界的时刻。一座长桥伸向对岸。他们从桥上过了河,沿着土路缓缓上坡。对岸他们走过的路铺上了一层强烈得无法直视的反光。一团白雾从深谷中升起,他俩相遇时的更低处的河谷消失了。

"这是哪条河?"铁哈问索格律其。

"尼日波。"

索格律其一声不吭地赶路。他的背脊绷紧,目不转睛地凝视前方。

"拉觉阿莫还远吗?"铁哈又问。

"天黑时能到。"

末日暂时被推远了。一旦感到安全,饥饿又返回,随之涌起的还有一种朦胧的感激之情。铁哈回想刚才,要不是索格律其突然出现,自己很可能会在这重重峡谷内迷路,或被饥乏击倒在地。但他很快驱散了这份感激。一旦铁哈的身份暴露,他们之间就将恢复猎人和猎物的关系。

"你这趟要去哪?"索格律其问铁哈。

"山棱岗。"铁哈脱口而出,又马上后悔了。

"山棱岗?"

"井叶硕诺波的那头。"

"我去办事。"铁哈又加一句。

"换枪?吃水营生?"

吃营生,就是去掳人、劫掠。铁哈含糊地"嗯"了一声,觉得不对,便接着说:"去用大烟换枪。呷西和我分头走,东西他扛着。我骑马先赶去一个亲戚家,却认错了路,马也中途被劫了。"

索格律其没吭声。铁哈正忐忑,索格律其突然勒马,随后急拐上一条小道。等他俩进入林间,路稍微平坦些,索格律其才接他的话:"看今晚谁也往东走,可以捎上你。"

铁哈道了谢,不再主动开口说话。他祈求无论怎样让他今晚先好好吃饱,之后,等赶来参加仪式的人抽上大烟,喝多了酒,他可以找机会偷偷离开,回到树林里。但如果索格律其骗了他,或者那里有人认出了铁哈,一切就结束了。

但他毕竟离的各家越来越远了。普诗岗托也像世界的另一头那么遥远。他又乐观起来。他想到黑骨头们不会撒谎。作为山地中的君主,他们不需要撒谎。所以索格律其要是设了什么埋伏,他刚才应该看得出。铁哈恢复了平静。随着时间流逝,他正在一步步远离着身后的包围圈。眼前这片他从未见过的北部地带越是险峻崎岖,越能确保他的安全。它既然是他前行的阻碍,也会是前来追捕他的头人们的阻碍。

"人离了家支，就像猴子离了树林。"黑骨头恋家。只要离了自家的山头，行路越久，他们就越觉不安，越被想家的心绪折磨。他们的恋家不是出于浪漫。尽管实在想家想得伤心，他们也会念叨"男儿不出门，不知路途远"，"站在一垭口，望见七垭口。我父在南方，我心想南方。我母在天北，我心想北方"。诺苏恋家，更是因为他们相信，离了火塘和家支的保护，就步入了由其他看得见看不见的事物掌控的陌生地界。在这个垂直的山地宇宙内，神灵居山头，黑骨头和他们统治下的白骨头、阿加、呷西居山腰，山脚居汉家，更低处的河谷居鬼怪和游魂，德布洛莫——北部一个山坳——居最恐怖的神，有人说是鬼母，但连毕摩[1]和苏尼[2]也说不清到底是什么，那里是活人的禁区。一年到头，诺苏都在和周遭世界里的它们打交道，在毕摩的念诵和苏尼的呼号中，同它们交谈，时而敬拜时而驱赶，时而诅咒时而乞求。当诺苏出门在外，遭遇它们的游荡和侵扰，山地就成了诺苏的敌人。

铁哈和索格律其进入一片幽暗、寒冷的林地。山路继续爬升，跟随着尼日波河的走向盘旋，带着马背上的两个人前往群山的深处。在这样的天色下，铁哈再次想起山棱岗那条

---

1. 毕摩：诺苏祭师，主持诺苏生育、婚丧、疾病、节日、出猎、播种等仪式。毕摩为世袭制，"毕"为"念经"之意，"摩"为"有知识的长者"。毕摩掌管神权，司通神鬼，指导人事，主要职能有做毕、司祭、行医、占卜，也负责整理、规范、传授诺苏文字，撰写和传抄典籍。
2. 苏尼：诺苏巫师，非世袭，男女均可担任，女巫师称"嬷尼"，男女巫师也可统称为"苏尼"。"尼"意为做法事。苏尼不必懂经文典籍，不诵经，不主持重大祭祀活动，主要以击鼓跳神、说唱的形式来驱鬼、捉鬼、招魂、解疑、治病等。

唯一的主街已经亮起了煤油灯,在挨着主街的家里也亮着一盏灯,冯世海在灯下习字,哥哥在他旁边温书。父亲在守备营里的一个战友有时会来串门,那是个方脸的伯伯,没有孩子,喜欢和他们兄弟俩聊天。方脸伯伯肚子里装着许多关于这片山地的故事。他告诉兄弟俩,山里的头人们其实不是人,是鬼王。他们每天要喝许多人血才能起床。他还说,他们来山棱岗劫了人带进山去,如果被掳的人长得好看,就会被剥了脸皮,做成一面鼓,他们下次出山来打仗时,就会敲起那面鼓,山外的人就越听越害怕,失了斗志,所以一定要把耳朵塞起,才能打得过他们。铁哈记得,哥哥总是用大笑来掩盖他的紧张,而他默不作声地不放过故事的每一个细节,在随后的梦里,他会看见那面鼓上的人脸,有时模糊不清,有时是一个长着大眼睛的陌生男人,有一次,他看到的是父亲的脸。随后他自己便落到了山里。这里的山离天空更近,天色也更苍白、死寂。也是在这样的天色下,锅庄冒着热气的时候,尼曲的阿嬷会坐在昏暗的红光中,捻着白色的羊毛线,一边教给尼曲和铁哈那些神、鬼的名字。他们在诺苏之前就在了,尼曲阿嬷说。他们才是山地真正的主人。火烧房子、诱人吃狗肉、见狗尸、土崩、发水、牲畜生病、人中邪,都是因为人做得不好,激怒他们招来的凶兆。

铁哈从没想过,自己有一天会和北部这片神鬼的诞生地面对面。从前,不管是方脸伯伯还是尼曲阿嬷讲过的那些事,随着时间的推移,渐渐成了故事,也和他无关。十五年来,或许是铁哈拒绝成为一个诺苏的缘故,那些诺苏眼里来自神灵鬼怪的真切威胁,从没能真正在铁哈身上扎根。令他恐惧的是另外的事物,是他眼下正在做的事,那是诺苏做梦都想不到会发生的事。如果索格律其发现他真正的身份是逃亡的呷西,会不会惊愕地认为他是一个胆大妄为的亡命之徒?此刻铁哈体会到的,却是唯有亡命之徒身上才会流动着的一阵奇特的自由。

马穿出林地,前方现出一片村寨,平坝上七八间房屋,旁边的山丘上站着一座最大的石板房,像是头人住的。在通往这个村寨的土路旁,夜色中,矗立着三个黑影。黑影近了,铁哈看见三个坐在马上的人,佩着枪,领头的那个戴了顶黑骨头武士的头盔。

铁哈感到马慢了下来。索格律其朝那三个人打招呼。领头回应了一声,好像在传递他们之间的一声暗号。

顷刻间,不祥的预感像一团浓雾逼近铁哈。前方会不会是陷阱,他们正准备收网?他环顾四周,准备在最后的时刻到来时下马逃跑。可是逃向哪里?他被引入那道天门,走上了这条路,现在他面前唯一的出口只剩下黑乎乎的枪口。

"什哈尼曲。"索格律其向领头那人介绍铁哈。

他们为何还不动手,将他绑起?铁哈望向从村寨伸到他脚下的那条路,他已准备好看见朝他而来的身影——尼曲,还是的各?

领头那人掉转马头,和索格律其的马一起跑了起来。铁哈眼前掠过他的脸，上面是一双和索格律其一模一样的眼睛。

索格马马和索格律其并行在山道上，后面跟着他家的白骨头随从。他们离开会合时的村寨，终于踏入索格家自己的领地。索格马马这时才摘下头盔。

原来他们刚刚经过的那个地方是木儿脑，属于黑骨头榭弥家，他家和索格家是几世的仇敌。因为害怕索格律其打猎回来路过木儿脑时遭到不测，索格律其的哥哥索格马马带着随从在村寨前方接他。索格律其回来得比约定的时间迟，索格马马已经越来越担忧。现在他们碰了头，平安离开木儿脑，进入自家的林地，兄弟俩却没空再交谈。他们一刻不停地赶路，得在天黑之前到拉觉阿莫——略茨日毕仪式快要开始了，毕摩正在家里等着索格律其马背上的咒牲。

3 道路下方

一整天里,毕摩恩札忙得连水都没来得及喝上一口。他离开上一户做毕的人家已是晌午,赶了半天山路,到了索格家,立刻开始了仪式的准备。虽然有他两个学毕的徒弟和索格家的人帮忙,可大事小事还是要他开口才算数。一下午不断有人过来,一会儿要他去看看道具摆放的位置对不对,一会儿问他仪轨的细节,直到天擦黑,屋里的节奏才渐渐慢下来。神枝够了,稻草鬼偶扎了,鬼板也画了。现在只等索格家两个儿子把山羊带回来,一切就可以开始。恩札洗了个手,从经书袋里取出斯吉(经书),摆好法具,掸去神笠上的灰土。做完这些,他才终于坐下。

恩札很疲惫。这半年来他马不停蹄地做毕,几乎没有停过。他六岁开始跟父亲学毕,十六岁独立主持第一场仪式,二十九岁第一次主持诺苏最重要的仪式尼木措毕[1]，到这个冬天，整整四十六年过去了。在他奔波行毕的这片山地里，还从没像今年这样，仪式这么频繁，这么急迫，有好几次，他都是在一片狼狈中赶往下一场。恩札粗粗盘算了一遍，这个秋冬之交，他还一场尼木措毕都没有做，也就是说，今年还没有一次是自然老去的死亡。相比之下，战死者、伤者、病者不计其数。恩札数不清自己做了多少场者苏（还债与送病魔）、者尔（解魔除孽）、依次（招魂）和略茨日毕，还有一百多场大大小小的日尼木。为了让那些在山外交战中丧命的未婚男人们的亡灵不至于成为鬼魂，在荒野上四处游荡和作祟，必须用日尼木来斩断鬼根。恩札还听说，摄日[2]在消失了多少年之后又出现了。

不只恩札如此忙碌。其他毕摩的日夜也都被占满了。就连年纪轻轻、经验不足的毕摩，都提早结束了学徒期，陀螺似的忙个不停。整个山地都在争抢毕摩。恩札叹了口气。这些天里他常常叹气。他的疲惫不光是身体上的，更是一种靠睡觉和休息抹不去的忧虑。

世界变了。过去，总是"道路上方"（白路）的送祖灵仪式最多，也最隆重。和"道路下方"（黑路）那些鬼怪邪灵打交道的仪式，整片山地里一年到头也就几十次。现在，两条

---

[1] 尼木措毕：指路送祖灵仪式。
[2] 摄日：咒活人，据说系诺苏黑色巫术，一般在冤家林立的时代出现。当人与人之间出现杀亲、拐妻等深仇又没有办法挽回和报仇的情况下，诺苏邀请法力较高的毕摩对仇人施用巫术，旨在置仇敌于死地，或降祸于仇家。摄日所用经书必须用人血书写，置于岩洞，不得放在家中。"摄日"非正义，因此大多数毕摩不愿做。

道路颠倒了。

恩札不知道这一切是哪里出了问题。恩札生在世袭毕摩家族，血脉纯正，先祖是阿苏拉则[1]后裔的儿子。他的五世祖最有名，曾得到过甲谷甘洛的兹莫[2]赏赐的号角。恩札属虎，命宫在西北，能镇住邪怪。出师后，找他主持仪式的人年年在增多。他的法力还在，他从不怀疑。

这种不安似乎从更早时候就开始了。过去几年里，山里的牛、羊、猪、鸡不知道打了多少，很多人家已经没有可用的牺牲了。现在就连黑骨头索格家都得出门打野山羊。只有毕摩们比往年吃得饱，报酬也多，却更加惴惴不安。可怕的预感萦绕着他们。很多毕摩悄悄议论，是不是他们自己出错了。好几个已经出师的徒弟回来向恩札请教。恩札和他们一一核对流程和经文，找出一些失误。发现可以纠正的错处，徒弟们也恢复了信心，向恩札答谢，匆匆赶赴下一场仪式。恩札送他们离开后，闷坐在草凳上，不作声。他心里知道，问题不在这上头。

自从外面的大烟进了山，家家开始种大烟。卖了之后换枪支，成天打冤家。要不就是上山外吃营生，同汉家的驻军

---

1. 阿苏拉则：古代一位伟大的毕摩，法力高强。据说他一生好学，见多识广，能言善辩，曾收集、整理和编撰过很多咒术类咒诗。
2. 兹莫：诺苏土司。土司为中央王朝自元代开始在西北、西南边境地区设立的官职，封授给当地族群头目。驷匹尕伙内的兹莫从诺合中选拔，成为势力最高的统治阶层。曾受元王朝册封的利利兹莫统治的疆域最为辽阔，相当于诺苏君王。自晚清始，多股不服王朝管辖的新兴诺合势力崛起，发动针对兹莫的战争。中央王朝在该地区继续依赖土司制度压制诺合。之后几百年，开启了诺合阶级对驷匹尕伙各区域的统治逐渐占主流，兹莫群体式微的漫长进程。

和地方民团作战。"听到枪声响,全村都跑来",死者和伤者不停被驮进村,远近的毕摩必须一连在村里待上好几天,才能齐力完成所有的仪式。有时仪式还在进行中,又一场交战开始、结束,活下来的人回到村中,毕摩们走不了了,就地开始新一轮的仪式准备。除此之外,越来越多的诺苏也开始抽大烟。头人和黑骨头见面就请人吃烟,病的病,虚的虚,这样一来,人魂也总是离身,还得靠依次仪式满山遍野地拽魂。做过一次毕,一户人家就像剥了层皮,储粮柜空了,畜圈也空了。饿了几天后,儿子们又准备出发了。母亲和姐妹们为他们牵来马,备好干粮。男人擦亮枪杆,开始新一轮山外的吃营生,用体内的血去换吃的、用的,和能干活的呷西。有的残存着一口气回来了,有的身上被枪子儿掏了洞,挂在马上回了山,赶到家时已经冰冷。

恩札琢磨得头痛起来。他不知道从何时开始变成了今天这副模样,这个不断循环的死结又该如何解开。在山里,死伤和流血天经地义,人人习以为常。黑骨头最高的荣誉就是在搏杀中战死。三十岁是一个人的分水岭——"辈边",人生的边缘。如果一个黑骨头活过了三十岁还没有战死,会觉得自己的血不热了,老了。诺苏不怕死。过去到现在一直是这样。诺苏怕的是变成鬼,永远回不到祖地。可现在,整个山地朝着死亡移动得太快了。人们开始感觉不对时,山地已是千疮百孔。新的死者大都是非吉死者,一个窟窿。毕摩和苏尼们必须一刻不停地去填堵那一个个窟窿。仿佛有一个不知是什么的可怕东西在推动着一切加快，人就像被它附了身、着了魔，需要流更多血去换来明天。

窟窿的背后是黑路，是鬼道，恩札想。来的是一个携带强力的魔王，一个需要不停喝诺苏的血吃诺苏的肉的恶鬼。不，是一群。是靠任何大毕摩都挡不住的一群恶鬼。没来得及上路的游魂在山野谷地出没，未得安息的亡灵在号哭。它们就要变身成群鬼返回。不久之后，这些鬼怪和邪灵就会纷纷从山地的各个角落站起来，如同黑色洪水一般淹没村庄。它们快要来了。没有时间了。

这个念头陡然出现，毕摩恩札怔住了。他抬起头，望向身旁那些灰蒙蒙的人影。人群好像睡着了，没有听见他隆隆作响的念头。恩札焦躁地站起。他盘算着，这几天里要尽快召集毕摩们、苏尼们一起开个会。他们要为此做准备。虽然他不知道，除了做好一场场的仪式，还能有什么准备。

太阳落下去了。一切都下沉到幽暗之中。恩札挤了挤他布满血丝的双眼，眼前仍是模糊一片。他的太阳穴绷得紧紧的。最近连着几个晚上在外做毕，早晨回到家中躺下，又总是没有睡意，恩札就从床上爬起来，走向堆在桌上的那些先祖们留存下来的经书、几大本记录仪轨要点的笔记。他一页页地翻看、回想，时而沉思。他在寻找。具体要找什么，他自己也说不清，好像只是一种模糊的等待，等待一个重要的发现，告诉他他还不知道的或忘了的一句话、一个字眼，提示他，或者发出一声警告。那时，一切也许会清晰起来，他会知道自己不知道什么，会明白过来自己将做些什么。那时，身为大毕摩的他，全体诺苏的守护人、神灵旨意的传递者恩札，会转身朝向人们，传达他听见的那声警告。

马蹄声响起，黑夜中出现了索格马马和索格律其。一条陌生、模糊的影子在兄弟俩身后晃进了门槛。仪式开始后，恩札就再没见过那个人。

索格家东面山坡的空地中，人群聚集起来。除了索格家，还有和他家从同一个泉眼汲水的所有人，包括依附索格家的白骨头五家、阿侯黑骨头两家、依附阿侯家的白骨头四家，总共十二户。人们有的站，有的裹着查尔瓦坐在地上，形成一个半圆。半圆的最内层是索格家的人。索格律其和索格马马高大的身躯在人群中十分醒目，他俩正凝神注视着坐在圆心处的毕摩恩札。毕摩恩札身旁的地上插着十二护毕神枝。

一块暗红火炭埋进野草堆。火星随青烟升高，点亮全天空的星宿。

恩札仰头呼念："无法无天作祟鬼，请神来审判！"

这样通报过后，在等待诸神降临的沉寂中，恩札看看地上的神枝，看看夜空。一截神枝是一粒星，一粒星是一位神。但只有在毕摩的呼念中，三者才能汇聚成一，启动神枝场。

每次来临的都是天上的全体神。虽然恩札念不出每位天神的名字，但他知道，祂们会来，会聚满神枝场。为迎接祂们，恩札要先洁净这个半圆。恩札钳出一块烧红了的石块，放进徒弟递来的半瓢水里，石块嗞起的水蒸气腾起在索格家的人和十二神枝上空，随即恩札起身，开始给到场者一一绕红石。恩札想起小时候他问过父亲，这一步是在做什么。就在那一次，父亲提到鬼母孜孜尼乍，说"绕红石"会削弱她的力量，附在人身上的鬼也会在这一环节头晕眼花，离开人身。

恩札回到原来的位置，让徒弟牵出今晚的牲祭，羊、猪和鸡。恩札一一抱起它们在烟火堆上空绕圈，一边念道："不洁净的畜，向天通报后就算洗刷了。"他一边继续念经，一边接过徒弟捧出的木盘，用插过十二神枝后剩余的枝条给到场的人一一拍打，从索格家的老人开始。到场的男人们伸出左手，女人伸出右手。"触手"，是为了告诉神，到场的"绕头之内、触手之人"是清洁过的，是可以得到神的庇护的活人。

铁哈站在树林中，透过忽明忽暗的光线和水雾望着眼前这一切。往常阿禄家做毕，他只在厨房里帮杂，一心只等打完牺牲之后分得一两块肉。这会儿，虽然他不敢出现在人群中，但也算是第一次，他离这些这么近。时不时地，铁哈会从一道偶尔张开的人群缝隙中望见那位长相威严的毕摩，听见他或高或低的经文念诵。更多时候，铁哈从暗处默默打量着今晚集聚的人群。他将一张张脸仔细地瞧，回忆是否某张脸会唤起他的印象，置他于危险境地。他小心地藏起自己，绕着人群边缘移动，几步一停，目光在对面亮处中的面孔上巡视，就像放羊时清点羊群。他认得清由他负责放牧的每一头羊，但眼前这些陌生的五官让他感觉吃力。它们捉摸不定，不时转向黑暗,再转出来时似乎多少不同了。毕摩吐出咒词,犹如鞭子抽打空气,一声接一声,赶着眼前这些羊群般的人,渐渐召出他们身上一种显著的变化。铁哈突然觉得一路上那尖锐的不安又回来了。光影跳动中,眼前的人群渐渐露出真正的模样,他们一起转过身来看向他,他们是阿禄什哈、什哈尼曲、的各、沙马,剩下的都是听命于他们的人。原来他跋涉了这么远,又回到了他们的围猎圈。

铁哈腿一软,栽倒之前醒转过来。山羊在不住地叫唤。他看见索格律其带回来的那头野山羊被拴在松树下,石堆上架起了一口大锅,猩红的柴火正毕剥作响。火光的最明亮处出现了一匹奔跑的白马,火焰的暗处是一匹黑马,明暗交汇处的是一匹花马。铁哈揉了揉眼睛,紧紧盯着这种幻觉,随即用力拍打自己的脸颊,不让自己在饥乏的冲击下晕倒。

索格家主人牵出山羊,一刀捅进了它的心脏。索格马马接了一碗羊血,交给毕摩恩札。恩札用树枝蘸上血,浇向十二神枝,念咒呼唤神灵们来享用献祭。羊头被割下,面朝外搁在地上。索格马马开始给山羊剥皮,直到那团带血的骨肉从皮毛中跳出。山羊迅速被分解成几大块。

猪牵来献祭,鸡也掷在地上做了占卜。这一切铁哈都没有看见。他退到了树林中。他前后摇晃自己,忍住饥饿。他知道,大锅里正煮着肉。

索格主人开始分肉时,铁哈又将自己从树林中移到人群中。他分到了两大块肉。他用牙齿撕着骨头上的肉,一点点嚼，吃得很慢。以前他在阿禄家受了罚挨饿，知道饿了很久之后得慢慢地吃。铁哈咽下几小口肉，一阵反胃，又全吐了出来。他口渴难耐。做毕的场里有一壶水，他之前看到过，在索格家的几个人身旁。铁哈不敢冒险当着所有人的面去那火焰照亮的角落取水。他看了一眼坡下屋子，端着碗，悄悄起身，往下走去。

山坡上，喧扰声突然消失了。那安静像一阵雷压向铁哈头顶，似乎他踩过树枝的脆裂声都会引来注意。他放慢脚步，猫着腰，把自己藏起在山坡的阴影里。在他头顶的高处，那半圆之中，火光黯淡了，只剩毕摩恩札脚边的一小撮灯芯在低处亮着。

去兮去兮——
来也来也——

这两句是恩札在经文之外的个人发明。每当临近打开道路的时刻，他都会这样反复默念，同时把沾了血的鬼偶和鬼板掷向空中。自他六七岁头一次学咒鬼仪式，头一次亲手掷出鬼板和鬼偶，他就感到有两股他说不清的力量搅在一起，在来和去之间回荡。自那黑暗中似乎辟开了一条通往一个深不见底的空间的路，为它们的来而铺的路。本用来把它们送走的鬼板和鬼偶，却变成了一切开始的信号，沿着这条路滚落下去了——也许正是因为如此，他才从来听不见它们落地的声音。这是整场仪式里唯一的时刻,一阵短暂但强烈的愧疚会取代他对毕生从事的这项天职的自豪。他有一种别扭的感觉——这一场场仪式,似乎不只是在驱鬼。恩札隐隐觉得,正是仪式本身,才开启了通向下方的那条鬼道,它们才诞生了,到来了。难道这就是从古至今一代代毕摩在做的事?传授给他的一切,难道一开头就错了?恩札不敢去想。只是每次仪式刚进行到这第一步,模糊中,疑惑就开始挠他的心,奇异的不安再次叩击他。

恩札谛听。这次还是没有等到鬼偶和鬼板落地的声音。黑暗张开口,吞下了它们。在那条刚刚辟开的通往这个世界的路上,它们要起了。

人群也在等待。起风了。一阵气流从树林顶部远远滚来,席卷大地。

哦——哦——吼——

毕摩恩札提起一口气,挥高手中的蒿枝,张口沉沉吟唱。

整段的诵经正式开始了。他将如此不眠不休地念上一整夜,直至他的咒语充满远近的山谷,直到除他之外的人睡去又醒来,太阳再次转出地平线。在长夜里,他将是那个醒着的人。只要下方的这条路没有合上,他就不能停下。

一声叫朗朗,驷匹尕伙岭,疑是猛兽袭畜群,原非猛兽袭,缘鬼一对袭而叫。

两声哄咙咙,阿合妞依畔,以为哭声震,原非哭声震,缘鬼闹嚷嚷而哄。

三声清悠悠,勒迪史祖山,以为怂恿猎犬往前行,原非猎犬行,乃是魔鬼在逃窜。

铁哈听见上方终于又出现声响,是毕摩开始了吟诵。他不由得停住脚。他听不太懂毕摩到底在念诵什么。那些经文用的是古倮文,他从没有机会了解。那是他永远没有资格涉足的黑骨头先祖们发明的语言和世界。只是恍惚间,铁哈感到那声音一下子贴上他,将他拎起,又头朝下扔了出去,一切大大地颠倒了。一个由另一种山岭和河谷搭出的世界隐约浮现,那声音里有一股力量正从后面推他,又从前方诱惑他,叫他往那儿去。

碗从铁哈手中摔到了地上。他分不清自己置身何处。体内的虚弱冉次摇醒了他。沿着碗滚下山坡的声音,他摸着黑往前走,伸手在地上探那两块肉。摸到了。

魔鬼你一只,你贪嘴翕翕,你馋颈摇摇,你食污沫溅,你饿牙咯咯,你渴势汹汹,你生颤巍巍。

今当绝亡日，身死倒于地，断气入阴间，绝啊魔鬼绝亡呵！去兮浩浩然。

铁哈几乎跌跌撞撞地走到了索格家的大门口。一把锁挂在上面。屋里没有一点亮，也许火塘熄了，铁哈想。这对主人家可不是什么好兆头。他绕过大门，沿着土墙往屋后走。他摸到后门，使劲一推，门闩松开了。

屋内果然没有一星火光。他不敢重新生火，怕上方做毕场里的人看见亮光。他摸黑找水，一会儿撞上一个硬东西，一会儿被什么绊住了脚。他的头又昏沉起来。他从没这么饿过，却不敢再吃手里的肉，再吐就浪费了。他得先喝水。他的嘴唇上满是开裂后的血痂。两条腿不住地战栗，他弓下身，跪在地上，沿着墙角挪。手里握着那两块变冷了的肉，他只得用手背沿着墙根蹭。他摸到一把镰刀。除此之外，厨房空空荡荡。

他往屋中央爬去。唯一可能有水的地方只剩下火塘了。他摸到锅庄，把肉搁在锅庄旁，腾出双手。就在不抱希望的时候，他的手撞上了一只木碗，他的动作过大，碗被打翻了。他赶忙扶起碗，用一根发抖的食指轻轻伸进碗沿。他摸到了水。他举起碗，抿了一口。确实是水。一口气的长度都没到，水就喝光了。铁哈继续摸。他想着锅庄旁也许会有客人们喝过的茶、酒。今天可有很多客人。他果然摸到了另一只碗。是酒。他喝了下去，一团火燎过他的胸口，他觉得自己恢复了些气力。这时又一只木杯冒到了手边，铁哈没有力气控制动作的轻重，又把杯子撞翻了。他把脸趴在地上，啜吸淌得到处都是的水。这次他喝了一大通。他咂着嘴，发出很响的动静。他打了个嗝，用力把吸进喉咙的泥和灰尘咳出来。

锅庄上下前后他都摸了个遍，一共喝了六七回。他还是渴。这就是今晚的最后一顿水了。他希望有个水缸，让他把整个头埋进去畅快喝一顿，就算喝完就咽气，他也愿意。那将是他的人生中最大的一次奇迹。但那种好事不会发生。铁哈靠墙歇了好一会儿，也许还睡着了几分钟。他觉得自己好像重新变成了实心的，落到了地上。他又去摸那两块肉。他用了很久才把肉吃完。铁哈咽下最后的几口肉，大声嚼着。他感到无比满足。

  时值今日呢，吾室之魔鬼，白天砍柴声笃笃，贪食暴食肉而居，夜晚舀水声沙沙，贪喝暴饮酒而居。白天窥探何处冒青烟，夜晚打听哗声何处响者来诅咒，路下白苏鬼，路上黑苏鬼，娶媳亲族鬼，嫁女戚族鬼，室内亲家鬼，室外戚族鬼，德布支之鬼，德施宗之鬼，魔鬼你一群。咒言施其后，咒语施其后，去兮浩浩然。

两个徒弟坐到恩札身后。恩札领诵，他俩合诵，三股声音把咒词送去更高更远的地方——群鬼的所在。黑暗中的半圆沉寂着。人们和鬼怪的纠缠由来已久，此刻他们一言不发，依赖毕摩将法力灌注到山地中。一个惊醒的婴儿扯着嗓子啼哭。

毕毕来驱魔,毕毕来遣怪。婆伙张张之鬼,乌撒拉且之鬼,阿孜阿利之鬼,欧曲甲巴之鬼,利迪则祖之鬼,维勒吉祖之鬼,阿孜米俄之鬼,阿兹格依之鬼,哈依甸古之鬼,俄绍吉布之鬼,孜孜尼乍之鬼,鹫娄尼乍之鬼,古候曲涅之鬼。毕毕来驱魔,毕毕来遣怪。

居于东方白云间之鬼,骑白马,着白衣,领白犬,驱逐魔鬼,囚于东方白云间。居于西方黄云间之鬼,骑黄马,着黄衣,领黄犬,驱逐魔鬼,囚于西方黄云间。五魔者,居于东北西南方,骑灰马,着灰衣,领灰犬,降伏于东北西南方。六魔者,居于北方青云间,骑青马,着青衣,领青犬,驱逐魔鬼,囚于北方青云间。七魔者,居于西北东南方,骑黑马,着黑衣,领黑犬,降伏于西北东南方。九魔者,居于南方红云间,骑红马,着红衣,领红犬,驱逐魔鬼,囚于南方红云间。

魔鬼你一群,出自峰岭柏丛中,居于沟谷樱丛中,白昼拽父魂,夜来拽母魂。魔鬼你一群,自四方而来,鬼与人两类,相互来争斗。三日血染于大地,血染黑地母,偶像立其后,咒符掷其后。咒言施其后,咒语施其后,去兮浩浩然。

今晚不太一样。当毕摩恩札报出一个个鬼的名字、根源，点画出它们的模样，它们逼真得让他后颈发凉。他已经很多年没有这种感觉了。现在他的身体就像经书的一页，是一张写满符文的透明的纸，鬼怪正一个接一个地穿过他。他又一次感到，因着他的咒诵，它们被唤起身，拥有了生命。它们就在近处，这群人的后面。虽然恩札从不怀疑，绕了红石，触了手，在听得见他此刻念诵的四面八方，包括人在内的一切生灵都会得到庇护，但他还是感到，今晚，在他的声音包围着的世界之外，一股力量毋庸置疑地存在。它活生生的，会动、会思考。它在树林里，在火塘边，正屋内屋外地巡视。

恩札想起今晚索格家请他来驱鬼的缘由。索格家和阿侯家原本住在更高处的一小块坝子上，好多年前他去过那儿一次，比这里冷多了。去年，这两家组成的村寨搬到了这块地方。这里原本住的是木抛家支，几年前木抛家联合了南边的几个土目去会理吃营生，被刘元璋的部队剿灭，木抛夫妇被俘，幼子在西昌校场坝被凌迟。从此之后，木抛一支几乎覆灭，这片坝子渐渐成了荒地。那几年里，恰好索格家和阿侯家的白骨头、阿加和呷西人口增多，粮食不够吃，去年所有人搬了下来，方便在这里的平坝上垦荒种田。但自从搬下来后，两家总是遭病灾，背运接连不断，才请来恩札做略茨日毕。

木抛一支覆灭后，火塘在这块地上熄灭了好几年。恩札觉得这就是原因。只要流血和打仗不停歇，火塘就会因没有活人的照看而熄灭；只要是黑暗之处，鬼怪都爱逗留。恩札打起精神，开始厉声发出诅咒。

魔鬼前来，胡作非为了。毕和主两方，吼也折魔角，吼也碎魔嘴，吼也割鬼根，吼也作法辱魔威，吼也垒魔坟，吼也断魔嗣，吼也吸鬼血，吼也食鬼肉，吼也剥鬼皮，吼也作法敲魔骨，吸魔髓。咒言施其后，咒语施其后，去兮浩浩然。

听到这段，人群振奋起来。不少人和着咒词，像之前掷鬼板和草偶时那样，发出呼喊和吼叫，给毕摩们的咒语助力。恩札的疑虑顿时消散，他又恢复了自信。这一段咒词是他的拿手之处。他的嗓音天生浑厚低沉，怒声低吼时令人生畏。

恩札感觉今晚的略茨日毕从此刻才真正开始。他的喉咙生津，疲惫一扫而光。这也算是他的一种天赋。他把这归功于毕摩祖师们的助力。先祖阿苏拉则就是以咒鬼闻名的大毕摩。恩札转过身，用眼神提醒两个徒弟接下来好好咒诵。之前两人有好几处拖沓或者念错。恩札回转身，挺直脊背。杀了鬼，鬼还未绝。怒吼继续。

如今鸡出名，魔鬼不出名，牛犊有姓名，魔鬼无姓名，羊群知规矩，魔鬼不识礼，畜群愿入圈，魔鬼不愿入。魔鬼不护田，魔鬼不养地，魔鬼不成家，魔鬼不立灶，魔鬼不娶媳，魔鬼不嫁女，魔鬼无子嗣。咒言施其后，咒语施其后，去兮浩浩然。

　　铁哈在索格家漆黑的堂屋中靠墙坐着。腹中的暖意充满全身，他的喘息也渐渐轻柔。土墙在变亮。这漫长的一夜终于过去了。太阳一如往常，照着天空、山坡、悬崖、牛背。人群已散去。秋日的光线像金色的、毛茸茸的手臂怀抱着他。它慷慨地停留在铁哈的头顶，把他的影子推到他看不见的地方。他想就这样再坐一会儿。土墙让他感觉像回了家，阿禄家。不，不是阿禄家。这是山棱岗，橡子更高，厅中摆放着整齐的桌椅。他看见一个人影在厨房和堂屋之间忙碌着，脚步轻快地穿梭，依稀像是母亲。见他就这样坐在庭院地上，她没有走过来责怪他。这个角落真是舒服，这是属于他的位置。于是他融化了，变得很小。他才坐了一会儿，有人来了，开始拱他的背。先是一只手，后来是许许多多只不知道从哪里冒出来的手，全都在推搡他，压向他的背。他们要他走，让出这个属于他的地方。他不服气地把背直直地挺立，心里半是害怕半是愤怒。那些陌生手掌组成的浪头最终还是冲开了他，他的位子被夺走了。那一张张手仍不罢休，它们把他架起，猛地掷入空中。铁哈摔在了地上。他睁开眼睛，还没来得及明白过来那是一个梦，门闩就"咯噔"响了。

　　铁哈想起他从后厨带出来的那把镰刀。他做的第一件事就是去地上摸它。他握住它。漆黑一片中，他的眼睑像是要裂开，盯住前方，一边往屋后退。门一下被推开，月光冲进屋内，晃得铁哈睁不开眼睛。在他眨眼的瞬间，他听见了两个男人说话的声音。铁哈掉转身，奔向后门，一把推开门，冲了出去。身后的惊呼让他消失得更快。

索格律其一边朝着他家的呷西嘀咕了一句，一边头也不回地奔向做毕的山坡，根本没进屋取本来要取的柴火。他要赶紧把刚才在屋中经历的和目睹的（虽然他什么也没看见）告诉毕摩，让他采取行动。是鬼进了屋，索格律其断定道。他回想起屋里漆黑一片，竟然火塘都熄灭了。

恩札让两个徒弟继续念诵，他随索格律其来到一旁，听他描述着刚才的经过。到底是什么，恩札不好断定。索格律其一口咬定不是小偷。村寨里相熟的人之间发生偷盗是件不得了的大事，没人承担得起。毕摩保持沉默。他自己还从没亲眼见过鬼。但他知道，索格律其现在这么慌张、惊惧，正是受了鬼的侵扰的迹象，无论他撞见的究竟是什么。恩札告诉索格律其，越是这样的时刻，仪式越要继续。他还说，他会多念几段经文，增强驱鬼的力量。恩札走回他的座位，定了定心神，加入徒弟们的诵咒。

魔鬼流窜于田间，速速隐于田；魔鬼浪荡于地间，点点落于地。

魔鬼你一群呵，犹如杉树顶部裂，犹如悬崖片片倒，犹如大江速速涸去罢。

从今往后呢，不许再返回。咒言施其后，咒语施其后，去今浩浩然。

铁哈不敢相信自己坐在那里睡着了。他本应该在吃完之后马上离开的。如果他当时没醒，他后怕地想，进门的人不管是谁，都会把他绑起来，他就真真正正地又踏进了死地。铁哈半赌咒半发誓地警告自己：到达山棱岗之前，他这一路上都将只有担惊受怕，安全和舒适只能是做梦。而梦是他在此时此地最不需要的。

铁哈把镰刀别在裤带上，背朝着做毕的那面坡，在林间小跑。他时不时放慢脚步，听着身后的动静。如果索格家骑马往这里追，他是逃不脱的。他顿时意识到，多亏这场略茨日毕，天亮之前索格家的人都不能离开山坡，否则仪式就失效了。毕摩的作法和念咒，就像一道禁令，将这个村寨里的人圈在里面，不让他们踏出一步。他可以有一整晚的时间来远离拉觉阿莫。这一点大大宽慰了他。

铁哈往林子的高处攀爬。他想找一片开阔地，能看得到北斗的地方，他好辨认该往哪里走。就在这时，脚下出现了一片浓云似的草房顶。绕过半面山坡，做毕的那块坡已经看不见，也听不到了。这应该是到了村尾。他犹豫着要不要下去。现在他笃定，整个村寨的人都在远处的山坡上，今晚再不会回到这里。只有仪式主人，索格家的人才会像刚才那样进屋取东西。也许他现在可以推开另一扇开着的门，找到一些之后的路上用得着的工具。除了镰刀,他还会需要火柴、炊具、小刀、一些草药……总之,有什么他就拿什么。

他下降到地面。刚走到屋后,一团黑乎乎的东西朝他蹿来,一声不吭,扑上了他的身。一排尖利的牙扣进了铁哈的腿踝。他用另一只脚使劲蹬,狗仍然死死咬住。一头羔羊开始在黑夜中叫唤起来。它的不安传递给了整个羊群,随后鸡叫也起了。他一时无法脱身,抽着气,只顾不停往下蹬、踢。那狗呜咽着,仍旧不松口。不安传染给四周越来越多的牲畜,嚎叫声群起。马上全村都要听见它们的警告声了。铁哈没别的办法,摘下腰上的镰刀,朝狗砍去。只听见呜的一声闷鸣,脚踝上铁钳似的牙一下松开了。铁哈只顾继续劈。冒着热气的血喷到他脸上、脖子上。他一直砍到镰刀嵌进一大块骨头,再也拔不下来才停住。畜牲们的叫声一下也平息了。铁哈喘着气,发起抖来。他抹了一把脸上黏糊糊的血,伸手去摸地上那摊东西。他摸到它的头,推到一边。毛皮砍破的地方鼓起温热的肉。铁哈犹豫了一下,扯出背脊上一块已经剁得脱了骨的,放进嘴里。腥膻味一会儿就消失了。铁哈适应了生肉味,又咽下几小块。他本来想就此停下,但又想到不知道下一顿在哪儿,而且他现在还饿着,便用镰刀刺下一整条后腿,摸黑剥了皮,吃起来。

草房四周弥漫着和他嘴里一样的血味。他放弃了进屋的打算,不想再在此处停留。畜圈和鸡笼中那些在暗处转动着的眼珠跟在他身后,也让他紧张。他走到屋前,在一溜儿三间草房的尽头处，看见石磨旁站着一头牲口，带着逆来顺受的温顺，又置身事外。铁哈走近那头毛驴，摸着它的脑袋，手的颤抖随着毛驴的呼吸渐渐平息。铁哈把绕在石磨上的绳索解开。他翻身骑上毛驴。

经过躺在地上的那条死狗时，铁哈别过头去，像是竭力摆脱一个噩梦。他双腿一夹，毛驴带着他跃上了坡，往黑夜中去。

无道无道兮，魔鬼无道德。无道埋路下，魔鬼埋路下，无德镇路下，魔鬼镇路下。去将鬼魄抓，峰雪难化尽，还有遗雪否？尚有魔鬼否？

若还有遗留，山头放哨者起来，深谷侦察者起来，放哨来防鬼，侦察防鬼逃，防鬼匿于山头柏树林，匿于深谷马桑林，匿于木石间。围猎好手自四方而来，杀手射手自侧翼上起，打手劈手自四方而起，苏尼毕摩聚集于室内。

地神阿散起，鲁神朵神起，斯神乃神起，此神批神起，木神阶神起，诅咒魔鬼去，咒鬼也适中，掷魔也有力，咒言施其后，咒语施其后，去兮浩浩然。

恩札走向神枝场。神枝场中，树杈和树棍标记出满天星辰。尽管悬浮于黑夜中的那些巨石在轮转不休中接连破碎、殒没，但他搭建的这个宇宙仍然凝固着一开始的形状，星辰之间保持着始终未变的位置和距离。恩札逐一念出星宿的名称。接着，他开始召唤苏尼护法神前来，毕摩护法神前来，与他一同指挥对鬼怪的最后一次驱逐。

自这块山地创立的第一天起诞生的众神依次起来了：天神九千、地祇九百、森林之神鲁与朵、草原之神斯与乃、悬崖之神此与批、江河之神木与阶；远古部落之神：尼能、实勺、格俄、慕靡；上古英雄之神：戈洛维克的阿叔斯惹、尔吉甘批的马且斯惹、兹穆抛古的布合斯惹、甘洛甘朵的甘惹木嘎、勒格俄卓的勒格斯惹，以及披挂战装的诸勇士、手执宝剑的诸力士；远古诸女神：甲谷甘洛的甘嫫娘娘、"石衣石女儿""石孕杉育女""崖孕水育女""白裙提整整"之少女神、"红裙彩霞飞"之姑娘神、"黑裙稳重重"之少妇神；众多毕祖神祇：俄卓拉穆的阿苏拉则，基日拉穆的阿格说祖，斯义洛谷的阿克俄窝、杨古格则的杨古署布，以及"兹毕如雁叫""臣毕似鹤鸣"的诸神；各动物之神、群雄之神、天地日月星辰之神；部落与家支之神：勒支安浮十二子、俄竹洛曲十二子、者来俄尔十二子、喜德必博十二子、俄卓达日十二子、阿合妞依十二子、好古地坡十二子、阿合恩哈十二子、恩尔则维十二子、恩姆格俄十二子、阿都依莫十二子、阿利伙拖十二子、尔恩必博十二子、特觉特克十二子、硕诺阿纠十二子、修海束祖十二子、尔母支日十二子、曲觉勒升十二子、莫伙尔演十二子、瓦黑勒合十二子、什治瓦则十二子、甲支勒伙十二子、伙支甘批十二子、惹呼火支十二子、斯豁哈曲鹭笃十二子、莫波马史十二子、尔支甘批十二子、思亿阿莫十二子、金阿斯曲十二子、鹭笃尤尔十二子、则俄马史十二子、好古昭觉十二子、恩尔则俄十二子、俄尔苏谷十二子、彭伙俄支十二子、兹兹把齿十二子、以俄波支十二子、则普洛曲十二子、尼哈伙史十二子、洛武古什十二子、格俄瓦普十二子、尼乍故恩十二子、瓦苦乃赶十二子、沙马马伙十二子、辰兹由伙十二子、日吉由伙十二子、斯木补约十二子、谷史木巫十二子、诺古拉达十二子、鹭笃束祖十二子、比尔滴史十二子、利地勒布十二子、斯鹭则俄十二子、金阿伙史十二子、阿迈由伙十二子、日兹坎拖十二子、甘洛支日十二子、德布洛莫十二子。

接着，恩札继续向四方上下呼唤驷匹尕伙报得出名字的各地方神祇，降临神枝场：居甘洛甘多之神、居甘洛布布的甘惹神牛、居甘洛车乌之神、居甘洛合俄之神、居甘洛来批之神、居甘洛鹭至之神、居甘洛更曲之神、居甘洛思史之神、居甘洛支日之神、居斯支以支之神、居昊谷迪利之神、居阿甘迪利之神、差臭迪利鸟神、居斯觉拉达之神、居史哈乃结之神、居瓦吉伙普之神、勿邓城之神、居武则洛曲之神、洛曲山神、特口麻恩山神、居特口布祖之神、阿甘鹭莫山神、居勒支敖布之神、居勒支尼波策之神、额卓达日山神、居恩哈利乌之神、居米石甲谷之神、居喜德拉达之神、俄卓湖神、居彭伙拉达之神、拉布湖神、黄琅湖神、居布拖尼伙史之神、滇帕大海神、居妈贡伙普之神、居迪拉特克之神、居日哈洛莫之神、居慕伙金曲之神、居慕伙巴乌之神、居博口利鹫之神、居利木竹核之神、居柒俄欧史之神、居利木渡口之神、居迪母史拖之神、居俄木木比曲之神、居玛拖以吉之神、居史洛甲谷之神、居拉更伙普之神、居尤俄领哈之神、居阿其比尔之神、居比尔卓诺之神、以诺勒布祖神、威伙尔自山神、居贡布洛哈之神、居布拖坝子之神、居阿颜色洛之神、居以史威洛之神、居特洛以洛之神、古策古惹山神、阿利瓦惹山神、华木海尺山神、居阿木维利之神、居尔诺持火之神、居斯支以达之神、居伙普伙赶之神、居则普拉达之神、居尔比研尼之神、居则普鲁曲之神、居利木莫姑之神、居拉哈以乌之神、居阿依莫波之神、居莫尼甲谷之神、居阿尼莫伙之神、居巴伙尔且之神、居吐尔山头之神、居欧吐母乌之神、居沙马马火之神、居利吐利鹫之神、居母尺伙普之神、居穆伙巴乌之神、俄卓城之神、居普史甘拖之神、居勒红则各之神、居洛火以达之神、居根更由伙之神、阿都英莫山神、阿火王鸥山神、居阿好王拖之神、居母乌拉达之神、居阿布洛哈之神、居诺以乌加之神、居母尼古尔之神、居纳甲甲乌之神、居阿利马拖之神、由特由伙山神、居阿利海尺之神、居格底尔诺之神、居子觉甲谷之神、居麻恩山下之神、居平冬斯赶之神、硕诺阿都山神、居支日山下之神、居柏林山头之神、莫波城之神、居竹谷黄琅之神、居哈曲以利巴之神、居莫火马尔都之神、居硕母义祖之神、居甲支以达之神、以俄火支山神、居尼哈乃结之神、居莫火瓦黑之神、居瓦黑勒红之神、居斯页阿莫之神、居惹呼火支之神、居洛觉乃结之神、居阿研瓦乌之神、居滇帕硕诺之神、母请呢勒海神、居利呵古曲之神、居威呵古曲之神、居拉伙德格之神、阿切母举山神、水域鬼怪神、欧苦母尼山神、居布拖火史之神、居博克火史之神、居德布洛莫之神。

道路打开了。听见自己的名字，众神就被再次唤回，连同祂们所在的山地宇宙，自黑暗中显现。祂们仍是当初第一位毕摩第一次呼唤祂们时的模样，就像自那之后人世间的动荡和衰败从来不曾存在。随即，为增强法力，尤其是在今晚发生不测后，恩札又念咒启用神枝场中架好的兵器和法器，招来浩荡的军队协同神灵作战。

长夜即将落幕，半圆中的观众沉默着，仿佛这场作战也发生在他们身上。在黑夜的终点，这一小群人坐在上方神灵和下方鬼怪邪灵作战的战场中央，却看不见，也听不见。他们孤立无援，忧心忡忡，如同最后的人类，虚弱、无知，却被允诺进入一个荡涤了一切邪恶与污秽的新世界。他们一心只盼望这场看不见的战斗进入尾声，让疾病和灾祸随鬼怪的退去而远离，让他们摆脱缠身的邪灵，让地球上的这个小村寨恢复原状，回到起点，他们的虚弱将被填补，痛苦将被抚平。这只是一个微弱的请求。但它和一切请求一样，永远依赖于整个宇宙秩序的恢复。

截断绝鬼路，驱除绝鬼囚于山崖下，驱除亡鬼囚于彼界岩洞中。

经书翻九层，魔鬼遁入峰岭间，囚于彼界岩洞中。

咒言施其后，咒语施其后，去今浩浩然。

恩札打开囚禁魔鬼的卓波（牢狱），最后一次将绑缚着牲骨和草偶的蒿枝掷往空中。魔鬼们沿着神枝场中搭出的右侧的鬼道，进入了吞噬光亮与声响的岩洞中。恩札随即用咒语截断鬼道，封住洞口。唱诵转为高亢轻柔，左侧的人道、中间的神道重新畅通洁净，通往每个人的脚下。

破晓。看到山坳间颤动着的光线，所有人都感到轻松。索格家主人把剩余的牺牲包好，送给恩札带走。禳得好，真是好。主人满意地称赞。人们陆续起身，往自家走去。在清冷的风和光中，神灵已再次离去。人们抱着对一场充足的睡眠的渴盼，在山路上挪动着，小小的，犹如第一批诞生在这片山地的造物，将这漫长的一夜抛在身后。

恩札背着羊皮袋，和两个徒弟走在回程的山路上。驷匹尕伙内，新的一天开始了。此刻的山地空气清澈，明净的晨光正在扩散。恩札快步走着，不觉疲劳。他有点轻飘飘的，像梦没全醒。脚下的村寨变小了，躺在山坳的怀抱中。那里的人们今夜将不会惊醒，也不做梦，可以好好地睡一觉了。

睡眠会让他们复苏,让他们重新渴望生命。但在他们醒来后,一成不变的日子将继续,他们仍将抽大烟、打家支、吃营生,伤残、流血和死亡也将随之继续。仿佛他们别无选择。或许他们确实别无选择,恩札想。诺苏从不去想别的活法。活人之外的事,他们仰赖毕摩和苏尼。对古老的原则,他们从不怀疑。

想到这些,恩札只觉得厌倦。只是这阵厌倦很快刮过他,又远去了,似乎只是他个人的担忧。纠缠着拉觉阿莫这个村寨的噩梦在略茨日毕完成之后实实在在地缩小了,至少,延后了。这难道不是又一次证明,在拉觉阿莫,在甲谷甘洛,在驷匹尕伙,在恩札的内心,神灵从未离开?他心头的波动也许只是打开道路时,另一重时空的余影。现在,时空的窟窿中出现的下方道路不是堵住了么?鬼怪被驱走,封堵在另一个世界中。在它们再次聚集前,人们还有时间。他还有时间。生者和死者的平息与修复还有时间。留给将来的人的新的命运还有时间。都会过去的。心底一个安慰的声音如此说。可是没一会儿,恩札又不禁摇头。他抬头望向面前的晨雾,在这白雾中,连走到他前头去的两个徒弟的身影他都看不清了。他的安慰只是留给他自己的;不安只是隐藏得更深了。去兮去兮。来也来也。下方鬼怪退散,上方神灵消遁。在二者之间,留给人类的时空只是暂时的。他想到神枝场中的三条道路:人之路在左,鬼之路在右,居中的神灵之路成为分界。但事实上——恩札头一次意识到——人之路才是位于中间的一段索桥。它一头搭往神灵之路，另一头却也被鬼怪之路上涌来的一切挤压着。这座桥日渐朽坏了。走在桥上的人，如果像毕摩恩札此刻这般低下头去，就能见到脚下的深渊，那敞开着的伺机而动的黑暗。因为不知从何时开始，天地早就破损不堪了。

4 鬼地德布洛莫

不吉不祥的德布洛莫山在甘洛上方,
魔王老巢在德布洛莫,
凶神三户德布洛莫居,
畜鬼三口德布洛莫住。
德布洛莫这地方,
是凶神开会的地方,
野猪磨牙的地方,
公鹿磨角的地方,
石板滑人的地方,
水塘淹人的地方。
四面八方的诺苏,
驱鬼赶鬼都朝德布洛莫赶,
打狗杀鸡牛头马面都朝德布洛莫送。

——诺苏《万物起源书》

天还黑着，阿祖烈达和兄弟们就动身了。等到天色开始发亮，河谷中聚起白雾，一行六人已经骑着黑骝马跑了一个时辰。晨雾散去，一轮黄日重新露面，照亮擦过他们脚背的丛丛马桑，在他们穿行的松树和桦树林间投下光斑。马匹缓缓爬坡。几个人到达了岭上的一小块草甸。他们把机枪架在靠近悬崖的一丛凋枯的索玛花丛中，枪口朝下，正对他们之前经过的那片低处的河谷。现在他们只剩下一件事：等待。

在阿祖烈达身旁，有他的一个舅家表弟，另外四人来自其他家支。他们今天到山头来，是要伏击稍后将会抵达河谷的川康军矿务视察团。视察团有六个技术人员，加上川康边防军十三旅的十名护卫兵，总共十六人。士兵身上有十把枪，都是德式步枪。这种步枪是国外淘汰下来的，口径扩张过，不如阿祖烈达他们用的"汉阳造"。

阿祖烈达对这些了解得很清楚。就在四天前,这支视察团离开拖乌,夜里歇脚时,团里聘用的保头[1]听见团长和几个人在摊着图纸的房间里交谈。他们此行的目的是勘查金矿,勘查的地点在立觉拉达山北麓。保头听到这个地名,眼前一黑。立觉拉达山是德布洛莫的东南大门。他心急如焚。等视察团到了瓦里觉,就快靠近保头和阿祖烈达的村寨时,他终于找到机会偷溜了出来。保头是阿祖烈达的姨夫,他托瓦里觉的家支亲戚赶紧去传信给阿祖烈达的父亲。

德布洛莫是诺苏的禁地。一个诺苏娃儿白天听见"德布洛莫"四个字,到了夜里就会惊悸。那里是群鬼的发源地。从来没有诺苏会踏足那片土地,也不敢碰触那附近的任何东西,甚至只是一片草叶。现在,保头带回来的消息是,川康军要把关住德布洛莫的大门挖开,去地底下找金子,找到金子后,说不定他们还要推来炮弹,在德布洛莫炸出许多大洞来。最早听见消息的人,包括阿祖烈达的父亲,除了愤怒、惊诧,不知道该如何反应。他们不相信这是真的。几个头人在屋内怔怔地坐着,骂着,白白浪费了半天。一直到天黑时,他们才派人去给甲谷甘洛一带的所有头人带口信,让他们赶来,等人到齐了,才开始连夜商议。必须派人阻截视察团的这次

---

[1] 保头:清末至民国时期,官方统治难以深入大小凉山,其内部众家支林立,以地界划分各自统辖范围,外人难以穿行,遂演变出保头制度,即由家支势力大、个人能力强的黑骨头头人或其指定代表作为保护人,收取酬金或抽成,担保汉商、考察人员等外来者在该地区行路、活动时的人身安全。

勘查。可好些黑骨头家支因为抢掠和攻打川军部队,头人们死的死,没死的都被押在西昌坐质[1],动弹不得,还留在村寨里的大多是老人和小孩。

"我去。"不等头人开始商量人选,一直在旁边闷声听着的阿祖烈达突然开口。说完之后,他就沉默了,却没有收回目光。那是一双天生带笑的眸子,此刻却显得肃穆,透露出不容拒绝的决心。他的父亲和他短暂对视了一眼,做父亲的立刻就明白,不让他参加这次阻拦是不可能的。父亲点点头,其他头人也就默许了他的请求。接下来商量其他人选。眼下,甲谷甘洛的这几个村寨不剩多少有战斗力的诺苏了。现在这件事关系到德布洛莫,结着世仇的家支之间的宿怨便暂时放下了。几位头人,连同头人还在山外坐质的家支派出的代表,最终商定了出战的人选,又急忙派人去往各村寨,通知选定的人,让他们带马带武器,来阿祖烈达家会合。将近天擦亮的时刻,一支六个人的队伍凑在了一起。这时,离视察团靠近德布洛莫已经不剩多少时间了。

汇总来的武器重新分配,确保每个人有一支"汉阳造"(两年前川军内部交战时,他们趁乱从山外掳回来的)、一把卡宾枪,每人腰带上还别着一把从不离身的诺苏砍刀。六人饮了结盟的鸡血酒,见了打鸡卜的卦象为吉,便出发了。

---

1. 坐质:清代开始在凉山地区实行的一种人质制度。被抓捕的家支头人被解送至越嶲、冕宁、西昌、会理等县夷卡关押,称为"质夷"。民国时期,为平定频发的"夷乱",地方政府规定质夷需连续不断,以子换父、以弟代兄、以侄代叔,谓之"换班"。夷卡条件恶劣,阴森污秽,疾病流行,质夷常常很快殒命,再由家人换班,有些家支因此濒临绝灭。

露水从草地上升起，沾满查尔瓦。草甸上只听得见马在咬嚼子，不时喷出鼻息。几个人伏在地上，几乎一动不动。这是一支十分稚嫩的队伍，却是甲谷甘洛能凑出的最好的队伍了。负伤的、养病的，太多了。六人中属阿祖烈达最年长，今年二十二岁。表弟最小，才十六，其他几人也都不满二十岁，不过也参加过好几次战斗了。要说战斗时的勇武，这一带阿祖烈达称第二，没人敢称第一。"怕死不是黑骨头"，阿祖烈达打起仗来连黑骨头都要吃惊。他总是径直先把自己抛进离死最近的地方，再从那里拼杀出一条路来。表弟从小就崇拜这个表哥。他这时扭过头去，瞧着阿祖烈达。在没有一丝阴影的光线下，阿祖烈达的侧脸很清晰，眉骨和鼻梁像高耸的山丘，嘴唇如弯刀。他一动不动，如果不是眼中汇聚起越来越强的亮光，表弟也许会以为自己瞧着的是一尊从阿祖烈达身下峭壁中凿出的石像。

表弟不知道，这尊"石像"的胸中正涌动着恨意。"复仇的干柴已布满，只消把火种点燃。"最近几年里，山外汉军对他家领地上的一切盘剥得厉害。那年，山内山外都闹灾，饭都不够吃，营生也打不到，刘文辉勒索每户黑骨头家一个月内要上缴一万五千块银元。阿祖烈达家筹了八千，刘部嫌少，下令趁他们出山时就地逮捕。阿祖烈达父亲和另外几十个头人一同反抗，把派来的分队全歼灭了。刘文辉大怒，不久后便派军突入甲谷甘洛。那天恰巧阿祖烈达父亲去山上烈达堂叔家借燕麦，阿祖烈达母亲被捉，其余十几个头人也都被带走。过了几天,头人们的脑袋便挂起在西昌校场北面的杆子上。阿祖烈达母亲被监禁。刘的手下放话,这次要一万两才能赎。还没等到他们筹够银两,母亲也被杀了。随后是二刘之战[1],刘文辉和刘湘在山外打了一年多,刘文辉在山内筹集饷款和军费却是一刻不停。刘文辉的下属为了拍马屁,对诺苏苛索搜刮得更是凶狠。收税的部队一进村就放枪,看见什么就射击什么。他们胡闹了一通后,又把全村人赶到平坝上,用枪口对准每一家的女人和孩子,男人们的双手就什么都做不了了。领头的军官问谁是伊洛家的人,一边拿一双眼睛扫视着人群。见半晌没人应话,又一轮折磨、恐吓开始。最后,伊洛家的大儿子从人堆中站了出来。军官阴沉着脸,摇着头,再次威胁众人。他得到的消息是,伊洛家还剩三个儿子。自从伊洛头人被杀后,军官们一直担心遭到这个实力强大的家支的报复。就在那一天,他们把伊洛的三个儿子全部当场击毙,伊洛家的女人被带到西昌,像动物一样被关押在笼子里,每天供汉家参观和调戏。这是比死还大的耻辱。想到这些,阿祖烈达咬紧下颌,握着枪托的手青筋凸起。现在他们又要来炸德布洛莫。他想起就在一个月前,西边的木里藏区传出的那件大事。川康军矿务视察员带了一支队伍进木里,要和木里土司米吉活佛协商开金矿的事。他们把土司骗到寺外,

---

1. 二刘之战:民国二十一年十月至二十二年九月,为争夺四川,二十一军军长刘湘与二十四军军长刘文辉之间爆发的战争。系四川境内四百多次军阀混战中规模最大、时间最长,也是最后的一次。

开枪打死了土司，还把新土司掳走，关押在西昌。这件事在山地造成了轰动。大家都说，木里从此不是藏人的了。现在他们要对诺苏使出同样的把戏。刘文辉知道，驷匹尕伙有多少个山头，就有多少个头人，掳不完也杀不完。所以他们现在要在德布洛莫捅出一个洞，把诺苏世世代代赶进去的鬼放出来。

阿祖烈达的家支世世代代住在德布洛莫下方，没有迁出过。他的祖父总是说，守德布洛莫东南大门，是他们这一支中所有男儿的天职。诺苏都知道，德布洛莫这块地方"有雉雉不啼，有牛牛不吼，男儿无喊叫"。不啼的雉最凶，不吼的牛最能干，不喊叫的男儿就像阿祖烈达一样，心里有一把日日夜夜烧着的怒火。他早就起誓，这帮猪狗不如的川康军不罢休，他阿祖烈达也不会停手。

前一天的下午，视察团到了瓦里觉。保头建议大家在这儿停下，明天早起再接着向北行进。团长本想按照原计划继续往前走一段，等天黑了再歇，但保头突然强硬起来，说前面没有他可以担保的村寨，要走他们自己走。团长明白保头说的不是实话，嘀咕了几句。但此行已近尾声，视察团又深入到了倮倮的腹心地带，他也就不作声了。他们投宿在一户白倮倮家。吃过晚饭后，技术人员在火塘边摊开图纸研究，团长也凑了过去。剩下几个小兵就凑到一块，在漆黑的屋角低声聊起天来。聊天的主题一路上都没变过，就是互相倒苦水。冬天只有草鞋穿啦,每个月只有几块袁大头啦,军营里吃了上顿没下顿,还都是菜汤啦。他们聊到各自的家乡。这几个人来自四川各地,不是同一批入伍的,但都好几年没回家了。才说了几句,人人都不再作声,各自想着老家的好处,想到家人在这兵荒马乱的年头不知道逃去了哪,想到仗打完了,等到回去时也不知道是不是还找得到家人,连自己还能活多久都说不准,这些又加深了他们对眼下处境的茫然。屋角沉闷了好长一段时间。

"勒趟任务确实轻松。"说话的是老家雅安的卢天明。这行人中他的年纪最小。在这样的人生阶段,天大的心事都如同流水中的泥沙,还没来得及沉入河床,变作冲不走的愁闷。

"还有肉吃。"一个人搭话道。

气氛稍稍活跃起来。又一个声音说:"勒些老乡还懂得起,打羊打鸡,搞得像过年哦。都说蛮子凶悍,我看他们都㞎[1]得很,还很好客嘞。"

"还不是看他的面子嘛——"

这是在说他们的保头。大家抬眼,屋里却没有保头的身影。他们也不去管他,只顾接着说话。

"要是打仗时碰见勒些人,你就不会'老乡''老乡'的喊咯。"

"对头,把你龟儿子脑壳砍下来,看你用哪张嘴吃肉。"

---

1. 㞎:四川方言,pā。温顺,脾气好。

这会儿屋里头没一个倮倮,他们松快地笑起来。笑声刚落,苦闷的情绪返回,堆得更满了。他们又想起自己的战友。就在他们出发后的这些天里,剩下的人不知道开拔到了哪儿,更不知道回营时还剩下哪几个活着的。要说山里的这个世界让他们陌生,他们置身其中的日子更让他们无法理解。大大小小的征战,不知何时结束的颠簸,将一切变得不真实。像他们这样的小兵,就像被人蒙住头,牵着鼻子往前走,走到哪算哪,根本不是自己做得了主的。毕竟年轻,又都从战场上捡回来命过,便又生出了一种最单纯的希望,觉得能张口呼吸的日子还会有许多。有个人问大家战争结束后想干什么。有的说想回老家接手家里的小店铺,有的想娶一房媳妇,问到卢天明,他说他想去念个师范学校,回乡做个教书先生。众人知道他跟一个前清秀才念过几年私塾,说话会蹦文绉绉的词,正想取笑他是秀才的命,端不得枪杆,却被团长打断了。

视察团团长在旅里也是个团长。自从进了山,他就一路神经紧张。这会儿他的烟瘾犯了,这些年轻人还在不问眼前一味说笑,让他愈加烦躁。他把他们打发了去检查装备和武器,勒令他们做完之后就躺下睡觉,谁也不许再出声。

等安静下来,技术人员也歇息了,团长独自上门外抽起了烟斗。去年军中禁了大烟,他只有抽烟叶了。这趟进山,他却见倮倮仍是个个抽大烟。问过保头得知,山里果然还在种,今年的种子才刚下土。售卖烟叶的收入要拿来充军饷,不种的人家还要缴"懒税"。听到这些他闻所未闻的事情,他不禁有些同情倮倮。但这点微不足道的触动,转眼就被敌意磨平了。团长是马边油榨坪人。他是在这种古老的敌意中长大的。自他祖父的年代开始,夷祸从未断绝过。三十年前,大凉山东侧自油榨坪、山棱岗至西苏角一带驻军大量减少,夷祸迅速蔓延至宁属各地,汉地之间交通渐渐断绝。十五年前,山棱岗、马颈子首先沦陷,雷波以西再无边防。之后又失马边烟峰、油榨坪,再失三河口。八年前,雷波县长被倮倮击杀,汉地政府未发半点声讨之声,自此之后,倮倮再无忌惮。

马边失守时,近千人被掳进山,团长是逃脱的几个人之一。倮倮闯进城时,他的妻子和儿子正在集市。他去找,没找到。他去雷波投奔了亲戚,后来又好几次回马边一带,打听妻儿的下落,却毫无音讯。倮倮杀进雷波,三百多人被掳进山,亲戚一家全部遇难。他无路可去,加入了宁属屯殖民军,就是后来的川康边防军二十四旅。

他好几次随军队进山抓人。倮倮往西跑,到野林子里、高山上躲起来,等军队到时,村寨都空了,连瓦板房屋顶的木条也全卸走了。然后有一天,他们再次从山里冲出,发动又一轮洗劫。他们就像除不净的虱子,像石块底下的毒蚂蚁,火烧不灭,石块砸不尽,掀起石板一瞧,他们还在扭动。政府还提出什么可笑的感化政策,这么多年毫无进展,失地反而越来越多。

这还是他头一次在倮倮领地走得这么深。这是片可怕的山地。比马边和雷波一带更苦寒，也更贫瘠。视察团一直在河谷地带行进，连绵的高耸山岭夹岸而起，满目是沉重的荒土、巨石，人坠在地上，贴着地一步步挪，一整天都走不出同一片河谷。看几眼就知道，在这里活着，人能做的很少。看得见的地方走不到，一辈子被山圈在同一块地方，吃的和用的都是有限的，也许连梦都是循环着同样的景象。他觉得这里的一切都是反对人的，吞噬着一代又一代人的生命。他们的住所也不堪入目。脏，屋内昏暗无光，人和牲畜在一个地方吃和睡。沿路没见一座像样的建筑，房屋都是随时会被废弃的模样。也许就在这样的一间屋子里，他的妻子成为了他们的家奴，五岁的儿子只会说倮倮话，连他这个父亲也忘记了。这是他反复做过的噩梦。他现在进了山，不想去看也不想去想的这些，又来到了他眼前。而他什么也做不了。每一眼所见，对他都是说不出的折磨。他好想炸平这片山地。不，他只想炸倮倮。可迫击炮很难在这种山路上运进来。如果有个大飞机，把成群的士兵空投下来，也许可以打一场快速的歼灭战。谁能做这个决定？山外的世界现在内忧外患，谁也没空来管这里的事，来解救像他的妻子和儿子那样的人。这一切就像一根倒刺，更深地扎进了他心里。

第二天一早，队伍已经走在了山路上，昨晚的念头还萦绕着团长的头脑。空袭、地面推进、闪电战、持久战，好几种战略方案被他一一审视，又推翻了。他的思绪陷入了烦闷的空白。眼前的白雾填充了他的头脑，让一切更加疑虑重重。走在他前后的队友都在雾气中消失了。马蹄磕碰着冻土，下方的路终于不再笔直，而是往西弯折。晨雾就在他们拐弯的时候退散了。光线筛过这十个人，在地上留下毫无差别的黑影。整个队伍都通过那个弯道之后，阳光中，一片巨大的谷地敞开在他们眼前。十几座高山的顶峰笼罩在云雾中，围拢谷地。

"就是前头，下坡就到了。"打头的那个工程师举起手中的矿区勘探图纸，向后方的队伍高喊。这个工程师很满意眼前看到的景象。有这几座高山作天然屏障，只要在前方谷地的入口设几座岗哨和炮楼，就可以守住金矿的进出通道。

想到接下来的几天就要在这深山沟里驻扎，没老乡家的火塘，没肉吃，卢天明有点失望。这趟虽然劳苦却远离了战地的旅程就此告一个段落了。他走在队伍的最末尾，越过前面两匹驮着辎重的建昌马，看见在下坡路的尽头，队伍的前段正绕过一面悬崖，进入那平坦开阔的谷地。他突然好奇，附近的人怎么不在这么好的河谷地里盖房、放牧？

他下了马，牵着辔头走向其余人。风在经过隘口时突然加速了，变作小刀似的旋风，在他背上划拉。他不由得加快脚步。身旁的马突然不安地嘶鸣起来。在一阵似乎很长的恍惚中，卢天明看见前方的人的脚边有什么东西在一闪一闪地发光。这阵奇怪的停顿让他不由得抬起了头。就在这时，空中裂开一连串脆响。

阿祖烈达本想等这队人马全部进了隘口才下令射击。他也是这么嘱咐其他人的。莫格家那个孩子却抢先开枪了。几枪都打空了，射在碎石上。阿祖烈达见几个人掉头往后跑，便在队伍的末端补了几枪。他要把所有人都堵在射程内。走在最后的那个士兵第一个被他射中，倒在地上。其余几个士兵朝着高处举枪，但他们只是在浪费子弹。几颗子弹撞在下方岩壁上，余下的只是在空中划出一道道弧线，还没落地，他们的血就凝固了。

就在同伴急切地朝下方连续射击时，阿祖烈达不慌不忙地上膛、瞄准。他的子弹由他的怒火制成，穿透敌人的身躯，浸泡着他们的血，把他们送进德布洛莫的口中。他的肩窝感受着枪托有节奏的反冲，一下，又一下，犹如德布洛莫鬼王之手在拍击，感谢他把献祭送到它家门口。他从没想过，有一天他会走进德布洛莫战斗。在这个时刻，阿祖烈达才明白，子弹本就是他和鬼王之间的契约。今天、过去、将来，只要他战斗，不论他活着还是死去，他都将是德布洛莫的战士。

谷地恢复了寂静。阿祖烈达和三个同伴挎上枪，骑马下山。整个村寨都在等待他们的归去。他们要做短鸡嘴[1]，还有一场除秽和驱鬼的仪式在等着他们。死亡将留住德布洛莫。在它之外，山地将一如既往地运转。但在阿祖烈达的身体里，被魔鬼拍打过的感觉还残留着。

---

1. 短鸡嘴：用公鸡进行的驱除灾邪的仪式。

就在他们回程途中，一个奇怪的声音降落到了阿祖烈达身上。起初它像一声尖叫，一阵涟漪，很快就弥漫各处，如同摇晃一切的地震。他不禁抬头朝四周望。它似乎就在他身侧，又极其遥远。奇怪的是，它好像不属于他所在的这个世界，但又来自人类。更确切地说，来自一个女人。或是它在竭力模仿人类的嗓音。但最最奇怪的是，似乎只有他一个人听见了。阿祖烈达有一种触犯了禁忌的感觉。他的同伴们仍在骑马前行，没有任何改变。而在那个声音持续的同时，他依旧能听见树林上方鸟的鸣叫，听见风吹过他僵硬冷却的脸庞时发出的沙沙声。时间在他身旁一如往常地流淌。只有阿祖烈达被那声音拽住了，停顿在它里面。他的脑中一片空白，随即翻滚起传说中这个鬼地里才有的各种怪声。小时候每每感到安逸时，为了锻炼自己的胆量，他会找一个温暖、安全的所在，然后在头脑中模拟那些想象中的怪声：小鬼的，大鬼的，鬼王的，鬼母孜孜尼乍的。但现在那些保护着他的温暖、安全的感觉——从他身上剥落了。他知道，那些保护永远不会再回来了。他半是恐惧半是期待地等着那声音再次出现。但它消失了。

团长转过身，看见卢天明脸上露出迷惑不解的一丝微笑，慢慢往后仰去。他躲避着子弹，可又能躲到哪里去呢，除非大地此刻裂开，给他一个栖身之处。他又朝着悬崖上方开了几枪。那几个脑袋缩了回去，露出背后一无所有的天空。他一边还击一边移动着自己的位置。子弹卡壳了。他跑向离他最近的枪。身边的人一个接一个地倒地，受惊的马举起前蹄，图纸像奇怪的鸟飞入高空。他看见的一切都扭在一起，歪斜了。一次撞击，又一次，从他的后背。他在致命的疼痛中摔倒了。他栽在一堆硬土一样的肉上，在那上面有一张凝固着惊愕的脸，像一面磨损的镜子，映照出他的结局。他是最后一个了。剩下的人都已无法动弹。忽然之间，他不知道这是哪里，也不知道自己为什么在这里。但还能是哪里？他的葬身之所只可能是这座石头荒原。是多年来的仇恨和孤独把他引向了它的腹地，然后夺走他的一切。他，所有人，都将被这片远离家乡的山地吞噬。大炮，飞机，将来更多的战争，都不能改变这一点。各种思绪在他头脑中爆炸，又停顿成空白一片。他的脑袋渐渐变成别人的，他什么都弄不懂了。终于他变成了自己不理解的东西，像这个世界一样毫无意义。一丝愤恨随之涌来。他大张着嘴喘气。虚脱中，他看见了妻子和儿子，看见了油榨坪的家。不，不要让我死在这里。愤恨消散，他在垂死之际作出最后的祈求。在血流停滞之前，他听见一声尖叫，从高处裂开，向他来了。随即它变作一道命令，一阵安慰，像一张手掌托起他，把他举到刺目的强光中。他从上方又看见了谷地。先于他死去的战友都消失了，他看见只有自己躺在那里，苍白的面孔朝上，睁着眼，变得越来越小。

听见枪声时，铁哈正走在通往谷地的那段下坡路上。他催促毛驴掉头,那家伙却只顾焦躁地叫唤,就是不迈步。他拽了毛驴几下,随即下了地,拉着毛驴扑向山路一侧的悬崖。在毛驴的肚皮和他的后背贴上的岩石之间,有一小块容身之处,他在里面蹲下来,躲避着可能来自任何一个方向的子弹。枪声在他头顶不停炸响,他的心越揪越紧。不知道过了多久,枪声忽然停止了。

铁哈又耐心等了一阵。时间逝去得越多,就越巩固他对自己还存在于世的信念。当他确信危险已远去,准备站起来时,他感到一个东西在逼近自己。他对此怀有预感——就像在梦中,事情发生之前,做梦的人就提前知道接下来会发生什么。它越来越近。它来了。一声尖叫。像覆盖一切的天空塌下,聚成一枚箭镞刺穿了他,在他的脉搏中跳动,寻找着出口。

昨天那头羊蓦地浮现在铁哈眼前。略茨日毕场上,那头一团血肉整个儿被翻到外面的野山羊。他好像和它一样,被那声音剜开,翻到了自己的外面。他又看见了十五年前,站在那片山棱岗的树林里的冯世海。麻绳悬在他的头顶。一双不知是谁的眼睛,又从那里看着现在的他。他求救道:不,我不想死在这里。他睁开眼睛,天空仍然在他头顶,蓝得没有一丝瑕疵,似乎什么都没有发生。他一动不动地待了很久,直到光线转暗,太阳消失在雾气背后。铁哈站起身来。一匹灰马从山路拐弯处奔向他身后。

他硬着头皮从毛驴肚皮底下站起来,往枪声消失后的谷地走去。如果他不想重新返回拉觉阿莫,这是唯一可以往东走的路。在三面环山的谷地中,白雾正在堆积,到处是雾一样的光线,光线一样的雾。铁哈感到自己犹如身处一种稍稍动弹就会立即涣散的时空。这一切越来越像梦,但不是他自己的,是另一个人的。他害怕脚下的褐色土地突然消失。他盯着自己的脚,直到差点撞上一匹枣红色的马。他抬起头来,几匹马的上半身呆呆地浮在雾中。谷地一片宁静。铁哈迷惑不解。这难道是传说中的诺苏的祖灵之地?他到了诺苏祖先在天上的住牧地?血的气味刺破了他的妄想。脚下不远处,透过乳汁一样的白雾,他看见地上躺着一个人,穿着一身军装。接着又是一个人。他不想去看但已经知道,地上的是尸体。毛驴突然尖叫起来。一匹脖子流着血的马疯了似的朝他冲来。

  他放开毛驴,侧身躲过那匹马,漫无目的地往前走。脚下出现越来越多的死人、死马。一片扫射过后的狼藉。几个布满枪眼的包裹裂开了,摊开在地上,四周散落着不属于这片山地的奇怪的图纸、仪器、干粮和衣物。这场刚刚发生的战斗,这些前不久还活着的人,转眼成了一堆稀碎的怪物。铁哈跌坐在浓雾中,好像身处一阵大晕眩,眼前充满费解的图像,他控制不住它们纷纷向他扑来,成块地塌落,撕扯他的神经。他再也弄不明白眼前看到的。好像他是他们的一员,一个还有呼吸的死人。随即他的目光被定在了某处。好像有人强行从后面按着他的脑袋,要他往那里看似的。那是一个士兵,就是他最早在地上看见的那个,貌似和他年纪差不多。

士兵灰暗的脸上奇怪地凝固着若有若无的带着歉意的微笑，像是为自己曾来到世上抱歉，为自己眨眼之间的死感到抱歉。铁哈的眼睛无法从那个年轻士兵的脸上挪开。那诡异的笑好像来自一个沉睡者的梦，却永远不会再起变化。然后铁哈发现，那个士兵好像正在变得越来越重。就好像他身下的地面正在下沉。所有的死者都在黯淡、变重。很快，他们身下的大地将因为承担不了这些死人的重量而沉落、开裂。最后这整片山地，包括更远的地平线、天空，都将向着此处塌陷，变成一个大洞。

他必须在这一切发生之前离开。他在那堆包裹里翻找，取走干粮、罐头、一把刀、火柴，还有一杆枪、几包子弹。他还要找一样东西：钱。那些包裹里当然没有。他注视了一会儿地上的那些人。这些钱对他们没用了，他这样说服自己，忍受着强烈的心跳，把手伸进死者的口袋。他碰到那些僵硬的腿，哆嗦起来，半闭着眼在他们身上搜找。和他一样，他们来自山外。出于同情，他把所有没来得及闭上的眼睑一一合上。他同样受不了那些眼睛一直盯着自己。

他近乎机械地从一个死人挪向另一个。到后来，他摸着的好像只是一个个装着冻土豆的麻袋。总共有十三块银元。他解开裤带，把它们倒进他缝在裤衩上的贴身小兜里。金属冰凉，戳进他的骨头。他看中了一个人身上完好的军袄。他开始解开那些纽扣，尽量不碰底下的身体。但要把整件军袄脱下，他必须抬起它。他抱起那具发沉的尸体。棉袄紧紧箍在它的主人身上。尸体好像在变大。它跟他较着劲，在他怀里左右晃。他加快了手上的动作，可怎么也扯不动。他担心会在这件军袄上面耗费太长时间。铁哈心一横，不再去顾忌那是他的同类。他抬起眼，屏住呼吸，使出所有力气，尽量忽略栽倒在他怀里的那份重量。前胸、胳膊、后背、胳膊，终于都扯下了。他背上全是冷汗，脏腑顶到喉咙。他脱下查尔瓦，把军袄穿到身上。一阵可怕的寒意兜上身，他哆嗦了几下。他又从另一个人——也许是个长官——脚上褪下一双皮军靴，换下他自己破损不堪的草鞋。干完这一切，铁哈感到全部力量都耗尽了。他深吸一口气，跪下，朝着那些恢复了死者身份的同类磕了三个头。他站起来往回走，骑上那匹站在原地的枣红马，把毛驴一同赶出谷地。在上坡处，他使劲给了毛驴一鞭。

暖意从体内很远的地方升上来。在一步步远离谷地的路上，他看着自己嘴里哈出的小片雾气，神志恍惚。铁哈觉得自己好像还跪在地上，正在那些冷冰冰的死人身上四处翻找。好像那一部分的自己还留在那个山谷中。他决心不再去想。无论如何，他活了下来。反复想这些事并不重要，也不能告诉他比他的幸存本身更多的东西。眼下，铁哈只想把不久前身处其中的可怕处境，他像掘墓人一样侵犯了陌生死者的所有记忆，连同那个地震一样搅乱他脑袋的奇怪声音统统忘掉。他还有继续活下去直到走出山地的严峻任务要完成。重走一段回头路，倒成了目前最轻松的部分。

5 归途

铁哈用了整整三天三夜到了牛牛坝。第一场雪是在夜里落下的。还好雪不算大，下得也不久，第二天，马没有放慢速度。但冬天正在步步紧逼，他没有时间再走错路、走重复的路了。他要从北方重新往东南，翻过井叶硕诺波。那是唯一带他回到山棱岗的路。

冬日的临近倒也带来了一件好事：诺苏的一切活动都减少了。秋季的例行仪式正在接近尾声，人们将越来越少出门。他企盼阿禄家的人已经放弃了对他的追捕。他现在并不总是避开村寨了，甚至有一次，他在一户人家要到了些喂马的干草和麦秸。他也把干粮分给马。这匹军马已经适应了它的新主人，用它的脚力和沉默协助着铁哈。不管铁哈用查尔瓦或者军袄扮演何种角色，他都需要这匹马的配合。

三天来，铁哈好几次在梦中回到那片谷地。有一回，他看见父亲和哥哥站在那片下陷的白雾里，向即将出发的他道别。他看见尼曲阿嫫和他母亲并排站着，上半身浮在空中，像那些马一样。他把这些混乱的梦归于他总是一个人赶路。他努力用白天的现实约束他的意识。他的神经绷得紧紧的，盯着眼前不断变化的路线和方位。他并不知道那片谷地就是德布洛莫，也许正是这一点帮他走出了它。

　　他还有另一种与梦无关的困惑。那天他离开谷地后，攀上它旁边的一座山岭。到达山顶时，他忍不住转过头去。谷地的最低处已望不见，但就在围绕谷地的那圈山峰的南侧，他看见一座较矮的山丘。上午从西南方进入谷地时，他失去了空间感，以为那座山丘勾勒出的线条属于背后群山的一部分。现在转到谷地东侧，铁哈才看出它独自矗立在谷地中央，并不挨着任何一片山脉。在这座小山丘顶峰处，雪线的下方，他又见到了那个山洞。那天清晨在的各家门外，逃亡的第一天，他就见过这个山洞。当时他以为它在井叶硕诺波，难道它其实是在这里，这片布满死人的谷地中？他怎么可能从包围着它的更高的山峰之外看见它？他也从未到过这片谷地。当年被掳进山进昭觉普诗岗托的路并不经过这片北部山地。这是另一个山洞吗？有可能。他想回忆起更多细节，但记忆遁逃了，他迷失了方向。

　　想起这个山洞，铁哈便感到那座填满死尸的山谷仍然抓着他。也许这只是长久的疲累催生出的一个怪诞念头。

现在一天当中的天气会变化好几次，太阳时有时无。阴沉的云层在天空中聚集时，他绕着山不停地转弯向下，等他到达河谷时，眼前出现两个方向的路，而他不知如何选择。有时铁哈也会看见几乎一模一样的山头、树林、峡谷、溪涧，它们如此相似，就像他一直是在同一座山里打转，而回头的路消失在雨雾中，找不到了。

三天三夜中，他没有碰见一个人，就连挨近村寨的道路上也是空荡荡的。他独自走在路上，留下转瞬即逝的脚步声。夜里，他用枯枝生火，在凌乱的睡眠中听着四周起伏的各种声响：狼或豹子的低吼，惊乍的飞禽，麂子急促的鸣叫变成类似小孩的长长哀鸣。一点点草叶的震荡也会让他警醒，那可能是匍匐在某个角落的还未开始冬眠的蛇。

现在，除了山地本身，再没有什么隔开他和山棱岗了。他只需要扛起山地，在它压垮他之前，朝前走。他相信，只要他能跨过井叶硕诺波，开始冯世海的生活，过去做呷西的十五年，作为铁哈的他，以及这一路发生的事，可以统统留在井叶硕诺波的这一侧，沉入遗忘。铁哈相信这一点，无论它是否真实。甚至，它越是不真实，越能够支撑他继续跋涉。

在山腰上，铁哈看见两条大河的夹角处出现一小片平坝。河谷中的村寨、房屋、林中的炊烟展开在他眼前。他可以在那个村子问路，也许还可以在某个小店稍作停留，吃口热食。当他骑马下坡时，空中飞起了雪片。大风沿着峡谷扑来，雪像是从地面扬起，倒着飞入天空。空气异常寒冷，今晚会结冰。

进入村寨前，铁哈经过一片树林。树林里是一个牛马集市，挤满附近赶着牛马上来的卖主，却并不像昭觉的集市那么混乱。树林很沉静，连同里面的人影也无声无息。铁哈有一种错觉，就好像他们已经在那里待了很久，是为了别的事聚集起来的。那些人穿的查尔瓦也和昭觉不同，是纯黑的。他们任由雪片洒落在肩上、胸口，像在聆听看不见的讯息。铁哈经过时，他身下的枣红马引起了那群人的注意。它比山里的马高，也更壮实。有几个挨着路边的人站了起来，用一种严肃而警惕的神情盯着铁哈的面孔。铁哈不由得又瞥了一眼：这并不是牛马集市——树林里只有马。他转头看向前方，把罩在头上的蓝色查尔瓦拉高些，遮住他的脸。

沿着进村的唯一一条土路走到底，铁哈又站在了岔路口。两条笔直的巷子把村寨一分为二。这是个挺大的村寨，路比较宽敞，也没有那么泥泞。他选了一条人少的路。在路尽头，他看见一间只有零星几个食客的店铺。他把马拴好，走了进去。老板立即向他走来。

"长官，吃点什么？"老板的目光扫过铁哈查尔瓦里面的军袄，和他背上的枪，用汉话问他。

"都有什么？"铁哈也用汉话回答。

"刚煎的荞麦饼，还有洋芋汤。"

"好，就来这些。"

"饼要几块?"

"三块。不——四块。"

吃的端上来时,他问老板这是哪里。老板回答他是牛牛坝。原来他已经到了利木莫姑一带。接下来应该就是一路往东了。

一个背着娃娃的诺苏女人跨进门槛,头帕和背篓上积满了雪。老板朝她走去,讲起了诺苏话。他听见老板的诺苏话说得并不好。从厨房出来后,老板站到铁哈的桌旁。

"长官这是去哪?"老板语气殷勤。

"雷波。"

"雷波?那儿可刚打了一仗。"

铁哈心一沉,喝了口汤,没答话。

老板在桌旁的方凳上坐下,小心翼翼地低声问铁哈:"您……也是逃兵?"

铁哈不解地看着老板。

"哦,别误会。您也不是第一个。山里更安全嘛。"

他不好多问,默声喝了几口汤。

"是嘛。你看我们,本来也是在雷波开店,没法子,过不下去,只好躲进来。还差点死在路上。你老家也是雷波?"

"山棱岗。"

老板缓缓点头。铁哈感到老板正打量他,一边酝酿什么想法。他这副样子也实在怪异:头顶还盘着英雄结,披着查尔瓦,却又穿着军袄,挎枪骑马。

老板突然伸出手来，一把抓住铁哈的手背。铁哈心里一惊，但并没动。他左手绕到背后，去摸查尔瓦里的枪。

"你还是别回去了，小伙子。就在这里找个营生，干啥都行。活多一天算一天，你说呢？"

"我得回家。"铁哈把手从老板的手下抽开。"我家人在山棱岗。"

店铺外的天色更昏暗了，好像白天已经提前结束。大雪错乱而狂暴地倾倒在大地上，搅拌着铁哈疲倦的头脑。一头牛摇晃着铃铛过去了。后面紧跟着一个呷西老头，肩头扛着一大捆柴火，头垂在胸前，脚上的草鞋拖在泥水中。铁哈想起自己以前也是这个时辰砍柴下山。

"村外树林里是什么人？"铁哈问老板。

"喔，那些打仗的。估计又要出发了。"

"上哪？"

"不知道。往东吧。听说他们占了碉堡，现在要把东边进山的路堵死。也许就是今天。"

"那出山还走得通吗？"

"不好说，不好说。"老板直摇头。"不过你这身军袄会惹麻烦。"

老板建议铁哈如果不再需要军袄，可以用来换他自己的一件旧灰袄。铁哈换上了灰袄。它并没有军袄厚。他问老板要怎么处理军袄。

老板一笑："卖掉。那些树林里的人喜欢穿军袄。见到汉兵能用来炫耀。"他的口气满是轻蔑。老板把军袄里层翻开，仔细检查。他皱起了眉头。左腋下方有一个带暗红血渍的枪眼。

铁哈摸出一块银元给老板。

铁哈请老板给他画了一张从牛牛坝出山的路线图。在昏黄的灯光下，他注视着那根歪扭盘绕的线条从牛牛坝出发，向东北方斜横——三河依打——八拉沟——继续向北，穿过天喜——几段急遽弯折的之字形山路——一个三角形：井叶硕诺波的龙头山——越过三角往南折——大谷堆——小谷堆——竹蒿——田家湾——卢家寨，最后结束在山棱岗。

铁哈收好纸，谢过老板。他刚牵上马，看见老板追了出来，又递给他几块荞麦饼。

"出村就赶路，别走错。说不定能赶在封路前出去。"

铁哈点头致谢，独自走入雪中。

马一路小跑，哈出团团白气。铁哈心中焦急，担心身后那些树林里的人赶超到他前面。他不停回头，身后的路却早已淹没在大雪中。继续赶路还是找一个地方躲避，他犹豫着。他在一段平路上停下，喂马吃了几个荞麦粑粑，又继续往前。纸上那根发颤的曲线一直在牵动他。它的终点深埋在他的记忆深处，就像一团萤火虫的光，微弱，但就在那里。

山路始终在抬高，他继续攀登。靠近最高处时，雪更大了，狂风铁锤一样乱砸，拍击铁哈，马开始吃力地喘气。铁哈下马，用背抵着马身站稳，摊开那张纸，判断了一下方向，开始下坡。在一个拐弯处，一块横出的大岩石突起在路上方空中，底下的山壁上被人凿出了一个凹陷，正好可以容下一个人。他钻进了这个暂避风雪的岩龛。

铁哈歇息的时候，风突然止了，雪停了。他的四周一片静寂，没有追兵，没有野兽，能听见的只有自己的呼吸声和马的鼻息。也许今天是他走运的日子。一个赶羊的人经过，铁哈向他问路。前方是一个叫勒陀的村寨。接近傍晚时，天色陡然转亮，气温在下降，但景象变得澄明，悬浮在无风的空中，似乎不再流动。井叶硕诺波的绵长山脉高耸在东北方。新落的积雪覆盖着黑色山体，像花绵羊身上的斑点。山石耸入云层，折叠成一堵不允许人独自翻越的铁壁。隔着距离，它展露全貌，反而显得更加可畏，威慑着人的目光。傍晚，铁哈到达龙头山脉的西麓。一块平坦的山坪摊开在山腰，坪上的一大片屋舍此刻正袒露在落日的光辉中。三条溪流在坪下汇聚又分开，溪水声几乎就在耳边。应该就是勒陀了。

铁哈把马留在一片老林里，马低头嚼起地上稀疏的枯草。他徒步往勒陀的方向走。他要找一个过夜的地方，但不进村寨。接近驷匹尕伙的边界，意味着更多危险和混乱，他不能再贸然假扮成别的身份。他将停留在荒野，没有同伴。他的任务是从诺苏的世界彻底消失。

铁哈一整晚都没有合眼。黑暗中，他始终能感觉到井叶硕诺波的存在。它屹立在他跟前，展开成一道垂直的地平线。

想到他很快就要走上它，沿着它一步步挪向另一头，他的不安随着渴盼加剧了。越临近这一刻，他越是惴惴然，纷杂的念头一个接一个出现，和这个夜晚一样似乎要永远地持续下去。他盼望天亮，阳光出现，驱散这些时而含糊时而紧迫的担忧。

天刚一擦亮，他就动身出发了。他背对着高处的曙光，下降到仍然被夜晚笼罩的昏暗潮湿的峡谷。河床旁，一排暗绿色的麦冬在冰凉的风里抖索。河面结了一层薄冰，水流并不深。他蹚过河，面前是昨天他站在勒陀时望见的那片阴森的山坳。从山坳的低处，他能看见下一个村寨，并不远，但脚下的山石路异常崎岖，遍布褶皱。地面冒出形状不一的石头，有的挡住大半条路，有的细碎尖锐，像杵立的匕首。石块之间是稀烂的和着冰碴的泥浆，那是马唯一能下脚的地方。没走几步，马蹄陷没在泥中。铁哈用力拽辔头，拽不动。他绕到一旁，笨拙地摇晃马腿。马就像生了根，被吸进泥潭。终于，他连拖带抓地把蹄子抬了起来，马腿弹起，溅了他一身泥水。马往前跨出几步，又动弹不得。他几乎四肢并用地把自己往前挪，再接着弄马。

这一段路花去了他半天的时间。等他临近山坳的村寨时，太阳已经滑过了最高点。从那个村寨开始，路平坦了许多，甚至越来越好。沿途还没有被破坏和阻断的痕迹。他估计三河依打快到了。牛牛坝的老板告诉过他，那是翻井叶硕诺波之前最后的一个大村寨。果然，过了一片竹箐，一大片屋舍聚集在平坝上，甚至有一间是和山棱岗一样的瓦屋。土褐色的稻田里堆放着整齐的草垛。在一条小溪道旁，他望见一片桃树林，不禁想象那些干枯的枝头春天时缀满花朵的样子。

铁哈走在三河依打村外的田地旁，不时抽打着无精打采的马。他想等进了树林后再休息。田地旁没有什么遮挡，冬日休耕的土地和他一样，赤裸在直射下来的高原阳光中。田地外是又一道悬崖，那是村庄的边界。

不远处的路旁蹲着三个小男孩。铁哈经过他们时，三个人不约而同地停下动作，蹲在地上呆望着他。穿过村寨的土路很长。屋舍列开在路旁，洞开的屋门像弹孔一样，沉默排列在铁哈两侧。村寨里到处是积雪和融冰的反光，显得蛰伏在门洞里的黑暗更深了。奇怪的是屋外一个人也没有。整个村寨像被抛弃了，陷入一片反常的静寂。铁哈并不觉得自己擅自闯入了陌生领地，他只是一个过路的幽灵。在村尾下坡路的尽头，露出一片树林。等到没入树荫后，铁哈下马，在一块岩石上坐下，取出干粮。马喘着气，后腿一个劲地刨地。铁哈放下干粮，蹲到马旁，刮擦沾在马腿上的泥块。

身后响起一阵窸窣声，铁哈警觉地回头。一个小男孩站在他身后，胸膛因为奔跑还在起伏。铁哈没去想他是不是就是刚才蹲在路边的男孩中的一个，他只觉得自己像一个被发现了的人，虽然没感到威胁，还是羞赧地咧了下嘴。男孩面无表情。

"刚才你看见我了？"铁哈用诺苏话问他。他摸出两块饼，朝马走去。

男孩没有回答，也没有动，只是一个劲地盯着铁哈。

"回家去吧，天一会儿就黑了。"

男孩依旧呆站在他旁边。铁哈抬头直视男孩的眼睛。他看见两粒发亮的黑色小石子，带着一团微小但强烈的心智，完全陷没在男孩正在加以辨认的对面的某样事物里。那个事物甚至并不是铁哈。

枪声沉闷地响起，撕破了平静的空气。鸟擦着翅膀逃出了树林。地面微微震动，似乎激战来自树林下方，他们的脚下。

铁哈把男孩拉到身旁，靠着马蹲下。

"村里的人都去哪了？"铁哈提高嗓音，盖过枪声。

"打仗去了。"男孩终于开口。

枪声结束了。他俩重新站立在树林里。"回家去吧。"铁哈再一次催促男孩。男孩身上的查尔瓦滑落下来，落在了肩外。铁哈伸出手，想帮他整理一下查尔瓦。男孩突然退后。他转动着脖子看向自己周遭，似乎一时不明白自己这是在哪。一阵惊恐突然滚过那两颗黑色小石子一般的眼睛，传到他瘦小的身躯上。男孩张了张嘴，疑惑的表情升上他的脸蛋，凝固在上面。他一脸惊愕地面朝铁哈，倒着往后走，一直走到树林的边缘，飞快扭头跑走了。

他小动物一般的眼神和动作，让铁哈想起了好多年前的尼曲。

铁哈看见山沟里的另一片村寨时,已经快接近傍晚。寒气开始爬上腿脚,马也走得越来越慢,铁哈不得不频频抽打它。一个背着柴火的身影走在他前方的土路上。到那人身旁时,铁哈见是个老妇,没有戴头帕,穿的还是汉民的衣服。铁哈在她身边缓缓停下。

"阿婆,前面是什么地方?"他用诺苏话问道。

老妇抬起浑浊的眼睛,看见这个骑在马上的陌生人,愣了半晌,突然滚下泪来。

"长官,救救我吧,求求你……"她用汉话向铁哈央求。肩头的麻绳从她手中松开,柴火滑落一地。老妇站起身子,双手死死抓住马辔头。

马不安地甩动脖子,想要挣脱老妇枯瘦却执着的双臂。她被马甩得身子直晃,可就是不松手。

"求求你,"老妇祈求道,"带我出去……"

她是马颈子村人,上个月刚被掳进来,在一户人家做呷西。这里是八拉沟,有十几户人家,都是白骨头。因为干不动农活,主人家恐吓她说要把她卖进更深的山沟里。铁哈看见老妇只穿了一双草鞋,双脚已经冻成乌紫色。

铁哈无法带她走。他马上就要翻越井叶硕诺波,她会冻死在路上。

铁哈紧闭双唇,艰难地守住沉默。过了许久,老妇终于松开双手,垂下了头。

"你家是马颈子村哪一户?我替你捎信出去,让你家里来赎你。"

"不用了……家里早没人了。"

老妇的眼神又回复浑浊。失望把她脸上的皱纹揉搓得更加稀碎。

走远后,铁哈又回过头去。他看见老妇蹲在地上,正捡着满地的柴火。他想起尼曲的母亲。虽然是黑骨头,但她也是一天到晚地操劳,从早到晚的劳作和担忧早就压驼了她的背。亲人病死或战死,她是恸哭得最厉害的一个,眼珠也和这个老妇一般浑浊,像吹进了太多的风沙,再也揉不出来。小时候,铁哈受罚时被链子拴在畜圈旁,尼曲母亲会摸黑给他送饭吃。他想起自己的母亲,冯世海的母亲。在他懂事前,她就不在了。随后是父亲、哥哥。关于人生的起点,他的记忆正在消遁。那空白又开始折磨他。

普诗岗托回到他的思绪中。它已经距离他很远,缩小在路的远处。它是十五年前的终点,是铁哈以为的人生尽头。但现在一切都不同了。普诗岗托变成了他脚下的路的中点。那里没有人在等他,那不是现在的他的终点。他在黯淡的心绪中感到自由。他不再回头。

干冷的大风顺着山沟往上吹。乌云出现,在铁哈头顶翻涌。连续不断的抽打下,马的身上渗出淡淡的血腥味。铁哈没有去看它。他注视着正前方的井叶硕诺波的山脉,阴沉天空下那块乌黑巨大的铁砧,十五年牢狱的最后一道关口。夜幕拉开,星星们在这片和它们同时诞生的荒凉山地上空放射着寒光。它们和亡灵一样从不关闭的视线正扫过这个孤零零的人,看着大风如何抖动这个独个儿移动着的怪异生灵,直到他没入前方山脉的一道夹缝中。

群星也悬挂在三河依打村上方,落在归村的队列中那些牛皮盔甲上。月光照着他们用送出的子弹换回的又一批物资和俘虏。在一间茅屋中,凯旋的兴奋很快粉碎了。归家的父母发现留在家中的孩子不见了。正是那个铁哈见过的男孩,他没有回家。在饥饿中昏睡了一天的祖父缩在墙角,垂下自责的头颅。男主人跑到邻村,请来毕摩,已经是子夜。拽魂仪式匆忙开始了。毕摩吐出咒语,开始在山野各处搜寻被勾走的男孩的游魂。毕摩的念咒声一程接着一程,越送越远,恳求各处的神灵、祖先和鬼怪将孩子的游魂归还。他的念诵和屋外回荡的风雪搏斗了一整夜。

天亮时,整个山地已经被又一场大雪覆盖,连同村寨四周的每一条道路。家支中的男人们怪罪自己不该在这个季节出战,男孩失踪的噩耗是对他们的报应,暴风雪是神灵降下的警告。男孩的母亲和姐姐们一言不发,在麻木中站起身,开始为众人准备食物。当最后一刻到来,厄运的预感很快变成确凿无疑的事实,那时,人们需要食物扛过打击。而那最后一刻,女人们现在早已看清了:男孩的魂在暴风雪中迷路了。他再也不会活着回到家中。

男孩母亲呆立在锅庄旁。在火焰的投影中,她似乎已经看见了那具小小的杉木棺材，它没有高于任何一个抬棺人的肩头——这是一条对一切成为鬼魂的未成年死者立下的古老规矩。这条规矩又使母亲想起男孩出生的时刻。家里同样请来毕摩，确定了在他诞生的那一刻星辰和大地的位置，他的名字就是这样起的。那也是这样一个初冬的雪天。家人从村外取来了最近的雪水，给他洗手、脚、头、肚皮、全身，把魂魄灌入他。他用力啼哭，就这样成为了人类，一如山地里每一条生命的起点。今天往后，母亲要一遍遍用眼泪再次清洗他——他的手、脚、头、肚皮、全身，直到将生命的痕迹全部冲洗干净，魂魄重新变成刚开始的样子。这样，在将来的尼木措毕仪式中，男孩的魂魄才可能重新回归祖地。为此，从现在开始，她必须保存作为母亲的全部耐心。

　　马不肯再多走一步。铁哈下马，用力拖曳它，就像在先前的泥泞山沟里。他顶着风雪，试图往井叶硕诺波的最高处继续挪动。但马再也不肯动了，任凭鞭子一下又一下落在身上，它也只是剧烈地摇晃脖子，喘着粗气，四条腿再不愿弯曲。铁哈停下了。他无法再继续忍受这种抽打。马不停甩动自己的身体，好像它并不是要摆脱铁哈的催促，却是在风、雪、黑夜的纠缠中挣扎，要摆脱它自己。它像老人一样呼出长长的一口气，随即整个身子僵住了。它的眸子在黑夜中最后亮了一下，慢慢远离铁哈的视线。它倒在雪地中，没有发出一点声音。雪很快在它枣红色的毛发上越积越高，在月光下微弱地反光。很快，它的躯体被大雪和黑暗一齐肢解了。铁哈伸手摸到它，它的心脏已经停止跳动。冰冷的触感让他又想起那片谷地里死去的士兵。他背起行囊，挎起枪，开始独自往前走。

大雪淹没了铁哈的小腿。山地的全部分量现在化作肆虐的风雪和寒冷，像个没有形状的巨大活物，在天地间冲撞、奔突，拨弄铁哈，阻拦他的脚步。云层飞快地移动，偶尔洒落下来的月光照亮他四周一小片旋转着白色的黑暗，很快，连这点光也没了。在更长的一段时间内，伴随铁哈的只有绝对的黑暗。他抬腿，迈步，落下，没有一点声音。一切都被大雪吞噬了。

雪灌入军靴，很快没过他的膝盖。这不是他的鞋，是死在谷地里的那个军官的。连同靴子里冻僵的双腿也不再是他的，只是听从他的意愿，还在继续迈步。现在，月光再不能造成什么区别。不论何时，他能看见的都是同样的东西，一小团辨不出上下前后左右的黑暗，和被风灌进这一团黑暗中的无穷雪片。他用手攀着一侧的山壁往前走，并不知道是在向着什么移动，或许，他并没有移动。或许，山根本没有向哪里延伸，只是不断升高，就像一个盘旋而上的漩涡，他只是在沿着这个不断增高的漩涡往上方走，往内走。山地把他牢牢吸住了，不愿放开他。他想起那片谷地里的士兵，想起索格律其家举行仪式的那个夜晚，想起一路经过的众人出外打仗的死寂村庄。诺苏正在把山外的一切掳夺进山，将这个漩涡的铁壁越筑越高。雪和黑暗只是在欺骗他，造出新的却是假的路，引诱他走上去，直到他冻死在井叶硕诺波的这一侧为止。马已经预先知道了，铁哈想。这匹和他一样来自山外的马，它早已知道山地将是埋葬它的地方。而他此刻是在和千万个在他之前的、明白这一切的死去之物搏斗。他还活着吗？他大口喘气，雪片融化在他的鼻尖、脸上。他摸着自己的脸，还是热的，没有铁哈的面具，他是冯世海。山地不能剥去这张脸。是铁哈背着冯世海在走，穿过一路上的种种阻拦，顶着风雪，走到这里。

铁哈把枪当作手杖，探向前方的雪地，找寻下一个落脚点。刺骨的风像翻动一只空口袋，越来越深地戳入铁哈。他全身上下都在失去知觉。寒意长驱直入，鞭打他的胃。他放下包裹，摸出火柴盒，哆嗦着抽出一根，刮擦，断了。他又拿出一根，小心地不让它从抖颤的手指间滑走。一小簇火光照亮了他的行囊。里头还有最后一块荞麦饼，三个罐头。他把饼吞了下去。它掉进冰冷的胃，没有引起一点知觉。三个之前被他忘掉的罐头不像吉兆，倒像嘲笑。吃完它们再死吧。铁哈冒出了这个想法，不禁觉得可笑。这一路上他做的可笑事太多了，他想，几乎每一步都是错的。他其实隐隐觉察这匹马快要不行了，他还是把饼分给了它。他可以一开始就向阿禄或沙马求情，他会有很大的机会可以活下去，而不是两手空空地逃亡。他在几乎没人独自存活得下来的山地里走着，死亡就在他一臂之外，等着捕获他这个猎物。他也本不该非要在这样一个风雪夜翻越井叶硕诺波。并不是他没有想到这一切,但急切出山的渴望战胜了犹豫,很快变成愚蠢。是他把自己送到眼前的绝境。错误不断发生,仿若不是山地在蒙骗他,诱引他,甚至也并非死亡在追赶他,而是他催赶着自己在死地里来回跋涉,抵达他的终点——一道永远跨不过的边界。那不是别的,他突然看得清清楚楚。他活下去,是为了回到十五年前的那一天,回到山棱岗的树林中的那一天,冯世海结束生命的那个时刻。回到那里,是他找回冯世海的唯一的路。枪托点向消失的地面。铁哈差点栽倒在前方。他听见枪往下掉,发出连续的磕撞石块的声音。原来他已经走到悬崖边缘,半步之外就是深渊。

他撤回步子,往山崖的另一侧走去,背对来到他头脑之中的这个真实得骇人的想法。就在这时,一阵闷雷般的轰隆声逼近铁哈,随即化作一声重重的叹息,将他吞没。

在驷匹尕伙和驷匹尕伙之外世界的分界线上,在井叶硕诺波的顶峰,在没有同类能够看见的地方,雪崩袭击了铁哈。这是他作为铁哈的死日。

是他跨出井叶硕诺波的唯一的路。

6 猎人和猎物

　　她又回到这座村寨。三天前,也是这个时辰,在脚下这个地方,她停了下来,从一片矮树林中抬头眺望。被烘晒过的落叶气味钻进她的鼻子,前方,几座草房沿着树林结束处抬高的斜坡排开,在如注的正午日光下,她眼里的村寨像一只被沸水淋过的狗,呜呜地蜷缩在地上。她看见枯草在村寨背后秋日的天空下摆动,从那里,风突然贴近她,发出阵阵旋响。在她这样瞧着这些时,她乌黑的眼仁正在浓密的睫毛下飞快地转圈,随之又没有预兆地恢复了缓慢的眨动,像一个多梦的人醒了过来。她重新直起上身,迈出沉着的步子,向前方的斜坡而去。先前被林地里的苔藓、涨水的溪谷弄湿了的草鞋,在她踏进日光没多久后,渐渐干燥了。

　　还没走上村里的土路,她就听见了那段吟诵声,和三天前的情形一模一样。她用目光搜寻声音的来源,这么做时,声音却停了,周围不见一个人。日光晒得她头皮发烫。这时她记起,自己正是因为这个才回来的。三天前,打猎返回的路上,她经过这个不知道名字的村寨,瞧见了那个坐在村外岩石上的阿嬷。那个满脸皱褶的女人有一张大病后枯黄的瘦脸,怀里抱着一个娃娃。一个正在哄娃娃午睡的老妇,这是她一瞥之下的印象,一个多少有点古怪的画面,因为在山里,没人会把孩子抱到正午的强光下哄睡。那天,她被钉在地上,再也无法往前走上半步,却是因为随后发生的事。那是当老妇张口的时候:

罕依滇古呵,
莫要来射我。
滇古莫射我,
你是日哈洛莫出生人,
我是日哈洛莫出生兽……

在那念诵无端端出现的一瞬间,贴近她的不是字句,不是意义,甚至不是声音。那是一股让她备感压力的注视。在重重叠叠的暗影构成的中心有一个洞眼,一道更深暗的目光正自那里冲向她。她以猎手的本能,调动全部力量与这道目光对峙,扛起它的逼近带来的巨大压力。她冒出了逃跑的念头,像一个人害怕时想做的;她的双脚却把她拖向了那块岩石。那里已经没有吟诵声。几个人走出村寨,看见了她,大声叫唤着轰她走。她瞧见面前的岩石上是空的。

之后返回的路上,她感到从未有过的疲惫。回到栖身处时,她仍有一种被魔住的感受。直到稍稍平静下来,回想听见念诵的那个瞬间,她感到自己就像一头长久躲避着老练猎人追踪的走兽,突然遇到了避不开的最后一刻。回想起那奇异的语调时,她还感到,那不是任何一段她所知道的经文,更不是什么歌谣。在这片处处打仗的山地里,如今还唱歌的只有布谷鸟。

那天夜里她发起了烧。恍惚中,她感觉自己变小了,一道目光正专注地望着她,慢慢地,那束目光退去了陌生和寒意,变得软和、温热。她的手掌轻轻触到同样软和、温热的东西,是跳动的皮肤,是一对女人的乳房。她看不清那张注视她的脸。残存的一丝意识告诉她,在这个梦中,她是个婴儿。她感到饥饿,使劲吮吸着温热的乳汁。随着乳汁一起灌入她的,还有那阵无声的念诵。这时她看见了那张脸,是那个石头上的老妇。第三天,就是今天,烧退了。她再次来到这个村寨。

她从矮树林中张望。村寨外一个人都没有。她想找那个阿嬷,冒险靠近了一户人家的屋门。一个男人坐在屋里,看见了她,从地上弹起来,跑到屋外轰撵她。男人的双手高举在空中,向她挥舞拳头,脸上挂着嫌恶。他重复着驱赶的动作,她退后,他就逼近,但始终和她保持一段谨慎、胆怯的距离。哦嚋，哦嚋，他嘴里发出这样的声响，那是诺苏出外打仗面对敌人时齐声喊出的口号。她现在被他们放在了这口号的对面。她跑进树林，直到声音消失才松开手。掌心里一直攥着的石头滚到地上。

她走到瀑布下，让水声淹没她。这是在洛曲山脚下。过去她从没到过这里，可如今这一片是她活动的地带。从这里到她出生的村寨需要走三天。在那里，每个人都认得她，那是她的家支的领地。她曾随同她的父亲踏过那一带的所有村寨。那时候，她骑在高马上，身穿牛皮盔甲，在黑骨头武士的陪伴下领着犒赏用的牛羊走进村寨，脚下是白骨头们低伏的脑袋。现在，在这里，她被轰撵、驱赶，无论她走到哪里，都成了人们躲避和厌恶的对象。如今，任何一个人，无论对她做什么，都是得到默许的，也不会给他们自己带来麻烦，哪怕是个位置最低的呷西。但人人又都避开她。对他们来说，接触她意味着不吉不净。自从两年前她被开除出家支，逐出原本该由她继承的领地，她就过上了这样的日子。

她的身影没入山崖投下的一片阴影。山梁在那里拱起一道畏人的背脊，没有人会选择从这里向上攀爬，看起来也根本没有路。她踩着枯草间的落脚点——有一些窄得只容半只脚掌，是她自己用佩刀凿出来的——一点点往上移动。山顶处有一个黑点，那是一个口窄肚宽的天然山洞。冷天里，野风刮过洞口，会响起呜咽一般的巨大响声。听到这声音，经过它下方的人，心头会涌起莫名的寒意。

这个山洞没有名字。在人和山地年深日久的接触中，几乎所有的山岭、洞穴、谷地、溪涧、平坝、悬崖，都有自己的名字。不管人的脚到不到得了，眼睛是否能望见，它们都归某一个神灵管辖，名字记录在经书上，流传在驷匹尕伙全境。还有一部分大地上的名字，只有住在附近的人才叫得出，哪儿都不会记载，比如狗嘴岭、箭头峰、大火草坡。这个山洞不属于前者，也不属于后者。它没有名字，因为人们不想知道它。曾经知道的人，也想忘记它。

从女孩上山的这一侧看，山洞处在这道崖的顶端。它坐在从早到晚的光线中，被白天吐出，被夜晚遮盖。四腿的兽无法从这一侧通行，甚至没有鸟在附近做窝，更没有人接近。

这个山洞现在属于她。

她消失在山脚处有一会儿了。她的小小身影再出现时，已经到了悬崖顶。看上去就像她走进了山腹，山又从自身内侧掏出了她。她像一只鸟跳进洞口。正午的阳光从高空扑向她脚下的德布洛莫，熄灭在洞口。轮转不息的山地光线始终在提醒她正在经受的惩罚，只有在山洞昏暗的拱形中，她才可以躲开它。这种和她十分匹配的昏暗笼罩她很久了。

这是她在这里度过的第二个秋天。洞内的地上铺着几大块她从猎物身上扒下的毛皮，一小段凸起的尖石上挂着一条蒙尘的红色玉石项链，一副耳珠，一块缀满银片和刺绣花纹的头帕。靠近洞口的地方，堆着她从树林扛回的柴火，旁边扔着生火用的燧石和火镰，还有捕猎用的弓箭、佩刀和飞石索。离家时穿的查尔瓦磨烂了,她现在披的是用一整块烘干的野山羊皮做的披风,脖子上挂着一根鹿肋骨项链。她现在坐下来,摩挲着那个鹿骨挂坠,试图恢复镇定。她最后疲累地睡着了。

那只白臀鹿是她人生中第一头猎物。那个春天,她刚满十四岁,第一次同父亲一起出外狩猎。她是父亲唯一的女儿。生下她不久,母亲就离世了,她由家支内的几位女性长辈共同抚养长大。等她到了能跑的岁数,父亲开始亲自带她,招来领地里最好的箭手教她射击,指点她控制心念,调整呼吸。远近闻名的投掷手教她如何制作飞石索——用何种兽皮、树皮、石块,怎么打绳结,臂膀如何使力,眼睛看向哪里。一位远房的毕摩舅舅被父亲请到家里,教她念经、习字。那时山地各处就在打仗了。大大小小的骚乱四处冒,一点点火星,就会点燃盘根错节的仇恨。父亲希望她尽快学会一切,继承他的位置,巩固家支的力量。她回忆起催促她的声音。父亲、山地、她自己,都在盼望着她成为头人的那天到来。

打猎那天,父亲没有带任何随从,只有他们两个,在嶙峋的岩石之间骑马攀登。在家时,她已经把各个细节在心里过了无数遍,但父亲告诉她,她从别人那里学来的诀窍都只是为了获取猎物而已。

"但狩猎是抵达山地的最深处。"

"那里有什么?"她习惯性地追问父亲。

"它的领地。"

"它的?"

父亲顿了顿,仿佛在寻找恰当的字眼。

"猎人能感觉到它。"他接着对女儿讲下去,"狩猎就是找到它,让它听见你的请求。如果它同意,无论掉落到你面前的是什么,那就是你的猎物。记住,只有在这时,你才能拿取它。你会发现一切都毫不费力,因为那猎物已经属于你。但很少有人能穿过密实的山地走到这一步,很多人随便猎取点什么就心满意足了,但那样取得的只是食物而已。还有些人走到半路,或是快接近终点时,却放弃了。那是阻碍变得无比沉重的时刻,人很容易放弃。但最危险的是之后,它给予你猎物之后。有可能猎人再也回不来了。"

"为什么?"她的好奇像一只贪心又迅猛的手,想要扒开父亲的话语,一睹藏在底下的东西。

父亲没有回答。

那天之前,父亲从不和她谈论狩猎。但她知道,就像所有人都知道,父亲是领地内最好的猎手。

他们路过几座孤零零的村寨,停在一片低矮灌木围住的空地。空气带着轻微的压力裹上来。阳光击打着她脸上的皮肤,一阵阵地蜇痛。她站在一个陌生世界的入口。她听见自己的心跳正在逐步远离。寂静完全罩住她。

父亲抓起一把草籽。她的目光紧随父亲的每一个动作。风很轻,草籽刚抛起就直直落下。她学着父亲的样子,把整根食指放进嘴里,沾湿,举到空中,等待经过的风告诉她方向。他们来到下风口。父亲弯腰躺下,把脸贴近泥地,滑稽地抽动鼻子。她也学着父亲的样子。她现在仍然记得所有的气味小径——熊的味道闻起来和狗一样,黄鹿有最浓烈的膻味,梅花鹿的麝香味,狐狸的臭气。大部分黑鹿、坡鹿、扭角羚的气味是蹄子发出的,狍子在刮擦灌木和草丛时的味道来自它们的后腿。

  父亲似乎发现了什么,带着她沿着一条浮动的气味小径一路往前。他们脚下渐渐不再有人踏足过的痕迹。蒿草紧密地挨在一起,蔓向天空。她跟随着父亲,父亲跟随着一道她无法看见的指引。她觉得很像在梦里,路不是来自脚和眼睛。父亲提醒她不要让自己的影子落出身侧,惊动它。他们一直在前行,在没有迹象的某处拐弯、下坡,在草丛中等待。父亲停下时会指给她看一个脚印、刮擦树皮时挂住的一缕不易察觉的毛发、被啃过的草叶的形状。草后的一段白骨上有一排细细的牙印,父亲观察了一会儿,告诉她,留下牙印的已是死物。前一天下过一场春雨,湿润的泥地上,一排蹄印越来越明显。父亲加快了前进的速度。绿色升高,树林接替了灌木丛,向着天际尽头的雪山推进。父女专注地沿着蹄印搜寻。雪顶的反光闪过她的眼睛时,一股草叶的香甜涌进她嘴里。父亲这时停下,轻拍她的胳膊,示意她抬头。

  那头雄鹿的八叉巨角撑破她的眼睑。它的血正在血管里快速搏动,奔向她的身体。它的心脏在毛皮深处跳动,渐渐和她的重合。父亲拍了下自己的额头,做了个手势,那意思是，由她来瞄准它的颅骨，用飞石索。

飞石索比箭古老。父亲请来教她的那个投掷手说过，这是最早出现在地球上的一种武器，甚至在他们的祖先进入这片山地之前，在他们还不是诺苏之前，他们就是靠着飞石索一边行进，一边战斗和捕猎的。飞石索有一种特别的打绳结的方法。她打得又快又好。

她取出背囊里最大的一块圆石，深吸了口气。她还记得那个瞬间，她好像一半醒着，一半在做梦，跟着那道弧线飞了出去。一种毫不减弱的速度推着她钻入又穿出眼前的一切，最后回到那块飞石划出的弧线。空气的颤动向她逼近，眼前的画面都消失了，她的心脏像被一只手揪住似的猛跳了几下，眼前一黑。白臀鹿的倒地声让她的另一半苏醒过来。她心里闷闷地喊了一声。

父亲割开鹿的喉咙，把血捧在手心里，递到她嘴边。一团呛人的火焰顺着喉咙流入她的体内。

她怔在原地，因为一种丧失的感觉，一种再无法挽回的感觉，一种一切正从一个孔洞汩汩流出这个世界，去往面目不清的另一个昏暗地带的感觉。那个孔洞钻着她，让她泛起阵阵恶心。她期盼已久的射杀只剩下恐怖的空白。

父亲拉过她的手，盖上鹿的额头。她感到自己的血流回它的血管，一颗心脏重新搏动起来，在它的毛皮深处鼓涌，钻入她的手掌，返回她的胸腔。一团热气窜出她，散开在眼前的世界。恐怖的空白过去了，时间重新开始奔跑。她的心头亮了一下。她从遥远陌生的地方回到了那面草坡,却又像回到了射杀它的前一刻。

"感谢你把它带给我们。请释放它的灵魂,洁净它吧。"父亲反复念着这句话。

"我们的半个身子装的是山间野兽的血,另外半个身子装的是白骨头种的粮食。只有前一半的血才是高贵的,因为它来自有眼睛的生灵,而它们来自它。现在它见过你了,这是你把一部分魂魄交给它换来的。这就是你要学会的狩猎的本领。刚刚的危险过去了,永远不要忘记你是怎么回来的。"

这是他们返回前,父亲最后对她说的话。她点点头,没有再提问,尽管刚刚发生的一切不可思议——她仅用一枚圆石,就杀死了一头如此巨大的成年雄鹿。

鹿埋在了草坡中。他们两手空空地回到村寨,就像什么也没发生。她记起以前也有过,父亲一个人出门打猎,最后两手空空地回家,从不谈论刚结束的一天。那天,她明白了父亲的秘密。父亲教她打猎的方式,是存在于很久以前的一个秘密。

后来,当她独处时,那一天时不时会浮现在她面前。她回想着父亲的每一个举动,琢磨父亲对她说的每一句话。她忍不住回忆,一遍又一遍,可是越发不明白。有几次,她走到父亲面前,几乎就要张口,到底还是忍住了。沉默掩埋了那奇异的一天,而她和父亲之间的沉默也很奇异。她不再提,倒不是因为她担心打破约定的沉默惹父亲生气或失望。她的心头被另一种更奇怪的想法笼罩了，这个想法就是：一旦贸然提问，就会带来破坏，让那天她经历的一切从置身的此处世界中消失，永远。这个想法让她害怕。她不愿意这样的事发生，这比她弄不明白它更让人难过。想到那一天会破碎变形，甚至在回忆和怀疑中不再真实，她的心会发紧。她说不上来自己为什么会如此认定，但一天天地，这个想法牢牢扎下了根。

那一天于是沉入了另一个世界，直到她最后真的忘记了它。那几年里她有那么多事要想和做，时间好像永远不够。可现在，在昏沉的梦中，它回来了。梦一开始浮现，她就庆幸地感觉到，长久以来的沉默保住了回忆的完整。

同一条小径又把她带回到那天的禁猎区。但这次没有父亲，只有她自己。在路的终点，那头雄鹿站在那里，还是她第一眼看到它时的模样。随着她的接近，它变得越来越大。她两手空空，没有箭，没有飞石索。她伸出手，手掌陷入它的毛皮。她听见阵阵安静的鼻息，手掌下的生灵一动不动。一阵强有力的心跳出现了，指挥着她的心跳，和那天一模一样。是它来了。她感到了它的逼近。恐惧突然降临，梦的光线随之转暗。这阵恐惧和她十四岁第一次杀死一个有眼睛的生命时的厌恶和失落不一样，更陌生，更冰冷，也更阴沉。恐惧化作一个念头：它可以轻易杀死她。就在这一刻，那阵念诵响起，加入了重叠的心跳。她听见有什么在和她说话，没有语言，是在沉默中直接侵入她的一种交流。异常的危险唤醒了她猎人的本能,她挣扎着醒来,眼前浮现出山洞中的空间。它离开了。差点无法回来的恐惧那么真实,让她好一阵无法恢复平稳的呼吸。父亲那天说过的话快速划过她的脑海。"让它听见你的请求……它已经是你的……拿取它……不要忘记怎么回来……"

鹿血的味道回到她嘴中。浮现在她思绪中的,是父亲没有说出的,也不在她过去记忆之中的记忆。那是连父亲也不知道的禁猎区里的秘密:狩猎,是她用魂魄求取它的同意和给予。它同意和给予的并不是那头雄鹿,也不是其他有眼睛的兽,是它自己。它同意自己成为她魂魄的猎物。在它的许可下,她才可以用一枚小小的飞石杀死巨鹿。但这也只是秘密的一半。五年后的现在,梦告诉了她秘密的另一半:在那一刻,她也同样属于它。如果她同意,它也将猎取她。这才是禁猎区之所以是禁猎区的缘故——猎人和猎物的位置可以互换。

一个新的念头兀地冒了出来。如果让她再次见到它,她是否会同意被它猎取?梦里的那阵交流是不是它在请求她?诱惑她?

她十九个年头的人生已劈成两半:过去的她,和现在失去一切的她。家支不再给予她任何庇护,成为头人的未来也已化作泡影。两年来,为了让现在的自己活下去,她不得不舍弃一切:她的族人,她的回忆,她的名字。这个梦却召回了过去的她,告诉她,她仍然是个猎手。她被剥除的是家支头人的身份和资格，但早在她为着成为头人所做的一切训练之前，她首先是一个猎手。现在，她也是靠着捕猎，才让自己在如此绝然的孤立中辟出一小块空间。猎人的天赋和秉性此时此刻仍然真实地跳动在她身上，保护着她。

"我永远不会再成为头人。但我是猎手。我是孜那。"好几天的沉默后，她对着自己说出这句话。山洞用回声表示同意。至少山地没有抛弃她。它继续给她提供猎物，允许她活下去。"这是你把一部分魂魄交给它换来的。"她突然听见父亲对她说话，像在回应她的所思所想。换来的……将是什么？这句话悬在那里，要她补完父亲没说出的部分。

她的耳边出现翅膀鼓动的声音。声音很快又在靠近她头顶的石壁的一角消失了。这些天里她总是听见奇怪的响动，时不时地冒出和以前不一样的种种感觉、念头。她今天去找那个阿嫫的村寨，从山洞出去要走半晌，可她根本不记得自己是怎么去的，又是怎么回来的。她一定走得很快，几乎不可能那么快。她这会儿记起，当她站在村寨边的树林里，和她回到山洞时，太阳停留在山峰上的位置几乎没有移动。

她抬起头，天已经全黑了，好像时间再次在她身上跳跃。风停了，没有月亮。黑暗像一支突击队，清点着可供占领的空间。山洞的边界被抹除，黑暗接她离开了这个半空中的岗哨，前去和夜的主力部队会合。从那广阔的夜空中突然又响起翅膀的振荡声，她又听见那段念诵。"罕依滇古呵……我是日哈洛莫出生兽……"但那不再是老妇的声音，是莫黑。她顿时失去了冷静，急切地望向洞口的方向，好像这一次，两年来她一直等待的莫黑终于就要站在她眼前。

莫黑，她的莫黑。第一次见到他时，她刚过完十五岁的"沙拉洛"，那是诺苏女孩的成人礼。在果树下，她解开单辫，盘起双辫，换上垂地的百褶裙，双脚稳稳落于地面。沙拉洛之后的日子似乎没什么不同，每天仍旧是和领地上的武士赛马、练飞石。她照样喜欢昂起脑袋，脚踏仆从们的脊背上马。一切都没有丝毫变化，除了一件事：远近的黑骨头头人们开始陆续上门来提亲。她见过那些男孩，在她眼里，他们没有任何区别。

一个午后，她和父亲一起去领地边界处的一个村寨收上缴的粮食。离开那里时，她还没跨上马，脚下的脊背突然撤离，她滑倒在地上。村民怕她父亲发怒，把为她垫足的那个男人绑了起来。她站起来时，那人已经被众人围起，送到她父亲跟前，等候处置。她拨开人群，走到最前方。那里，一双眼睛正缓缓仰起，等待着她。那是怎样的目光！每回想起那一刻，那束目光都未曾在回忆中减损，她的心也会同第一次一样，甜蜜地鼓胀起来。当时她看着他的眼睛，立刻就明白，他在等她到来，等着制造这场意外，只为引起她的注意。他居然敢这么做！真是个奇怪的人。回家的路上她却更吃惊地发现，自己无法从脑海中抹去那双眼睛。那个男孩叫莫黑，是个白骨头。

一个是黑骨头头人的女儿,一个是白骨头,虽然还没人知道他们之间发生了什么,但从第一天开始,他们就成了怀揣秘密的人。山地不允许这种秘密存在。而一切要把自身掩盖起来的秘密都只有一种结局。很快,那后果就会像一场酝酿许久的暴雨落到他们头上。

相识一年多后,她和莫黑决定私奔出山。他们半夜碰了头,第二天,天刚蒙蒙亮,在出了她家领地后的第一条山路上,他俩碰到了吃营生后回村寨的布兹头人的马队。布兹眯缝着眼睛,打量穿着白骨头衣服的她,和同她一起坐在马背上的莫黑。布兹让她下马,她听从了。这是她慌张中犯的错误,她后来无数次为这一刻懊悔。她站在布兹跟前,努力昂起头,和他对视。她知道,他正在盘算着怎么利用这件事来要挟她和她的父亲——布兹是她父亲的世仇。但直到那时她都还没放弃。布兹盘问她和莫黑的关系,她没有出声。布兹的眼珠突然停止了转动,他明白了一切。她目睹惩罚的暴雨如何先在父亲仇人的头上降下,冲垮了仇敌之间根深蒂固的防线。布兹冷静威严的面具滑落了,他张大嘴,惊愕而痛苦地望着她。"你搅动了不该混在一起的血,"布兹对她说,"这是天大的错误。"听到此话,她向马扑去,还没来得及摸出布兜里的枪,就被布兹的手下按倒了。

布兹不敢把这样的事为自己所用。他把她和莫黑捆起来,带回她的村寨。莫黑被勒令当日跳崖。她被送回家中,等待一场家支会议决定她的命运。

过去，她和莫黑总在如同此刻的夜里相会。除了第一次见面的那个午后，他们就再也没有在白天的光线下看见过彼此。不——还有一次，她纠正记忆，就是最后那一天。痛楚的记忆此刻伸展在她面前。布兹押着他俩返回，一入她家的领地，莫黑就被带走了。接近天黑，她才找到机会溜出囚禁她的那间屋。残余的天光仍然逗留在群山背后，她奔向人人知晓的那面悬崖，顺着一段羊径，绕到它的脚下。她藏身在一面凸出的石壁下，等上方所有人离开那片荒野后，她放下为堵住胸膛中的哀号而紧咬的手，一步步朝他走去。她从吸住莫黑的地面上捧起他的头颅。黑血溅满枯黄的土地，却没有减轻头颅的分量。她用手擦着他污浊的两颊，想要抹平那些支离破碎的线条。这不是他，她想。那双热切地望向她的黝黑眸子将变成蚂蚁和蚯蚓逡巡的领地。她的眼前是一个黑不见底的坑洞，莫黑从那里掉出去，到了一个陌生、昏暗的地方。她把手放在莫黑冰窖一样的额头上，就像父亲教她对那头鹿所做的一样。但这一次，她的手中只有冰凉的死寂。那是她最后一次看见他的情形。

三天后，家支会议对她做出判定。她曾是头目的继承人，念在这一点，头人们没有下令处死她，但不允许她再留在家支的地界。她犯了禁忌，玷污了诺苏的血，不配再在诺苏之中生活。

莫黑变成了游魂。一闭上眼，她就看到莫黑正孤零零地飘荡在哪里都不是的地方，她去不了的地方，既不是这一头活人的世界,也不是那一头的祖地兹兹普乌。他是不是已经变成了鬼?她的心猛地下坠。她努力记住第一次见到莫黑时的样子,每每想起的却始终是那张落满泥土的面具。两年来,她的心随着莫黑掉进了那张脸背后的坑洞,她的命却更硬了。她要活着,找到他。只有她活着,这片山地才会有一个地方继续保存曾经活过的莫黑。她回想他活着时的样子,他的眼睛,他右手拇指上一块伤疤带来的触感。她一遍遍地回想当他俩被捆绑着送上死路之前,他匆忙间搂住她时,他的身体传来的奇特的镇定。记忆越是活生生,她越看见此处的世界中已经没有了莫黑。

是对莫黑的爱支撑她活下去。爱,对驷匹尕伙来说是多么陌生,多么怪异的东西啊。爱是危险的。它搅乱诺苏的血,要人献出生命,留给人无止境的暗夜。她的爱只能活在暗夜里。诺苏的一辈子都紧紧挨着彼此,围成一圈,守着圈内的家支,不去瞧身后的暗夜。他们躲避那暗夜里的各种东西,爱也在其中。他们现在把她驱赶到暗夜里,转过头,不再瞧她。人们说,这是神灵对她的诅咒。他们辜负了她。就像她辜负了他们。只有那份爱依旧属于她。爱,对驷匹尕伙来说是多么陌生,多么怪异的东西啊。

有时,孜那也会脸上挂着惨笑地想,如果有一天莫黑回来,也许莫黑会觉得——她仿佛透过莫黑的那双眼睛看见了现在的自己——她比他更像一个游魂。

她站起来，走到洞口。漆黑一片中，她似乎又走上了从洞口下方延伸向野地的那条隐蔽小径。沿着那条小径向下，接近山谷上方的鹰巢，下降，路过野兽的巢穴，下降，绕过瀑布，看见三条土路，继续往下，就能回到那个村寨，她出生的地方。但这条路切断了。从来没有任何来自父亲的消息。她渐渐不再期待。她知道，父亲什么也做不了。虽然父亲是头人，但也必须向那道命令，那个诅咒臣服，它高于所有人。他要是试图打破它，只会加重对她的诅咒。两年来，她鼓起勇气领受它的惩罚，一直等待着神灵开口的时刻，这是她唯一的希望。她希望祂们告诉她，她如何才能走出这条两头断开的死路，找到通往莫黑的路。她要为莫黑安魂，让它回到降生前的清洁。这是每一个诺苏都该享有的归宿，不管一个人生前做了什么。可怎样才能迈出第一步呢？神灵沉默着，一个字都没有吐露。她只有继续等待。

也许是为了更接近神灵的声音，孜那在不知不觉中离开了逗留过的湿冷谷地和溪涧，寻找更高处的居所。她爬上德布洛莫的山头，眼前是十几座山峰围起的一个巨大的深坑，中央立着一座孤零零的小山，山头上张开一个山洞，像一只注视着她的眼睛。

那正是她在找寻的居所。她下山，再上山，走向群山形成的锯齿形圆环中央的那个山洞。她在祂们的家门口待了下来。她冒着遭到更深重的诅咒的危险，捕杀祂们不允许捕杀的野兽，用触犯祂们的方式来逼问祂们。冬天，猎物的尸骨堆在洞口，同积雪一样晃眼。

神灵仍旧沉默。祂们用沉默责罚她，却又允许她如此活下去。她是否还在祂们的庇佑之下？哪怕按照他们说的，她是被神灵诅咒的人……她现在把他们看得更清楚了，这些出生在本该由她管辖的领地上，差一点成为她的民众的人。她的面前浮现出一张张脸来，她依旧像熟悉自己的手和脚一样熟悉这些人。他们整日操劳，担惊受怕时像嗅风向的麂子，狡猾时像野兔。他们服从驱逐她的命令，因为服从是他们的天性，就连黑骨头也不例外。他们的服从又是盲目和善变的。当她第一次带领武士出兵，蔑视第一个追求者，所有人睁大眼睛，不相信眼前看到的。她在他们心头激起一阵惊愕的空白。她即将成为黑骨头头人的事实很快填补了空白，她的所作所为引起了更多的忌惮和敬慕，他们不假思索地认可了她。正是这些盲目和善变的人，把她抬到自己的头顶，后来又把她扔下深渊。但她不恨他们。她现在有自己的路要走，这条路在暗夜之中，尽管她不知道该迈向何处——没有人知道。

她时不时会想起他们之中的一个人，那个把一切教给她的人，她的父亲。她的思绪又回到了那场狩猎。十四岁的她已经知道，就像人人都知道，捕杀白臀鹿会遭到诅咒。这是每个诺苏都清楚的禁忌。那天她太为第一次狩猎兴奋，忘记了担忧。似乎正是从那天开始，她脚下的路和其他人的路分岔了，她沿着一条独特的路越走越远，很快，她逾越了一道又一道边界，直到和莫黑私奔，接着是被逐出家支，她一步步走向现在到达的地方。她跌落得很快。是的,她现在看得清清楚楚,正是从那场狩猎开始,她走上了这条下坠的路。父亲带她学各种各样的本领和知识,毕摩舅舅给她看的经书上印着很少有人认得的古老字符,不许女孩子碰和摸的东西,她都碰了、摸了。男孩子可以做什么,父亲都放手让她做。她的胆子越来越大,一两件犯忌讳的小事,她从不放在心上……是父亲引她走上这条路的。是父亲带她进入了禁猎区。为什么?

仿佛知道答案会在哪里,孜那又沉入了睡眠。在她渐渐松开的头脑中,凌乱的记忆在继续。时不时地,局部清晰一闪,是莫黑的脸,是父亲关于捕猎的话,是她出生的那片村寨躺在半空的视野中。她不再知道,她是不是真的遇见过那个老妇,听见她的念诵,她不知道自己是否一直在做梦。她怀疑除了她之外的人都死了,要么还没有出生,远远没有出生。她怀疑恰恰相反,是她已经死了。不,她活着,但不在这里。山地之中,只有她一个,她在跑,拖曳着飞石索,等待着猎物。它出现了,一个奔跑的巨物。它蛮横地拖着她往前,往前,那里是一团巨大的灰影。她有一种预感,它和藏匿在缄默中的神灵们不同,它活着,就要告诉她迄今最重要的事。那是唯一重要的事,是她早就知道的事……极度疲累后的沉沉睡意终于把它们全部推开。巨物破碎了,缩小了。那是它最终到来之前的最后一次破碎。快速变幻着的画面没有消失,只是遁入了她已习惯的、正保护着她的昏暗。她的鼻息滚烫，眼眶在灼烧。她一边发烧一边做起了又一个梦。那是个漆黑一片的梦。她独自站着，什么也看不见。不一会儿，在她对面，出现了一个声音，陌生，冰冷，阴沉，模仿着人的语言，渐渐清晰起来。

罕依滇古呵，莫要来射我。滇古莫射我。你是日哈洛莫出生人，我是日哈洛莫出生兽，一个生一方。

那声音撬开她，塞进她的胸腔。这次她不再抵抗。她的喉咙滚烫，含着滚烫的舌头，默诵着，没有吐出一点声音。一声接一声逼近的吟诵好像一直在她身上，现在从她里面掏了出来。

我纵是可以射的兽，不是可射中的兽，纵是可射中的兽，不是可倒兽，纵是可倒兽，也非可宰兽，纵是可宰兽，也非可煮兽，纵是可煮兽，也非可吃兽，纵是可吃兽，也非可吞兽……

她听懂了它的哀求。它正透过她向围攻它的危险哀求。灰色的巨影化作那头倒地的野鹿，化作她猎杀过的众多四蹄的有眼睛的野兽。这样哀求是徒劳的，她默默告诉它。在过去围攻她和莫黑的黑暗中，她早已明白，哀求是没有用的。黑骨头是永远不会哀求的人类。莫黑，是你吗？她口齿不清地大喊一声。她笑了，这不是它的结局。它的哀求底下，难道不是带着一种威胁吗？威胁的阴影随着它的话放大，甚至充满嘲笑。她听出来了，原来它才是占上风者，禁猎区一直是它的捕猎地。它在警告：人无法逃避那将要到来的。

它突然转动起来。巨影变成圆轮的形状，那是它的身体？在蜷曲，还是跳跃？她等着，不清楚自己是盼它消失还是转头回来。寂静还没变得足够结实，它回来了，像闪电在她身上跳跃、分叉，把她的血管烙成滚烫的铁。她并不害怕。这或许是神灵开口之前在对她试探。她站起，摸着洞壁往里走，来回摇晃自己。不要生火，昏暗才安全。她哼起一首打猎归来时唱的歌，那是她知道的最欢快的旋律。她让这首猎人之歌像火把一样举起，穿过那些画面。她看见一条又深又长的甬道，左侧是她的过去，右侧是遥远陌生、不见人影的山地。然后左右调换了位置，画面朝她身后飞奔，如同时间正在倒转。在甬道尽头，她看见二舅母正抱着刚出生的她，她的眼前是青筋凸起的乳房，漆黑高大的床柱围绕着她，在跳动的火光中像一片森林。二舅母嘴唇翕动，一边喂奶一边对她低声念着什么。一群女人站在她的身旁，那是她的阿妈（外祖母和祖姑们）、阿乌（祖母、伯祖母、叔祖母们、外祖姨母们），她的嫫尼（叔母们和姑姑们）、尼尼（舅母们和姨母们）。她们的声音和二舅母的汇合在一起。念诵时高时低，像翻涌的海浪，托起她。

听到猎犬吠，以为吠草野的麂子，不是那山野青麂，以为吠阿尔地坡的鹿子，不是阿尔地坡的鹿子，以为吠深谷里的老熊，不是阿耶深谷的老熊，却是吠孜孜尼乍。孜孜尼乍呢，头发黑又长，鼻梁直端端，额头平而宽，颈子长而直，面颊满又润……

她一口一口地吸吮那些音节。嘭嗒，嘭嗒，她的舌头上下蠕动，心在跳，那是它在说话。它抱着她，轻轻摇晃她，嘭嗒，嘭嗒。她闻到泥土、林木和血的气味。她想要抬起脑袋，却没有力气。可她根本不需要抬头也能感受到那道目光，就在她的脑袋上空，沿着那条甬道降临在她身上，不再陌生、冰冷、阴沉，和它的毛皮一样柔软，带着温度。它让她看见自己长大后的样子，那时她完全忘记了它；她看见十四岁时，她走入它的领地，试图猎取它。此刻，在这一切发生之前，在她生命的起点，她已被它猎取。

一瞬间，她站在了甬道的一端，山洞的洞口。洞外，群山从薄雾一样的月光中抬高，好像一个沉睡中的人侧过身来。它将路摊开在她面前，这条路却并不在此刻的月光下。她站在路口，脚下是分岔再分岔之后的路的终点。一个小小的人类的影子被放在远远的另一端，推至她的眼前，像猎人放下的诱饵。她看见，那是她的莫黑。

她抬起滚烫的额头，向着黑暗的地面上那熟悉的身影伸出双臂。漫长的睡意就在这时来临，围拢了她。深重的黑夜全面降下,吹熄山地的最后一星火光。她的手臂垂落,停在怀抱的姿势中。这一次,她不再做梦。

就在那个晚上,一声尖叫落入整座山地,像一声宣战的号角,一阵未曾出现的雨,掉落到每个人头上:醒着的人、入睡的人、半梦半醒的人。同它后来猛烈又短暂的闪现一样,那晚,它一降临就消失了,只在几个正向梦中的神灵祈求的人身上停留得久一些。其中一个人在恍惚中走出家门,抬起头,不知自己在梦中。天空中这时钉上了一颗新的星,但它的距离还很远,这个梦游者并没有真的看见。

第二次归途

作为鬼魂的铁哈（让我们姑且沿用这个名字，就像再次穿上我们那件早已无法蔽体的衣裳）睁开眼，看见一片白色。他转动脑袋，看不出这白色在哪儿终止。界线真的消失了。对面有一片光，暖烘烘地照着铁哈。在光中，一切都没有区别，只有整片的白色。雪仍在落下，他听见了。他用手去接雪片，举到眼前。看不见雪，也看不见自己的手。轱辘碾过雪地发出吱嘎声，他似乎躺在一辆马车上。四周有许多脚步在移动，偶尔还有一声划破平静的远远的唿哨。过了很久，夜晚再次落下，他才从雪盲中恢复视力。

一列沉默的士兵走在他身旁。他还在山中，这还是他被掳进山的死日，也仍然是那支倮倮的马队。他仰头，看见天空像绞架举起在头顶。队伍稀疏，每个人都走得很慢，好像正在朝着各自要去的方向散开。第二次瞧他们时，他发现这些士兵穿的衣服和他卖掉的那件军袄一模一样。哦，这是将要死在谷地里的那支队伍，他是他们中的一个。他正和他们一起沉入那片山谷，在那里，他们越来越重的尸体将不断下沉，在地上捣出一个个窟窿。那些腿在他眼前摆动，把他从梦中催醒，强迫他继续呼吸。他垂下眼皮，眼前浮出牛牛坝那片静悄悄的树林，他正和这些士兵一起钻出树林，上马，一路往东，去占碉堡、堵路、吃营生，最后吃上一粒枪子儿。不同的路、路上的人，和曾走在上面的他交叉，此刻再一次穿过铁哈。他不是别的，只是一个颠倒的不属于任何人的梦。

　　铁哈几次醒来又睡去。他不再知道自己正朝什么而去。井叶硕诺波的大雪一直在他头顶下着。没有区别了，这一切都只是表象。在这层东西之下，他知道亡灵已驻扎在这些汉人士兵体内，同样渗入诺苏士兵的魂魄之中，驱赶他们向着彼此跋涉，和他一样在山地不停往返。透过周遭这些沉默忍耐的面孔、纱布下渗血的残肢，伴随着颠簸的一阵阵痛楚的呻吟，他终于看清了这一切当中那活动着的亡灵。他们比他更无助，因为他们还什么都不知道，背负着重重的生命，在山地内外摆荡，只知道自己终将难逃一死。他也一样。这就是活着的全部意义，它如今被平等地分配给了每一个人。他们都是步入终点之前仍然存着一口呼吸的游魂。一阵烈风向他们袭来。在这支队伍上空，雪突然停了。

　　铁哈感到自己变成了一个空壳。很久不开口说话，现在连思绪也在慢慢后退，头脑像经受一次次霜冻的大地一样正在变得干枯、密实，最后压缩成一小颗没有反光的硬块。他想起自己被雪压在底下后，在等死的时候，放弃了活下去的愿望。他记得当时他没有一丝挣扎。

他随着这支部队在一片老林子里扎营。四周绝壁环绕，林地潮湿。夜色中，一切都阴沉沉的。篝火的暗处飘起一段旋律，是一首战斗的歌谣。他听到有人在歌声中低泣，旋律时断时续。哪里迸发出一声嘶吼。一个身影狂奔出林子，跳下悬崖。过了会儿，另一个人站起来，走到悬崖边，往下看了一阵子。其余的人都陷入昏睡一般，依然坐在原处。同他一样，这些人不再关心任何事。铁哈从马车上坐起来。他的躯体奇迹般地完整，除了到处都在发作的疼痛，像是有一只手正在将他的一个个部分缝合起来。疼痛不可避免，但可以忍受。他下了马车，站在地上，慢慢活动腿脚。傍晚，他在林间走动，并没有人抬头看他。他经过那十几个围坐在篝火旁的士兵，走到林子的边缘。那儿竖起一面峭壁，下方停着一辆囚车，门卜拼着锁锋，囚车里站着几个身穿查尔瓦的面孔黝黑的诺苏。他走过去，一眼看见了这些人当中个子最高的那个。

"铁哈！"这人压低了声音叫他。

他认出了这张面孔。是阿禄什哈。

见他没有反应，阿禄什哈挤到囚车的最边上，双手猛晃木格栏。

"铁哈,是我!"

铁哈嚅动嘴唇,说不出话来。他的身子认出了曾经的主人,不由自主地带着铁哈来到阿禄头人跟前。

阿禄头人一把拽住铁哈。他的嗓音嘶哑,嘴角沾着风干的白色唾沫。

"铁哈,明天我就要死了。你要等在刑场旁,记住我死在哪里、什么时候。然后你去马颈子,告诉毕摩我的死期。他会带我回普诗岗托。"

阿禄头人的话像投向水面的一道影子。铁哈从水底仰头看着那黑影,它漾开了。

"铁哈,听见了吗?"

铁哈头脑里嗡嗡作响。亡灵在喧闹,他捂住耳朵。

阿禄头人又重新说了一遍。这回,铁哈听见了。他难以相信阿禄头人的话。

"尼曲呢?阿嫫呢?"他问阿禄头人。

沉默压下来。阿禄头人张了几次嘴才发出声音。"他们没了,都没了。都乱了。什么都没了。还有什么呢?"

山地像一道黑影横跨在他和阿禄头顶,溶解在更深的黑夜中。在这里生活的每一个人,不管何时何地,总能感到这些山头。它们压在每个人的脑袋上,又从脚下牢牢托住每一个人。它们一直都在,比此刻的黑夜远为长久。洪水、地震、人的死,不管发生什么,都无法从人们心头拿走它们的重量。铁哈抬头找寻山地的轮廓,他的目光扑空了。山地不见了。

在它们耸立的地方，只有一条遥远、恐怖、扩张着的黑色地平线，像一道血痕，扯开每一个赤裸的男人和赤裸的女人的胸膛。

"这件事，你会答应我吗？他们在等我。等我回去。"
铁哈点点头。回到祖地兹兹普乌是比出生更重要的事。活着只是几十年，死后的日子更长。他不光答应了阿禄头人，还答应了囚车里的其他人，全部的头人。他从没见过黑骨头头人像这样，在那么小的空间中挤在一起，像待宰的羔羊，头颅低垂。他记下他们每一个人的名字，走开了。

他回到那些士兵之中。有人递给他一支烟。他们问他是不是奴隶，铁哈说曾经是。希望你是我们见到的最后一个山里的奴隶。他们当中的一个人说，我们就快解放你们啦。他们说他一路上都在说梦话，压在雪下那会儿也是。他们听见一片漆黑中有人在尖叫，发现了他。

有一个小兵在他身旁睡着又醒来了。他长着一张孩子的脸。他很难想象是这样一张脸朝着阿禄的家人开枪。但他立即明白，他很可能就在其中。

小兵跟他聊了起来。他说他十七岁，但看上去年纪要更小。这是他第二回进山，第一回他只到过丁家坪。铁哈知道丁家坪，离马颈子六十里。这次他进山快两个月了。一进山，他说，山岭一道接一道地在他身后合拢，他就感觉自己再也出不去了。前四天，他们沿途经过一些村寨，连长命令他们往里冲，他很紧张，不知道应该做什么。他是个农民的儿子，只会拿锄头,有一天征兵的人带走了他,训练还没结束,他就被派进了山。后来他学会了一条原则,就是始终跟别人一起跑,不让自己落单。冲进村寨时,他吃惊地发现它们都是空的。他们继续往西,穿过一些困苦伶仃的白骨头居住的村寨,他们什么也不碰,当然那里也什么都没有。他看到许多挨冻的诺苏娃娃,他们还把一些干粮和药分给生病的村民。他们这次的目标是黑骨头头人。焚掠、抢劫、断路,都是他们带人干的。在牛牛坝,他们第一次和黑骨头相遇了。当时他们在峡谷中行军,山路的前方拦着几块巨石,把路给断了。连长警觉起来,让每个人找掩护。子弹从空中飞下,砰砰锵锵,在他身边乱跳。他看见一棵树旁有个大泥坑,他跳进去,抓起烂泥,把自己埋了个严严实实。他听见有人从他头上跑过,滚下坡,还有猓猓越来越近的厮杀声。他在泥里发起抖来。等他扒开泥出来时,身边都是死人。他们人数只剩一半,继续往利木莫姑前进。从西面来的一支弹药充足的连队和他们相遇,在那里会合。他们在利木莫姑抓住了几个头人。那些头人根本没想到他们会冲到眼前,他们的老家。铁哈打断了他,问他在普诗岗托发生了什么。小兵根本不知道铁哈说的是什么地方。就是利木莫姑往南的一个大村寨。铁哈告诉他。小兵说,他们到了利木莫姑就折返了,一直在往东走。但他们确实经过了一个大村寨。在一座山崖脚下的平坝上,很多人聚在一起。他还没见过山里同时出现这么多人。他们围成一道人墙,和一个半圆,中央是一个正准备作法的巫师。我们的队伍在高处，有地形优势。在这些人发现他们之前，连长命令大伙朝下面的人开枪。这时已经分不出哪些是黑骨头哪些不是，只好统统射击。没多久，所有人都在原地倒下了。我们边射击边往那块平坝移动，这时突然从一间屋子中冒出几个男人，都是个子高高的，脸上有种威严的神情，应该是他们的头人。不知道他们刚才在里面干什么，也许在诅咒我们，就像那个巫师，以为念念咒就可以消灭我们，哈哈。那些蠢人看见血泊里的人，像野兽一样哀号起来。我们就是那时活抓了他们。包括那个个子最高的头人？铁哈指指囚车。对，他也在里面。小兵说。我看见他发疯了一样，砍伤了好几个士兵。那个人的腿就是被他砍断的，小兵指指篝火对面一个失去了一条腿的人影。女人和小孩也都死了？铁哈又问。小兵点点头，接着说下去。那天我像着了魔一样，一点都不再害怕，可能是因为大部分人眨眼就已经被我们消灭了。我跟着其他人一起冲进屋子，山洞一样的屋子，看见有东西动就开枪。一个头人就这样被我打死了。我不知道自己在做什么。他们在我眼里好像不是人，是另外的东西。后来，在梦里，我又见到了他们。他们是一些浑身长着毛的大跳蚤，爬到我脸上、背上，盯着肉咬，我用手挥它们，它们却更多，像一支密密麻麻的军队，在我身上捣洞，往我里面钻，我疼得心里直叫唤，却动不了，也喊不出来。然后我醒了过来。我继续向他们开枪射击，向我自己的里面和后面射击。我可还没活够呢。我把子弹都打光了，他们还在我身上爬、挠，浑身上下就像火燎一样刺疼。小兵这时发出呜呜的不知道笑还是哭的声音，继续说下去。我还没醒过来，转身又掉回了那个泥坑，我想，这下他们谁也看不见我了，我满嘴是泥，大喊道，你们都去死吧，全部死光，我倒要活下去，哈——哈。铁哈想，要不就是这个男孩疯了，要不就是他所说的一切都是他的臆想。可是，山、石块、泥坑、虫子，这些不是他的梦，是这个农民的儿子想象不到、说不出也弄不明白的庞然大物经过他时的变形。在诺苏的仪式上杀人，这些士兵将被同一个凶兆永远地诅咒。亡灵劈开了这个人的脑袋，他再也无法把自己拼凑起来。世界已经变形，封住了所有退路，这个小兵只好把他的可怕遭遇吐出来，冲进梦的下水沟。但就像阿禄头人说的，没了。没有梦。什么都没了。

执行斩首的地方在雷波。离开那片老林后，这支队伍没有走牛牛坝老板给铁哈画的那条路线，走的是更南的一条中路。他们在一片荒漠般的景象中行军。很难把沿途的村寨再称作村寨，房屋称作房屋，他们看见的只是些勉强站立在山岭中的寒酸无辜的栖身处。茅草屋顶疲软、稀疏，木架梁柱东倒西歪，随时会坍塌。田地都已废弃，这里那里冒出孤零零的白烟。偶尔有几户屋中还住着汉家，门口的树上挂着椎狗。这是他们从诺苏那里学到又用来吓唬诺苏的警告：侵犯者的下场就同这些狗一样。一片狼藉中，现在只有死狗还挂在这里。逃离中的人影落在山坳间、山梁上，远远地，十分矮小，像一堆草籽被撒落在天空下，分不出是山里的诺苏还是山外的汉家。

他们在一条溪沟旁发现了几间空屋，应付了一夜。第二天用了整整一天到达丁家坪。到马颈子是第三天傍晚。和山棱岗一样，马颈子原本也是要塞，环绕全城的土墙如今只剩下残缺的两段。汉人或迁或被杀被掳，城中只剩四户白骨头。

铁哈已经走到了这里。山棱岗就在马颈子北面，大半天的路程就能到，但似乎比山地内外的任何一个地方都离他更远。他已经不知道该怎么回山棱岗。他猜测，那里的状况不会比马颈子更好。这里，一切只是山内的重复。不，这里溃烂得更快，已经成了黑暗中的又一个窟窿，和过去、将来的窟窿没有分别。唯一的变化，是窟窿的数量还在不断增加。

铁哈跟着队伍离开了马颈子。那个小兵的话变成了他此时唯一的念头。他现在同样渴望紧紧抓住人群，害怕再被落下。他也开始控制不住地不停做梦，睡着的时候，清醒的时候，走路的时候。他梦见在山里走路，路过一个又一个村寨，一道又一道山脊，遇见和他一样窘迫绝望的人、野兽、死人。他醒来，发现一切和梦中没有任何区别。只有一回，他们坐着一个摆渡的皮筏过江时，他产生了一种新的感觉：他感到自己正在接近什么，一个不属于这个世界的东西，是他既没经历过也没梦到过的，像一道光线，只闪动了一瞬。

铁哈悄悄脱离那列队伍，汇入逃难的人群中，进入雷波。前一晚，一个士兵问铁哈：你一直跟着我们，是不是想到雷波后加入军队？不等铁哈回答，他又说，你会说倮倮话，在部队里会很有用。铁哈意识到自己已经身在井叶硕诺波的这一头，他已经自由了。但他一点都不想加入军队。他同样不想加入诺苏的战斗。

他走进一家酒楼，点了一份坨坨肉、一碗连渣汤、一份麂子干巴，还有另外四样菜。裤兜里还剩一块银元。他又买了几块荞麦饼干粮，终于把银元都花光了，好像这是他这辈子的最后一顿饭。吃饭时，他看见窗外街道上的人都在往城东的校场走，也许所有人都知道今天会有山里的头人被拉来砍头。他匆忙吃完自己的那份，把剩下的饭菜带上，往露天的囚车走去。趁看守的军官走开时，把饭菜递进木格栏。

阿禄和另外几个头人蹲下，一言不发地吃起来，手脚上的锁链不断碰撞。铁哈在一旁看着他们狼吞虎咽。吃这顿饭花光了他们的气力，等他们站起来时，一路上交替着呆滞和发狂的神情终于平静，平静得完全不像人的脸，只是一张纸。阿禄头人走到铁哈跟前，隔着格栏看着他。阿禄头人抖动了几次嘴唇，最后还是没有出声。后来，铁哈猜测着那时滚过阿禄头人心头的是什么，猜测着他没有说出来的那些话里，会不会有一句是专门对着铁哈说的。黑骨头永远无需向一个呷西道歉。或许是强大的惯性，让阿禄头人最终什么也没说。是不是这同一种惯性，把阿禄头人全家推上了死路？铁哈没有答案。直到那一刻，阿禄头人仍然是一个黑骨头。直到那时，铁哈才发现自己从没恨过阿禄一家。铁哈于是笑了一下，不只是朝着阿禄什哈。他感到自己的脸慢慢皱起，抽搐，变得稀碎。

阿禄头人摘下脖子上的羊毛符，把它递给铁哈。铁哈把它揣在手中，返回人群。

刽子手走上施刑台，校场上的喧哗声渐渐平息下来。那是一个神色疲倦的干瘦的小个子汉人，今年才从屠夫变成刽子手。开头几次的行刑对他来说像一种奇怪的表演，他在人群的注目中登台，莫名的兴奋总是让他血往上冲，满脸涨红。但很快他就厌倦了，不明白为什么有那么多人的头要被砍掉。再后来是麻木，最后种种感觉都不再是他的，像来自另一个人。

他抬起涂着鸡血的脸，看了一眼观众。今天有不少人。雷波已经很多年没有这么多人了。但，他注意到，那支押送他们回来的军队当中没有一个人在下面。他举起刀刃。

刀落向跪地的阿禄头人时，铁哈挪开眼睛，抬起头，像一个想在空气中抓取东西的人，却无力抬起手臂。人群中一阵骚动。他听见有人叫了一声好。他看见一只乌鸦离开树梢，划过正午的太阳。铁哈又低下头，看见自己的影子蜷缩在脚边。他最终还是用尽全力举起头，看向施刑台。挡在他和施刑台之间的人群一下消失了，仿佛刚刚只是一场瞬间的戏法。阿禄头人的残躯歪斜在地面上，他已经认不出来。他看见的是一个黑窟窿，星星那么遥远，从里面不停地淌出血来，一直到天黑下来都没淌完。

铁哈摸到兜里阿禄留给他的护身符。他忘记问阿禄头人，是想让自己把这个东西捎给毕摩，带回普诗岗托，还是把它送给了自己。阿禄家已经一个人都不剩了。铁哈戴上了它。

铁哈没有留下过夜，便从雷波县城南门出了城。那支军队会从雷波直接返回马颈子，他不想和他们一路。南边有另一条到马颈子的路，他小时候走过几次，现在仍然记得。他在夜里走了十几里地，到了乌角。乌角往西都是上山的路，十几里地后到了爬哈。爬哈接着往西，他又走了几里地，折向西北，经过如今只剩两户人家的磨石沟。他一刻都没有歇脚。军靴已经把他双脚结痂处重新磨出了血。出磨石沟，他翻过土岗，走进一片乱石森林。他小时候在这里见到过的高大树木都被砍光了，供雷波一次次建设，城一次次被毁，又有人继续来这里砍树。雪时下时停，夹着冰雹，铁哈已经不知道雪下了几回，停了几回。树林里没有道路，崎岖的乱石一块块兀自立起，像一堆堆白石坟。青苔之间是密集的矮树，丛生的枝杈交织在头顶，看不见天空。他在这片林地走了很久。这些被削平脑袋的树沉默着，却对他说了许多话。天暗了，没多久又亮了，他终于走完了这片泥泞的林地。在林地尽头的山腰处是一个小村寨，凋敝无人。他已经忘记了这个村寨的名字，只记得以前这里出木匠，他们用附近森林里的杉木做棺材，运到雷波去卖。以前村里的房子盖得很齐整，现在却都不见了。他顺着村寨外一条往西的小道继续走。路渐渐平缓起来，一段路之后开始下坡，又上坡，他到达了一条山溪。南北两段大峡谷之间，西苏角河正慢慢往东流入金沙江。他沿着江岸走，又回到了马颈子。

他依次敲着那四户白骨头人家的屋门。只有最后一家知晓情况。主人告诉铁哈，毕摩正在赶来的路上。铁哈坐在火塘边等着。他又陷入了睡眠和凌乱的梦境，梦里他又原路返回雷波，在那里等待一个人的斩首，依稀意识到将要接受行刑的人是他自己。他又梦见自己从的各家逃出来，上了一辆等待着他的马车，却看见沙马家的人早已在车上候着。

毕摩半夜到了。铁哈交待完几个头人的死期，回答完毕摩的问话后，离开了那户人家，返回村寨外无人的土路。

8 道路上方

　　铁哈出了马颈子，一路往北，朝着山棱岗的方向。这条路和他过去走过的路不再有什么不同。只是他走得越久，山棱岗也仿佛退得越远，就好像山地正在扩张，或者是，他正同时走在路的上方和下方，因此他是走了两倍远的路。但他知道他不会再迷路。

　　独自行走让他的头脑又转动起来，时快时慢，没有什么规律。有时一切搅和在一起向他冲来，有时某段记忆又像一口气，在呼出的瞬间就冻结成冰，在他眼前缩小，远去。他的梦境不再只是他的幻觉。它们和身外变换着的事物联合起来，垒起这条包围他的黑暗甬道，比起山里时停时歇的枪声，不时闪现在山谷中的逃难的人影，更像这个世界一贯的面貌。他走在这条甬道中，天空和大地像一轮巨大的眼睑转动，白天和黑夜在他身旁交替,他想到,死亡正发生在山内外的每一天。他又想到,人的生死,这一切会变化的东西是多么短暂的表象啊。

有时他能听见亡灵在耳边嘀咕。他们把那根长长的麻绳套回到他脖子上,就像他现在戴着的阿禄的羊毛符。十五年前的死日,他们曾递给他这段麻绳。在他被送去沙马家的前一个晚上,他也摸到了它。井叶硕诺波山顶的雪崩中,他们又将它塞回到他手中。他想,他一出生,脖子上一定已经挂着这根麻绳。它牵着他往前走。他断了再挣脱它的念头。

天亮之前,铁哈站在山坡上,看见了山棱岗。它深陷在山洼中,一动不动地盯着他。乳白色的晨雾在半空中散开,他渐渐在这个窟窿的表面看出几条萧条的街巷、坍圮的房屋。整座边城像被风暴卷起又摔下的一具巨大的残骸,躺在山坳间,只剩一丝微弱的喘息。巷子中,几条模糊的人影匆匆忙忙地在屋旁跑进又跑出,把东西从一个地方搬到另一个地方,不知道他们是刚刚逃到这里,还是要离开。铁哈走下山坡,跨进城墙。他根本不用费劲去找十五年前的家。屋子所在的那条总是泥泞的土路已经彻底消失了,如今那里是一片皮癣般斑驳的荒草地,上面立着几所稍像样的房屋,都是不久前新盖的,还没完工。没有刨平的木柱躺在泥地上,旁边是刚钉了一半的空棺材。

铁哈站在城中心的岔道旁。人们三三两两地路过他,继续走着脚下的路,直到消失在他看不见的地方。这些人没有看他，里头也没有一张脸是他认得出的。一条狗注意到了铁哈。它蹒跚着朝他走来，嗅着他的裤腿，抬起湿漉漉的眸子，一边摇尾巴一边发出呜咽声。他和狗站在一起，默默打量着这座边城。从岔道这儿，一眼就能看到城郊的荒野，和挺立在破损的红城墙西面的黑色群山。小时候他觉得山棱岗很大。傍晚，店铺和巷子中的荧火推开暗影，山棱岗像一枚发光的灯笼挂在夜幕中。他揉了揉眼睛，画面中星星点点的光消失了。他听见狗说：好好再看它一眼吧。这就是我和我的父亲、祖父发誓要守住的一切，你和你哥哥发誓长大后要保护的地方。看看它如今的模样吧。狗的声音是他父亲的声音。

父亲认出了冯世海。这是一个游魂在对另一个游魂说话。他拖着铁哈的空壳走开了。

他出了城，走向十五年前的那片树林。站在山丘上，他才知道自己已经错过了树林。他回头找了一会儿，确认了树林的位置。那里现在只剩一片枯死的树桩，和磨石沟附近那片树林一样。几棵老树的树根被人挖起，僵着挛曲的手指，戳向正在急遽变暗的天空。

他又站在树林边，呆望了一会儿山棱岗。在它重新变回窟窿之前，他转身上路。他沿着山麓上行，看见一个小小的崖洞，接着到了松树坪。再往前是卢家坪。他终于记起，这正是十五年前他被掳进山时的路。

第二天，他在一片融雪的田地中走走停停。他躺倒在一个草垛旁。太阳穿过无风无云的湛蓝天空烘晒着大地。灰袄和查尔瓦里的水汽蒸腾向上，在他眼前形成一片小小的白雾。透过白雾，他看向巨大山坳低伏在四周的斜影。它们正一点点接近他。也许可以在这里找到一段麻绳、一棵树。很快，他也可以坍缩成一个小黑窟窿，凹陷在世界之中，被下一场雪盖住。这条路一直在等他，在他头顶看着他。

土路上没有一个人。他躺着，找不到爬起来的理由。夜风起了，他醒了，胸口冻得发疼。他抬头望向缀满星星的穹顶。那些石块早就陨灭了，却还在放射着几亿年前的光线。这是那个小兵那晚告诉他的。那个男孩说，这是科学，天文学。除了你们山里的人，世界上其他人都知道星星是怎么回事。

铁哈知道星星是怎么回事，不用什么天文学。每一个诺苏都知道。远古的时候，没有天地，没有星星，没有人类。第一次变化后，天破了，洪水冲下。第二次变化时，地形成了，生出大雾。第三次变化把洪水染成了金色。第四次变化诞生出第一种物质——星星。第五次变化时，星星发出声音，在第六次变化中又回复寂静。第七次和第八次变化让一切加速。第九次变化后，山地毁灭。第十次变化来临，一切大地上的生灵相继死去。

之后，鬼诞生了。斑鸠告诉了神。神宰杀了十头牛，变出弓箭，镇压鬼怪。在这之后，空中裂开一声神的巨吼。吼叫声落入山地，神咬开六座大山的山岩，踏碎山头，这是雷电的诞生。雷电劈向天空，神灵从高空纷纷跌落，变作火团，滚向大地。大火烧了九天九夜,熔穿天地。在流淌的热流中,诞生出一对哑物。他们是一切生灵的始祖。可他们不但矮小,而且丑陋、虚弱,无法成为人类的祖先。毕摩从天上下来,呼唤三场红雪降下。雪化之时,毕摩又打了九场黑仪式、九场白仪式,用冰做骨头,雪做肉,风做气,雨做血,星星做眼睛,变出十二支雪族,有血的六种,无血的六种。有血的最后一支,雪族之子,就是人类的第一代祖先。祖先生下许多子孙,诺苏开始繁衍、分支,在山地中跋涉。旧人死去,新人出生,成为如今各个山头的黑骨头先人。

这就是星星的起源,也是一切的起源。这个故事,在尼曲出生前,阿嫫在火塘边一夜又一夜地讲给铁哈听过。他每个字都记得。等待故事结局的白天当中,他会忍不住走向阿嫫:后来呢?但阿嫫从不在白天接着讲下去。这个故事只属于夜晚,是属于他们两人的秘密。

世界是在坠落中诞生的。铁哈想。混乱、狂暴的诞生,与死亡没有分别。一切都将下坠、陷没。人类也是这样诞生的。这是过去、现在和将来发生的事。星星是死人之石,是不再流血的窟窿。为了红雪中的人类再次诞生,铁哈想到,山地将再一次毁灭。只剩下窟窿。窟窿。窟窿。

狂风中,大片的雪花飘落下来,翻涌在他既浑噩又清晰的意识的海面上。铁哈的跋涉重新开始了。他沿着山棱岗外的路往西北走去。他的前方是井叶硕诺波的顶峰,是他遭遇雪崩的地方。世界像一架天平搁在井叶硕诺波的最高点,晃动不止。山内和山外的世界此刻比以往任何时候都更想置对方于死地。几百年来，山内靠着强力夺取，保存下了自己。如今山外那个更大、更强力的世界的浪头正向这里移涌，小小的驷匹尕伙站在巨浪底下，在短暂的空隙之中喘息，很快就要在浪头落下的那一刻湮灭。两边的世界他都见过了。他已经见够了。现在，他要在浪头落下前再次回到驷匹尕伙——他想要接近那个之前微弱一闪的东西，那个不属于这个世界，他没经历过也没梦到过的新的东西。他的心里横亘着这个念头，念头就是方向。靠着这方向，他不再惧怕山地，也不需要再躲避什么。他的生命没有保全冯世海，也不再是铁哈，他现在谁也不是。这个谁也不是的人仍是他自己，像挂在山棱岗里的那颗荧光。

在暴雪纷飞的错乱视野里，他看见荒野的尽头，那道带着血痕的地平线猛地一掀，露出底下那片布满枪声和尸体的谷地。他记起枪响之后的那声尖叫，记起他离开了，可他此刻正站在这条路上，又要抵达那片谷地。他感到有另一个自己被尖叫钉在那里，根本没有离开。十五年前的树林、雪崩的山顶、眼前的谷地，它们没有什么不同。他此刻朝它们走去。

黄昏，雪还在下，风也没有停歇的迹象。厚重的灰色云团无休无尽地划过天空，四下一片阒寂。一个微小的人形，仿佛一道幻影，踏入一片群峰围成的锯齿形圆环，落进山坳，从那里爬升，沿着一道浪尖般的山脊向上挪动。

山脊渐渐展开,露出一个大斜坡,火光在尽头处跳动。在火堆背后,铁哈看见高处的山洞。

这正是那天清晨诱使他从各家逃走的山洞。是他被掳进山时就曾瞥见的山洞。离开那片躺满死人的谷地时,他再一次看到了它。铁哈迈开最后几步,身影没入洞口。

在猛然降临的黑暗中,铁哈看见地上有一对发亮的东西在闪动。那是像被疾速掠过的云雾遮蔽又暴露出来的太阳照射下的两颗晶石。等到那闪动停止,铁哈才发现,那是一双正看着他的眼睛。等他完全适应了洞内的黑暗,他再次发现,那双眼睛并没有睁开。它们的主人是一个年轻的姑娘,正在酣睡中轻轻地呼吸。

9 窟窿

圈住德布洛莫的群山中,面对着山洞的东南角的则布村里,独自站着一间瓦板房。那是兹莫管辖下的一户高山白骨头。为了少缴纳一点赋税和粮食,这户人家十几年前搬来此地,山头上就这一间。得了疟疾的兹莫的女儿暂时住在他们家里。这儿离她自己家很远。近十年里,她的疟疾总是反复发作,做了不知多少次毕,孆尼也请过了,已经成了不能根除的恶病。她第一次得病后,原先的名字就被拿走了,人们只叫她"兹莫女儿",好让病鬼找不到她。这回发作,领地里的人家害怕传染,一齐劝兹莫把这个没有名字的女儿送得尽可能远一些、高一些,说,这样能断鬼根。她那个成日吸大烟、懒散不管事的父亲怕这些白骨头闹事,从自己的辖地逃跑,同意了。

兹莫女儿睡觉的那间屋开了扇朝北的小窗。她此刻正睁着火烧般红肿的眼睛，忘了病痛，像个窥伺者那样一动不动地从床上盯着那个山洞。她见到铁哈和孜那在那儿出现，总共两次。第一次，是她刚来这户人家不久，还发着高烧时。她白天时犯了惊厥，霍地直起身，不知道自己在哪里。变形的房屋里充满火焰一样的光，她侧过头，看见格栅外的雪山都蒙上了羽毛般的赤焰。红光中现出一个黑乎乎的洞，两个小小的人影从那里冒了出来。她的眼睛那会儿分辨不出远和近，人影一忽儿像在天外，一忽儿跳到鼻尖。高烧消退时，她裹在被褥里的身子不停淌汗，白骨头家派了一个比她大不了多少的呷西姑娘给她送水喝。那姑娘最后一次进来时，她浑身的疼痛减轻了，神志也恢复了。窗外不再燃烧，雪也停了，是一个礼物般溢满清凉的金色的傍晚。风像睡梦中的兽在呼吸。对面山头上，乌黑的山岩垂下一溜冰锥，阵阵反光把她的目光拽了过去。她又看见那两个人了。这回，一切更真切了：山腰上，一前一后，一男一女，正缓缓往上移动。他们踏入那个黑黑的洞口，就再也瞧不见了。为了确信不是她看错，她裹起查尔瓦，把虚软的身子挪到窗口。呷西姑娘送饭进来时，她向姑娘仔细说了这个事。那山洞一直都在那里，但不会有人，从来都没有人。那可是德布洛莫。姑娘听完后这么回答她，还带着同情的眼色瞧了一眼这位被病痛囚禁、脑袋里充满臆想的兹莫女儿。不过姑娘说可以陪她站一会儿。天一寸寸暗下来，兹莫女儿咬着没有血色的嘴唇，一边紧张地等待，一边懊悔地想：我对这个呷西说太多了，要是我说的接下来没有发生，她就会看我的笑话，要是她告诉别人，那些人又该来取笑我了。她不是不知道这些人怎么看她。他们说她被恶鬼缠住，说她半疯了，说兹莫的血干了，生下的后代都像她这样，贫弱无能。她听得很生气。但后来，不知怎的，她单纯的脑袋开始琢磨起这些对她的看法，渐渐接受了。不仅接受，她还有了自己的理解。她想，如果兹莫注定灭绝，或者被黑骨头替代，兹莫女儿不该逃脱这样的命运。她日益孱弱的身子正是兹莫命运的化身。

蛰伏在她身上的、土里的虫似的时时拱出来的病症，从此有了一种重要性。病好时，别人也能看见她对着自己嘀咕，那是她在哄肚子里的病根呢。她叫它们"小鬼虫"，想象它们在她身上游荡。因为病的拖累，她没有什么朋友，小鬼虫成了伙伴一样的存在。最长的一段时间里，小鬼虫们在她肚子里休眠了好几年，但从不曾彻底离开她。她已经不抱痊愈的希望了。再过几年，这病会越来越重，最后，小鬼虫生出许多虫，完全占有她的身体，就是她该死去的时候。那些得过这种病的人最后就是这样。但现在它们和她很亲密。她和小鬼虫共存亡。

天彻底黑了，寒意渗进屋。姑娘说她得出去干家务活了，让她去火塘边取会儿暖。兹莫女儿没有回答，沉浸在自己纷乱的想法中。对面那座山峰的大斜坡顶端出现了一个暗红色的亮点。她瞪大眼睛，看着它渐渐变大，分辨出洞口晃动的篝火。那两个人影就在火边。快看，她拍姑娘的肩膀。她干瘦的手臂像一枚指针停在远处的红点上。姑娘和她的反应截然相反——大张着嘴，死死抓住她的衣袖，战栗的身子贴住兹莫女儿。她对姑娘的反应很满意，这证明她没有看错。

从那个傍晚开始，兹莫女儿把一直以来寄予小鬼虫的情感慢慢转移到了孜那和铁哈身上。就在她第一次远远目睹到他们的活动时，洞口的景象很自然地就和她从小就知道的传说融为一体了。是孜孜尼乍回来了，她轻声说。这时房间里又只剩她一人。她这样含糊地、整个儿地接纳了这件事，也没有把孜那和铁哈区分开来看待。这个第一位目睹者随后躺到床上，侧着头，努力不让自己陷入昏睡，一动不动地继续盯着山洞。

第二天，兹莫女儿的未婚夫阿祖烈达来了。出于礼节，他来探访她，还牵来一头用于禳鬼的小猪。兹莫女儿的病，阿祖烈达也得过。虽然只发作了一回（小鬼虫们在他身上还没再次醒来），但只一次，就把他和她的命运牢牢拴在了一起。按照古老的原则，阿祖烈达只能娶同样得了疟疾的女人为妻。他是另一个兹莫家的后人，因此兹莫女儿是这一带和他般配的妻子的唯一人选。六年前，他俩就订了婚。要不是她病了这么久，他本该正式把她娶进门了。

兹莫女儿缓缓下床，和他在火塘边坐下。阿祖烈达一进屋就把沾满雪片的查尔瓦掼在地上，和白骨头家的男人寒暄了几句，之后就一直闷闷地喝着给他端来的酒。白骨头家的人都退到屋外，把屋内的地方让了出来。白骨头女儿正在竹笆门外晒太阳，那个呷西姑娘在给她捉头虱。

阿祖烈达每次见兹莫女儿都闷声不说话。看见这个虚弱的女人，他就忍不住在心里叹气，一边克制自己的嫌恶。她的家支已经被大烟侵袭了，阿祖烈达想。大烟才是恶鬼，兹莫女儿的病是报应。一到春天，驷匹尕伙的大烟地里不停冒出血泡儿似的花，晃啊，晃啊，不吉的索命鬼就藏身在那些花骨朵底下。大烟不光诺苏抽，还成堆运到山外换枪。正是大烟在驷匹尕伙上钻了洞眼，让外头的恶鬼进了山，这可比这病凶猛多了。

阿祖烈达赞成父亲不碰大烟的决定。父亲不允许领地内的白骨头种大烟，自己也不参与大烟交易。不到十年，他家就赊了不计其数的账，势力一落千丈。除了兹莫这个身份还保留着一点残余的影响力，就不剩什么了。拥有得越来越少，阿祖烈达反而更骄傲。那无法被夺去的兹莫的身份才是最宝贵的。当阿祖烈达和比他家更富有、更有势力的黑骨头人家聚在一起时，他雪豹一样的眼睛斜睨着，时时保持着警觉，努力维持住身为兹莫的他和他们的界限。

见到兹莫女儿，他又琢磨起了心里那个不解的疑问：碰大烟的都过得挺好，我不碰大烟，比他们都干净，反而沾了病，这算何种报应？他心里不满，认为这报应没道理。诺苏的道理都在神鬼那边，人只有听从的份儿。关于神鬼，阿祖烈达心里有两个声音，一个就和其他人的一样，既信服，又敬惧，另一个声音却嘀咕着怀疑。最近一年，第二种声音越来越大了。他经常冒出一不做二不休，不管这些道理的冲动。落魄的兹莫儿子阿祖烈达此刻坐在火塘边，心里就跳动着这样的秘密。

兹莫女儿拨动柴火，被烟呛得咳嗽起来。咳嗽声传到阿祖烈达耳朵里，听起来是幼鸟般小心翼翼的啼叫。他问她的病是否快好了。听他这么一问，她便继续揉捏着酸痛的胳膊，兴致勃勃地说了起来。她对病痛的奇怪热情吸引了阿祖烈达。她说，今天全好了，不知道过三天是不是会再次发作。不过，最严重的第三轮今天已经结束，再发就轻了，肯定顶得住。她的口气平淡，像在认真完成一项交给她的任务。他倒有点佩服起她来了。

之前阿祖烈达不说话的时候，兹莫女儿也一直在不出声地看他。她小时候就听说过这个人，这个五岁时徒手捉蛇逮鱼，七岁给自己编草甲，攀岩射箭舞长刀打枪都精通的阿祖烈达。这一带人人知道他。她听说不久前，他在德布洛莫境内击退了一队入侵的汉兵。很多姑娘想嫁给他；没有连着她和他的这病，他娶的不会是她。她的病帮了她。

阿祖烈达却恨这病。面前的这个女人将来是不会给自己带来任何健壮的子嗣的。不过，他是兹莫，只要这片山地不崩塌，这一点就永远不会变。这成为阿祖烈达成年后的唯一寄托。兹莫的身份世袭而来，好兹莫的名声却得靠自己赢得。

他必须靠着勇猛的武士气概，继续挣得属于兹莫的荣誉。阿祖烈达又一次想到利利大兹莫。三百多年前，利利兹莫衰落，被赶出自己的辖地。后来利利兹莫的女儿让她的一个侄子过继给自己，这个侄子正是阿祖烈达的祖先。他家撒次上就是这么说的。几代人的时间里，利利兹莫一支渐渐绝嗣了。但阿祖烈达不去想这个事实，故意跳开中间的转折，把自己这根新枝接在利利兹莫祖先这棵大树上。阿祖烈达把自己当作曾经统辖整个驷匹尕伙的利利大兹莫的后人。他觉得利利兹莫的目光始终在背后看着他，要考验他接下来的活法。他呢，眼前总是出现利利兹莫在利木莫姑的衙门。那里曾是利利兹莫的战场，尸骨成堆，血流成河。阿祖烈达觉得自己的扬名也得靠一场尸骨成堆、血流成河的大战。他渴盼着让自己上升为大兹莫的大战。到那时，英勇地战死，他就能作为大兹莫去往祖地，和一直在背后看着他的利利兹莫并肩站在一起。这样一想，没有子嗣也可以接受。

自从三百多年前利利兹莫被逐出自己的领地，一切都变了。黑骨头对兹莫长期统治的反叛终于得以实现。利利兹莫倒下后，黑骨头重新给驷匹尕伙定下许多规矩，一直延续到现在。据说，打家支也是在那之后才有的。阿祖烈达一直觉得打家支是诺苏缓慢、愚蠢的自杀行为。黑骨头一定早就弄坏了神鬼一开始定下的规矩。（一开始的规矩什么样，他也不知道。）他有时用利利兹莫的眼睛看今天的驷匹尕伙，那个怀疑的声音就是这样开始的。他觉得自己的怀疑没错，还觉得以利利兹莫后人的身份,他可以越过黑骨头的世界,看得更明白。我不是真的不信神鬼,我是不信黑骨头的神鬼,他这样宽慰自己。黑骨头的神鬼瞎了眼,把黑的说成白的,看不见大烟带进来的恶鬼。祂们一定是假的。

就算有谁能理解他,阿祖烈达也不想冒险说出心里的这些秘密想法,更别提对着兹莫女儿这个病恹恹的女人了。门槛外,整个驷匹尕伙已被厚雪覆盖。利利兹莫活着时,他的威势一定也是这样覆盖全境的。阿祖烈达的兹莫梦像火塘,烧得他心底滚烫。明天,他又要穿过这雪地,去跟汉军作战,一早他就得带着几个黑骨头去堵路。猪肉上来了,他正准备走。他的心情变得很好,眼下的一切都更清晰了。他甚至对她说,等他打完仗再来看她。兹莫女儿点点头。她很高兴他这么说。他这就要走,也让她轻松。她不知道,再这样坐下去,她会不会就忍不住跟阿祖烈达提起对面的那个山洞了。她不知道怎么和他说这些,说了也不知道他会怎么理解。这时她想起,孜孜尼乍的故事还从没离开过女人的世界。

夜里,兹莫女儿没有睡意,眼前交替映现出阿祖烈达和洞口的人影。孜孜尼乍出现在傍晚的山洞,之后,阿祖烈达来了。这不是巧合。她想起阿祖烈达临走前看着她的发亮的眼神,这个印象振作了她。她的胳膊不痛了,嘴也不苦了,一股深谷泉水般清冽的新感觉正和寒夜一起淌过她心头。她都快记不起这种病愈的感觉了;感激之情充满了她。兹莫女儿头一次感到,小鬼虫已经成群地离开了她。"小鬼虫,飞走吧,去吧……"她默念道。当她继续说下去,她的话变成了祈求,"请让阿祖烈达平平安安地回来,孜孜尼乍……我把小鬼虫献给你,请你帮他获胜……小鬼虫,去吧,去吧……"兹莫女儿这样说着,一遍又一遍。朦胧的亮光蒙上她的眼睑,仿若天已提前破晓。

此时,夜才过去一半,鸡打鸣还早。和兹莫女儿一样,铁哈醒着。在过去逃亡和辗转的每一个夜里,他常常睡不着,入睡后也总是被身上涌起的痉挛打断,断断续续,好像根本没有睡,又随时有睡着的危险。每次睁眼,他都会立刻摸躺下时的地面,摸自己,好像它们随时会消失。他会嗅闻几下黑暗中的空气,一边迅速看向上空星星的位置,判断时辰。现在,他知道自己刚刚睡着了,睡得很沉。他用了好一会儿才想起自己在哪里。在他周遭是叫作斯格的时辰。过去,每一次斯格到来后都走得很慢,他总在焦虑中等待天亮。现在,斯格变了。山地不再压在他头顶,他也不再是谁的猎物。他现在身上裹着山羊皮,肚里装着温暖的烤肉。一直在他头顶盘桓的寒风和大雪被洞口的火堆挡在了外面。铁哈在竹笆上翻了个身,想起黑豹月过去了,现在已经是四脚蛇月。他翻过一个又一个山头,跨进这个山洞,用了一年多的时间。在高高挂在山地上方的这个洞穴中,大地上的战乱和纷争头一次离远了。铁哈有了不再离开的想法。他可以属于这里;他想要属于这里。尽管对于这个地方,对同在洞中的这个女孩,他还一无所知。

铁哈到的那晚,女孩一直在沉睡。他把女孩视为山洞的主人,因为没得到她的允许,他裹紧灰袄,把自己挪到最外侧,脚朝洞外睡下。第一缕爬上山顶的光线唤醒了铁哈。尖锐的白色刺入视野,他看见一排白色的骸骨戳在洞口,就像自己被含在了一头巨兽的嘴中。这个想象的画面差点逗笑他。女孩仍然隐没在洞深处的漆黑中。当晨光一寸一寸从洞口往里挪时,周遭渐渐裹上了一层银灰色,铁哈看清了地上的工具、物件,有的新,有的旧,拼凑出一位猎人的身份。但一抬头,他却认出了属于黑骨头的银饰和头帕。他疑惑起来,并且本能地感到一丝面对黑骨头时的压力。他再次细细打量洞内的一切。看上去,女孩已经在这里独个儿生活了很久。他所目睹的一切突然在他脑中混合,发出轰响,仿佛一个不存在的声音,它说:这不可能。在山地里,一个人活着却不是诺苏,这人会是谁?这个问题拐了个弯,指向了他自己。他怪自己迟钝,他早该知道,和他面对面的,只能是和他一样的人。他和女孩相遇在这里,这个地方就不再属于驷匹尕伙。他这时已经不由自主地在山洞里走动了几圈,此时又回到洞口坐着,等她醒来。

他以一个守卫的姿势一直待到了午后。他用眼睛描摹四周群峰的褶皱,借此打发时间。铁哈几次回过头去,目光掠向女孩沉睡的脸孔,又立即收回,似乎那是对她的一种冒犯。没过多久,铁哈发现自己的目光不由自主又移上了她的脸。

女孩睡得很深，几乎一动不动，那张脸却在发生变化。在宽阔的额头下，细长的眼皮在快速跳动，同样细长的嘴唇在呢喃、叹气，像一个十分疲累的人，一个醒着的人，因为过于专注，忘了周围的世界。铁哈挪开眼睛，转头又看向积雪的山峰，被陡然闪动的一道亮光刺出泪水。过了会儿，他又忍不住回头，眼前是一张毫无戒备的年轻的脸。直到日光照进整个山洞时，他又一次转过身去。他看到地上躺着的像是一个年纪很大的人，脸上蒙着一层光灿灿的余晖般的愁苦，让他想起竹笆上的诺苏老人挺身睁眼、离开世界的那一刻。最后，所有表情都沉没了，脸变得透明，只剩下一个轮廓，似乎可以是铁哈见过的任何人。铁哈不知道自己看上去是不是也这样。他已经离开其他人太久了。

傍晚，女孩终于醒了。铁哈走到她面前坐下。他想解释自己为什么出现在这里，一时却想不到该从何说起。最后，他只报出了自己的名字。女孩对他的话没有反应。他问她叫什么，为什么在这里。女孩这时第二次看向铁哈，仍然没有表情。突然，她的目光越过他，凝视着他身后的某处。她似乎被什么吸引了，缓缓起身，挪向洞外。铁哈一脸困惑地跟在她身后。

红光正从群山背后迸射出来，在阴冷的旋风中晃动，像火在烧。一只黑鹰在山谷中滑翔。风越吹越急，席卷遥远的树冠，吹出片片雪雾，呼啸着抵达山洞。昨晚的火堆上方，灰烬升高，盘旋着四散。一动不动的只有那个刚刚挂起在灰白天空中的赤裸明亮的光环，和孜那。这是铁哈梦游的时刻，他又回到了那个死日。他此刻第一次回想起这个时辰的诺苏名称，姆斐。一个雌时，一个母性神哺育的时辰，死日之中才会不断生出死日。一阵令他瘫痪的衰弱和沮丧袭来，那是被琥珀困住的小虫不管怎么挣扎都只能渐渐僵住的感觉。

女孩像是被他的心绪牵动，转过身来，头一次面对铁哈。她看着他，深黑的瞳仁上没有一丝反光。山洞仿佛倏忽变大了，女孩的脸越退越远，那双眼睛却在靠近，里面有什么在跳动，在对铁哈说话。一个梦在等他，是他做过的所有的梦的集合：没有任何反光的黑暗围起一条甬道，远远地，一些影子朝他走了过来，是他的母亲、父亲、哥哥，接着是阿禄头人、尼曲、尼曲阿嫫。他们经过他，继续往他身后走。在他们后头，是一支松散的队伍，是一个个穿着军服的汉人士兵，穿着查尔瓦的诺苏士兵，最后是一条狗、一个娃娃。一团灼热的、活动的感觉升起，冯世海再次从他身上站了起来。铁哈感到自己的魂在战栗、破碎，死日又一次到来，带着迄今为止最强烈的阵阵沮丧、恐惧和虚弱，洞穿了他，沿着包裹他的甬道离开了。铁哈费力地、有所预感地转过头去，跟随着它们离去的方向，看向甬道的另一头。就在这时，视野中的一切摇晃起来，模糊了。

等铁哈回神，女孩已经转过身去，目视前方，像醒来之后那样，一动不动地凝视着前方某处。她的脸恢复了血色，向着夜空不断呢喃一个他听不清的字眼。天光黯淡下去，最后的红光消失了，群山的剪影也随之不见。女孩的头复又垂落。不管她在等什么，那个事物没有出现。铁哈看着她，她脆弱、单薄的身姿突然又挺立起来。女孩跑了出去，沿着山洞下的斜坡往前。铁哈愣了一下，追上去。她跑得很快，和铁哈的距离拉得越来越远，径直冲向坡地下方，不去留意脚下的起伏和危险，好像有一条他看不见的直线，规定和保护着她的脚步。铁哈跌倒了，在他仰起的吃惊的目光中，女孩挺直上身，消失在坡地尽头。他回到洞口等她，在寒冷的刺激下渐渐平静。不知为何，他很快就不再担心她，相信她不久就会回来。他想起他刚经历的梦一样的处境。他看见了——或者梦见了——他早就知道的。那除了是他过去一年多走过的路，还能是什么呢？空气中似乎结起了冰粒，雪片开始扬下，越来越密，在月光和疾风中旋转。他突然回想起女孩是光着脚的。她的身影从消失的地点又出现了。她的头发上落满了雪，肩上一左一右挂着两团覆雪的灰色毛团。她迈着大步，沿着一条直线升高。

　　铁哈不知道她是如何空手在夜里捕到野兔的。也许她只是去一早设好的陷阱中取回猎物？女孩蹲在洞口，开始生火，给野兔剥皮、烤肉，动作麻利流畅，但仍然一句话都不说。她把其中一只烤好的野兔给了铁哈。用完晚饭，她给火堆添了几截圆木，回到洞中，把一块山羊皮铺在靠近洞中央的地方，自己回到洞穴最深处，倒头睡下，把余下的空间和整个夜晚留给了铁哈。

木块在火焰中发出轻轻的爆裂声,风雪的呼啸加深了洞内的静寂。孜那很快入睡了,铁哈听不到身后她的响动。他半睡半醒地躺着,体会着周遭的静默和安适,有很长一会儿,他几乎忘了女孩的存在。在长长的斯格之中,在他还不知道就是德布洛莫的这片谷地上方,他所走过的路头一次沉入了遗忘,驷匹尕伙头一次失去了边界,因为冯世海已经回到了他。明天还在夜晚的另一头;明天遥远、模糊。铁哈对明天没有期待,只希望在他或许不得不再次开始奔波之前,眼下的静谧和安适持续得久一点。

在后来的日子里,铁哈再也没见过斯格。他的身心松开了夜间的警觉,常常在睡眠中滑过这个时辰。女孩依旧睡得很长,醒来总在晌午之后,有时直到姆斐临近才醒来,但她从不会错过什作。什作到来时,她会走出山洞,站在大斜坡上,等待着,口中依然呢喃着那个字眼,时断时续,一直持续到天光殆尽。铁哈后来听清了那个字眼,似乎是一个人名。女孩还是不说话,她的目光中,铁哈依旧像一个大部分时间并不存在的人。他已经适应了两人之间的静默,适应了笼罩着女孩的种种空白。那个她口中呢喃着的名字只是这空白的一部分。

仍旧是大雪封山的四脚蛇月。山地也像蛇一样沉入冬眠。除了孜那,铁哈再没见到过任何人。他现在学会了配合女孩的行动而行动,那是一种无比简单的节奏:睡、醒、捕猎、洞口的眺望、进食，如此循环。他会帮忙取水、处理猎物、准备柴木、生火、清理山洞，这些占据了他醒着时的大部分时间。这种重复的节奏中涌出越来越深的寂静。如果人是靠在他之外的各种变化和进程来感受时间，那可以说，铁哈对时间的感受完全变了。时间现在从女孩流向他，她睡——他休息、醒来、等待；她醒——他干活；她外出取食——他等待。在他俩之外，只有光秃秃的群山和深谷，天空，大风，消失在一场场大雪中的地平线，白天和夜晚缓慢变化着的光。透明的静默笼罩着这一切，女孩看他的目光也是透明的，也把他变得透明。铁哈从这里面得到了深深的安慰。再没有来自人类其他成员的威胁，不管是汉人，还是诺苏，再没有旁人的注视，那些目光背后跟随着盘算、猜度、支配、冷漠、紧追不舍、断然拒绝，像无数面移动的镜子，他不得不一再透过这些镜子回答"我是谁"——一张扭曲的脸，一个面具，唯独不是他自己。是这些镜子交缠成那个绳结，将他紧紧箍住，只有在自己身上凿个窟窿，才能逃出。他差一点这样做。

他现在成了一个什么也不是的人。每当他看向女孩——他凝视她的时间越来越长——他都再一次确定了这一点。名字脱落了，他哪里都不属于，除了这里，这片骊匹尕伙当中的空白。他看着身边的女孩，他的同类。他和她，两个空白之人。

有时，他甚至可以和她长久地对视，她也不会挪开眼睛。目光触碰上这样一双眼睛的奇特感觉从不减弱，铁哈甚至被吸引了。她的眼睛里现在不再涌出他的梦，那儿有一道清晰的边界，对他没有威胁，但也阻止任何东西进入。大部分时间里，她都像一个沉静的婴儿，有时，铁哈又觉得她进入了一种心智退化的状态，他在山内山外都见过那样的人，他们心上有一层看不见的膜，丝毫不受周遭世界的影响。但当她行动起来时，一切又完全不同了。每个什作时分，当她站在洞口，面向同一个方向，脸上涌起期待时，铁哈看得出，她和他终究不同。她装着另一个他看不见也无法进入的世界。围绕在山洞周围的时间，是由那个世界推动的。

捕猎或许是那个世界泄露的秘密之一。一个午后，铁哈等待着女孩起身外出的时刻。他在洞口给自己披裹上她缝的一件羊皮披风，给她套上草鞋，系紧她的披风，以防她冻伤自己，还给她腰间别了把佩刀。打定主意要弄清这件事后，他每天都这样提前准备。但捕猎并不是每天发生。四脚蛇月不是捕猎的季节。动物很少外出，野径被雪淹没，河上冰层难以判断，整片山地只剩一片容易导致雪盲的白色。之前，她一旦独自外出，时间都不长，铁哈一直都纳闷那些野物是从哪里来的。难道不远处就有一个储藏着野物的坑洞？谁为她备下的？

女孩行动了。照例没有任何预兆，她径直起身，跑了出去。铁哈紧随其后，两眼追随着她的背影。两人之间的距离逐渐拉大。铁哈决心这次一定要跟上，顾不上再看脚下的地形，但他还是很难克服躲避危险的本能，也很难不在冲下斜坡时放缓脚步。他不算慢,但女孩的速度惊人,好像她脚下的一切危险和阻碍都被提前清除了。她的上身同他之前看到过的那样奇特地挺立着,双腿像长有眼睛,带着她前进。女孩沿着一条往左斜的直线,穿过冷杉林,下坡,似乎对自己的方向十分清楚。铁哈在同一片树林中左右绕行,她轻松取的道对他却阻碍重重。他心一横,燃起了追逐的欲望。一簇带刺的灌木缠住了他的草鞋。他摔倒了。铁哈不由得捶了下地,突然感到自己像一个笨拙的猎人,让猎物逃脱了。

她要去哪里?他走到冷杉林的一侧,从豁开的缝隙中看见她接近了谷地下方的溪涧。溪中央的冰层没有合拢,一股几丈宽的水流敞开在逆光中,像雪地鼓动着的一根幽蓝色血管。她没有放慢,没有绕开,没有任何准备姿势地跑入河中。一阵空白落入铁哈的头脑。就在这时,她已经到了对岸,消失在山坳的拐弯处。铁哈站在原地,看了一眼没有片刻停顿的水流,漩涡的形状显示溪流很深。

什作,女孩照旧在洞口站上一阵。铁哈去查看那头她带回来的羊。羊身上不见窟窿,那把佩刀还别在她腰间。火光跳跃,照亮山洞四周。静默一如往常,坦然敞开,只是铁哈无法真正去往她那一侧。铁哈将双手贴近火堆,搓动着。饱食后的困倦袭来,他睡着了。一声呻吟唤醒了他。他抬起头,女孩已经不在他对面。

低低的哼声从一个角落传来。他往洞内走,一直走到火光消失的地方。他躬下身,两只手往前探,碰到了她。他的指尖划过她绷紧的皮肤，那上面蒙着一层冰凉的细汗。他回到洞口，从堆柴火的地方找出一截短木，引燃，再次走到她身旁。女孩恢复了安静。她背对洞口，蹲在羊毛皮上，全身赤裸，双肘撑在膝盖上，不时地颤抖。一阵寒风长驱直入，铁哈赶忙捡起地上的衣服和羊皮披风，披上她的肩头。火光晃过她脚下的羊毛皮，铁哈看见她两脚之间有一小摊血。又一滴血从她双腿间掉落，女孩默默打了个颤。她在忍着痛。这一定是头一次发生，她还以为脱下衣服可以缓解痛。

铁哈清理好羊皮，帮她躺下。她的身体仍然紧张，但顺从了铁哈的动作。铁哈给铜壶灌上水，放在火上。他找出一块清洗好的碎布，端起铜壶，开始在黑暗中擦拭她的身体。隔着温热的薄布，铁哈的手触碰着她的脖子、乳房、腹部。他把她扶到侧卧的位置，擦她的后背。她已经睡着了，身体变得沉重。铁哈感觉自己在照顾一头皮肤光洁的动物，浑身贯穿着劳作的平静。他把铜壶和布拿回洞口，做了点草木灰，仔细地将它缝合在一块干净的布条中。他见过尼曲阿嫫做这样的布垫。他回到黑暗中，轻轻抻开她的双腿，把布条垫在她身下。他掐灭插在地上的小火把，在她身旁的黑暗中坐下。这时，他在林间中断的那个念头又冒了出来：他像个追逐她的猎人。他否认了这个念头。他追逐的是这阵没被任何人打断过的空白。至于现在，他为终于有机会照顾她而感到满足。

10 空白之人被重新启用了

　　从则布村出发,一路都是下山路。兹莫女儿走得两腿发颤,汗出了一身,烘干了,又黏住。路不好走,林间背阴处到处都是厚厚的积雪,碎石坑里的冰碴又脆又滑,走几步还得重新确定方向。进德布洛莫本来就没有路,没人会去那个地方。可如今小鬼虫的母亲孜孜尼乍回来了。

　　一个月过去了,兹莫女儿每天都会向着孜孜尼乍祈祷。现在,她的期盼敦促她行动起来。

　　"我要去找她。"

　　这个决定是可怕的。但她一旦想好了,就不再动摇。"就算是鬼地,我也要去。"

　　白骨头人家回原来村寨帮亲戚盖屋了。兹莫女儿让留下照顾她的呷西姑娘转告那家人,她病好了,自己先回家了。

她知道，现在是冬日，家里不会来找她，也不会派人来看她。她出门时，等她病好了就接她回家之类的话，父亲一个字都没有提。

斯格到来，兹莫女儿打好包裹，穿上最好的一身衣裳，双手箍拢叠起的膝盖，坐在竹笆床上，捱过出门前的时光。这时的她就跟一个准备出嫁的女人似的。女儿总是要出嫁的。她本来要嫁的是阿祖烈达，尽管那个她弄不懂的男人从没对她说过一句贴心话。眼下她无法继续等他了。她听说，那天他出外打仗后，再没回甲谷甘洛的家。

划布磨的鸡叫过后，兹莫女儿就出发了。马火之前，她都没歇脚。这还是她第一次用皮靴里的双脚独自走远路；以前她都骑马，由呷西或者阿加领路。她现在没去想会不会迷路、有没有危险。她一定走得到，她有小鬼虫做向导。她的病痛已经平息了一阵子，可她知道小鬼虫没有离开她。因为这个，她永远不能真正回家。这才刚上路，她就下了又一个决定：她再不回家了。既然决定了要去德布洛莫，一切行动和想法顿时变得简单。她知道，父亲已经把她这个独女放弃了。母亲去世后，父亲备受打击，没有再娶，随后几年里，他放弃了自己，成了一个老好人，家支中的旁人提什么主意，他都闷声点头。种大烟、送走她，都是这样，好像他根本看不出那些人背后的算计。除了大烟和酒，他什么都不在乎了。放弃她只是一个附带的结果。她喜欢阿祖烈达，因为他是父亲的反面，和他待在一起，她听得见自己的心跳，这是即将消逝的她的生命在宣告存在。在小鬼虫带走她之前，她想要伸手抓住点什么。在这个被疾病阻断了成人之路的女孩身上，这只想要抓取什么的手，却像一只老年人的手。

兹莫女儿远远瞧见了孜那和铁哈。现在没有那张囚禁她的床，那扇缩小视野的窗，没有窗外的山岭和她自己病痛难捱的身子隔开她和他们了。她已经把他们望得越来越清楚，却还要将他们的脸庞、身躯、周身闪动的皑皑火光更仔细地瞧，一遍又一遍。她加快了步伐。

这是一个难得的无风无雪的午后。冬季减弱了攻势，各类生命耐心地蜷缩着，蛰伏着，等待苦寒的全面撤退。铁哈陪着女孩，坐在她前几天"醒着"时用镰刀在大斜坡上凿出的一块狭小但平整的土方上，背脊被日光晒得微微发热。他的左手环住沉睡的女孩的手腕，自己也慢慢睡着了。睁眼时，浑圆的日头斜向天际，风不停掀动着眼前孤零零的一棵红杉上垂下的一簇红褐色细枝，像吞吐着一团赤金色的火舌。一个身影突然从火舌底下钻了出来。铁哈看见一个盛装的新娘：头上戴着一顶缀满银片的头帕，和女孩的那块很像，耳垂挂着大大的银耳环，脖颈上坠着银项圈，身穿簇新的绣花上衣和黑色百褶裙，立领、前襟、腰上和裙尾上别着许多亮闪闪的银扣子。她满脸绯红地走到他们眼前，卸下了肩头的背囊。

女人们听说，在德布洛莫住着一对奇怪的男女。谁也不知道消息是从哪儿来的。她们默默地听，那个故事就在她们心头活了。她们想的和兹莫女儿一样：是孜孜尼乍回来了。

她们不记得，第一次听到孜孜尼乍故事是在何时。在某一代黑骨头女人那里，它溜开了，被白骨头女人领回了家，在每个昏蒙的冬季傍晚和太阳久久不落的夏夜，一个女人把它递给另一个女人。在白骨头女人们的照料下，黑骨头女儿们长大，把故事又带回到新的一代黑骨头女人之间。它在她们的齿间栖息，借助她们裙裾甩动的风散播种子，藏身在她们心跳的缝隙中，像一声叹息，一个影子，驻扎下来。站在日光直射之下的男人从来不看身后的影子，他们因此从没听说过这个故事。偶尔听见过几句故事片段的男人，以为那是女人们在幻想中编造的东西，会呵斥一声，让她们闭嘴。

驷匹尕伙的女人们，不管是出名的黑骨头的女儿，还是落魄的白骨头的妻子，都是一个样：像屋里的背篓、漆器、床板、墙上的旧佩刀，待在火塘晃动的影子里，不露出自己的影子。很多规矩是用来防止女人闯祸的：吃东西不能大声，裙摆不能掠过锅庄，眼睛不能直视客人的脸，从屋内离开时不能背对他人。有火光和月食时，女人不得出门，因为总是女人招来不吉不祥的东西。

天蒙蒙黑，女人起身了。给火塘加满柴，在锅庄边做起荞麦饼。哄完娃娃，她们就独自坐在火塘边捻羊毛，给丈夫和儿子们缝补查尔瓦和鞋上的破洞，收拾昨晚东倒西歪的酒盏。做这一切都得轻手轻脚。天亮了，她们背起娃娃去屋后山上砍柴，在荞麦地挥动镰刀，在磨盘边磨玉米，做饭，听丈夫和儿子抱怨汤太稀，荞麦饼煳了。娃娃总在哭，她们只能一直抱着他们，用一只手干活。胳膊僵了，在锅庄边打起盹儿，火苗溜了出来，闯祸了。不吉的女人啊，所有的人都这样说，女人自己也这样想。家里做完毕又没肉了，她们想着明天吃什么，盘算着一早得去好说话的邻居家借粮。天第二次蒙蒙黑，她们又开始围着锅庄和火塘忙活，给娃娃喂奶，给男人斟酒、点大烟，把他们石磨一样重的、灌满了杆杆酒的身子往竹笆上推。赶紧睡一觉吧，她们对自己说，可睡不着。她们出外打仗的娘家兄弟们还没回山，明天又得去通知表哥，让他请毕摩来喊魂。睡不着，想着她们过世的儿子、生病的女儿。丈夫们喝酒、抽大烟、打仗，不愿意和她们说这些烦心事，偏过头去，假装看不见她们的眼泪。去请毕摩！他们总是这么说。她们一年年老了，想起出嫁前的日子，那露珠一样的时光，好像是另一个人的。有时心一横，她们也会做出不寻常的事：有的跟人私奔，被抓回来暴打后处死；有的和丈夫起了口角，一赌气吃下毒草，或者跳了崖。她们也会跟拨动火苗似的拨动家支间的旧冤和新仇，不管自己和家人是不是就此送了命。不吉的女人啊，所有的人都这样说，女人自己也这样想。她们的心不安着，苦恼着，有时跳动得那样猛，像被狂风卷起的草叶扑簌簌地抖，平静下来，又变成一间黑乎乎的空屋。她们干活时发呆，揪着心等家人返回时发呆，看着毕摩搭起神枝图赶鬼时也发呆。劳作和家支把女人和女人隔开，也把她们的不安和苦恼隔开，留给每个人自己咀嚼。她们不得不重新戴上面具,尽力做一个好女儿、好妻子、好母亲,可就是不知道拿她们这样一颗心怎么办。就从那里,渗出了孜孜尼乍故事里的画面,好像她们暧昧阴郁的渴盼有了形状。

在三河依打村,儿子在暴风雪的夜里走丢了的那位母亲,挨到家里做完毕,大病一场,爬不起身了。毕摩来念过《拽魂经》,说儿子的魂已经回家看过,去往祖地了。可她相信自己作为母亲的直觉:儿子没有回来。她等来一场又一场的雪,愁闷把她的心磨硬了。葬礼过去了一个月,丈夫想和她同床,跟她说,我们还年轻,孩子也会再有的。这句话,和说话的人那张突然丑陋变形的脸触怒了这位母亲。她拎起火棍,把他赶下床。丈夫再也不挨着她了。他想把儿子的脸推远,想往前活,她却不肯。她留在原地,变成了一个陌生女人,给他添上无穷的新的痛苦。渐渐地,好像自己的痛苦也是她造成的,他对她几乎恨了起来。可要是她也决意忘记儿子,往前活,儿子就永远回不来了。眼下他走丢在了哪里。她痴等着最后一场雪融化,路重新露出来。那时她要出门,去找迷了路的儿子。哪怕他只剩下一点小小的破碎的尸骨,她也要把他抱回家。

冬季快要结束了。她每天盯着窗外的山坡。在它后面,是几重更高的山岭,再往远处,是让人胆寒的雪山。可她不怕。她很年轻。她还有好多日子来等待远行的那一天。夜里,老鼠爬过窗台,一点点啃噬她的耐心,像在装燕麦的挂袋上咬开了个洞,袋子里就快空了。

一天夜里,响动惊醒了她。野地升起一阵大风,把压瓦板的石块撞得滚到一起,把她的心也撞开了。她一下清醒过来,支起胳膊,把上身抬高一点,眼睛睁得开开的,耳朵和嘴巴也这样张着,还有其他的、一直沉睡着的种种感官全都张开了。风走了,落下一串裹在风里的小铃铛,朝她急切地响起来。儿子学步那一年,她给他的查尔瓦尾脚上缝过一只小铃铛。只要听得见铃铛,她就知道他没有走远。后来他大了,能跑了,该是把它解下来的时候了,她却总是忙,忘了做这件事。

现在,这只小铃铛响了一下。只有一下,但确确实实地响了。泪水早已把她的眼睛淹没,她透过蒙着她的眼帘的这面湖水,看见了儿子。他小小的身影赤裸着,站在晕开的水纹里。聚不拢的面影上,鼓起两颗小动物般的深黑眼仁,一动不动。她跑向他,不停地吻他的额角,豆荚一样鼓鼓的小脸蛋,总是隆起的小肚皮,没沾上一点土的脚丫,不管它们已经变得多么冰凉。"阿嬷,我累了。"儿子低声说。小小的身影从她的手臂之间散去。这次是真正的告别。"睡吧,到家了。"她说。静悄悄的四壁围起的黑暗中,只剩下她一个人。"阿嬷,我走了。我来是要告诉你,孜孜尼乍把我洗干净了。"声音消失后,她还在等待。身外的黑暗在膨胀,带着她的儿子去到远处。她睁开眼睛,湖水早已顺着眼角和发梢灌入她的耳窝。她握紧躺在她手心里的那串小铃铛。

　　同一个夜晚，普诗岗托阿禄头人远房亲戚家的瓦板房内，昭通和雅安送儿子去当兵的几户人家家里，山棱岗一间养过狗的人家的篱笆院附近，发生了类似的事。什哈尼曲的堂伯看见了阿禄什哈的鬼魂。雅安的一位父亲看见了儿子的鬼魂。妹妹重新见着了哥哥。狗的影子在主人床前摆动尾巴。鬼魂们一闪而过，仿佛是山地突然坍塌、颠倒，掉落出的陌生事物。顷刻间，山地又重新合拢、站起，什么也没留下。但一切再也不同。躺在摇床中的画面闪入普诗岗托某个头人的儿子的记忆：父亲的脸在仍是婴儿的他的头顶出现，又不见了，随即是一阵笑声。接着，同一张脸又跳进他的眼眶。他在摇床中大声地笑：前一个父亲消失了，不用害怕，后一个新的父亲会再回来……现在也一样，父亲在雷波的斩首之后消失了，一个新的父亲现在又跃入世界。在新父亲的鬼魂的笑声中，三句话同时响起来：我回来了。我要走了。我在德布洛莫。世界又恢复成他婴儿时期的模样：世界是一阵闪烁，世界是两个世界——亡灵的、活人的，是两个世界朝着彼此的无数次跳跃，没有结束，永远不会结束。

　　就在那晚，黑夜首先来到了德布洛莫。等到孜那在洞口站立的什作过后，兹莫女儿把她带回洞内，扶她靠坐在洞壁上，盘起她的双腿。铁哈按照兹莫女儿的要求，在洞口生起一小堆火。回到洞内时，兹莫女儿已经把白天做好的几块鬼板摆在了孜那面前。鬼板上画着一些小人儿，是兹莫女儿根据铁哈告诉她的、他用孜那眼睛做过的梦里见到的那些游魂的模样画的。铁哈在其中一块上写着阿禄头人的名字。兹莫女儿在孜那对面同样盘腿坐下,这样就把面朝洞口的侧位留给了铁哈。准备就绪后,兹莫女儿开始背诵孜孜尼乍的故事。她记得不全,就反复背她知道的那几段。铁哈蹲坐在一旁,守着孜那,不时听一会儿兹莫女儿的念诵。洞口的火被风吹得猛跳了几下。"来了。"兹莫女儿小声跟铁哈说。铁哈看向孜那。她的头朝后仰,嘴唇毫无防备地张着,在睡意笼罩中失去了知觉,合拢的眼皮在微微颤抖。这一切和他见过的平日里沉睡的她没有区别。

兹莫女儿专注地观察着孜那身上拂过的阵阵火光。她看见孜孜尼乍回应着她的召唤,正鼓动着面前女孩的呼吸。"把它们带去吧。"她心里默念,等待孜孜尼乍召集起跟随铁哈驻留在山洞四周的游魂。以后,这场仪式将会在聚集起来的人群中举行,那时她会采取不一样的做法。这些,她还没告诉铁哈。现在,只要孜那没有抬眼,她就将继续用简单的念诵拨动火光。"带去孜孜尼乍的名字吧,把消息传出去吧。"她继续祈求。时间随着兹莫女儿的声音往前走,一模一样的念诵再次开始时,时间又转了回来。"回来吧,回来吧,回到这里吧。"兹莫女儿默念出孜孜尼乍的心愿,唤回它们。铁哈的神志渐渐远去,飘到头顶上空。他的眼前有一个黑圈在不断打旋,往上垒,冷缩成坚硬的星星石块。念诵回到起点,又一个黑圈升起。铁哈把残存的最后一点心神汇聚在左手心。

孜那垂落的冰凉的手被他握着,一动不动,仿佛默许了他对她的守卫,又仿佛是女孩紧拽着曾从窟窿中爬回的他。一切仍在回旋,他渐渐听不见念诵声,四周似乎回归了长久以来的静默,直到鬼板掷地的声音砸向他。德布洛莫本是山地所有鬼板落下的终点,兹莫女儿手里的鬼板于是没有抛远。它们穿过洞顶下方的空气,又垂直落回原地。兹莫女儿从地上收起鬼板,小心缠裹在布条里。洞外已经天亮。这一次,是兹莫女儿凝神坐着,像是已经入睡。对面的孜那睁着眼,那双眼睛像夜里的冰粒,随着冬季行将结束,愈发离远了。

兹莫女儿忘不了她到达那天的姆斐时分,她见到孜那的那一刻。兹莫女儿把想说的话全忘了。那是些感激的话,和小鬼虫有关的话,她对没有回家的阿祖烈达的担忧的话。但这些顿时不重要了。她瞧见孜那在望着她,眼中空白一片,她却提前看到了将展露给她的种种迹象。她像被一只手抓住,这只手捶打着她的心,像她等待已久的一阵敲门声。这天之前,伸长着的手是她的,费力地扒开一条缝,想把她自己塞进人群之内。她现在转身离开了人们,不用再乞求谁给她一个容身之处;孜孜尼乍接纳了她。虽然没有开口,她还是找到了一种方式表达她对孜孜尼乍的感激:她抬起孜那的双手,把它们放到自己头顶。她将两手在胸前交叉,俯身行了个谢礼。她任由自己的感觉带领,发明出这样的小小仪式。随后她坐下,等待孜孜尼乍的到来。

时间似乎停顿了。兹莫女儿抬起头时，已是什作之后，天色完全暗下。她看见女孩睁开了两双眼睛，一双在额前，里面翻腾着熊熊火舌（是她在则布村的屋中见过的白光），另一双在脑后，起初像盲人的，一片黑暗，渐渐地，她看见里面浮起星星一样的石块，不，不是凸起的石块，是一个个张着嘴的、深不见底的窟窿。这两双眼，一双从兹莫女儿头顶往下燎，一双从她脚底冒出彻骨的寒意，像是往日的病痛活过来了。从四岁起，反复拨弄她的病就开始了，随即是诺苏对附身于她的小鬼虫的追打和清洗，那是她被追打和清洗，他们不给她机会跟小鬼虫分割，也从未让她身上跟小鬼虫无染的那个部分长大、成熟。在他们眼里，她永远只是一颗小鬼虫的恶卵，斯觉（游魂）的一个借居地。他们让她恨自己的病，恨父亲，恨没有机会长大成人就陷入灾厄的自己。

飞走，飞走啊，离开我吧。她祈祷。小鬼虫带着她飞了上去。山地在她脚下，森林被火焰吞噬，树木开裂，沉重地倒下，人像直立的蚂蚁一样在地上跑，发出尖细的叫声、号哭。被熏黑的天空下，巨大的火球从四面八方滚来，燃烧着的地平线翻卷着，把上面的一切吞没了。无边无际的黑暗。她飞出雪山的峰顶，在寒冷的夜空中停下。在她周遭，星星不断爆炸，把天捣碎了。这片毁灭的景象穿过她，和她联合。它就是她，是她出生时的混沌，四岁时的病变，九岁时更严重的发作，是她和任何人的任何联结都不得不因为她的病毁坏殆尽，是所有人指着她说这都是她的错。它孕育出她心底再无法压制也无法忍受的一声怒吼。她和那个在各种痛楚中任他们摆布的往昔的自己分离了。愤怒以全部威力冲击她又席卷而去，留下一团洁白的、微颤着的光团，是洗净了的她原本的魂，是出生后没有受到一点污染，不是兹莫，甚至也不是一个诺苏时的她。洁净无污的生命。纯粹的自由。这在驷匹尕伙是多么奇怪、陌生的东西啊。

小鬼虫依然在盘旋，围绕着兹莫女儿——它们的养母。它们搭起一座桥，一条路，不管是什么，她走了上去，那一头是它们的亲生母亲——孜孜尼乍。她不再需要小鬼虫了，于是它们消失了。她向和她面对面的小鬼虫们的母亲继续祈求。一条新的路即将显露，把她带向从未去过的地方。面前女孩紧闭的眼睑正在脸上不停掀动，额头涌起深深的皱纹，随后，那张脸像重新吸饱了水的大地，皱纹顷刻间退去，恢复了沉睡的神态，只是脸色依旧灰暗。

空气嗡嗡作响。兹莫女儿，孜孜尼乍的信徒，渐渐平静下来。往后，她的行动不会再无依无靠，她将侍奉孜孜尼乍，赴行自己的信念。兹莫女儿看见对面的女孩的脸剥落了，自那面具的深处，涌起一阵遥远、模糊的轰响，仿佛她默许下的誓愿的回声，它说："斯涅。"

"斯——涅。"兹莫女儿跟着念了一遍。"斯涅"的意思是死日，就像"卓涅"是生日。

兹莫女儿默声问道："是……我的斯涅？"

"是整个驷匹尕伙。"回声说。

"什么时候？"

"很近了。"

就在她到这儿的第一天，兹莫女儿抓住了孜孜尼乍的第一次默示。斯涅，这就是那条她将走上的路。她还想继续问，却做不到了，一阵昏厥抓住了她。

在兹莫女儿出现之前，铁哈并没有想过，在他之前，没有人走过和他一样的路，他也一直不知道，这片谷地就是诺苏传说中的德布洛莫，是他早就到过的地方。他大脑中的地图全乱了。

"你往哪里走都会回到这儿。你和我一样，是被孜孜尼乍召唤到这里的。"兹莫女儿回答，听起来没有夸张，没有强求，没有发现了什么的兴奋，就好像把水搁到一只碗里，放在他面前——水有了确凿的形状，谁也不会看不见。

孜那在洞中睡着，兹莫女儿和铁哈坐在斜坡的土方上，两人已经交谈了一阵。铁哈对兹莫女儿提起过那次跟随女孩出外捕猎的事。兹莫女儿告诉他，那些野物是孜孜尼乍回报给女孩的礼物。她的口气是那么确凿，就像她当时看见了铁哈一直不能去往的沉默的另一端是什么。那是鬼母，兹莫女儿告诉他。不属于他的诺苏的世界展开了另一种面貌。他不知道自己该不该相信她。他觉得自己什么都不再知道。他多希望自己脑袋里的想法能像此刻面前的日光柱，变得直接、分明。

铁哈讲起他一路的经历：在德布洛莫遇见的枪战，井叶硕诺波的雪崩，救了他的汉军，雷波的斩首，老妪，山棱岗的景象。

"都乱了。什么都没了。"他说出阿禄头人对他说过的话。"到处都是这样那样的窟窿。"

这个人靠自己走出了驷匹尕伙，又从山外回到德布洛莫……兹莫女儿琢磨着。他并不是诺苏，为何也听到了孜孜尼乍的召唤？

铁哈将上半身躺倒在斜坡上，抬起手臂，枕向脑后。他的目光游荡，顺着远处发出冰雪融化的汩汩声的山洞，滑向山脊上一片冷杉半秃的树冠，跃入弥散着金色颗粒的湛蓝天空。他在炫目的光线中合上眼睛。光亮从深远的时空尽头处源源不断地落下，却始终无法碰触他，似乎从来都与他无关。他的心上堆积着幽暗、厚重的层层皱襞，他不知道如何舒展，不知如何将荒野中的重重山岭拉成一道平整的地平线，让他重新望见自己走过的路的全貌。

兹莫女儿转头看向山洞。那个黑乎乎的洞眼里，孜孜尼乍在呼吸。

"窟窿。"兹莫女儿重复着铁哈说过的字眼。"所有的诺苏神灵都堵不上眼下的窟窿了。德布洛莫打开了，斯涅要来了。"

窟窿出现在这里，她和铁哈的背后，在女孩身上。孜孜尼乍返回的时刻到了，她将从德布洛莫起飞。孜孜尼乍被全体诺苏神灵驱赶,被所有人忘记。活人忘记的,却比人活得更久。孜孜尼乍不会消失,和她的小鬼虫们一样。一定就是这样,兹莫女儿后来这样对铁哈解释。

德布洛莫入夜了,遮住看向山洞的一双双眼睛。

"如果孜孜尼乍继续被所有人忘记,会怎么样?"在火堆背后的洞里,铁哈不禁又问。

"驷匹尕伙就会像现在,像你一路看到的一样,陷没。"

铁哈想到山棱岗。

"孜孜尼乍能阻止这一切?"他问。

兹莫女儿没有接话。她相信孜孜尼乍有所计划,她只需要以行动协助和配合孜孜尼乍。没有计划正是庞大计划的一部分,是否能保持耐心是对她的考验。斯涅会带她移向终点,那是在她自己的死日到来之前,驷匹尕伙的死日。为此她需要和山地一样镇定,极其镇定,也许还得无情和冷酷,首先是对自己无情、冷酷。这是向驷匹尕伙要求一个没有人要求过的"自己"的代价。这个"自己"将和旧的驷匹尕伙脱离,听从无法逃避的真正的命运,那除了是神灵的安排不是别的。这神灵不是旧神灵,是孜孜尼乍,她唯一信奉的新神灵。她要抓住这个分配给她的使命。虽然,眼下她还不知道这个使命的完整模样。和阿祖烈达一样,出于兹莫的骄傲,她想为自己暂时保留这个秘密。于是她回答铁哈,眼下她需要思考。

这些已足以让铁哈看见自己又站在了一条路的路口。他在犹豫。之前,他只期盼眼下的静谧和安适持续下去,他其实早就知道，不会的。在驷匹尕伙内，从来不会有这样的静谧和安适，这从一开始就是他的妄想。他和女孩缔造的静默，只是他再次开始奔波前短暂的喘息，现在已经被到来的兹莫女儿打破了。

　　冬季的最后一场雪消融了。铁哈同兹莫女儿往德布洛莫正中间的那片谷地走去。日光曜满山谷，他们沿着一条盘旋的山路往下方前行，涨满雪水的溪流在他们四周奔腾。他又要站在那块地方了。就算告诉自己，现在的我已经像个重新活过来的人一样开始了目前的生活，可他还是无法摆脱又被拽进同一个噩梦的不安。铁哈突然感到自己老了。走在他前面的兹莫女儿却不一样，背挺得笔直，昂着头，压得铁哈直喘气的沉重的羊皮披风却在她肩上左右摆动，像一件夏季的薄衣。缀满银片的头帕同样在她头上跳动，在日光下闪着鱼鳞一样斑驳的光点。他突然发现，从背影看，兹莫女儿和女孩如此相似。铁哈记得她说过，她以前总是生病，可她现在看起来比任何健康的人都富有生机。他不禁挂念起此时留在洞中的女孩。她似乎越发消瘦了。兹莫女儿现在有了召唤孜孜尼乍的能力。她告诉铁哈，只要孜那睡着，她不需要孜那在近旁也可以做到。铁哈看得出，她每天都在付出巨大的专注，为即将发生的斯涅做准备。

　　寒气随着他们的下行加重。过了垭口，马尾松林退去，遍地都是野蕨，用长毛的绿油油的手掌拽铁哈的腿。竹箐湿滑泥泞，两旁的山壁间不时闪现大小不一的凹洞。山地的种种声响消失了。他看见鸟飞行的弧线从他们头顶避开，看来鸟兽也不愿接近这里。一道悬崖出现。铁哈认出了这个山道拐角处。那片谷地就在它的背后。

　　冻结的大地上远远地出现了一个个凸起的泥团似的东西，是那些凝固在最后的姿势中的士兵。铁哈穿过满地散落的包裹、干粮、仪器。那些鸟一样乱飞的图纸不见了。那个被他扒下军袄的小兵突然闯进他的眼帘，好像是另一个自己黯淡下去，躺在终点。铁哈想起兹莫女儿说过，诺苏赶鬼到德布洛莫，成群结队的鬼魂就从这里被冲出山外，驷匹夵伙得以保持洁净。可现在黑路掉头了。汉人闯进来，死在诺苏手里，鬼魂也从山外来了。黑路的两头都开了。如今山内山外处处都是诺苏鬼和汉人鬼。如今处处都是德布洛莫。这个恐怖的念头牵动了他的回忆，子弹射出的恐怖声响在他脑中回荡。"德布洛莫，一片叶下七个鬼。"他紧走几步，跟上朝谷地最低处走去的兹莫女儿。铁哈隐隐期待着孜孜尼乍真的可以像兹莫女儿说的那样，截断可怖的远景。他也希望兹莫女儿即将启动的第二场仪式，可以洗净这片谷地的血污，将鬼魂送出山。

　　山地将将蒙上一层细雨般的新绿。牛羊一群群出圈，像长满脚的杂色云团，高高低低地洒落在草坡和灌丛间。一头羊抬起脑袋。它的动作像一小簇海浪传遍整个羊群，毛茸茸的头颅一个接一个昂了起来。它们无论何时都知道自己在同伴之间,知道哪里是不该跨出的住牧地的边界。它们和诺苏一样,知道另一群牛和羊同它们长得再相似,也不是它们的亲人和伙伴。如同诺苏分家支,驷匹尕伙也分割不同的牛羊领地:甲谷甘洛的善驮物行走,吐尔山头的更耐寒,利木莫姑的肉质最鲜美。在德布洛莫周围的村寨,人们养花牛、牦牛和黑羊。它们正三三两两地以祈祷者的姿势,低下额角细长的头颅,拱起山丘一样的肩胛骨,全神贯注地围成一圈,用舌头卷起还带露珠的刚冒尖的羊茅和白眼蒿。它们无声的进食,让驷匹尕伙的心在这个清晨缓缓跳动。

  天空没有一丝阴翳,云层缓缓踱步,从道道缝隙中洒下清澈的辉光。一个放牧的娃娃眯眼打起了盹,剩下的几个互相吆喝着,结伴没入了树林。朝南的一面草坡上,背靠着仍然积雪的峰顶,站着两小群披着毛皮的默祷的生灵。站在最低处的一头花牛抬起头来,岿然不动地将它那双温顺黝黑的眸子对住正在向着山脚聚拢起来的一群人,一边慢吞吞地倒嚼胃里的草叶,像在对这另一种生灵进行着一番思考。一声拖长的、低沉的哞叫抖动它的胸腔。不等远处传来动静,它便抬起雪白的蹄子,朝同伴走了过去。

  花牛的眸子对住的那群人,一大早就从不同方向朝着这座山脚出发了。很多人是远路来的。此时她们散坐在这片面朝东面的山腰间的平坝上,和牛羊一样沉默不语,心头蠢动着期待。来的只是听到消息的女人中的一小部分。患风湿的、生来独眼的、缺了一条胳膊的、瘸腿的、心房在夜里绞痛的、常年犯癫痫的、聋的、哑的、半聋的、痴呆的。寡妇、无法生育的女人、畸形儿的母亲、刚刚失去至亲的、遭了麻烦事准备出逃的、出逃后再也回不来的孩子的母亲。这些被斯觉折磨着的女人，被丈夫、儿女、家支内的人暗暗厌倦，也在叹息和伤痛中厌倦了自己。有的刚一出生，不幸就落到了头上，或给家支和村寨招来了厄运。因为是女人，是身为白骨头的呷西、阿加、曲诺女人，她们的不幸便更深了。

孜孜尼乍送回走失的游魂的奇迹已经传了一阵子。她们趁着劳作的短暂间歇，和其他的女人聚在一起，聊着这桩奇事。她们说，本领高的毕摩确实能捜回远去的游魂，但隔了一个冬天还能做到，就不可能是毕摩了。一个陌生男人借着兜售野肉，在几个村子里走动起来。他带来了孜孜尼乍现身的确凿消息，和女人们约定了这个日子。现在这个男人就坐在人群中，矮小瘦削的身躯陷在查尔瓦里。他正带着阴郁的表情，时不时转动眼珠，审慎又好奇地看着这些因为靠近德布洛莫而压抑着不安神色的女人。女人们瞧着他的脸，他前额上的一道伤疤，又把目光转向坐在他身边的那个年轻女人。她们看见一张沉睡的脸。一张宽大、边缘柔和的圆脸，嘴角薄而窄，像日出前夕黯淡下去的月牙。那对杏仁状的阔眼的线条夸张地贴向耳廓。这些部分单看起来属于一个恬静的少女，但脸中央的眉骨、鼻梁、下巴的硬朗线条又透出年长者的沉稳气息。在这些白骨头女人的眼里，沉睡的女孩非同寻常,但当她们不看她时,很奇怪,她的容貌留不下一丝印象。于是她们又继续把眼睛转回向她,琢磨着她是个什么样的人,她又曾经可能是什么样的人。那顶耀眼的缀满银片的刺绣头帕是黑骨头和兹莫盛装时才戴的,可查尔瓦底下,露出的是长满黝黑茧子的、男人一样的脚趾。

孜孜尼乍果真借这两个人回来了?他们看起来比女人们想象过的样子年轻。那个山洞就在这片平坝的高处,她们抬头望见了它侧面的山壁和隐约的洞口,不再怀疑。眼下她们跨进了德布洛莫的鬼门门槛,在这儿之外只有几个孤零零的村寨。在家时,她们常常想到这片鬼地。在梦中,她们也曾到过这里。如今身处其间,她们却觉得一会儿仍要去干那些每天不得不干的事:在田间一茬茬地割荞麦,追赶往河中直奔的流着涎水的儿子(他的个头和力气早就超过了自己),饥肠辘辘地翻找炭火堆里剩下的洋芋,缩小竹笆上的身体好让自己不用去听屋中的咒骂。到达这里只是一个梦。就连昨天或前天收拾行囊时,他们也不相信自己真的可以走到德布洛莫。

兹莫女儿坐在女人们中间。现在她从她们当中站起来,和孜那面对面坐下。她知道身后女人们的眼睛会盯着她。铁哈随后站起,带着一丝生涩的礼节在女人之间走动。他让她们排成一个松散的半圆,稍等片刻。女人们听见他用带口音的诺苏话提出这样的要求,不禁露出同样生涩的表情。在她们的村寨和家里,是不允许陌生男人这样同她们单独讲话的。

孜孜尼乍准备好了，兹莫女儿感觉得到。她重新站起，转身坐到孜那身旁，面对女人们。铁哈走到第一排最东端，扶一个患了多年风湿病的老妇站起，把她带到孜那面前。兹莫女儿清了下嗓子，用每个在场的人都能听到的嗓音开始念起孜孜尼乍的故事。

文字在驷匹尕伙内具有力量。它的力量来自发明文字的那个古老时代，来自舌头和牙齿依照精确的轨迹滚动时发出的声响，来自第一次创造后就不曾改变过的字符的魔力。诺苏多半不识字。从一开始，手捧经书、念出上面的字眼的权力就不是分配给每一个人的。经文从每一代诺苏中挑选它的念祷者。只有合格的毕摩和苏尼才有权召唤神鬼，传达和解释来自另一个世界的讯息。遴选毕摩和苏尼的过程复杂又神秘，后来变得越来越神圣，只有遴选出的那一小群诺苏，才知晓如何将法力灌入人的世界。再后来，诺苏只记得毕摩和苏尼的声名，一旦那些声名赫赫者到场，焦灼就能减轻，悲恸就能预先镇定。很少有人还记得文字的力量来自哪里。如果毕摩选的经文不合适，念诵出错，除了毕摩，旁人已一无所知。

这个她们之中首先上前的年轻女孩一定是个嫫尼，女人们猜测。但她们没见她发出剧烈的震抖，像鸟一样蹦跳、挺背、耸肩，木偶般快速晃动她的脑袋，敲起羊皮鼓。降神的动作一个都没有。她像毕摩。但毕摩会在念诵之前做许许多多准备工作，再说，女人不可做毕摩。她们最后放弃了猜测。

她们可是在德布洛莫。在今天之前，不曾有任何一个同她们一样的诺苏踏足此处。朦胧的预感告诉她们，在这儿，不可能的事将一桩桩地发生。她们屏住呼吸，注视着那个念诵的年轻女孩。这是她们第一次听到这个故事公开讲述。它在铿锵的舌音中被拽出，释放到空中，从她们身上暗不见光的角落整个儿脱落出来。

铁哈已经站回离孜那几步远的距离，恢复了先前的坐姿，望着眼前的人群。仪式开始了，他越发忧悒。她们的眼神在期盼中变得专注，让他想起以前在汉地的庙里见到过的那些跪拜者。他又想起听过的一个叫耶稣的人（他曾听说西昌一座带尖顶的庙里有他的木雕像），靠着一句话，一次触摸，他治愈了各种各样的病人。失明者恢复视力，下不了床的人突然可以走路。她们是不是也怀着同样的期待，等着走上前来，聆听那样的话？是不是她们也将扑向女孩，伸出颤抖的手摸她，拽住她的衣角？她们正忍耐着这样的企盼。铁哈感到一阵强烈的不安，胸口坠着沉重的担忧。她们和德布洛莫一样神秘莫测。她们将举起静默从他身旁撤掉的镜子，他守护着的女孩的面孔将在那些镜子中变形。

女人们一个接一个坐到孜那对面，专注地看着她的脸，仿佛是在努力找寻和辨认自己的脸。有的站起来时双手捂脸，有的嘴角翘起，有的呆立在原地，一脸讶异。只有那个痴呆的女人仰起孩子一样的脸，不住鼓掌，如同听到了趣事，放声大笑。上前来的人一个个怔怔地退回半圈，独自呆坐。平坝被另一种冷却过后的静寂笼罩。铁哈紧盯着每个人。他害怕让人备感压力的事件突然爆发，只得努力告诫自己沉住气，等待仪式的结束。这次集会是兹莫女儿安排的，她料到她们的反应和举动了吗？铁哈不知道。他不懂山地里的女人。就算是他唯一熟悉的尼曲的阿嬷，他也吃不准她都在想些什么。他不由得挨近沉睡的女孩。

日头挂到最高点，天却阴沉下来，刮起的风比清晨的第一阵还要凉。牛羊弯腰，平坝上的女人们也把影子收回身下，只有各异的脸庞暴露在越来越厚的云层背后遗漏下来的苍白光线中，带着凝固住的表情。十几个女人以温顺、被动的姿态待在原地，没彼此交谈，没发出一点声音。低沉的气压堆积在她们身上、四周。铁哈保持着警醒。还没到结束等待的时刻。他走到一旁，拎起柏木桶，将盛着泉水的木碗递给一个女人。女人们一个接一个，就着碗中颤动的倒影喝下水。

最后一个女人返回半圆中。女人看见那个站在女孩旁边的男人站了起来。他说，今天的仪式就到这里了。

铁哈一手捶羊身，一手把羊皮从胸脯往下扯，捶一下，扯一点，交替着两只手，嘴里发出呵——哧、呵——哧的声音。这是头六岁的成年野公羊，顶着犄角的黑羊头扔在地上，血仍在流，淌到女人们的脚边。女人们瞧着那头死羊，脑子里划过一个念头：这是不是孜布述尼？就是孜孜尼乍被毕摩、苏尼诵咒十三天后变成的那头公羊？就是明明被捆上四蹄、封堵在山洞里，却滚到谷底的河床中央，被一无所知的牧人捞上来，扒了皮、吃了肉的那个孜布述尼？孜孜尼乍被困在死去的羊身中，人吃了孜布述尼，染了病，鬼第一次来到了驷匹尕伙。女人们在心里复述着故事，独自的，不出声的。真是可怕的一天。她们本以为今天是奇迹发生的日子，可刚刚过去的半天里发生的一切，却是奇迹的反面。她们还没从透过孜那的眼睛看到的东西中缓过神来，接着又是这只羊。唉呀，她们心里传来一声叫唤，像羊的咩叫。坏了。事情真的发生了。这个德布洛莫山洞里的女人可不就是孜孜尼乍？可她们不是早就知道？她们正是为这个才自愿来的。但现在，她们既是共同又是独自地经历了这半天，才明白，她们之前并不是真的明白。现在，她们看见：故事活过来了。羊已经下锅，她们正在这个故事里，一切回到故事的起点，开始了。

　　羊是山地里有蹄类的最后一环，女人和女孩也是诺苏的最后一环。一个人懂得了这里的羊，也就能理解这群白骨头女人。高度警觉是羊的天性。偏一点点脑袋，它们就可以把宽眼对准身后，那里总是比眼前更危险，于是它们长出了可以更广和更清楚地看向远处的眼睛，一片模糊的反而是眼前。她们唯一不像一群羊的地方在于，她们是今天才聚起来的一群。此刻她们不自觉地寻找着头羊。她们需要抓紧曾有过的事、写好结尾的经书和故事，让它们带着自己走入正在发生的模糊的眼前。现在她们犹豫着，前蹄悬在半空里，抬起茫然的眼睛，不知道应该撤回蹄子等一等，还是先踩下去。

这时，在一旁点火加柴、架起一口简陋锅庄的兹莫女儿朝她们走了过来。女人们的犹豫映在她眼里，像照镜子一样清楚。这样一个特殊的时辰，她经历过。现在是她们跳过去的时候了。但她转念想到，也许在一跃之前，她们最好先退后一步，踩稳脚跟。兹莫女儿于是对她们说，想离开的人可以立马离开，想留下的人，也可以想待多久待多久。这句话像栅圈，把困惑更牢靠地安在了女人们身上。她们嗫嚅着，又瞅瞅旁边的陌生人。她们从没打过交道，彼此一点忙都帮不上。可是想想那个除了死之外再不会有其他变化的悻悻的家屋，它就跟缚住孜布述尼的山洞一样。她们想在犹豫之中再等一等。

她们看着死羊的眼神不对劲，兹莫女儿这时才发觉。她很快就弄明白了她们在想什么，便说："这不是孜布述尼。孜布述尼是灰红色的嘛。"

兹莫女儿的话像刀柄一转，不吉利的念头犹如污血被放了出来。是女人们自己漏看了，记错了。可不是嘛，故事里那头是灰红色的公山羊！

在一阵短暂的骚动中，五六个女人不约而同地站了起来，离开了人群。有那个缺了一条胳膊的（她有吃奶的娃娃在家），还有头一个见孜那的患风湿的老妇。直到回到山脚，这五六个人才会合到一起，简短地交换了几句话，又分头走路，一起消失在悬崖南面的山冈背后。所有人都是从那里上来的。其余的女人目送了她们一会儿，瞅瞅和自己一样仍旧坐在原地的女人，发现留下的要比离开的多出几个。

兹莫女儿像站在对阵双方之间、肩负调停任务的古代诺苏女人那样，站在余下的女人们和孜那之间。

她首先开口："我留下。孜孜尼乍治好了我的疟疾，缠着我的小鬼虫飞走了。"

她宣告奇迹，选好了自己的位置。她那带着几分武断的口吻没有引起任何惊讶。白骨头女人们早就看出了她的身份。她胸前的那串银扣子，每一枚都要用她们家一个月留存下来的收成去换。

但没有人说话。女人们低下头，以极细微的动作咀嚼着兹莫女儿的话。

"可她没有治我的病。"一个女人没忍住，低声说道。口气里并不带抱怨。

"治病有各式各样的方式。"兹莫女儿压低声音，却几乎是轰隆着吐出这句话。

对奇迹的渴盼又在女人心中暗暗燃起。

"就靠她那样望着我们？"有个女人轻声地问，一边悄悄望向远处的孜那。

这时她们已经吃起了滚烫鲜美的野羊肉。第一个人拿起羊肉吃起来时，其余的人也就跟着拿起了肉块，忘记了刚刚对孜布述尼和故事"正在发生"的担心。她们当中有的人已经一年多没吃上一口肉了。

那个独眼的女人用好眼看着边笑边不住嘟囔的痴呆女人，

那只坏眼对着其他人。她的话是说给那只坏眼对着的人听的："那是孜孜尼乍的眼睛。"

"一双凶眼。"有个声音说。

窸窣的交谈声滚过所有人。女人们终于开始交换自己目睹的景象。什么都没瞧见的女人凑上前仔细听，发现人人所见不同。

独眼女人不再啃羊肉，想着她刚才见到的孜孜尼乍。在山地里，本应成双的东西缺了一半就是错，就是不吉。女人的独眼就是这样。出生后没多久，得了场病，她就有了这只眼皮耷垂的右眼。一年年地，它萎缩、凹陷下去。第一个厌恶她的不是别人，是她的母亲。她把女儿推给早已准备好诅咒她的村里的人，除了给她一口吃食，再不当她是个活人。她的右眼前方和过去一样，白茫茫的一片。孜孜尼乍就是从小贴着她的这片白雾。她听身旁的其他人说着那双凶眼，就像在说她。于是她说："回家就是挨日子等死，还会有啥？"

坐在一架小木轮车上的老妇背脊往后一挺，露出空空的大腿根。她用手推着木车轮，靠近其他女人。轮子吱嘎作响，但没压住她的声音："人都会老，会死。世上没有不死的。山神沟神会死，谷神壑神会死，英雄之子罕依滇古也会死。女人比男人老得更早，离死更近。好多年前开始，我们可不就天天坐在门槛上，候着死来到家门口的那一天？那没什么好怕的。只不过，那样挨着的日子，难受啊。"

兹莫女儿又想起孜孜尼乍的默示，想起自己变成了小鬼虫，掉转脑袋，看见了自己肚子里的东西。于是她说："你们看到的东西就是斯涅。带病的人身上有，不生病的人身上也有，女人有，男人也有。它跑到身子外面，就变作我们在孜孜尼乍的眼睛里看见的。"

她照着孜孜尼乍的回答，解释什么是她们看到的斯涅，那是人人分得的一份，驷匹尕伙的死日。

"从这儿到斯涅，要走几里路？"一个女人抬起蒙着层灰雾的青光眼问了一句。听起来她紧张得嗓音都快哑了。

没有人回答。谁都不知道答案。她们和提问的女人一样，习惯用脚能走到的另一块地方来想象陌生的事物。她们在沉默中看向兹莫女儿，她们找到的领头羊。兹莫女儿开口说的却是另外的东西，是她刚刚才想到的："只要女人站着，驷匹尕伙就有根，就能继续在世界上站着。"兹莫女儿头一次发出"世界"这个字眼的声音。她想起来，她是从阿祖烈达那儿学到的这个字眼。

"看看他们，"兹莫女儿抬起手臂，指着已经回到清晨时的位置的孜那与铁哈。"他们离了家支，首先来到这里。这也是我们要走的路。人人都还不知道斯涅要来。等它从我们这里飞出去，人人都将瞧见斯涅，跟我们今天瞧见的一个样。"

毕竟是兹莫女儿，话说得响亮、确凿，尽管好些字眼她们不懂。女人们的心头因为再次刮过的希望颤抖不已。沼泽地的铁灯草被风吹过，也曾这样不由自主地摆荡。她说了好几次"我们"，也让女人震惊。她居然把兹莫的命和白骨头的命连在了一起，它们本来隔得最远。她们还想到，斯涅和卓涅也是连在一起的一对儿。或许，等我们翻过斯涅，病痛和难挨的日子也就结束了？也就走到了卓涅？兹莫女儿的小鬼虫已经飞出去了，她能，或许我们也能？

山坳间，下沉的太阳露出一个血红色的尖角。月亮像割开这道血疤的镰刀，竖起寒光。山壁落下的暗影罩住女人，把她们同样失了血色的影子抹在地皮上，混合在一起。她们忘了戴头帕，一路上的日头弄得她们晕晕沉沉。现在她们挺起腰，在这道巨大的暗影里呼气，终于感到一丝惬意。出门时，她们没有想过不回家。眼下是水獭月，还是鳄鱼月？她们看着月亮想，想不清，倒是十分清楚地从这里远远瞅见了在山坳那一头，她们是怎样过活的。可现在有了另一个东西——斯涅。它像一直在那儿的山一样牢靠。她们笃定，不管多远，她们都可以走得到。这在她们看来，不会比山坳那头的日子更差。走到那儿，就可以忘了疼痛，忘了注定不会落到她们头上的好日子。女人们已经不知不觉滑过了做决定的最艰难的时辰，便也不再深虑，提起一股心里的决绝，抓住面前隐约的出路，走上去。女人通常会这样，尤其是诺苏女人。

"我留下。"犯癫痫的女人说。

"我也留下。"另一个声音、更多的声音附和。

她们发现，站在德布洛莫，身处其他女人之中，说出这句话变得如此容易。

11 "没有什么希望"之歌

兹莫女儿走在孜那身后,女人们走在兹莫女儿身后,铁哈走在所有人身后。一群人离开平坝,连成一条歪扭、松散的麻绳状的队伍,朝着高处攀爬。这是山岩近旁那条难走的路,但天已经黑了,再绕道从山洞正前方的山脊上到斜坡,就太晚了。在最陡峭的地方,岩缝和树根附近露出一丛丛的野藤,孜那和兹莫女儿都不去碰。一个女人想拽住野藤再把腿往上抬,她使劲一拉,藤条带出根部的稀松沙粒撒了出来。原来它一边扎着根,一边把自己根下的土毁坏了。

白骨头没有资格打猎,无论男人女人,走野路都费劲。打头的孜那独自走,兹莫女儿把后面的女人们一个个往上搀扶。铁哈站在最下方,女人的身子一遍遍掠过他的脑袋时,他就托起她们的草鞋往上送。触碰女人的脚底是禁忌,但没有人再去想这件事。铁哈把那个坐着木轮车的老妇用草绳拴在背上,她的木轮车由兹莫女儿背着,上面绑着其余要拿上山的物什。风恰好助了力,把她们往山壁上吹。她们变成了岩羊,四肢贴向倾倒下来的路,身子贴住手和脚,拧成扁扁的绳结,缩起、展开,一股连着一股,伸入黑夜。等到所有人靠近最高处的山顶,她们看见那个黑黢黢的洞口变大了,可以一口把她们全部吞下。她们好像又一起走进了那双眼睛里。她们稍稍动了动胳膊,抻了抻腿,掐自己一把,以为这身子是别人的。她们听听四周的响动,风变松了,把她们抛在这里。她们又望一望洞内,什么都看不清。她们像乌鸦蹲下来,拢住自己。她们以往也是用这个姿势,黑点般散落在做毕场的最外围。她们看着兹莫女儿和铁哈慢慢放下那个老妇,四个木轮又响起来,嘎吱嘎吱碾过草根。她们现在喜欢这声音。

孜那的身影独自裹进了巨大的黑毡查尔瓦似的洞口。出来时,她手里拿着火镰和燧石。篝火生起,落进女人的眼睛。洞口的白骨凸起在光亮中,风干了的羊头是白的,狐狸皮像一面磨损的铜镜。兹莫女儿伸出手去摸它,像要在这片祭台上添入自己的一份。女人们全都看着她。不管是山神还是雨神,荞子神还是地神,一向只保佑黑骨头和兹莫,没有她们的份。可在这里,古老原则改变了。好像为了确认这一点似的,那个独眼女人也站起来,和兹莫女儿一样,伸手摸那块狐狸皮,又摸了摸羊角,随后,她跟在兹莫女儿后边,走进山洞。她的头脑在跨进洞口时震了一下,好像洞内有一股飓风吹向了她。等震动停下,她看见一块草席铺在近处,洞壁挂着她见过但叫不出名字的打猎工具,在火光中,一切都被染成湿漉漉的淡红色。这是个家。虽然怪异,但带着人的温度和气味。她再次感到离自己的家很远了。

年纪最小和最大的、病痛的人被安排在洞内过夜。其余的人合拢查尔瓦,在山洞前的大斜坡上把这几个时辰对付过去。这是她们在这儿度过的第一晚。睡眠很快把她们交给了大地。这个漫长的白天耗尽了她们。没有人做梦。明天醒来后,她们就会发觉自己的这个变化,知道自己离开了家,把梦也剩在了那里,那总是些噩梦。

铁哈安排完众人歇息的位置后,感到今天才过去了一半。等所有人睡下,又过了许久,他跟在兹莫女儿身后,两人默契地走向山洞背面。今天太多事出乎他的预料。他没想到真的会有人留下。

"这是借了孜孜尼乍的力量才做到的。"兹莫女儿说。"她们走上的路和你和我是一样的。"

铁哈同意一半。他想:她们和我一样,我坠到过和她们一样的位置,又从那里爬了出来。可我不是女人。兹莫女儿是女人,可她和所有人都不一样。如今她是她们的首领。

兹莫女儿从女人们的到来中看到了别的。她开始说话,像自言自语,为了帮她自己理解孜孜尼乍的旨意。

"现在的驷匹尕伙是子弹和大烟的世界,是听不见也看不见孜孜尼乍的一代代男人们用刀、枪和拳头凿出来的。只有女人没有忘记祂。"

"你是说,祂被男人忘记了?"

"不,他们根本不曾记得祂。祂的秘密被家支掩盖,被打仗粉碎,毕摩们的仪式赶跑了祂。祂让他们害怕。"

一阵长长的停顿后,兹莫女儿才开口:"女人走到德布洛莫来了,这从来没有过。孜孜尼乍现在想让所有人听见祂,看见祂。"

窟窿打开了。这句话又开始回旋在铁哈脑袋里,在他身上试探它的力量。

"接下来会发生什么?"铁哈将眼神从兹莫女儿脸上游开,垂向地面。他的左手捏紧右手,像要遏止将听见的话。

"我们等着。消息很快会传遍。今天离开的人会把消息带出去。"

铁哈重新抬起头,盯着兹莫女儿,想捕捉她身上一丝异常的迹象——一张开玩笑的脸,或者,开始陷入疯狂的眼睛。眼中的她却和往常一样。铁哈不禁怀疑,紧张和无知的是他。而她深思熟虑,心意坚定。太冒险了,他想,她并不知道山地内外正在发生什么。诺苏不会容忍此处正在发生的。头人,武士,所有的人都会来阻断这里发生的事。山地有自己的原则、计划,从不改变。冬季在消失,静默已被破坏。春天的林木将很快覆盖赤裸、粗犷的山地,时间不会停下。这儿的事情会暴露,会遭到诅咒。他知道出山的路,他需要一把枪,他想,和许多子弹。明天,他要带着女孩离开这里,这样他才有可能继续保护她。应该让她和雪一样安静地存在,就像消失了一样存在,从未存在过一样地存在,如同他。没有什么孜孜尼乍,没有。

"她们今天看见的,我们要送到更多人的眼前。让他们知道驷匹尕伙的斯涅是什么模样。要让斯涅到来,要协助孜孜尼乍打开……"

兹莫女儿的话还在继续。铁哈在恐惧中突然提高声音,打断了她。他听见自己的声音在颤抖:"让所有人知道?怎么可能?况且,如果斯涅很快就要来,看到和看不到有什么区别?看到了,他们会……我不知道他们会做出什么。"

"他们就会知道以前不知道也不记得的。对孜孜尼乍的恐惧会活过来。然后,他们会像这里的女人一样开始明白。诺苏将联结起来,兹莫也好,黑骨头也好,白骨头也好,诺合、曲诺、阿加、呷西,我们不会再像现在这样四分五裂。山地的古老原则,我们要颠倒它,搅荡它。用女人的办法。颠倒把人隔成黑骨头、白骨头的分界线,那是自古以来阻止诺苏联结的分界线。想想你,和我,我们翻过去了。今天来到这里的人,我们也带她们翻了过去。一旦男人和女人站在一起,就会想出办法,跨过驷匹尕伙的斯涅。斯涅不是结束,只是不远的一天,无数明天当中的一个。斯涅过去之后,就是卓涅,一切将重新开始,我们将是新的诺苏,我们将——"

"这都是孜孜尼乍告诉你的?"铁哈又一次打断兹莫女儿。他无法任由她说下去,也不想让她的话就此结束。他想要反对她,却不知道该如何做。

兹莫女儿的声音依然平静。她根本不在乎他怎么想:"故事里都讲了。过去一遍遍发生过斯涅。"

兹莫女儿没有避开铁哈带着强烈不安的目光。光亮从云雾背后透了出来,照亮她像男孩一样硬朗的脸部线条。有一阵,他俩谁都不再说话,从对方脸上移开眼睛,偏过头去。白天不见踪迹的云团带着微光拂过他们头顶,来不及散落,碰上漆黑一片的地面,又暗下去。云团和天空的黑色混在一起,显出凹凸不平的隆起。一颗星也没有。

"孜孜尼乍把我们推向斯涅。窟窿一直在扩大。如果我们现在停下,继续让神灵封堵涌出鬼魂的窟窿,把孜孜尼乍赶回,诺苏就要自己面对斯涅。可单靠我们战胜不了。"

"现在要让孜孜尼乍打开窟窿?"铁哈脸上的皮肤一阵发麻。他等着一个他不想听见的答案。但他必须知道她的计划——按照她说的,孜孜尼乍的计划。然后,他可以思考、打算。

"彻底打开。孜孜尼乍会让鬼魂听命于祂,所有的鬼魂。斯涅是病,是鬼,可以吞没神灵。借孜孜尼乍的凶眼我们看见了它。诺苏为此报复孜孜尼乍,认为是祂带来了斯涅,囚禁祂。他们成功了,因为孜孜尼乍过去从没有得到过人的协助。然后,诺苏再次犯下罪过,一切罪过再次归于鬼母孜孜尼乍作祟。现在，又到了大地扛着整个驷匹尕伙走入斯涅的时候了，我们要协助孜孜尼乍，孜孜尼乍也将协助我们。神灵和毕摩这一次将无法阻止。驷匹尕伙颠倒，现出窟窿，世世代代的鬼魂一起涌来，那时所有毕摩加在一起都无法隔开它们，也不会有神灵挡在诺苏和它们之间。我要让它们亲口警告诺苏。然后，我们再次堵上窟窿，送走孜孜尼乍。如果顺利，诺苏这时就是新的人，因为斯涅之后，一切会重新开始。"

"这就是孜孜尼乍的计划？"

"这就是孜孜尼乍的计划。"

好了，现在是铁哈说出他的想法的时候了。

"你想什么，就去做什么。你是兹莫的女儿，诺苏中最高的诺苏。"

兹莫女儿没有听出铁哈的怪责，和口气中的讽刺。她重复了一遍他的话来表示同意："我想做，我就去做。不因为我是兹莫，只因为我是诺苏。"

"我不是诺苏。"铁哈低声回答。

沉默。一道最为分明的分界线竖立在两人之间。

铁哈站起来。"我不会帮你，还有她们。我不和你们一起。"

他变了。以前，他不可能对一个兹莫作出这般回答。他会这样想，过去的每一天里他都这样想，但他永远不会说出来。过去十五年已经结束了，他不必再是呷西。

"可你会留在这里，照顾她，对吗？"兹莫女儿抬头望着铁哈，语气柔和。这个人靠自己走到德布洛莫，孜孜尼乍的计划里一定有他的一部分。如果黑骨头和白骨头可以联合，诺苏和汉人也可以联合。

冲动消失了，或是被抑制了。铁哈想起洞中的女孩，想起雪崩，想起那个说疯话的小兵，想起死在雷波刑场上的阿禄头人，想起山棱岗，想起贯穿山地内外的带血痕的地平线。他曾想抓住的不同于这一切的微弱一闪的事物，那片不被侵扰的空白，最后却是鬼地中央，是起飞前的孜孜尼乍的身侧。他还能去往哪里？

"我留下。"铁哈回答的声音犹如一声叹息。

清晨匍匐在地上的人，像虫子一样蠕动着，醒来了。铁哈看着她们，想到自己过去一定也是如此模样：耷拉的嘴角边趴着又长又硬的法令纹，额头中央愁眉竖立，围绕着他的一切都逃不过地变晦暗。女人们缩着身子，惴惴不安地醒来了。她们想起了自己在什么地方。将她们紧紧衔住的不幸终于松了口，给了她们一个没有梦的好觉。她们不敢相信自己有这样的福气，慌张地起身，担心马上便会受责罚，担心自己忘记了担心更要受责罚。但她们还是领受了睡眠的犒赏，它实实在在地舒展了她们。她们笑了，因为她们索取的东西少得可怜，现在却一下得到了。

蟒蛇月开始了。新月攀向空中，照着山洞前的大斜坡上立起的两间棚屋。这是女人们一起砍倒松树、柏树、冷杉、竹枝，搬来大石块，搭出简陋的竹笆墙，合拢瓦板顶，在一整个鳄鱼月里造出来的。火塘挖出，架上锅庄。锅是有人走了六里路去用刺猬皮换的。其他各类物什靠墙角摆着，有砍刀、背篓、石臼、鱼叉、杉木桶、水瓢、针线包，是偷偷回过家的女人拿来的。有几个人回家后再没出现。但新的人也到了，越巂的、安宁坝子的、沙马马洪的、杰支依打的、久拖木古的。仍旧都是白骨头的女人。最远的是从布拖坝子乌依村来的一个女人，她走了十六天，背着她的无法行走、脑袋只有小猫的头那般大的五岁女儿。

　　各人拿来的盐和荞糠装到同一个袋子里。兹莫女儿每天一早先起身，带上几个人去找一天的吃食。大部分是鱼。孜那仍旧会时不时地出外捕猎，铁哈说服兹莫女儿暂时不要告诉其他人猎物的来源，兹莫女儿则请求铁哈扛着烘干后的兽皮、岩羊角、牛胆，去外面换草药。生病的和虚弱的人需要恢复。兹莫女儿大部分时候都留在其他人身边，在棚屋四周进进出出，和腿脚方便的人一起照顾需要照顾的人。很多东西仍旧短缺，但日子已经可以过下去了。

　　地气越来越暖和。一夜之间，索玛花冒了出来，把枯黄了好几个月的大地染上粉色和紫色。去往北方的大雁出现在天空。过路的大雁不知道这里是德布洛莫，从女人们头顶成群掠过，发出响亮的叫声。这预示明天又是一个晴日。女人会在漏进竹笆墙的金色光线中醒来，没有噩梦。德布洛莫并不是寸草不生的死寂之地，这里和驷匹尕伙的大地分享着同一个春天。

每天晚上，天光消失后，火塘亮着，女人在棚屋内歇息。屋外如果点起了篝火，她们就聚拢在露天的地方。以前在她们的村寨里，天暗了，她们就守着自家的火塘，很少再迈出门槛。只有做毕和过节，女人才会走出各自的屋门，在守夜时见到彼此。

兹莫女儿从屋侧扛来几大块柴木，搭起一个尖角。潮湿的木块上冒起阵阵灰烟，不一会儿，猩红的火星从灰雾中飘起来了，像红红的眼睛四处眨动。云层遮住了整个弯月，四周山梁竖起高大的黑影，被夜色放大了。大斜坡上的这一小簇光亮正在努力地跳跃，似乎要把女人从伏在她们身上的黑暗中释放出来，但更显得此处的斜坡只是一团幽闭而短暂的幻影。寂静也是巨大的。女人受了它的影响，低低地说话，独个儿的就想着自己的心事。就连那个痴呆的年轻女人也不再和白天一样肆意地笑了，她正坐在乌依村女人身旁，专注地盯着她怀里那个抬不起脑袋的小东西熟睡的脸庞。

女人离家，是为了出嫁。如今她们迈出家门，径直来到德布洛莫。这里没有她们要嫁的男人，但也不再有委屈、责备、嫌恶和仇恨，叫她们掉过头去想原来的家。她们不熟悉这里，什么都要学，射箭、捕鱼，学其他女人手里的刺绣图案，学给自己熬药。她们凑在一起，这里一点那里一点地连缀起孜孜尼乍的诵文。那故事每个人都知道一点，不过，可以从头到尾地诵读出来就是另一回事了。她们不识字，于是更相信多一字或少一字都会影响故事的力量。

这些事她们为自己做，也为斯涅。将过去终结的那一天在她们眼里既可怕又光明。兹莫女儿对她们说过，那一天，她们要像一支队伍一样出征，却不是穿上武士铠甲、手里拿着砍刀和枪的男人们组成的那种队伍。她们要以女人的方式在德布洛莫辟出路来，打一场看不见的仗。兹莫女儿还说，那一天到来时，她们的不安和病痛都会消失，孜孜尼乍会带走她们的病根和孽债鬼，就像苏尼和嫫尼念的："过去曾有过，往后不会再出现"；但不像嫫尼和苏尼，"他们念他们的，我病我的"，这次将是真正的治愈。兹莫女儿又说，斯涅不会被谁的手送到她们脚下，她们要靠自己走过去。在去的路上，大家会变成新的人。可不是嘛，她们已经变了，眼睛不再被泪水糊住，肚子里装着化育力气的野肉。一个女人遇上了和她的家支有世仇的另一个女人，她俩学着把沾血的过去还给过去。她们也不必再害怕坐在她们头顶的头人们，只怕自己做得不够多，学得不够快。因为斯涅——孜孜尼乍借着凶眼告诉了她们——是很快就要来的。

兹莫女儿走出棚屋，朝她们走来。她穿的是第一天来时的那身衣裳，她们没见过。没有成过亲的女人和做了寡妇的女人都在看她，好像自己也穿上了那样一身新装，成了新娘。她们是孜孜尼乍的新娘。德布洛莫的大地就是她们的婚床。

兹莫女儿说要给大家一份礼物。女人们伸手接过她手里的绸缎，仔细地摸着。它像一面彩色的湖水在她们手掌里滑动。兹莫女儿拿出手里的砍刀，用刀头撕开那面绸缎。她一刀刀地划，把它分成许多段。最后还剩下一小半，是要留给今后到来的女人们的。

兹莫女儿拿起其中一段，用眼神示意女人们学她的样，把它绑在额头上。绸缎像火苗那样在众人头上亮起。兹莫女儿拉起身边一个腿瘸的女人，握住她的手，让她握住旁边人的手，往左迈一步，往右迈两步。围坐在篝火边的女人们手拉着手，一个个地站起来。打歌开始了。

她们像早就商量好了似的，不跳男人征战的铁叉舞，不跳火把节轻柔的都吙舞，不跳婚宴上的披毡舞，不跳丧事时的孜额且舞。她们跳的什么也不是，左手左腿往前，右手右腿接着往前，半个身子朝着篝火移动，另半个再跟上。她们绕了一圈，两圈，三圈，双脚一重一轻地踏，上半身渐渐朝着圆心内的篝火倾斜，快要倒地似的，又像在飞。这着实是个奇形怪状的圆，高的，矮的，有佝偻着的老人，有直挺挺弯不下身的，这儿缺条手臂，那儿少只眼，但不碍事，这支她们自己的舞怎么跳都是对的。到第九圈时，一个女人大喊一声：吙啰！吙俄觉！几个女人应和：吙啰！啊嘿！她们一遍遍地喊，给脚步打节拍，头上的绸缎像旗帜飞起。

兹莫女儿往篝火堆里又扔进去三块粗木，把火苗挑亮。随后她扔开火镰，合着吙啰——吙啰的节拍再次踏入舞阵。一个女人取来木桶，倒扣在地上作鼓，合着女人的节奏击打：

一二，一二三，一二，一二。鼓声越来越快。人群中走出一个长发的瘦削女人，随着鼓声快速抽动双肩、胸和胯。她的头转个不停，只有眼睛稳稳地保持在同一个高度上，和外圈中的其他人对视。随着抖动越来越快，她举起颤动的手臂，抬起甩个不停的膝盖，一下跪在地上，停了一小会儿，接着以半蹲着的姿势继续不停转圈。这是嬷尼的舞，女人们看出来了。她们放慢脚步，一阵神灵到场前的气氛罩上坡地。长发女人突然跳起，朝她们做了个滑稽的鬼脸，宣布她的表演结束。吙啰！啊嘿！长发女人起劲地喊了一声，摆动双手，重新汇入圆圈。一声大笑驱散了所有人的错觉。没有神灵！德布洛莫不会有神灵到来。

　　长发女人的表演激发出更多人的灵感。一个瘸腿女人两手着地，往中心的篝火迈步，忽地举起双臂，像一头惊怕的羊。坐木轮车的那个老妇冲出圆圈，滑到学羊的女人脚边，龇牙叫嚷，扮作老虎。这下更热闹了，有人学猪，有人学猴，有人学鸟叫。孩子们绕着圈跑，大叫着她们模仿的飞禽走兽的名字。她们全成了孩子，一阵阵似乎无来由的激情如狂风刮过，她们的姿势和表情既生疏、笨拙，又因为这样的笨拙而动人，因为诺苏从未发明过这种即兴的歌舞。无人想要凸显自己，因此她们在互相的配合中渐渐找到了一种共同的节奏，让激情平静下来，直至气氛庄重。乌依村的女人抬起手臂，举起她的孩子时，几个女人跑到她身边，和她的手叠在一起，托起那个娃娃。在那抬不起的脖子上是一张青色的小脸，当它因为抽搐抖动时，所有的心都揪紧了。那娃娃如同所有弱小事物刺痛了她们。她们从未如此期盼着斯涅的到来。

一个女人唱起了一段歌谣。她的嗓音高亢，充满哀愁。篝火堆中逃逸出一丝丝金色的火花。

> 屋内的祖母呀，
> 今天是你出嫁的日子。
> 嫁也别难过，
> 病也别害怕。
> 不出嫁的有没有？
> 没有不出嫁的。
> 有蹄动物最大是大象，
> 大象也是这样出嫁。
> 有翅膀的最大是凤凰，
> 凤凰也是这样出嫁。
> 人类最大是皇帝，
> 皇帝也是这样出嫁。
> 不出嫁的有没有？
> 不出嫁的找不到。

在她的领唱下，女人们一起哼着剩下的部分：

> 黝黑的石头也要出嫁，

巨大的树木也要出嫁。
什么都要出嫁,
今天是祖母出嫁的日子。
出嫁别伤心,
你的祖先也是这样出嫁,
你的父母也是这样出嫁,
现在你也这样出嫁。
吹啰!吹俄觉!
吹啰!啊嘿!

在那平原上,
平原一对云雀舞,
火边一对姑娘翩翩舞。
坐的连一片,
站的黑压压。
在这夜晚里,
锅庄旁人数不清。
什么都要出嫁,
没有什么希望!
吹啰!吹俄觉!
吹啰!啊嘿!

然后,再一次重复:

什么都要出嫁,
没有什么希望!
吆啰! 吆俄觉!
吆啰! 啊嘿!

这是"没有什么希望"之歌。她们的合唱却像即将出征的人,远远飘向高处的洞口。铁哈在洞口坐着,作为一个观众,注视着坡下奇怪的游戏。他的心跳不知不觉加快了。她们依然可以度过这样一个夜晚,铁哈想。正因为没有什么希望。

如果一个诺苏看见了这个夜晚,这块山洞下的斜坡,他一定会觉得自己走进了一个噩梦。一个不在诺苏神灵的庇佑下的梦。但他不会明白,失去神的庇佑,也就摆脱了神的戒律;没有家支依靠,一个人可以获取另一种自由,现在这样的自由。而谁获得了这种自由,谁就会忘记那古老的原则,也被它遗忘。不过,驷匹尕伙从不会简简单单地遗忘。

三

12　血与粪

恩札睁着眼睛。许多天过去了,白天连着黑夜,睡眠背叛了恩札。一个声音在他脑子里沙沙响动,像哑巴在走路。有一天,沉沉困意终于盖过脑袋里的走路声,可他的肋骨深处、靠近后背的那个地方却突然痛了起来,像有什么从那里炸开了。

已经有一些日子了。恩札记得是在做完那场开春后的晓补(反咒)仪式之后,疼痛第一次发作。后来,它就像个不请自来的客人,隔一段时间就回来找他。一天下午,恩札走在路上,一只利爪伸进他的肋骨,揪住不放。他跪倒在长满蕨草的水沟边,呕吐起来。恩札谁也不告诉,也不请人来瞧病。他不想让其他毕摩、苏尼和嬷尼知道他病了。就连恩札毕摩也挡不住邪祟和鬼怪了,他们一定会这么嘀咕,他可受不了。

　　下着细雨的昏沉沉的午后，恩札睁开涨红的眼睛。他爬起床，往西侧第一间屋走去。那是他放经书的地方。一走进那间屋，他就看到了窗边那个土黄色封面的本子，摊在他昨天翻到的那一页上。毛茸茸的春雨打湿了里面淡黄色的牛皮纸，没有反光。他快步走过去，合上它，紧紧拽在手里。他的手指摩挲着皱巴巴的陌生封面，思量着它曾经的主人。他就这样站了好一会儿，抬头时重新看见了这间屋，恩札瞧着靠两面墙摞着的经书，瞧着屋柱下方堆放的法器和工具，顺着黑漆漆的地面往外看去，直到看不见屋外的土地。恩札每次做毕回家都会先在这间屋待上一会儿，这是他多年来的习惯。现在，因为这个本子，这间屋好像不属于他了。恩札身上滚过一阵只有他自己才能察觉到的轻微颤抖。这个本子不该出现在这里。他想起来，正是从发现了这本不知道哪儿冒出来的小本子开始，他失眠了。

　　这东西是怎么跑到他这儿的呢。恩札坐在经书环绕的屋内，像困在碉堡里的子弹打光了的士兵。他前前后后地搜寻记忆。他那天过来找《治星经》。剃头的刮不到自己的后脑勺，毕摩也没法给自己驱病魔，恩札就想依着《治星经》，卜算一下自己出生时的命星，看看在四十七岁这一年，是否有什么病痛的预兆。年轻时他看过自己的命数，只记得命宫在西北，其余的一概忘记了。他径直走向堆着羊皮经卷的那两面墙，摊开这本那本，瞧着上面的字眼。他记得《治星经》

那一卷翻开，有一个骑虎的人。他喜欢这个图案，他就属虎。他没找到《治星经》。当他转过身来低头时，发现了这个本子。

它躺在屋内地上，比手掌大一点，封面皱巴巴的。恩札觉得自己进屋时它还不在，是刚刚才出现的。他抬眼望了望屋顶，看是不是那里有破洞，这本子是从天上掉进来的。他又走到窗边，看是不是有人刚刚经过。他又想，这些当然是不可能的。放经书的屋子从不关门，但山里根本不会发生偷盗经书的事，同样不会有谁想到偷偷塞东西进经书房。这里是神圣无染的利木莫姑，这间屋从他祖父开始就装满了经书，受到各种各样的神灵保佑，是神圣无染的利木莫姑地界神圣无染的核心。

它是从哪里来的呢……他不记得这个光秃秃的封面，这肯定不是他的。恩札想到妻子。她喜欢从赶集小贩手上买东西，只要是她没见过的玩意儿，她就总想买回来。想到这儿他有点生气，他的妻子是个败家婆娘。可是她从不进这间屋。她对经书从来没兴趣，不可能是她弄来的。恩札懒得去问她了。还有谁呢？想来想去，恩札怀疑到了自己头上。会不会是许多年前的某一天，自己得到了这个本子，把它顺手一放，之后忘了？毕竟，很多年前的自己就是另外一个人。又会不会是他得病了，记性变差了……恩札难以平静。他的记忆从没不牢靠过，他的脑子依然运转正常；驷匹尕伙内没有恩札背不出来的经书。可他不记得手里这个本子。

从那天开始,恩札失眠了。记忆出了从未有过的纰漏,他忧心忡忡。但这时还只是浅浅的失眠。整个夜间,他总还能断断续续地迷瞪几回。过了好几天,恩札才想到去翻看那个本子。不知什么时候,他把它拿到了竹笆床边。恩札从床上坐起,控制着心头的不安,头一回打开本子,翻到第一页。不出所料,这不是经书,上面也没有图,但写满了字,整页都是蚂蚁一样的小字。恩札往后翻。一个粗略的印象是,本子里有两种字迹,前一半工整,后一半潦草,像出自两个人。最后有字的几页上写着时间,是两个月前。中间和最后几页也有点奇怪,没有字,一片乌黑的小点。其中一页上有一摊褪色的血渍,像一个含义不明的注解。他又回到第一页,第一行。那里写着:俄切冤家丛集,深居简出,出入扈从者数十人。

恩札的手指像摸着了火,从纸上弹开。过了一会儿,他又捡起掉到被褥上的本子,重新从第一页开始翻,速度很快,似乎不想让头脑弄明白眼睛读到的是什么,好像要是他慢一点,就会发生可怕的事。俄切。俄切。俄切。到处都是这个名字。它黑森森地压下来,四处扩散,溢出他正躺着的这间屋,想要再次冲进他神圣的经书房。不行,恩札心里对它下达命令,明白不会有什么效果。于是恩札告诉自己,放轻松,慢点起身,疼痛可别现在发作。他伸直手臂举起那个本子,眼睛盯着它,好像它一不留神就会点燃他的家屋。恩札保持着这个奇怪的姿势,加快脚步往外走,忘了穿鞋。

从恩札家往东，经过一排瓦板房，再往东南方一拐，顺着坡继续走几步，就能看见洛峨河。几天没见，春水已经让洛峨河远远高出了冬季水位，它发狂似的往前奔，白浪顷刻间就吞没了河面上浮动的地瓜藤和杉树叶。在尼木措毕上念的《指路经》里，洛峨河是诺苏先祖古候和曲涅的分支地点，也是亡灵和活魂分别的路口。恩札站在桥上，望着他再熟悉不过的洛峨河。他看见了两条洛峨河：一条是正在眼前的日光下闪着光、每个时辰都在变化的河，另一条在他的心底，是他这几十年来不断用自己的念诵召唤出的、隔开活人世界和对岸亡灵的界河。

恩札在桥上站住了。这还是他头一次在洛峨河上方停脚。不同寻常的感情正在酝酿，阻止他继续往前走。恩札停留在河面上，感到困惑、惶恐，但首先冲出的是愤怒，是被冒犯的感觉。心头的滋味堵得他胸胀气闷。遭天谴的某个人把那个脏兮兮的名字扔进了他的世界，这明显是冲他来的。写着脏兮兮的名字的本子玷污的不只是屋里那些毕摩先祖传下的经书，还有他毕生守卫和听从他召唤的神灵世界，那是洛峨河真正的源头，它洁净无染，从祖地流入世间，又把洗干净的游魂沿着白路送往兹兹普乌。不能让脏东西出现在这条路上。他不会再带着这个本子进屋。他要把它烧毁。

恩札过了桥，沿着河岸高处的斜坡往下游走。河边低低地蹲着几个人，不知是在抓鱼还是干农活。他们看见了恩札，向他点头致意。恩札没有回礼。他的手心冰凉，捏皱了本子，俄切的名字黏在他淌汗的脑壳里。他抬头，没看见太阳。云层背后有一道巨大、晃眼的光晕。这光晕让恩札觉得反常，觉得重大事件正在逼近。

俄切就是那个事件。恩札很久以前就听说过这个名字。他是驷匹尕伙最西端的安宁坝子一带动乱的源头。这几年里，他的名字早就从安宁坝子传到了利木莫姑。利木莫姑东边、北边、南边的地带也有他的传闻。没人知道他是从哪里来的，出生年月，姓甚名谁。俄切是他的诺苏名，前面没有冠姓，看不出他的家支。传言说，他是半个白骨头，半个汉家。想想他做的事，传言大概是真的。在汉家地带，尤其是西昌周边，他的绰号是"蜂虎"。诺苏称他为"魔王"。

恩札对俄切的了解就是这些。安宁坝子是利木莫姑外的另一个世界，当中隔着不可翻越的依吉洛莫、黑洛木、哈布乃呷、木沙嘎梁子，和外人不可通过的、各个黑骨头管辖的村寨。这个本子却从那个世界落到了他家。这不是件很奇怪的事吗？但是想一想，恩札对自己说，一直以来，俄切和他、和利木莫姑无关，难道不是更奇怪？真是怪啊，他又想，他这辈子一次都没去过安宁坝子做毕。那里的神灵鬼怪莫非和利木莫姑的不一样，听不懂他的念诵？驷匹尕伙有无数毕摩，每位毕摩只去自己走得到的地方做毕，几百年来一向如此。可要是一个地方的毕摩出错了，错处传给徒弟，这样持续下去，谁也不知道什么是对的了啊。现在俄切的事情越过梁子先一步来了，毕摩还在原地一动不动。难道毕摩们都错了？

恩札叹了口气。他到目前为止还不知道的，恐怕这个本子都会告诉他。恩札只需要把头埋下去开始读。

恩札用沁凉的河水洗了洗自己的手，看着膝盖上的本子。他再次叹气，随后不再犹豫，翻开它。他的视野骤然缩小，好像正穿过一个漆黑洞眼。

俄切十六岁。是一个挑着羊皮、山货做买卖的货郎。因为多年来在远近山区走动，他精通好几种方言。几年内，他的家产日益丰厚，冕宁家中有两个阿加替他管事。

冕宁在安宁河谷中部，北接雅安，南通西昌。安宁河谷平坦笔直，像一柄长刀，躺在川南到滇北的黄金刀鞘中。河谷通道多少年来一直由黑骨头果基、补渣等几大家支控制和争夺，时堵时通。

二十岁，俄切开始在安宁河谷冕宁一带做保头，每逢三、六、九日护送商贾过山。出山的有大烟、山货，进山的是枪弹、盐布。俄切从中抽成，赚取保哨金，渐渐势力扩大，有一支一百多人的队伍，几十杆枪。民国七年夏天，俄切击杀控制河谷灵关道的补渣、果基家支内两家黑骨头共三十六口人。女人和孩童一个不留。

民国八年，川二路汉军前五营统领到达冕宁，任命俄切为营长。俄切娶了统领的内侄女吕某（汉家）为妻。不久，俄切随统领赴乐山，归编四川陆军第八师，任第十六混成旅三十一团第二营营长。俄切在乐山待了一阵，想当团长没有当成，于是回到冕宁大本营，继续从事保哨。

　　民国十三年开始，本子里的记录逐渐详细起来。安宁河谷的几个黑骨头头目几年来抢掠汉家和白骨头村寨，屡次半夜偷袭西昌，少时出兵一两千，多时几千人，每隔几个月一次。汉家报官不断。夏天，川边军某前敌指挥部到达西昌。指挥部部长听说过俄切。部长派人去把他召来。两人见面五分钟后，部长任命俄切为特别营营长，负责整顿安宁河一带秩序。第二天，部长走了。(恩札想，不比第一次，这次的营长头衔是俄切在大本营冕宁拿到的。) 俄切以"保境安民"为口号，开始在各村寨征粮、招兵，整编特别营，笼络不想和他作对的黑骨头头目。

　　俄切手下有一个连长，是某个差点遭灭门的西昌兹莫家支的后人，名叫木伍斯兹。木伍斯兹母亲是个聪慧的女人，手下有不少投靠过去的白骨头家支，倚仗兹莫大姓的庇护，可以自由出入汉区。俄切做的第一件事，是提拔木伍斯兹，和他结为义兄弟。第二件事，是将木伍斯兹家庇护多年的八个白骨头家支纳入特别营。八个家支为：沙马、吉克、曲莫、阿苏、罗别、马黑、节布、海乃。他放出消息，其他白骨头家支一旦加入他的营部，参战者可领取犒赏，还可分得从黑骨头手里夺来的土地和娃子。这样，俄切手下渐渐聚起了白骨头（数量最多）、汉家（因作战不是诺苏对手，只占极少数）、被笼络的黑骨头家支成员（少数）。可出战者总计两千多，下辖三万多户。每当出战，俄切便从辖区内抽调士兵，每人自带干粮和枪支,领几发子弹,出征去。

俄切极其聪明。这是恩札的第一个印象。驯匹尕伙内势力最大的黑骨头家支共有十八家,诺苏以蜂群来比喻:路上黄蜂八家,路中马蜂六家,路下赤眼蜂四家。十八家黑骨头几百年里以婚姻缔结同盟,结成一个巨大的黑铁蜂巢,一呼百应,坚不可破。任凭山外多少汉家军队进来(他们进得来就已经是奇迹),都无法彻底摧毁这块诺苏的根骨。但是诺苏内部,白骨头对黑骨头的仇恨已经酝酿多年,黑骨头之间也有世仇,大概这就是俄切"蜂虎"绰号的由来。蜂虎弑杀其他蜂类如老虎,它们的毒汁和利刺奈何不得它。俄切在山中经营保哨生意多年,潜入蜂巢,晓得哪里暂时不能碰,哪里存在裂隙。他现在张开他的蜂虎尖喙,轻轻撕咬,搅乱了诺苏的根骨和血债。

恩札再次叹气。他病中的呼吸短促细小,碰不上摊在他膝盖上的纸页之间的深渊。字迹像瘀散的黑点飞入空中,把天抹暗了。恩札听见黄昏的洛峨河也在空洞地叹气。他不想烧掉本子了。这已经没有意义。他站起来,觉得自己变矮了。他过了桥,背着手往家中走,没有理会路上向他打招呼的人。他把本子悄悄塞进门口的垫脚石下,推门进屋。

你的脸色怎么这么难看,恩札妻子说。她正在锅庄旁搅着苞谷汤,恩札压根没看见她抬头。儿子没在家。他不晓得儿子每天都在忙些什么,总之不愿跟他学做毕。好像成人之后，儿子就不再是他儿子。他突然担忧起来。担忧儿子，担忧远嫁的女儿。她在三个山头外的越嶲，不晓得她这两年里是不是去过冕宁和西昌。他喝着苞谷汤，吃了一个荞麦饼，没有碰羊肉。妻子照例嘟囔着什么，他一个字都没听见。他听见她突然大声喊他的名字。你是不是睡着了？妻子扯着嗓子，生气地嚷。别嚷嚷，我听着呢。他的太阳穴被她刺耳的嗓音敲得猛跳起来。他不想邻居听见她又在骂他。他不知道这个女人和他在一起几十年后怎么变成了这副模样。他做毕名声越响，她在家的嗓门也越大。那你说说，我要不要去瞧瞧？别跟个木桩似的不动不响的，我这可是在给你打听。她腮帮子一鼓一鼓的。去哪？恩札问。他听见德布洛莫的名字，听见几个他从没听过的女人的名字。见他一脸木愣，恩札妻子也叹了口气，从头开始讲起，这一回语气倒十分平静。

　　两个月前，德布洛莫附近出现了一对奇怪的男女，不知道从哪里来的，不像诺苏，但不可能不是诺苏。传言他俩可以召唤孜孜尼乍。远近各地有人往他们在的地方去，在那里盖了屋，现在还有些人开始在家祭拜她，当然是悄悄的。阿俄家的女儿念叨了一阵子那个名字，前几天也离家出走了，恐怕也去了那个地方。利木莫姑的女人们现在都知道这个事。不知是不是顾忌恩札的身份，女人们对恩札妻子避而不谈。但最后，她还是听说了。这几天，她都在打听这个事。召唤什么？恩札打断妻子。孜孜尼乍。妻子小声吐出四个字，后面加上一句咒语。她知道恩札不允许她和儿子、女儿在家提这类不洁净的名字。她瞥了恩札一眼，低下头，仿佛在窥探他的反应，仿佛他要是不知道孜孜尼乍，就是个天下最大的傻瓜。她看见恩札脸露错愕。恩札想到绕红石，在记忆中搜寻到《驱鬼经》和《诱鬼驱魔经》，这是两部他一下能想起的提到女鬼的经书。驱逐女鬼的办法，就是劝她们快快启程离开做毕人家的住牧地，嫁出去，嫁到江对岸，嫁去最深的沟壑、最高的雪山，嫁去汉地，嫁入崖缝……他念了几句经文。妻子同样错愕：就这些？没有一本经书讲孜孜尼乍？恩札摇头，面色阴沉。

恩札的妻子开始讲述孜孜尼乍的故事。君长兹密阿基家三青年早起去森林打猎，看见一头巨大的灰白色公獐。兹密阿基家三个猎手放出箭雨，还是给它逃脱了。獐子穿过森林，踏过山头，蹚过河，蹄子不沾土，皮毛不碰水，一路跑到安宁坝子上。谋臣谋克达知家的猎人赶来，也没捕到它。公獐碰见勇士罕依滇古，开口劝他别追它，也别射它。它说起了孤儿罕依滇古如何长大的细节，带来他已去世的父母的话，说他们在兹兹普乌等他。不世出的英雄罕依滇古不为所动，一心要杀它。他放出一箭，射穿獐子脖颈，巨兽淌血如泥浆。可是孜孜尼乍杀不死。它哀号一声，消失在密林中，化作红腿母鹿，跑过耿俄瓦史，跑过克甲堡，跑过阿奇呗尔，跑过斯拉平原，跑过阿觉峰顶，跑过阿尔地坡，跑过牟尔地安，跑过阿乙深谷，惊得驷匹尕伙内所有猎犬日夜吠叫，吠的不是深谷的老熊，不是草野的麂子，不是山野的青麂，是孜孜尼乍。等到兹莫阿俄宜苦碰见孜孜尼乍时，她已化成一个俊美女人，被阿俄宜苦抢回家做了妻子。到了第三年，孜孜尼乍开始吃人。阿俄宜苦追问她根底何处，才知道娶回家的孜孜尼乍不是人类。阿俄宜苦就装病，让孜孜尼乍取难取之物来禳病，孜孜尼乍一一取来鹿獐胆、雉鸡胆、熊胆，病不见好。最后一次，阿俄宜苦说只有洛曲山上从不融化的雪水才能治好病。洛曲山很远，孜孜尼乍就告诉阿俄宜苦，她离家时莫淬烫石，莫烧马桑，莫屋前屋后烧烟，莫叫毕摩苏尼来念咒，她会头晕腿颤。孜孜尼乍一走，阿俄宜苦就请来九十位毕摩，九十位苏尼，把这些事一一做了。这样连念了十三天，孜孜尼乍化作灰红公山羊孜布述尼往家奔，耳朵、颈毛、尾巴里还沾着取来的洛曲山上的雪。孜孜尼乍被封堵在了山洞中。又过了十三天，灰红公山羊掉出岩洞，摔在河谷里。村寨里的牧人发现死羊，把它宰了，烹了，全村分食了。吃了孜孜尼乍的肉后，村人沾了鬼，把鬼传染到驷匹尕伙各处。这就是孜孜尼乍的故事。恩札妻子又紧接着加上一段咒语。念完后，她问：恩札你没听过？恩札摇头。连你这个大毕摩都不知道。恩札妻子哼了一声，听不出是轻蔑还是遗憾。恩札不吭声。

　　当晚，恩札彻底失眠了。也许他还是睡着了一阵子，他梦见一辆高大的战车，是用纸糊的。在这纸战车里，有个巨大的活物正簌簌抖动，像要冲出来，又像正是靠着它的驱动，战车才往前一路狂奔，眼见着就要撞上一面山崖。那悬崖高大、漆黑，又软又黏，同样有个巨物正在山腹中呼吸。两者相撞前有一阵长得令人恐惧的静止。那里面是什么呢？恩札想，却突然放弃了一探究竟的愿望，醒了过来。鸡还没叫。他闻到一股腐烂的泥味。梦里，他想知道的"里面"，是战车呢，还是山崖？困在两者里头的又是什么呢。一股凉意窜上他的后背。

第二天一早，光线接近傍晚，有雨要来。恩札从垫脚石下抽出那个本子（被石板压平整了些），来到昨天洛峨河边的位置，接着往下读。开读前，他短暂模糊地感到本子像一面刀刃，压向驷匹尕伙的心脏——利木莫姑，也抵住他的心。他捂住发闷的胸口，掌心却传来类似握住刀刃的刺痛感。

仍旧是民国十三年。黑骨头头目尔欧母海攻打西昌，焚掠各处乡场和村堡，阻断川滇大道。这一页没有写完。从后一页开始，字迹完全变了，属于另一个人。恩札心里晃过一个念头：前一个人去哪儿了？但他没在这念头上停留。阴冷的风顺着河谷吹来。天空死寂，像一扇关闭的铁门。

尔欧母海抢掠西昌之后，俄切决定亲自出征，向尔欧母海家支的深山住牧地反攻。毕摩打鸡卦，显示南方为中吉。道士占卜，卦象为大吉。于是第二天出兵。一早，队伍离开冕宁大本营，沿安宁河往南行军。打头的纵队已经绕过了第一个山坳，殿后的几百人才刚出冕宁县城。(恩札估计至少有四五千人。)枪支挑着干粮，像一排咬住河谷的尖牙。有人唱起了山歌,是普格一带口音,好像这是一支去赶集的队伍。看见村寨后,汉家士兵冲到最前面,放枪开路。村子早就空了,人都躲进了老林。树林深处有婴儿啼哭,只有一声,一下被掐灭了。后来路过村寨,都是这样开路,士兵一排连一排压下山头,枪声不歇。麂子、野雉、野兔、羚羊这些野兽无路可躲,盲目地蹿,有的直接朝人冲来,被活活逮住。过夜是在白沟河的梁子。西昌附近的庄稼地边立着不少工棚:三根圆木撑起一个三角,两面用树枝封好,抹上泥,第三面是一个供人进出的小门。诺苏习惯在这种工棚里歇息、放哨,驱赶夜间偷吃粮食的野兽。村民已经成群逃走,工棚空着。夜间,几人一组,轮流放哨,在工棚里睡觉。第二天午前到达西昌城北郊外,没有进城,继续往南行军,见到邛海,平坦闪耀像蓝绸缎。俄切很高兴,认为是吉兆。不多时,队伍终于抵达沙骡马,山下即尔欧家领地。牛角吹响,士兵端枪冲下山,跃入碉堡大门。土堡上燃起狼烟,尔欧的士兵出现在各个方位。进攻分成若干小队,多数正面突进,近百人绕到后方包抄,阻挡寨后梁子上围来的援军,枪法厉害的负责占领碉堡高点。俄切在寨外坡上指挥,左右站着随军的毕摩和道士。山坳间枪声如同大雨倾泻,激起滚滚黑烟。

交火开始一段时间后,尔欧的援兵还和最初那样,一茬茬地从四周的梁子背后冒出来,无穷无尽,好像刚打死的士兵正在接连复活。后来突然又下起冰雹,砸在行军途中的背锅上,声响巨大,像枪炮齐发。俄切说,天象不利,不能这样打下去，宣布撤退。这时俄切所在的寨外山坡被包围了。一场恶战后，队伍艰难地从碉堡内外泥潭一样的状况中突围出来，撤到沙骡马。俄切领着剩下的队伍翻过山，连夜往北撤兵。一路追兵渐渐减少。

赶路到半夜，伤兵的阵阵哀号变轻。尔欧的手下用的是不会旋转的老式子弹，从身上钻进去时洞眼有多大，钻出来时洞眼也就多大，伤兵带着肉里这个洞穿行在泥泞潮冷的夜间，要到第二夜，血才会淌干。有人忍受不了这种缓慢的折磨，咬牙切齿地咒一句，让同伙把他扔下山崖。请求的，答应的，都毫不犹豫。回到冕宁大本营后，战士凭提回的黑骨头头目的头颅数领赏，一个头颅四十大洋。这时恩札看到了第一次翻开本子时见到的乌黑小点：是手印，三排，共十九枚。一个手印代表多少个头颅？恩札边猜边估算了一阵，后来又觉得不想知道了。

雨丝变得又粗又密。恩札抬头，一瞬间认不出眼前的洛峨河和利木莫姑的山梁。他合上本子，穿出挡不了雨的松林，过河回村。他经过自己家，看了一眼经书房（已经锁上了门），拐上一条小路，走到低洼处的三岔口。那是他的远房姨表弟家的小饭馆。四张小桌坐满了三桌。恩札进店时，查尔瓦里的人一齐抬起头来，像野地里的乌鸦。恩札突然有呕吐的冲动。他跑到门口，胸腹深处钻出一股刺痛，喉头涌上一口血。吐出那口坏血后，恩札心头堵得更厉害了。他转过眼睛，不去端详地上那摊鲜红色，暂时不想自己的状况。他感到此刻需要置身人群之中,支撑他读完这个本子。他要一个了结,就在今天。然后,他渴盼着在坏情况发生之前,他能够先真正睡上一觉。

民国十五年初,俄切准备领兵出击西昌北山黑骨头马家领地。马家钳制西昌城北通道多年,是安宁河谷一带最彪悍的三大家支之一。一个月前,俄切和北山另一位黑骨头头目会面。这个头目视马家家支为敌,却又做了马家某头目的女婿,所以一直拖延着下手的时机。俄切和他的会面是在西昌北松浸沟山箐的一个山洞里。会面期间,洞外站了俄切贴身随从六人把守。头目从洞里出来时,冷汗已将额上头帕浸湿。他允诺,会在俄切出兵那天做内应。

当天,俄切派出作战最骁勇的第一和第二支队,一天内急行军,前半夜到达北山。那位头目已带兵埋伏于山南洼地,俄切的信号烟一发,他领队潜入主寨的背面,将朝北的寨门打开。连绵的枪炮炸向屋顶,寨主和头目梦中睁眼,看见撕裂的屋顶上飞降一个巨大的火球,好像太阳坠落。火舌如饿鬼舔舐大地,树林燃烧,混合着一股燃青蒿的气味,像提前做起了送游魂的仪式。一位毕摩跪地,叩首、抬臂,像从地上托举什么,看起来像在做一种最古老的禁忌仪式。字迹颤抖,没有继续写下去。恐怖的直觉告诉恩札,记录者想说的是活祭(这个记录者居然知道曾有这样的仪式)。

一夜之后,三十多个寨子、数千户房屋全部焚毁。不等俄切下令,他的手下已经去往寨外各条通路死守。不论上前来的黑头目是求饶还是拼命，独身逃亡还是携家带眷，统统格杀。第二天，寨内所有白骨头娃子聚拢在坝子上画押。他们要在两个新主人之间做选择：选俄切，就上前画押；选择死，就跳崖。回师途中，俄切取道西昌。他让手下将斩获的黑骨头的头颅用麻绳串起，挂上大通门城楼。纸页上这时再次出现乌黑手印，这次是十行，共六十枚。和俄切串通的那个头目最后杀了自己的丈人、妻弟一家。俄切要他不留任何活口，断绝后患。但此役之后马家已无后患。那个头目受到俄切的提拔、赏钱，留在冕宁。没人知道他家人的去向。

同年，又有新军官到西昌，是某某副司令。他同样找到俄切，委他为某团团长。

（恩札想，这第二位记录者目睹了许多旁人不知道的细节，像某个近距离跟在俄切身边的人。但他不像第一个记录者那样详细记录这些军队番号、官职和对俄切的任命。也有道理，恩札想，无论汉家来的是大官还是小官，给俄切一个什么样的头衔，俄切做的事一直没变。）

民国十六年，雷波几个黑骨头家支联合焚掠，打死当地驻军一千余人。汉地驻军一度全部撤出。俄切很快出兵雷波，大获全胜。

（恩札注意到两件事。第一，这是俄切的队伍第一次从驷匹尕伙最西端往东移动，而且一下就到了最东端的雷波。第二，利木莫姑无人见过俄切的军队。要么是利木莫姑被行军路线绕开了，但这几乎不可能；要么就是俄切的部队掩盖了行迹,神不知鬼不觉地穿利木莫姑而过。果真如此的话,又是为何?)

同年年底,西昌糯米、罗洪家支焚掠西昌和近郊的西宁、礼州、月华,俄切直捣两个家支住地大本营。罗洪家支头目逃脱。每天都有俄切手下用背篓背上十几篓的人头上缴。大通门城楼上人头挂不下,改为用铁丝悬挂头目的耳朵。手印从本子上消失。恩札猜测,某个地方一定有另一个本子,每一页上都是密密麻麻的乌黑手印。

民国十八年,俄切任某军部靖边司令。汉家为他建碑颂德,呼其部队为"大汉长城"。光西昌城内的石碑就有五块。俄切下令汉家不许再建碑。

这一年往后,本子上的内容开始凌乱无序。有时草草记录一次暗杀俄切的刺客的结局(刺客被捉,俄切手下找出刺客妹妹的夫家,逼迫他家交出她顶罪。不久后,这个女人在西昌校场附近被五马分尸);有时是一个不完整的名单,是在俄切的活动下,家支中出现过兄弟、父子、翁婿等等互相残杀情况的名单;有时是某人发疯的经过(黑骨头罗洪打一,汉名罗大英,在抢劫喜德两河口时错埋了俄切的一位义兄。他自知闯下大祸,找到木伍斯兹,托他向俄切疏通关系。木伍斯兹暗示罗洪打一,俄切对罗洪家支内的吉尔支很不满。罗洪打一便杀了吉尔支的两个大头目,后来又把自己亲舅舅杀死,带着三个人头献给俄切。俄切大悦,委罗洪打一为营长。一年后,有人通报俄切,罗洪打一计划暗杀他。俄切派人叫罗洪打一来见他。罗洪打一突然崩溃，打死身边一个白骨头头目，打伤自己的叔父，腿软迈不出门。俄切下令：就是死了也要把他给我抬来。见到俄切，罗洪打一突然站不起来，也说不了话，讨要凉水喝，一口气喝了七大碗，斜着眼吐口水。俄切见他这个样子，反而开怀大笑，说罗洪打一这是沾了鬼，命三位苏尼给他驱鬼后，把他放了回去）。

后面还有一些民国十八年到二十年间的战役记录，很简短，只有日期，平均间隔为两三个月，地点：姜坡、东乡、昭觉、会东、越嶲、石棉、西昌、昭觉、北山、喜德、普雄。民国二十年，昭觉五十个家支降于俄切。俄切在西昌实行头目坐质，强令昭觉改行汉制。民国二十三年，藏军侵犯川边，俄切部队从普雄突围北上，在金沙江沿岸和藏军交战。尔欧母海趁机再次焚掠西昌大兴、川兴、高枧、海南。俄切自藏区返回西昌后，终于活捉尔欧母海，报了兵败之仇，将尔欧母海斩首于西昌城内。围观的汉家挤满城门内外，四五人在踩踏中受了重伤。年底，俄切带队，第二次向雷波开拔，行军一个多星期，和抢掠雷波的另一支黑骨头部队开战。战役打了几个时辰，俄切队伍获胜（这一次，利木莫姑照样没人见过俄切的军队）。

本子最后一页停留在两个月前，没有任何事件记录，页面上只写了一个词，"孜鲁"，从那一页的最顶端铺到页尾。恩札翻过一页，到处跳动着同一个词：孜鲁，孜鲁，孜鲁。他不受控制地默念着这个词，由它在脑中回荡，像一个巨物的眼皮不停眨动。然后是那个血渍。犹如一声尖叫。一切结束。

"孜鲁",粪坑。恩札往地上吐了口唾沫,准备对"孜鲁"这个不干净的字眼进行反咒,两片嘴唇却黏在一块。恩札盯住自己挨着纸页上的血渍的手指。这时他听见屋顶响起一片让人悚然的射击声。

是冰雹在乱砸屋顶。恩札听见的却是神灵发怒。恩札看见了飓风、地震、经书里的洪水。可现在是已经经历过一场场的飓风、地震、洪水之后的驷匹尕伙了啊。男人照例四处打仗,女人照例生下一代代的婴儿,替换死去的诺苏,保存着诺苏。诺苏始终是同一群人。就算切割诺苏根骨和血管的俄切,也是在驷匹尕伙的里面诞生的,不管他是不是半个汉家,他都始终被驷匹尕伙牢牢吸住。恩札的意识变得异常清晰,他看清了,俄切的刀刃被驷匹尕伙一层层缠着,他和黑骨头对着彼此割,砍,射出无数的子弹,直到彼此搅在一起,变成同一群诺苏。但这并不是终结。将来的诺苏会忘记这一切。正是在彼此厮杀中,以前的诺苏留下名字,成了共同的先祖。百年之后,眼下的这摊孜鲁也将被新的洪水、冰雹、飓风冲刷得干干净净。俄切和他的仇敌们也将成为诺苏共同的先祖。到那时,诺苏还会站在这里。毕摩也站在其中,一场接一场的仪式仍在开始,神灵再次从孜鲁当中升起。这是诺苏的命运。时间,这个哑巴,去了又来,来了又去,这是它在山内唯一的路。汉家呢?汉家只是石头做的驷匹尕伙周边的新乌云。到底是乌云，总有消散的那一天。

一阵牛铃响起。恩札抬头，店里人都走光了，姨表弟也不见了踪影。格栅门外，两个人正拽着一头牛，默不作声地使着劲，想把它赶上坡。牛闻到了人身上焦灼不安的气味，把身子一沉，四个牛蹄牢牢嵌在泥潭中。这是一头要被宰割的牛，错不了，今天是它的死日。两个人一个从前面拽，一个在牛身后撵，打定主意要合力做成这件事。那头牛挣扎着，蹄子在冰雹淌下的雨水中打滑。面对即将失守的阵地，它努力和人僵持。看着眼前的情景，恩札不禁也提了提气，却不知自己是在为哪一边使劲。他又想到自己很快就会来临的死日。是死于神灵的怒火，还是病痛？两者恐怕是一回事。他又看见俄切在毕摩和道士的陪同下，领着几万神出鬼没的大军，正在河谷里急行军，站满利木莫姑的山梁。这一印象自动扩张，包含了所有本子讲出来和没讲出来的画面，压迫恩札的神经。恩札想，第二个记录者不管是谁，肯定已经疯了，孜鲁吞没了他。这个本子现在掉到恩札手里，让他看清了自己的渎职。

俄切到来了。俄切在活动。驷匹尕伙内没有人是魔王的对手。这说明毕摩大大地错了。错的不是毕摩过去和现在一直做着的种种驱鬼、除邪、送灵的仪式，错的是毕摩一直迟迟没做的事：堵上带来这一切的源头。俄切就是落到这代人身上的厄运的源头。眼下必须抓紧时间弥补这个过错。想到这里，恩札忍不住发笑。他的想法不错，只是这一切显得荒唐，无比荒唐。已经晚了。毕摩们现在必须做的事，他不得不做的事，依旧是弥补工作，这正是毕摩之前一直在做的。毕摩总是晚一步，他们做的总是清理、弥补。

神灵已经无力阻挡俄切了。恩札很快又否认。他清楚，否认并非出于不甘心。俄切也不是无法击败。经书告诉过他，更久以前，驷匹尕伙曾出现过许多更强大的敌人。那个本子里还有一条线索就是，俄切十分信赖毕摩和道士。一定是这样，才说得通为什么俄切向着雷波行军时没有惊动利木莫姑。他一定避开了这里，因为俄切不会不知道，利木莫姑有法力最强的一群毕摩。恩札松了一口气：俄切还没强大到不顾毕摩的影响。但光靠毕摩还不够，要不然，俄切从一开始就不会出现。恩札这时想到了妻子对他说的故事，关于孜孜尼乍的传言。孜孜尼乍和俄切……恩札又看见了那幅图画（在哪里见过，什么时候见过，一时统统想不起来）：两条互相咬住对方尾巴的蛇，蛇身画出一个空心圆。诺苏坐在这两条蛇绕出的空心圆内，仍然有保全自己的希望……或许可以找到对付俄切的办法。恩札的两条胳膊架在桌上，胳膊肘就挨着本子上的那摊血渍。他正在阻止自己在虚脱中栽倒。他要回家。他得再问问妻子孜孜尼乍的事。

恩札妻子没在家。恩札记起她昨晚说过的话，猜到她已经自作主张地上了路，赶往德布洛莫。这一变故本应让他紧张，但饥饿正在吞吃恩札，让他一下子无法好好思考。他没力气做饭，就先脱下打湿了的查尔瓦，挨着火塘休息。体力上的疲惫和紧张逐渐退却，恩札内心深处的忧虑就更突出了。昨天之后的第二个梦，恩札是趴在锅庄边做的。梦里出现一棵巨树，他正背靠着它歇息。树根忽地拔地而起，越升越高，上面结的不是果实，是成串的神灵，像密密麻麻的乌黑手印，恹恹地倒垂向地面。神灵在飓风中晃动，像干瘪的野果不断砸在他头上。他又看见毕摩的先祖们在他身旁盘旋，像秃鹫一样吐着唾沫，吵吵嚷嚷。他听不清他们在说什么。他心头升起一股无名的愤火，于是他也扯着嗓子朝先祖们叫嚷，感觉自己的脸十分丑陋。他说，来不及了，快把要说的话重新说一遍。一个声音说：你快完蛋了。另一个声音发出警告：女人们被孜孜尼乍绑走了。我该怎么做？恩札问那些声音。想一遍，再想一遍，先祖们狂笑起来。

在敲门声响起之前，半梦半醒的恩札受到这些零碎的画面和念头的牵制，试图抓住在他面前来来回回移动着的驷匹尕伙过去和现在的残影，也是头一次，他试着望向未来，头一次，他摸向汉地世界各个角落拱出的残影——军营办公室里，茶馆里的说书人口中，沾着油墨的报刊文章里，敲着好几个红章的文件上——冒出的那个黑乎乎的字眼：历史。历史对诺苏充满敌意。驷匹尕伙必须（必须！）和这种历史战斗，抹去昨天和明天的区别。这个念头像个隐形的气球，悬浮在横躺在锅庄上的恩札那沾满黑灰的头颅四周，尽管在诺苏的词汇中，既没有"历史"，也没有"气球"。

门被推开了。恩札正对屋外的眼眶被两个夜色中的巨大黑影填满了。他抬起上身,头皮发麻地盯着门槛,不知道来的是鬼还是人。他看清了,那是两个披着黑色查尔瓦的人,腰上挂着佩刀。他俩一前一后,低头跨进门槛,径直走到他面前。

"你是毕摩恩札?"

恩札点头。

"俄切司令请你去一趟冕宁,主持做毕。"他们做了个请他出门的手势,面孔似乎被初春的寒夜冻住了,没有表情。

从他们僵硬的面孔和姿势上,恩札读出了一个讯息:这是一个他无法拒绝的邀请。

13   凶兆和神谕

昏蒙蒙的清晨降临在驷匹尕伙。

这个清晨昏蒙蒙得不寻常,好像一天已经到了尾声。刚刚过去的那一夜却还钉在驷匹尕伙大地上,不肯离去,于是两个夜晚重叠了。昏蒙蒙均匀地涂抹着所有的角落,这里,那里。从井叶硕诺波到安宁河,从黑水河到德布洛莫,这里,那里,既没有太阳,也没有雨云,到处露出同一副昏蒙蒙的面孔。

就在这片昏蒙蒙中,经过一整夜的颠簸,恩札终于失去知觉,从马鞍上栽了下去。半梦半醒中,他撑开沉重的眼睑。在依旧不变的昏蒙蒙里,一个声音出现了。哦——哦——吼——一个大放光明的声音,纯白而欢欣,任何人听见这样的歌唱都无法拒绝。胸膛敞开了,骨节松动了,脉搏惬意地蹦跳。恩札任由这歌唱回荡在昏沉脑袋的上方，旋转，旋转，直到逼近他的飓风、地震、经书里的洪水平息下去，露出背后蓝湛湛的晴天，那声音还在继续，形成新的天空。另一个世界在恩札面前展开了。

（在他昏迷期间，两个同伴把他抬到路下方一户人家的柴火堆旁，掰开他的嘴唇，塞进去一颗甜丝丝的大烟丸，灌水，拍打背部，等着。过了会儿，他俩又给他喂了一颗。这场甘甜的、恩札不知情的进攻没有遭到任何抵抗。二十分钟后，分解成无数细小颗粒的乌丸在恩札的血管里奔游，开始无声地轰炸他的大脑。）

一阵发笑的冲动从恩札的腹部升上来（那儿原本是疼痛扎根的地方），窜上大脑，在他的天灵盖上掀开一个缺口，跑了出去。他的脑袋跟在这阵笑的后面，跑了出去。就是说，脑袋还在，是四十七年里服务于"我是恩札"这一意识的点点滴滴，一下子冲破意识的围栏，从那个缺口中跑出去，不见了。

恩札的大脑开裂了。

这是刚刚发生的一个重大事件。神圣利木莫姑中法力最强的毕摩的大脑开裂了。这颗大脑，这间装着诺苏全部知识的经书房，崩塌了。尽管，在这间经书房中，是找不到"大脑"这个字眼的。

所幸，没人瞧见这件事。要不然，那两个人会突然发现，才过了一夜，他俩负责护送的重要人物就被他俩弄坏了。真这样的话，很难预料他们会采取什么行动。他俩一左一右地蹲守在恩札身旁有一阵了，警惕地瞅瞅这里，那里，时不时地凑近恩札，观察他鼻翼附近的鼓动。还活着。他俩松了一口气。接着他们看见一个怪异的微笑，像被杆杆酒泡过，带着安逸的陶醉，掠过这张脸，消失了。眼睑又合上了。他俩决定等这个老头再恢复恢复。这才过了一夜，接下去还得走九天呢。

有什么重大事件在发生。不，发生过了。不，是发生过的事正在发生，再次发生。可是发生了什么？记忆溜走了，变成一摊又湿又黏的可怜东西，也从那个缺口逃走了。大脑里只剩纯白欢欣的歌声，像水在瓮里摇晃。昨夜（恩札被带走），一天前（阅读本子上的内容），几天前（发现本子），很久以前（本子上的重大事件）——一股脑地失去了前后次序，从恩札开裂的大脑中跑走了。

远远地有什么烧起来了。四堵墙在火中倒塌下去，接着，墙内一闪，开始更猛烈地发光，发热。灰突突的火焰中，一群污黑的点飞过来，原本大放光明的穹隆中瞬间布满黑点，密密麻麻的字符着火了。可火是什么？大脑现在认不出火的凶兆，因为着了火的正是大脑，它在燃烧；装在大脑里的经书房着了火，字符在乱飞。

一切后来又冷却下来。开裂的大脑一片空空荡荡。昏蒙蒙抓住时机，从那个缺口涌了进来，用威胁的口气，对着恩札念叨："我是昨天，也是今天，这里不再有时间。"

"这不对啊。"脑中一闪。"时间什么时候背叛了我?时间怎么就成了我的敌人?"

毕摩恩札的神经,经书房里没有的字眼"神经",在跳动,在搏斗:"时间站在我这边。"

"怎么证明?"

"毕巴书,华巴尔……十二神枝……杉树枝和桦树枝,白蒿和黑棘……魂道这样搭:这里,毕巴书两支,这里再偎上一支,这里插九组,那里,毕巴书九组,那里,华巴尔九组,魂道中间放上枷与锁……"

恩札用手指戳空气。手指还记得所有这些动作。肌肉的记忆。

"怎么证明?"

"错了错了,这是取魂换魄。魂是诱拐了还是抓走了?主人家……"

"怎么证明?"那个声音再次发问。

"嘘……做一个雄海,在这里……做一个雌海,这里……圆要三层,手要稳,帮我再砍点树枝来。这儿,八支杉树枝,十六支桦树枝,三十二支笕竹枝,做个大山,做个小山,在海边。"

恩札手指最后一抖,搭完了神枝场。事不宜迟,得开始念诵了。怎么念,恩札全忘了。经书里的字符全变成烟灰,飞走了。

"山神,岩神,平原神,来呀……"他胡乱念了一句,没有了。记不得经文的毕摩合上了眼皮。

要是恩札看见自己的脸，会吓一跳。一夜之间，大脑在开裂前的苦恼、屈辱、恐惧，把这张脸割伤了。刀痕一样的皱纹布满这张脸——一张惨白的摔碎了的石膏面具。但是开裂的大脑没有消失，只是变得空荡荡。眼睛还在，看不见自己的脸。

再一次地："怎么证明？"

"证明？"

"承认吧，这里不再有时间。"

"神枝场启动时间。"恩札咬牙愤怒地回答。那只是喉咙上下滑动，发出的一声哼哼。

"你自身难保，不上不下。"

"上面是白路，下面是黑路，祖人罪过，祖人创伤，祖人逝世后，祖人送灵前——没有时间。但我要——"

"你要？……你？"

"我……"

"我"出自语言的肌肉记忆。大脑不再知道"我"是什么。

"没有时间了。"

"我，我，我……要清洗时间。"

不上不下的半空中，那大放光明的声音暗下去，暗下去，变作一阵阴郁轻蔑的响亮的大笑，尝起来像酒和火，听起来像金属碰上软和、温热的东西时的嘶嘶声，突突声，是无数金属片碰上无数软和、温热的东西，碰上了肉，肉被时间削着，人倒下去，冷了，僵了。

远远的大地上，人抛下房屋和行囊，像虫子一样到处爬行。无数的人组成一条和大地一样宽大的、还在变得更宽更大的多足蝗虫，爬上一切可当作食物的东西，消灭它们，飞向下一个。好像人不是灾难的受害者，倒成了灾难本身。一天，两天，一个月过去了，半年过去了，两年过去了，巨虫还在爬行，但这里那里断开了。那是一群群的人突然僵住，倒了下去；是一群群的人倒了下去，渐渐僵住。

民国二十五年的这个蟒蛇月，恩札倒了下去。他空荡荡的大脑贴向大地，接收着大地内部传来的讯号。驷匹夵伙用险恶山势阻挡这一切穿山而入，可大地是连着的，它发出吃人的声音，那是一位暴虐的自然之神用金属手掌不断掌掴渺小的人类发出的隆隆声，是时间从这个清晨的背后追上来，穿过了它，继续走着的声音。因为时间之轮一旦转动，就不会依照人类的意志停下。这是时间的意志在清洗大地，轮番使用它的武器：旱灾、水灾、蝗灾、雹灾……到这个春天，大恐怖来临了。

除了成都盆地的几个县，整个四川全部受灾，遍地是倒毙的饥民。好几个月来，田地龟裂，水源断流干涸。玉米地一片枯黄，一点就燃。溪边，道路旁，桥下，都是尸体。只有苍蝇变得肥大油亮。人先吃草根、野菜、野果、野草，后来开始吃榆树、枇杷树、棕榈树的树皮，吃苎麻根、黄花根、菟丝子、野百合、老虎姜、黄姜子、毛洋芋、土茯苓、兰草根、猪鼻孔。为了找有根叶的吃食，人把土地捣得像烂蜂窝。在许多地方，人拼命挖着白善泥（观音土），山脚挖空，山石崩坍，又把人埋了进去。

各路告急文书雪片般飞向省政府。与此同时，一张张报纸也如雪片般飞出印刷厂，飞入从北至南、从东往西各个城市的马路和街巷，变成烫人的火苗，落入手指之间。从北至南、从东往西，一系列重大事件像阵雨云，在局部聚集，循着自己的节奏，或缓或急地移动、扩大，彼此挤压、联合，直至笼罩这片国土上所有人的头顶。日本青年军官在鹅毛大雪中袭击东京首相府，进行一系列刺杀活动。苏联与外蒙订立互助协定。次日，日本关东军由贝尔湖西岸入侵蒙古阿达格多兰地区，被蒙古骑兵和苏联轰炸机击溃。张学良去了延安。蒋委员长调重兵堵截东渡黄河的红军。蒋委员长罢免了一个师长。蒋委员长新任命一个师长，接着任命另一个师长、一个剿匪总司令、又一个师长……不吉的新闻也如雪片般飞舞，烧起来，蹿出丛丛火苗，其中一簇是四川的大旱灾。关于它的新闻起初只有几个字，在报纸的一个小角落里暗暗扬起灰烟。

《中央日报》

无一县无灾荒。十八万人以树皮、草根、白泥为食。

后来，饥民数字变大，变大，变成了三千七百万。小角落里的铅字蹿起一个大火苗，烧起来，烫着了盯着这个数字的许多双眼睛。这簇火苗没有熄灭的势头。烟灰一样的铅字飞舞在危机四伏的国家上空，像阴间传上来的警报声。

时间之轮转动起来，画了个圈回到同一个地方。这样的事情，过去就有过，遍布"历史"的各个角落，现在只是再次发生。这一点，就连汉地的这些饥民也知道，于是他们同样地，按照过去做过的那样做了。

这些不祥的铅字漫天飞舞时，从北至南、从东往西的大城市里，仍然有各种各样的舞会、音乐、剧院，沿街的店铺里仍然挂着和欧洲、日本同步上市的新款蕾丝手套、香粉和皮鞋，大人们坐在轿子里，沿着每天既定路线匆匆经过同样的马路和街巷，满脑子是待批阅的文件，生意场上的伎俩，以至于没有觉察轿外沟渠边的难民和乞丐已经换了一轮又一轮。从如此这般的现状中，也实在看不出，民国二十五年这个春天的清晨，有任何重大事件就要发生的迹象。

驷匹尕伙的大地不像在那些大城市里，被沥青、砖泥、林荫道包着，这里，大地是裸露的。自驷匹尕伙东北方，倒地声传来，第一下，第二下，直至第三千七百万下。井叶硕诺波在颤抖。恩札的手指又开始弹跳，要把一个偎着一个倒下去后看不出区别的那一团团东西扶起。十根手指在摆弄三千七百万根神枝。手指的任务是把它们一一扶起，垒得跟井叶硕诺波齐高，挡住在它们身后大地深处暴虐之神逼近的脚步。它正在那个开裂的大脑中咯咯地弹着金属舌头，金属的气味像刀，半属于恩札的大脑突然觉察到那柄刀后面露出了一个人——俄切。他伸长的手臂追捕着恩札破碎的大脑。

就在俄切崛起的年月里，山外也有几百个俄切。和驷匹尕伙的俄切一样，几百个俄切分别有自己的驷匹尕伙，他们带着各自的部队跑出自己的地盘，在大地上跑来跑去，跑来跑去，出兵这里，突袭那里。二十年间，四川境内打了四百七十八场战。二十年间，比四百七十八再多二十一——四百九十九个各地的俄切们来来回回地攻入中原，打了五百多场仗。时间一步跨过二十年，追赶到了此时此刻——四百九十九个俄切和那三千七百万次撞击声一起，追赶着恩札的大脑。金属味的血劈开黑路，从山外过来了。德布洛莫！失去经书房的大脑在乌黑一团中尖叫一声。乌丸还在发作，在病人的血管里扇动，心脏在呜咽，恩札求救般念出这个咒语一样的名字。

仿佛听见了他这一声叫唤，时间之轮又转动起来，转得更快了。

震动——一下，两下，三下。一把千钧重的巨锤顿击大地。恩札的头疲软地垂下去。大脑的开裂在持续。那两个穿着薄衣、喝了几口酒的士兵在暗下去的天光中睡着了。他们的大脑也在变化（不像那颗天灵盖开着、遍布裂缝的大脑，对他们来说，扰动只有那么一点点）；他俩的梦也在加速，金属的长刀嵌入了软和、温热的肉。他们皱起眉头。那个暗下去的声音又在恩札的大脑中出现了。这一回它收起了嘲笑，露出了真面目。那声音有一千年了。

"孩子，我们没有时间了，从来没有过。时间不存在。这一切——清洗不了。"

大脑一阵痛苦的痉挛。恩札接着哼哼了一声。

"瞧，和世界断开，我们才诞生。发生的第一件事就是那个断开时的伤口。我们之前，我们之外，什么都没有，也不会再有。瞧，我们正是靠着'什么都没有'活下来的。我们走啊走，一路上的土地是他们的和他们的，被占了，没有我们的份；我们走啊走，一百年过去了，几百年过去了……我们到了这里。没有人想来这里，想要这片土地，我们要了，虽然它也是一样，什么都没有。这里，瞧，什么都长不出。我们在这里刚一停下，就掉进了窟窿……我们开始做梦，路上的一切追上了我们，我们的罪过，我们的创伤，在梦中又开始了……结束了的战斗又开始了……一群群的陌生人和我们争抢食物……野兽睁着绿莹莹的眼珠窥视我们……石块砸开头颅，矛刺陷进血肉，火光，撕咬……饥饿，不断的饥饿……疾病，暴雨一样的疾病……冰雹，烈日，干旱……瞧，我们这里很少有欢笑、歌声，我们不建造固定的东西，我们随时准备再次上路，离开，因为我们从没有过一天的安宁，从来没有。只有罪过，只有创伤。阴沉的梦一直在我们身后：杀戮，杀戮，杀戮；醒着时，我们祈求，祈求，祈求……这就是我们的时间：一个怪圈。

"这里的山围困住我们,只剩那些恐怖的梦的陪伴。朝哪儿看都是这样的山,它们坐在我们的梦上方,把它压实,那些梦于是从我们身上跳了出去,变得和山一样真实……就在这样的围困中,我们从矮小、丑陋、虚弱的东西,渐渐长成高大、强壮的人类。我们的头脑却冻住了。被我们杀掉的过去不断在梦中活过来,咬住我们,朝我们号叫。我们瑟瑟发抖,一边发抖一边祈求:只要能解除噩梦,我们什么都可以献出……自那时起,我们发明了交换。瞧,好歹,我们造出来了点什么。

"我们把噩梦汇拢在祭物身上,献给黑暗。黑暗松口了。在它重新回来之前,我们可以睡一小会儿……但是黑暗回来了……就在这里,我们这些原本是手足的人成为了彼此的噩梦,用绿莹莹的眼珠窥视着彼此……饥饿,不断的饥饿……疾病,暴雨一样的疾病……冰雹,烈日,干旱……我们开始在自己人中间争抢,石块砸开头颅,矛刺陷进血肉,火光,撕咬……我们沦为黑暗的食物,从噩梦中醒来,两手空空……后来,就发明黑暗的故事,让总是掉头回来的黑暗下降,去德布洛臭,去我们的梦的外面;就发明光明的故事,让神灵和远祖在光明中上升,去兹兹普乌……我们把这些故事委派给毕摩来讲,送给后来的人,要他们铭记光明,忘掉黑暗……罪过是祖人的,创伤是祖人的,活着就要遗忘。我们果真忘记了。遗忘却让我们继续这罪过,这创伤……让毕摩成为我们的眼睛、舌头和大脑,让光明和黑暗分隔,白路和黑路分岔……但是来不及了。看看现在,此时此刻,这里。此时此刻就像过去,过去是杀不掉的永不休止,将来也会像此时此刻,同样是杀不掉的永不休止……瞧,一切照原样转动着,转动起来了……"

释放到血管和神经各处的乌丸涣散了。这场野蛮的治疗,这阵发作,大脑的爆炸,意识的逃跑,这令人苦恼和不可遏止的、向着空间和时间的另一头撞上去的冲动及其实现,结束了。意识的围栏重新高高竖起,大脑骨碌碌滚回原位,字符落入该待的位置,经书房又码得整整齐齐。生命的惯性之轮取代了时间之轮,把恩札从后者底下抢了出来。

恩札像跨过一道门槛,回到这里。就在这一瞬,大脑恢复了空荡荡,于是一切又亮了。那个大放光明后转暗又变得痛楚的声音不见了。恩札的眼睛蓦地弹开,一个大洞露了出来,那是天空,在一闪一闪的山峰的包围下,昏蒙蒙的夜晚正降临在驷匹尕伙。马的鬃毛在恩札眼前飘动,山崖旁站着两个黑影,在他们前方,围成一圈的山峰中,一道幻影溶解了。那幻影是时间之轮在空转,是遥远的世界在脱落、死去,是"历史"的错乱一闪,夭折了。

同样一闪的,还有恩札的这个念头:有什么重大事件在发生。不,发生过了。不,是发生过的事正在发生,再次发生。

14　鬼魂是敌是友？

　　如果兹莫女儿是对的呢？铁哈想。一整个上午，他坐在洞口，离下方斜坡上的女人们远远的。无法直视的强光此刻倾倒在山峰上，雪线下降，露出山地原本的轮廓，这里错开，那里断裂，上千次的碾压、分离，上万次的撞击、聚合，创造出他眼前这片山谷和远在他视野之外的各种弧线。它们向四周弹跳、冲击、折弯、奔逃，这里那里露出一片片黝黑的巨石，保持着它们最初滚落时的姿势，中断了弧线的走向。这是天地创始时，远古暴力和时间的杰作。游魂是否那时就已存在？古老的游魂，光线一样轮转不息，弥漫着，飘荡着，经过多长时间，它们化为人的模样？那又是谁的意志？如果兹莫女儿是对的，游魂是鬼母孜孜尼乍所生？如果秘密就在眼前，就像光线那么一目了然，是人要把它掩盖起来？在德布洛莫叫作德布洛莫之前,是否诺苏的祖先就曾在这里活动,和眼前这些女人一样?一个多月过去了,她们枯暗的脸上有了光泽,凹陷的颧骨平润了,脊背挺起,眼神不再闪躲和呆滞,不再嗫嚅、支吾。她们袒露自己,活动手脚,轮替着干活、休息。尽管受限于各种条件,但从没有人抱怨,也没人使心眼。他现在往哪里看,都似乎看到了一个又一个兹莫女儿。铁哈在山内山外从没见过这力量,它默默不语,又时刻不停,它让女人们向往着今天之后的明天,下一个明天,直到斯涅。如果兹莫女儿是对的,正是因为孜孜尼乍,她们才拥有了这种力量?

春天真的降临了。一整个冬天的融雪滋养着草坡和溪流,花海静悄悄地扩大,索玛花在落日的逆光中摇晃。这也是孜孜尼乍的旨意吗?即使无法为这片贫瘠的高山土地带来丰收,祂也想用这种方式赞许祂的信徒。食物是个问题,始终都是。她们保存着一小袋燕麦种子,要等秋天播下,再过半年才能收获。如果不成功,铁哈确信,她们会再试别的方法。面对这片严酷的山地,她们的耐心不比别的诺苏少。他似乎又听见了她们的歌声:"没有什么希望!吙啰!吙俄觉!"

不管兹莫女儿是不是对的,她们已经信任她胜过任何人。她们的希望已无法再和斯涅分开。随着她们每天为此所做的准备,铁哈发觉自己懂得的越来越少。他在山内待过的短短十五年,就算再加上这几个月,又能对这些说点什么呢?他们,还有她们,有着他从未真正接受的活法。每日面对这片亘古未变的险恶天地，他们究竟见过什么，懂得过什么，他又如何可能理解？

他唯一了解的只是自己的无知。虽然女人们不再挨近他们，但她们仍然把他和沉睡的女孩连在一起，放在她们一切活动的中心。但他希望这个距离更远一些。他希望自己毫不重要，就让他谁也不是，但这已然不可能。

他退回洞内。一跨过那道让他的影子消失的分割线，他就把看到的、想到的都从头脑中抹去了。他是守护和照料孜那的人，这是他现在唯一的身份。他走入洞口两步深，就感到女孩已经不在清晨的角落了。她也许醒来过一次，更换了再次入睡的位置。他见过她闭着眼睛，用爬行的姿势挪动自己的样子。现在，即使在完全的黑暗中，他也可以很快感知到她的状态。醒着时，她偶尔也会和他并肩站在洞口，看着斜坡下方的女人们。她会注视某处一阵子，随后悄悄挪开目光。她的眼睛也会跟随一个移动的人，等那个人被棚屋或山崖挡住后，她的表情没有一丝困扰，好像在她的世界中，存在的东西瞬间消失是再普通不过的事。

她外在的一切如故，偶尔轻挠一下这儿那儿，快速地眨巴眼睛，此外，再没有什么表情和动作。但铁哈仍然会好奇，她是否看见了眼前世界中的变化？她在想什么？她是否知道白天和夜晚的区别？为何她总在什作时辰站在洞口？这一切对他仍然是谜。在给她擦拭身体时，有时她会发出哼哼声，但就连这个，他也不确定一定就是对他的照顾有所表示。唯一清晰的是她的疼痛。铁哈知道每个月什么时候她会来月经，他会为她备好草木灰布条。温度适宜的日子，他在洞内或洞背面没人看见的地方帮她洗澡，在太阳底下给她抓虱子，每个月帮她剪头发。因为每日的沉睡，她的身体在消瘦下去。

除此之外，女孩不曾有过任何变化。铁哈到的那天、兹莫女儿到的那天、后来更多的女人们到达的日子里，直到今天，她都一个样。睡着时像块石头，醒来时眼中似乎没有任何人。只在每个什作和出外捕猎的时刻，她活跃起来，但在固定的节奏中，这些也从未变化。

这是铁哈眼中的女孩，现在也只有他还这样看她。兹莫女儿继续着她的小仪式：把新到来的女人领到洞口，让她们和女孩对坐，直视女孩的眼睛。不管她们如何反应，兹莫女儿最终都会使她们相信，女孩身上栖伏着孜孜尼乍。铁哈和女孩从不下到女人们在大斜坡上的聚集地，但他也不阻止女人们接近她。每天清晨醒来，铁哈都会看见洞口摆着她们拿来的食物和清水，有时还有一些小棍，很像神枝场里的树枝，只不过上面缠绕着不同颜色的野花和嫩叶。洞口偶尔还出现女人从家里带来的小物什、她们穿的衣物的碎片，那些是祈福用的。铁哈会照着女人们希望的那样，把那些小东西拿进洞，贴一贴女孩的身体，再放回原地等她们拿走。德布洛莫没有任何禁忌和仪轨，所以女人们发明了她们自己敬拜孜孜尼乍的方式。

几个月来，这块洞外的坡地就这样分成了上下两块空间——山洞属于铁哈和孜那,下方的大斜坡属于兹莫女儿和女人们。铁哈不曾妄想这道看不见的分隔线足以长久地保护孜那。女人们跨过了驷匹尕伙内的界线,他毫不怀疑她们会将古老原则视为不可能的事——实现。在她们向往的斯涅真的到来的那天,他不知道女人们会做什么。如果兹莫女儿是对的……他回想着他和兹莫女儿的最后一次长谈:将有更多的人到来,预料之外的陌生人,更多的女人,也许还有男人,他们将聚在一起,而孜孜尼乍是把斯涅带到所有人面前的路……他看见女孩被众人高高抬起,随后扔到地上,所有人踩着她往前跑去。这是预感还是幻影?他不知道。他看不见她们看见的,不知道她们知道的。他能看到的明天是一堵白雾围起的墙。在脆弱的静默中,他等待。

马鞍在恩札身下蠕动,一座座山峰在他头顶关闭,关闭,关闭。从家中被带走时的身为俄切的犯人的感觉又回来了。他被囚禁着,他在移动,囚禁他的正是这移动:他正被运往险恶之处,一个险恶的人和他险恶的计划在等着他。那里除了一道展开的鲜红的深渊,没有别的。马蹄铁噔噔地敲着山路,脚下的土地早已干燥,他已远离雨后湿滑的利木莫姑,被驱赶着向前飞驰。为何要如此赶路?什么事这么紧急?他又听见了洛峨河,它在汹涌,在激荡,洛峨河神在对他发出命令:回答!回答!

提问是什么,他忘记了……时间在转动,一圈又一圈。

人倒下去，冷了，僵了，被山和山隔开，孤零零地摔在大地上。他跑到倒下的这样一个人身边，分开白路、黑路、黄路，把亡灵往路上方赶，把鬼魂往路下方赶，把活人往路中间赶，一圈又一圈……他跑到这里，跑到那里，却是白白地跑了三十多年，时间在他身上打了个死结。那两个士兵为了救他，喂他吃了大烟，于是，他同别人一样，双脚牢牢站在了孜鲁之中……死结抽得更紧了。

俄切的士兵带着恩札朝北走，日落时到了峨曲古。再这么往北走上一天，他们就要折向西，横切过接连不断的高耸的梁子，直入安宁河谷。那些梁子，恩札从没亲眼见过。他想象不出，他们将如何翻过它们，他想象不出自己站在它们脚跟下的那一天……天空像块破布，撕开的地方露出破毛絮一样的云，慢慢爬升，和他一样，远远落后了。它们爬出来一点，就立刻被染得鲜红，遮住背后镜子般光滑、发光的冰川。恩札顺着马蹄下宽敞平坦的山脊往更低处看，山坳间，左一个右一个拱出黑乎乎的影子，那是山崖和洞穴一样的房屋，是房屋一样的山崖和洞穴……是孜鲁……即使到了春天，太阳一下山，天就变冷。恩札披上查尔瓦，此刻，他的手不知不觉伸到了查尔瓦里面，摸到了那本本子。令他厌恶的东西——前夜（恩札被带走），两天前（阅读本子上的内容），几天前（发现本子），很久以前（本子上的重大事件）——再次搅在一起，按照可怕程度也就是和他直接关联的程度，一个摞在一个上头，又一下塌了……恩札再次感到脚下一空，栽倒了。托起他的不再是平坦宽敞的山脊。脚下是人之路，那段日渐朽坏的索桥，他在拉觉阿莫做毕归家的那阵预感中低下头看见过。他头朝下坠了下去，往翻腾、搅动着他的意识的深渊下坠……在他头颅前方，那暗夜的帷幕拉开后的深渊中，是溢满大地低陷处的一滩摊孜鲁，残留的幻影黑乎乎地从那里起，是俄切从下方起，是汉人从山外的孜鲁中起，是下方鬼怪邪灵如同洪水起……

　　假想的大烟在恩札身上第二次发作（这次却是他自己唤起的）。恩札举起手指，它们在他面前左一下右一下地晃晃颠颠（是马的小跑带着他全身晃晃颠颠），像牢门的格栅栏一样竖立在他和天空之间。十根手指上方自动变出：神签、神剑、不带叶和带叶的神枝、祖灵的居所、捉鬼的三叉戟。恩札的喉咙自动默念：地神阿散起，鲁神朵神起，斯神乃神起，此神批神起，木神阶神起……居甘洛甘多之神起，居甘洛布布的甘惹神牛起，居甘洛车乌之神起，居甘洛合俄之神起，居甘洛来批之神起，居甘洛鹜至之神起，居甘洛更曲之神起，居甘洛思史之神起，居甘洛支日之神起，居斯支以支之神起，居昊谷迪利之神起……红色火苗亮了。火苗形状的花纹，漆在一层牛皮上，镶着银边，覆盖着马鞍，顶到恩札的鼻前。他的上身从马鞍的一侧歪了下去，碰上了冰凉的铁，那是上面镀着的一层银饰已经磨光了的脚蹬。所幸这时，马停了。两个士兵说，他们快挨近甘洛的德布洛莫了。他们要恩札在这里除除污秽，断开鬼祟跟来的路。

直到这时恩札才记起,往北走就是德布洛莫。可就在刚才,他明明念出了甲谷甘洛一带环绕德布洛莫的山神的名字。他惊愕,因为他分成了毕摩(记得住经文)和不是毕摩(什么都忘了)的两半。惊愕扯开他的嘴皮,勾出一个笑。他听见两个士兵中看着他的一个低声问另一个:怎么回事?惊愕扯开恩札,分成一半和另一半:恩札一号,恩札二号。恩札二号(普通人恩札)想着,这两个士兵和他自己——因为俄切的缘故——本身就是驷匹尕伙内最大的污秽。恩札一号(毕摩恩札)感到痛楚,想到妻子也许已经在德布洛莫,投奔了孜孜尼乍,想到毕摩守护的上方白路,和他刚刚下坠中看见的黑路交叉在这里:德布洛莫。德布洛莫本是黑路的终点,和白路隔开,在岔路口的另一端,现在它却沿着黑路掉头折返,沿着岔路口,一面回返活人的世界,一面掉头拐上白路,漫入洁净过的祖灵世界。

这些想法击打着恩札一号,但他仍受制于毕摩的惯性,答应了两个士兵除污秽的请求。他用石块和树枝搭了个简易的神枝场,开始等待天空中神灵沿着先祖开辟的白路降临。一点点征兆就可以,但是没有。没有风,没有云团。只有昏暗的夜晚悬挂在一无所有的世界之上。白路空荡荡。神如同孜孜尼乍,被锁在石块深处的黑洞中。

恩札守着这个秘密,什么也没说。他的手摆弄着,嘴里念着,重复刚才大烟发作时他做了一遍的动作和念诵。插在地里的石栎枝、柳枝、杉树枝、桦树枝黑压压地连成一片,不再是毕巴书、华巴尔，只是普通的杉树枝、桦树枝。马桑烧起来，灰烟拢向恩札的双脚，漫过神枝林，去上方路口通报了。恩札二号在一旁，斜眼看着忙碌中的恩札一号，知道他一定会失败——这次，这次之后的所有仪式，都将失败。

仪式结束了。恩札还是什么都没说。两个蹲在一旁不敢打扰的士兵这时悄悄起身，低声催促恩札上马。

在驲匹尕伙外，西方藏人居住的地方，有这样的事：一个人从家中出发，一天走一点，一路跪拜，磕头，终于来到神山脚下。那一天是山神出现的日子。他和其他到达的人开始绕着神山步行，一圈、两圈、三圈……这是在向山神祈福。男的，女的，老人，孩子，一辈子里至少会这样做一回。劈柴劈了一半的独眼女人坐下休息时，一下想起这样的事。那是很久以前，在她还是个小孩的时候听说的。她还记得，当时她想，要是她一个人这样去走，她一定会想家想得死掉，神灵也救不了。可现在，她想的是：诺苏从不朝神灵走去，却是靠毕摩把神灵喊到人身边，谁家有毕摩，神灵就到场。和诺苏不一样，藏地的神灵从不一听毕摩的叫唤就跑来跑去，更像真正的神灵。人期盼什么，就得自己走过去。否则就是做得太少，要得太多。不过，她又想，眼睛看得到，腿脚走不到，在山里可不是一个人想去哪就能去哪。在这里，每座山都像一道铁门，把一个人关在出生的地方。

独眼女人的那只坏眼，不像盲人那样全黑，是一片灰蒙蒙的雾。就像白天快结束,夜晚已来临时,光线在她眼里睡着了,再没醒来。这层灰雾既不在好眼看得见的那个世界里,也不在独眼女人里面(梦,她觉得,是完全在她里面的)。每当独眼女人把好眼看到的东西移到那层灰雾上,就像蚊子产卵到水下,过了会儿,灰雾表面就会涌出新东西,它由好眼看得见的那个世界所生,又不一样。比如现在,她在灰雾上看见驷匹尕伙竖起一道道铁门。铁门镶在不同的铁屋上,每扇门都紧闭,用铁拳头牢牢抓着它下面的那片土地。铁屋里头装着一群诺苏和他们的毕摩、他们的神灵。另一间铁屋里是另外一群诺苏和另外一群诺苏的毕摩和神灵。不管是哪群诺苏,要是走到铁门外面,肯定只为干一件事:打仗。铁拳从铁屋内外搥来打去,墙上布满了拳印。独眼女人眨了一下坏眼,灰雾的背景上,铁门不见了,从峰顶到深谷的各处挺立着数不清的神灵,一群和另一群,黑压压地站起。祂们站在哪里,哪里的土地就关闭在祂们脚下。神灵就像牛羊,手脚和脖子上挂着不同山头的记号,被锁在彼此隔开的诺苏的铁屋四周。

"吙啰——吙啰——吙俄觉——"平坝上响起一阵呼喊。独眼女人同时抬起好眼和坏眼。女人们纷纷朝斜坡下的那片冷杉林望去。又一个女人来了。每当有新人到,就会响起那天大家唱歌结束时的"吙啰——吙啰——吙俄觉——",是欢迎,也是叫人警觉的号角。但出现的一直是女人。最近一段日子,随着来的人越来越多,呼喊也越来越频繁了。各处的女人都来了。来得越来越快。独眼女人拍了拍额头，站起来，一副刚刚才认出这是在哪里的表情。女人们现在不再在原地等待，和藏人一样，她们朝着孜孜尼乍走来了。斯涅的飓风打开所有铁门，刮跑山头的一堆堆神灵，开出通往孜孜尼乍的大路。大路始自每个女人脚下，穿过林地、洞穴、峰岭、深谷、波涛、深渊、风和云雾，结束在德布洛莫。她自己正是这么走来的，怎么能忘了呢。

之后，独眼女人感到一阵由过剩的体力带来的忧郁。她休息够了，却对继续劈柴这件事感到烦闷。她从柴火堆跟前站起来，张望斜坡，朝着越来越靠近的那个女人望去。她得有五十多岁了，瘦削的身骨很健壮，充沛的血色点亮脸颊，不像先前来的女人，一眼就能看出她们在受苦。那个女人把包裹甩在地上，撑着腰歇气，用一双机灵的眼睛扫视斜坡上的女人们。眼前见的，和她来之前预料的差不多。恩札妻子如释重负。她跟在迎接她的兹莫女儿身后，往坡顶的山洞走去。

兹莫女儿感谢这个刚到的女人。多亏了她，孜孜尼乍的诵义终于补全了。这个女人会写字，但兹莫女儿不认字，于是女人念一句，兹莫女儿跟着念一句，不时停下来，问某句话某个字眼什么意思，再继续。等到她全部听完，她已经一字不差地记住了。

兹莫女儿现在把诵文的每个字都吞进去，刻在身上，终于看见了故事的全貌。它不是经文。因为自幼生病，经文她没少听,《拽魂经》《驱鬼经》《除秽经》《诱鬼驱魔经》《死因病源经》……诺苏的经文总是充满没完没了的祈祷,对着高山深谷的呼吼,命令和央求,请神来送鬼去,反复再反复。孜孜尼乍的故事没有这些。它不属于毕摩的经书房。记下它的一定是个目睹事情发生的人,他只有一个念头,快快抓住,快快记下,就像一个快要醒来的人想要记住转瞬即逝的梦。所以,听(她对自己默念):朗朗一声吼(吸气),天际渐渐红(呼气)。呼吸不正是这样地急迫吗?字眼不是被字眼拽着匆匆往前跑吗?那是孜孜尼乍在喘气,祂正被驷匹尕伙内各处的兹莫猎人赶来又赶去,东躲西逃,在缩小的包围圈中,祂藏身在灰白公獐身上,又变成红腿母鹿,变成人,变成灰红公山羊,最后飞散成群鬼(像她的小鬼虫)……故事的最后一个字眼像石子滚落,沉了下去,终于把祂带走了。

是驷匹尕伙要祂消失。兹莫女儿独自坐在棚屋内,用手里的杉枝抠着地上的泥土,心想。从一开始,孜孜尼乍就什么都没做,可是哪儿都没有祂的活路,看见祂的要捕祂,娶了祂的要害祂,囚禁了祂的最后吃掉祂。兹莫女儿这时听见了故事中唯一反复又反复的东西:孜孜尼乍的哀求。这是祂从开头到结束一遍遍发出的声音。祂的哀求就是女人们的哀求,可是男人不听,驷匹尕伙不听。兹莫女儿在地上抠出了一个小坑,用枝条飞快地抽打着坑里的土粒。"不听也得听,"她想,"女人要扛着孜孜尼乍去斯涅,斯涅会扛着整个驷匹尕伙听见我们。"

兹莫女儿突然想起，自己之前还有个不明白的地方。她抬头，刚刚背诵这些给她听的那个女人转眼不见了，她压根没留意到她的离开。她想一会儿见着她了再问，自己又忍不住琢磨了起来。在故事讲完之后，女人给她念了另外的几句话来结束："瘟病和鬼怪，找到线索了，名字取出了，莫要放过它，莫要留下它，诅头翻向它，咒语指向它，吼着叫着咒，闻了去了罢。"

这不是故事的结尾。这是毕摩在说话，是他们在反咒。这时她也走到了疑问的尽头，找到线索了。一定是这样：先有孜孜尼乍出现，再有的毕摩。毕摩是在之后才发现祂的存在的，那时，祂的遭遇已被一连串的目击者们记下，化作一个连一个的字符。字符一旦念出，故事被更多人记住，就再无法抹去，威力再大的毕摩也消灭不了。因为先有的不是毕摩，是这个故事。怎么办？毕摩只好在故事之后补上几句反咒，唤出孜孜尼乍的名字，再用咒语吼她离开。他们无法消灭祂，一定是这样。这几句后添的咒词，证明故事比咒语古老。毕摩循着故事，就像猎人顺着气味和足迹，在这里找到了孜孜尼乍。在哪里？这段记录下来的诵文里。故事就是孜孜尼乍最后的藏身处。字符一念，就将如同山石裂开，石子般的字眼一个连着一个滚落下来，孜孜尼乍滚落，驮起驷匹尕伙奔向斯涅。嘘！现在不能念。孜孜尼乍正在女孩身上沉睡，在字符背后等待。孜孜尼乍准备好了。剩下的准备就靠我们了。我们要等那个在所有人面前从头到尾念出故事的时机出现。

恩札妻子还不知道恩札被俄切的手下带去了安宁坝子。她的计划是亲眼来看看德布洛莫究竟怎么回事,回去告诉恩札。她看得出来,恩札的记忆力越来越差了。记忆力对毕摩来说是力量的基石。她看着他每天硬撑,假装还是以前的自己,她也只能假装一切都和往常一样。她担心,恩札的法力是被这里发生的事暗中削弱了。接下来就会轮到其他的毕摩,直到驷匹尕伙内所有大小毕摩。毕摩守白路,封黑路,自古如此。黑路长久关闭,但总有打开的一天,这里的女人们正等待着那一天。聚集在德布洛莫的,不管是什么东西,都是毕摩的敌人,尤其是咱恩札的敌人。于是她来了。她的计划是她一个人的,她一个字都没有告诉恩札;他一定不会允许她主动沾染这些污秽和凶兆,那会给他、给整个利木莫姑带去麻烦和灾祸。一旦跨入德布洛莫再回家,她不知道恩札要给她念多久除秽和驱鬼的经文。她也做好了自己再回不去的准备。不过,只要消息能带出去,一切还来得及。

到这儿之后,她同样什么也没说。没人知道她是毕摩的妻子。没人问她撮次,问她来自哪里。她们三五个地聚在一起,砍树、削树皮,劈出木板,片成小块,堆在棚屋侧面。恩札妻子走过去,问她们在做什么。她们说,做鬼板。她们做的事怎么和毕摩一样?她纳闷;她看不明白。恩札妻子待了两天,又待了两天,转眼一个礼拜过去了,她还没走。一间新棚屋盖起来了,鬼板码在墙角,密密麻麻,每天还有新做好的搬进去。女人们又不知从哪里运来了成捆的稻草，一半的人开始坐在那间新棚屋的地上扎草偶。在利木莫姑，仪式开始前，恩札妻子经常去三人家帮忙做这些事。她走进那间棚屋，手指一碰上稻草就自动编了起来。屋内静静的，没有人说话。她思量着还有什么能帮上忙，比如前几天，她给那个担任首领的女孩背孜孜尼乍的故事，人家很感激她。她再次纳闷：自己现在琢磨的净是在这里能做点什么，帮上什么，不再是什么时候回家。

他们夜里也在赶路。马匹拖曳着恩札往前，恩札却感到是他自己在走，是他驮着三匹马、两个士兵，一脚深一脚浅地踩在孜鲁之中往前。看不见的漆黑山路上，原先的惊惧渐渐平缓；徘徊在恩札身后，死寂中的，是一双裸露的脚板正叩响路面，那声音微弱，不久也消散了。泥土和石块的心脏在搏动，用低语追赶他。在比铁砧更黑的梁子之间，躺着一道尖刀劈开的深谷，那低语声在那里可怕地回荡，随之退后了。现在是死寂反过来敲打恩札的耳朵，朝着他叫嚷。但不管是死寂、低语还是叫嚷，恩札统统没有力气抵御了。前方的火把在他涣散的视野中晃动，四周的幽暗一下洞开，一下合拢，一下又洞开……深不见底的幽暗在呼吸，沿着黑路送来腐臭、阴森的气息，随夜风下落，烧起了一簇簇阴火，点燃了经书袋、法具、神笠，剜出密密麻麻的血红小孔，只剩一摊灰烟。心脏还在跳动，把血压往全身各处，恩札感到每一寸皮肤也那样洞开了,血就那样白白地流出去,变干,就连这,他也没有力气抵御了。干枯的血块如同石子滚落到那幽暗里,头颅里的字符也抽干了全部的意义,变成一个个小石子,滚下去了。焚烧,化成灰烬,这就是正在发生的,将要发生的。从洪水开始,结束于火。在那越来越浓重的腐败的呼吸中,一枚金属的舌头哒哒作响;就在幽暗的正中心,被锁链捆住的神,拖曳着被缚的脚步,发出哒哒作响的声音,挣扎着,蹒跚着,等待着。

　　路往上方爬升,时隐时现。刚走过的每一寸又颠倒,追来,自上而下压向恩札的肩头。红光;金属舌头啪嗒声;一个梦像船帆那样鼓胀起来。死寂的夜色;随着爬升逐渐消逝的呼吸;醒着做梦。梦中,回忆抄近路追上恩札——年月像车轮一样转动起来,古老的战斗像要结束,又像将将开始。陌生人前来争抢食物和土地,石块砸开头颅,矛刺深深扎入血肉。火光中,一张张嘴正在撕咬对方……暴雨和乌云翻滚在头顶,转眼又是狠毒的日头。恩札跟着冲来冲去的人群躲闪这一切,寻找庇护……沉默的人在夜里围成圆圈,一半的人朝向圆心睡去,另一半人将脸转向身后,抵挡黑暗中要到来的……来了,它来了,追来的是那个忽明忽暗的声音。三根舌头一齐发出颤动,三个声音在争抢:是我!神灵说。是我!毕摩第一位先祖说。是我!鬼母说。它们合唱起来。就在这时,整个梦从可怕转为恶心,恶心得像触了电——电,驵匹尔伙内可没有这样东西……恩札说不出这恶心。三个声音唱道：断路！诞生！罪过！创伤！忍耐！声音离开了。什么都没了。什么也不再发生。剩下恩札，在死寂中忍受自己的羞耻和丑陋。失去力量的诺苏是丑陋的，可耻的。他和他力量的来处断开了。被神遗弃的此时此刻，是个不再转动的梦，一切都陈旧，失去了力量。看呐，就连刚刚升起的晨星也这么陈旧。天亮了，就像昨天和前天，陈旧了。明天也将没有区别。黑路肆虐，溶解了边界。

他们跨过立觉拉达山、洛曲山、漫滩河，还有恩札报不出名字的其他德布洛莫的梁子和河流。为了早些离开德布洛莫一带，两个士兵带着恩札白天连着黑夜赶路。歇息的时候，两人掏出酒来，轮流灌几口，递给恩札，恩札喝了三大口。（在冕宁，俄切的毕摩们就是这般，天天跟士兵一块吃烟喝酒。）他们让给他旱烟，他也接过去，吸一口，再吸一大口，敞开鼻腔到胸腔的通道，让烟填满他——恩札二号，一个空洞洞的普通诺苏的躯体。他失败了。作为毕摩的他失败了。神离弃了他，神已不再居于他。经书上的字符断开了，密密麻麻的黑点飞出去，离开了他。另一群黑点压下来，是俄切本子卜的乌黑手印在朝他摇晃，是那些犴乱的记录在摇晃——摇晃在他眼前的是黑窟窿。祖人罪过。祖人创伤。黑窟窿是诺苏的祖人。堵上这一切的经文失效了。背后的鬼道敞开，从大地升起，洪水般漫向每个人的脚下。他再一次无力地回忆起几个月前从拉觉阿莫返家路上他的预感。

到越嶲了。恩札第一次望见了俄洛者俄山，俄洛山神的居住地（他再不能召唤牠）。翻过它，就到冕宁了。俄洛拉克惹主峰远远立在群山雄健的弧线背后，像一枚雪白的铁铧尖朝他的眼睛刺过来，命令他：回答！回答！

该如何回答？该做些什么？猛地，那只手又伸到他腹部深处翻绞起来。恩札痛苦地蜷起身子。他停住马，扬起淌汗的额头，让前面的士兵停下，再给他一颗"那个丸"。这次，他的大脑没有再裂开，也没有再遭逢那乱糟糟的声音和幻影。这次，他必须好好思考，作出回答，在见到俄切之前，在没有时间之前，他还有剩下一小段路程的时间。

第十天傍晚，他们转过一道梁子，安宁河终于袒露在恩札面前。两岸的峡谷和河道之间，大片松叶林缓坡徐徐斜向平整的河谷。耕田顺着安宁河由北往南伸展，和利木莫姑一带一样，也种苞谷、洋芋、燕麦、烟叶和桑树。作物密密地挨在一起，切割成颜色或深或浅的边缘平滑的方块。恩札这辈子都没见过这么大片的平坦土地。在山地的腹心地带，人们只能在崎岖的荒野中见缝插针地寻找碎成头帕那么小的黏土耕种区。这里河岸宽阔，澈蓝的河面上时不时闪现出逆光时分一片金黄的沙洲。沿途村寨相连，人蹲坐在河岸两侧，像在为河水送行。男人嚼着烟叶，不大理睬来往的路人，只有娃娃会跟着路过村寨的恩札和士兵的马跑上一段。能引起人群轰动的是斩首的时刻。河岸一下空了，所有人拥到一块开阔处，在人头落地时发出既兴奋又恐惧的呼吼。

又过了一夜，划布磨时分，太阳刚露头就光灿灿的。恩札听见日光在催促他：回答！回答！可是来不及了。马轻轻一跃，把恩札送进了冕宁城。

昏蒙蒙的清晨离开安宁河，离开驷匹尕伙内的其他地点，来到德布洛莫。

德布洛莫之外，清晨已变得干燥、雪亮。一夜之间，地上刮起一股股焚风，从每一座山头沿着山坡往下吹袭。日头一早就挂起在空中，炙晒着无所遮挡的大地。山坳间、山坡上，落着星星点点的焦黄的卷柏和蕨叶，三尖杉、白杨、栎树率先耷拉下了树冠。在山的背阴处，一片枯瘦的灌木突然骨头般竖立在人的跟前。旱季在蟒蛇月结束时结束，雨季在穿山甲月开始时开始——这是山地的古老原则，本该如此，一直如此。可今年，穿山甲月过去了一半，一滴雨都没下。

在时间意志清洗大地的诸般武器中，干旱率先挺进了驷匹尕伙。它翻过井叶硕诺波，悄悄地却坚定地，由北往南、由东往西地走。它要重复它在山外进行了两年多的把戏：一寸一寸地深入大地，一点一点地吸干所有根须中的水分，一卜一卜地掌掴大地上的人。地平线一抖，它已站立在"大地中心"，像经由一条地下隧道，把山外的灾难直接输送了进来。清晨不再是昏蒙蒙的模样，不再是令人难以分辨昼夜的一团灰色，它将是刺目的晴、晴、晴。

只有德布洛莫的清晨依然昏蒙蒙。黑夜般昏暗的深谷中升起的风依然潮湿，林间岩壁中，泉眼仍旧一股股地涌流，浸泡着水底的巨石,将源源不断的雾霭、寒气和长风沿着山坡往峰顶送,结成一团灰色的雨云,悬在德布洛莫上方,在驷匹尕伙一望无际的晴空中凿出一方昏暗。

兹莫女儿独自坐在土方旁。夹着冷雾的晨风正从她脚下吹上坡。她叉手抱着肘,头搁在小臂上,肘尖压住支起的膝盖。一觉醒来后,她累了。对她来说,现在睡眠就像思索,思索就像睡眠。整整一夜,她都在和孜孜尼乍进行紧张的对话,在梦里解读接收到的默示。天一亮,她走出棚屋,在斜坡上坐下。坐了一阵后,到这会儿,她感到周身突然麻木了。她对身体上一丝细微的变化都很敏感——这是长年患病者的天赋,他们获得了内视的能力。她害怕这是开始犯病的征兆。这样一想,她几乎动弹不了了。如果小鬼虫们还能回来,那证明孜孜尼乍正在离开,那她一切力量的来源也就随之熄灭了。之前她完全没想过这一点。不,这不是孜孜尼乍的离开。这正是孜孜尼乍在显身。斯涅就在脚下,她的呼吸中已经弥漫了斯涅。她的病是斯涅最后倒数的脚步,一定是孜孜尼乍要她用病身扛起这脚步。时间,一切的节奏,都在孜孜尼乍手里。

她往后望了望洞口。山顶的这只黑眼也在望着她。女孩正在那里睡觉。那脚步在她身上走着。她答应过铁哈不去打扰他俩,可脚步声越来越巨大,震得她心扑扑跳,她需要他们的帮助。兹莫女儿抬起发软的身子,把自己挪进山洞。一瞬间的黑暗让她有飘浮起来的感觉,山洞也似乎比她之前记得的更大了，似乎失去了边界，好像她不是走进了山洞的里面，而是来到了世界的外面。她小声叫着铁哈的名字走到最里头。等到视力适应后，她发现洞里的东西少了许多，也许因此才显大。她停下了呼唤。不一会儿，她听见安静中呼吸的声音。呼吸声在洞壁上四处回响，她过了一阵才辨认出它来自哪个方向。她朝山洞的西北角走去，女孩正躺在那里，铁哈一动不动地坐在她的旁侧。也许他一早就看见她进来了，但没有回答她的呼唤。此刻他的目光跟随着她坐下的动作，神情漠然又严肃。

兹莫女儿先把恩札妻子告诉她的告诉了铁哈。她说，毕摩们现在忙不过来了。不但如此，毕摩已经无能为力了。毕摩的法力在减弱，至于为什么，当然是因为他们应该退场，让孜孜尼乍来扛起驷匹尕伙走上前。兹莫女儿捡起地上的一根柴火棍，准备给铁哈画一张图，那是恩札妻子前几天给她画过的。可洞里太暗，地面像一摊黑水，什么都看不清。她让铁哈点一个火把，插在头顶原来挂头帕的那块尖石的石缝里。

她用柴火棍在地上摆出三条弧线。"你看，"她从上往下依次指着三条线，"这是白路，这是黄路，这是黑路。白路是送走祖灵的路，黑路是送走鬼的路，黄路是送走病魔的路。其实黄路是临时的，它是将活魂身上的病魔赶走的路，不是死人踏上的路。死人走的是白路和黑路其中的一条，这两条路才是最大的区别。可白路和黑路是否真有不同？白路最后通哪里？"

柴火棍停顿在半空中，兹莫女儿不再说下去。她并非要把问题回掷给铁哈。她低头不语，心里回想着恩札妻子告诉她的话，掂量着那句话。此前，她从没想过这个问题，也没听过那样的答案。

和女人们隔开的这些天里，铁哈又退回到和孜那的独处之中。他放弃了对谜的追捕，不再急迫地想知道女孩的沉睡中是什么，女人们要做的事会带来什么，进山的路和当初出山的路为何交叉，所有他走上的路为何把他引向鬼地中央……在无数未知的事物中，他自己的无知是那么微不足道。世界的复杂和无穷超出他的人生，他只想抓住最简单的事物。只要保护住女孩，其他的变化都在他所知之外，有它们自己的轨道，而他即使在这个山洞中一动不动，他相信，变化也已经在用新路托着他去往某个方向。不过人从不会因为自己无知就不再动用头脑。想法常常自动产生，类似本能。铁哈此刻的头脑就被兹莫女儿的问题带动了。他不知道白路真正通往哪里。他相信诺苏也不知道这一点，因为从来没有人问过或回答过。只要不曾变作过语言的东西，对诺苏来说就等于不存在。他想起世界诞生的故事。世界毁灭，诞生，毁灭，再诞生，生出那对哑物，但直到他们开口说话，才成为人类。

是语言生出了诺苏。有一个故事说，大地中心的驷匹尕伙以前是一片汪洋大海。没有一个诺苏见过海。但听见这个故事，人人都看见了海。他们闲聊会谈论海，有人看见紫色的海，有人看见尖刀一样的海浪，有人梦见被海上大风暴吞没了的父亲。就是这样。只要前人讲过，只要后来人人也都那样讲，一个故事就活了，就如同站立在他们面前那样真实。相反，一桩在他们眼皮底下发生的事，只要再没人讲，就等于从未存在。他们是在故事中才能长出来和活下去的人类，他们自己就是故事中的人。因此女人们才确信孜孜尼乍是真实的，因为她们看得见孜孜尼乍故事的每一个细部；因此女人们不惧怕走入斯涅，故事中的人不再需要肉身。

　　铁哈的思绪转了一圈，又回到兹莫女儿的问题。对此，他现在有了一个答案：白路黑路只是一个故事，和其他诺苏故事一样，是一个过去讲完之后就不再变的故事。每个诺苏最后都将走入这个故事：开头是死亡的时刻，中途是亡灵行路，结尾是两种终点中的一种——成为祖先，或鬼魂。只要在故事里，一切就都是真实的。但现在，兹莫女儿和女人们准备将两个分开讲的故事，白路黑路的故事和孜孜尼乍的故事合起来，还准备改动故事的结尾。这将把诺苏变成什么？但铁哈不准备告诉兹莫女儿这些。这只是他的头脑中自动冒出的想法，只属于他一个人，也就意味着它在驷匹尕伙内不是真的。

　　这阵沉默之后，兹莫女儿全然接受了恩札妻子告诉她的答案。几个月前，当她跨出第一步，又帮着女人们跨出同样的一步时，她已经变成了另一个人。此刻接受这个从没听过的答案其实一点不难。她一口气对铁哈说完了要说的话,似乎也不准备在这之后多加解释。

"白路,和黄路一样短短一现,每次才需要毕摩重开白路。吉死者化作游魂,沿着白路到达兹兹普乌,可是那只是个中点,因为诺苏只送三代祖灵,三代人之前的祖先,后人忘记了,抛弃了。这些被忘记的祖灵并不在白路终点停留。他们回转身,走上黑路,成了和非吉死者一样游荡着的鬼魂。这是从不变更的路线,毕摩无法修改。如果去往三代人之外的世界,诺苏会看见,那里黑路无数条,黑路也最长久。经文一念,白路浮出,之后便关闭,消失。祖地兹兹普乌只是一座早已坍圮的棚屋,挤满鬼魂的黑路早就包围了它。

"白路之后会发生什么,经书中没有讲,毕摩便什么也做不了。他们只能将诺苏已经认不出的三代之前的先祖们化作的鬼魂当作敌人,不断驱赶。诺苏活得越久,送走的祖灵越多,从祖地出来的鬼魂也就越多。所有毕摩都没想过,也想不了这个问题。"

铁哈接话:"就是说,除了山地里越来越多的非吉死者变作鬼魂,鬼魂一直还有另一个来源——每三代人之后,祖地就会涌出一批被忘记了的先祖变作的鬼魂。诺苏朝着前方繁衍子孙,也在朝着身后繁衍鬼魂。"

铁哈又一次陷入沉默。他一直以为窟窿是他看不见的另外的世界向着这片山地的移动,以为孜孜尼乍是窟窿。原来窟窿就在这里。祖先是窟窿,新人的降生是窟窿。黑路在一个人出生时便打开了。待到人成为亡灵,白路才浮现,之后又是无穷无尽的黑路。所有的路最后都成为黑路。孜孜尼乍只是让故事加速了。

"既然如此,"铁哈对兹莫女儿说,"你们想做的事不是更便利了?黑路和鬼魂都在孜孜尼乍这一边,在你们这一边。所有亡灵都将为斯涅的到来做好准备。"

兹莫女儿点头。"这正是我要请求你的。我想请你也做好准备。"

15　　　　　　　　　　　　德布洛莫计划

侍从敲门的时候,一个绝妙的念头正闪现在俄切的脑中。受了敲门声的惊扰,它凭空消失了。俄切努力回忆,直到浑身冒汗,耳边响起哗哗的振翅声——是血管在跳,像另一个人在敲门。果然第二阵敲门声响起。那人兀自推门而入,是俄切的汉家妻子,他养母的耳目。她脸上挤出讨好的微笑,跨过门槛,把侍从放在门外的饭菜端到床头小柜上。俄切坐起来,象征性地吃了几口,朝她摆摆手。女人出去了。只剩他一个人时,那个消退的念头果然再次出现,形状像一口锅,中央支着一根高高的管道,旁边有一道结疤的硬块,底下一闪一闪地亮着光。俄切想起来了,这一闪而过的画面,他虚构出的画面,是他正在考虑的新计划:德布洛莫。

一阵兴奋从俄切心中升起。在必定会发生的事还只是个念头时，他的兴奋最强烈。这个被抓住就不可能再逃走的念头引起了这种兴奋。他的兴奋此刻没有一丝阴影，因为它既不再是"无"，也还不是"有"，处于"无"通向"有"的中途，完美无缺，受着他俄切的头脑的保护。一旦行动起来，无非就是经验，无非就是重复，无非是胜利或失败其中之一成为了现实，而现实就意味着残缺，意味着一条无法掉头逆行的甬道，现实是跳下悬崖，是可能性的临时舞台和永久牢笼。

他仍然希望打胜仗，虽然他已经厌倦了胜利。他必须赢，他对活下去的欲望比谁都强。不过，他赢得越多，树敌也越多，失败的阴影有时会倏地变大，笼罩一切。自从许多年前他将黑骨头当作敌人，开始撬动这块诺苏的根骨，就预示了杀戮的不可终止。他将手伸入山地的腹部，在那里摸寻，翻搅。为了财富？不，这片大地太过贫瘠，给不了他太多实际的好处。手唯一能摸到和抓取的只有跳动的肉，温热的内脏，血，无尽的血，相似的血。鲜血在这里恣肆地抛洒着，从不冷却，从不短缺。天下没有比这更宝贵的财富，没有与之相似的世界。这是一片丰饶的荒野。这片荒野又是恐怖的，在这里，人只有一种命运——生命终结处的一摊血渍，它抹去人和人的区别，于是每个人又都成为没有命运的人，消逝得无声无息，如同未曾存在过。所有的道路都没有区别，由这些道路铸成的大地消失了。这里的大地空无一人，只有他孤零零地站在一摊鲜血之中。

这一切成了一条锁链，拖在俄切身后。每一天，诺苏都能听见俄切在他们头顶挥动锁链，可谁能想得到，这声音在俄切头上最响亮？一切到最后都变成这么一种单一的现实：俄切不得不一刻不停地拖着他的锁链，推着他庞大的战车，行驶在驷匹杂伙。有一天，俄切突然看见了另一个方向上的道路。在不断打杀和流血的这个死结之外——如果还有什么能在这之外，正是这个："尚未发生"。

"尚未发生"在另一扇门外诱惑俄切。它将带来自由——俄切曾失去的自由。诱惑是巨大的。从那天起，不知不觉地，俄切总发觉自己贴在那扇门上往外瞅，但一切总是模模糊糊的，像醒来后记不住的梦，睁眼后的世界又太清晰，令人厌倦。一切恐怕是当初那个"尚未发生"造成的。说得准确点，是"未曾发生"，因为时间的运动已将它推向遥远的过去，它已成了一条死路，从此时此刻看去，那里只剩下一堵灰墙。背对那面墙，转身，走进无法掉头的甬道，跳下悬崖——他成了俄切。

时间的运动，俄切想，多么残忍。迄今的一切都是那个"未曾发生"的种种后果，不可撤销。最近他却总是看见那条死路，忍不住思量第一次"未曾发生"时的自己，那时他还不是俄切。但这同样让他害怕。这渐渐成了俄切最隐秘的心事。它召唤俄切去探究那些"尚未"和"未曾"的奥秘，尽管作为俄切，他不该对那个方向太感兴趣，以致冒着最终丧失现实的危险。

可是，毕竟，他早已是俄切。驷匹尕伙遍布他的眼线，情势发生一丝一毫的变动都逃不过他，他以往的念头，计划，也得以一一实现。驷匹尕伙被他牢牢抓在手中。虽然每一寸土地上都有争斗，每一个头目都想插足别人的领地，但没有什么出乎意料的，都是一个有限范围内的一次次重复。在这之外依然有大量的空白，等着俄切的念头的到来，供他发挥灵感，自由使用。这么多年过去，俄切终于领会到，看似强大和覆盖一切的外部现实，和他头脑中的"尚未发生"相比，原来无足轻重。驷匹尕伙根本就是一片"尚未发生"的大地。俄切如何知道这一点？因为他不是诺苏，他看得见诺苏看不见的空白。

窗外响起了军号声。俄切抬起手腕，手表的指针显示早上七点整。号声为他带来夜晚，该是他睡觉的时候了。俄切眯着眼，又听了会儿那刺破干燥晨曦的金属质地的声音。不久前的一天，他想起了山棱岗的号声，就让人去仓库找一把军号，让一个汉家的士兵学来，每天在他睡前吹。号声中升起父亲守备营里的那些夜晚。那个最初的"尚未发生"此刻完完全全回来了。它在俄切心头剜了个洞，黑乎乎的，深不见底，让他失落、发狂。俄切顿时渴望行动，期待现实的确凿感帮他恢复平静。坠入睡眠之前，他紧紧抱住那个德布洛莫的念头。

一觉醒来，俄切走出卧室，站到内院中央，吩咐等候在一旁的秘书给他拿图纸。秘书消失在了檐廊的尽头。四周静悄悄的，继续制造着他需要的夜晚。他今天醒得早。四方的内院里站着人，是间距均等地站在屋檐下的六个卫兵，漆黑的脸藏在漆黑的阴影里，瞳仁里的亮光齐聚在他身上。俄切觉得自己孤零零的。以前，士兵是他的镜子，他抬起一根手指，他们就举臂高呼；他用自己的意愿和情绪喂养它们，就有同一种意愿和情绪放大无数倍，浪潮般返还给他。现在，这面镜子变形了，他看不见自己的形象了。他知道，他们没变，变化了的是他——他对他们失去了兴趣。

勘查金矿的图纸铺开在俄切面前，书房里只剩俄切一个人。他端详着涟漪般的一道道线条，这里那里的一个个标记，一枚枚数字，猜测着这张泛黄的纸由何人何时绘制。汉人悄悄进过德布洛莫？这个谜刺激了他一下，又不再重要。他的目光移到图纸边缘的一滴血渍。比起这些测绘记录，血渍无疑是他更熟悉的事物。他想起来了，这团血渍正是他的灵感，是整个计划的起点。这个计划并不是他个人的妄想，瞧这血渍，有人曾为此流了血，送了命。鲜血喷出血管，进入现实，迅速暗了下来。失败发生了。那是别人的失败，说明不了什么。它现在变为一个新的未曾发生的计划，落入他的手中。

就在一个月前，送来图纸的手下被俄切带进书房，细细描述了谷地所见。没过几天，一个人出现在他的营房门口，声称要投靠俄切。俄切在护卫之下同他见面，问了他几句话，也问了撮次，看出来人并不是哪个仇家派来的，也没有撒谎。

诺苏撒谎很容易看出来,他们不擅于隐藏想法。这个人来自甲谷甘洛一个守德布洛莫东南大门的家支。俄切听来人讲述那场战役,一边任由思绪散漫地行进,还带着几分怡然自得。那封山外的电报才刚刚搁上他的书桌,要他去调查川军在德布洛莫受突袭的情况,还要他一旦搜寻到图纸的下落,立马寄送至川边保安司令部。看来站在他眼前的正是击溃那些德布洛莫不速之客的人。至此,还没有什么出乎俄切意料的事发生。

俄切边听来人的讲述边盘算。他琢磨着,既然总得有所行动,好给那封电报中的指示一个交待,他就不得不先囚禁这个送到他门口的倒霉蛋。之后,他会出兵甲谷甘洛,捉一些参与此事的头人回来,一起处决。

站在宽大得听得见回声的俄切的前厅里,阿祖烈达想讲的是自己的枪法、胆识,他捍卫德布洛莫的正当理由。要效力于俄切这样的强者,他不能显得像个弱者。但当他讲完突袭和那天的种种细节,俄切依然沉默不语。阿祖烈达猜测着俄切的沉默中蕴含的意味,却没有在那张石刻般的脸孔上找到任何线索。他开始慌张起来,这慌张是他没有料想到的,这更扰乱了他的思绪。他不得不继续开口,转而说起突袭前几天的事,像在进行一种不恰当的闲谈。他一路怀着希冀奔波至冕宁,那份希冀迅速转为此刻同等重量的绝望。

就在这时,"金矿"二字飞进了俄切的耳朵。俄切嘴角卷起一个淡淡的笑。阿祖烈达捕捉到了这抹笑意。这突然降临的吉兆又点燃了希冀：也许他最终还是可以留在俄切的军营里。他停顿了一下，旋即继续他的讲述。俄切却打断了他。他看见俄切驱散了站在一旁的士兵和随从。等到那间宽大的前厅只剩下他们俩，俄切才让他从中断处继续讲下去。阿祖烈达讲述着保头，视察团，立觉拉达山的勘查计划……那个微笑渐渐脱离了俄切的脸，向他飘过来，越来越朦胧、稀薄了。阿祖烈达讲完，俄切半天没有开口。阿祖烈达握紧放在背后的双手，紧盯着俄切的微笑，好像这样就能阻止它消失或变成什么可怕的东西。

  那天，提及金矿不是阿祖烈达的计划，却救了他。

  俄切将图纸一卷，放在大拇指和食指之间摩挲。薄纸轻如羽毛，它将打开的那个"尚未发生"却沉甸甸的，也让他的愉悦有了重量。图纸已经落入他的手里，阿祖烈达可以带路，专业勘探人员也已经在请进山的路上了。他又转回到起床时的那个绝妙念头，此时浮现在他脑中的是一个有着双重面貌的计划：他要以驱鬼的名义进入德布洛莫，占领金矿。这一步一走，就等于抢走了川边军（甚至更高层）的金子，和山外正式决裂了。想到这，俄切反而更兴奋，这是又一个"尚未发生"，但仍在他掌控之中。山外没有他的位置，这是明摆着的。这么多年过去了，他还只是个旅长。他们给他的一官半职，汉家安在他头上的称号，都只是幻影，它们全都倚赖着唯一牢靠、真实的现实——驷匹尕伙这个死结。由他俄切一手缔造，还在不断拧紧的这个死结，山外解不开，切不动，也吞不下。在驷匹尕伙这方天地内，唯有他俄切才可以让各种念头和计划成真，虽然那无非是经验，无非是重复，却也是属于他的经验和重复。可他也真的厌倦了（唯独他才有资格厌倦）。但金子不一样。金子将改变这种重复，洗刷他的厌倦。金子是真正全新的"尚未发生"（上一个全新的事物还是他俄切的出现），它将颠倒驷匹尕伙和山外的位置，颠倒俄切和世界的关系。金子，沉睡在黑暗深处，在呼吸，发光。它还未曾被人触碰，甚至未曾有人知道该如何去梦想它。那是深藏在过去之中的未来。它正等待着进入现在。

一路护送恩札的两个士兵跨进乌漆的大门后不见了。恩札低着头，跟着在他前面移动着的一双脚，穿过不见天光的漆黑长廊，白光跳动的天井，又跨过许多的暗门、阶梯和房柱。到处都空荡荡的，门后有门，大房间连着小房间，越走越深，像一张张嘴，等着这个刚刚到来的人掉进去。一大片亮光忽地划过来，恩札从刚刚的宅院中跌了出去，来到一条泥泞的后街。巷道上堆满了人，一头缚在木棍上的四肢朝天的牛正慢吞吞地挤压着人群，被扛进一道门，门后散发出腥臭味，深处传来一阵小孩的啼哭声。带路的身影这时换了一个，恩札跨进第二道大门，一样的天井、暗门、阶梯、房柱，不断有憧憧人影从他身边擦过，或者突然杵定，恩札越往里走，他们越不声不响。一大片黑暗突然环抱住恩札。带路的人这时也消失了。站住之前，恩札脚下滚过一团黑影，那黑影发出"瓦剌"一声猫叫，跳开了。恩札的瞳孔在黑暗中放大，看见自己身处一片陌生林地，四周耸立起乌黑树干，再看，原来是高大的房柱。等他在忽明忽暗的光线刺激之后终于恢复了视力，他瞧见在这封闭房间的一个角落里站着一个人，他端详了一会儿，才发现那是他自己。恩札离开那面镜子，目光摸着四周。这时昏暗深处冒出一团浓烟，待到烟雾散开，首先浮现的是一枚通红的鼻尖，接着是一张嘴，一张被两块黑圆片遮了眼睛的脸，一只戴着皮手套、举着鼻烟壶的手，最后是坐在宽木椅中的一个人影，披着蓝色查尔瓦，里头是一身黄皮军服。这人站起来，身形消瘦、高大，走到恩札面前，抬起小臂。见恩札没有反应，他哈哈一笑，拽过恩札的右手握了握，那只手出人意料地柔软，好像皮手套里是空的。这人朝着角落里的暗影吩咐了一句，一张一模一样的宽木椅不声不响地搁在了恩札身后。直到和这人面对面坐下，恩札才反应过来他是谁。

　　见面很短暂。恩札退出房间时，一位带路人已经在外面等他。他再次穿过充满暗影和孔道的迷宫般的房屋，来到一个不算偏僻但似乎离会面那间房已经很远的院子。晃动不定的光线和他之前穿行时没有差别，恩札觉得自己好像在那不再转动的时间当中做了个梦，并不如他先前所想的那般紧张恐怖，但也没什么愉快的感觉。那天稍晚，随着不断回想和俄切见面的种种，恩札的不安才逐渐加深。他想起那本本子，想起路上的梦，失效的经文，想起德布洛莫，追赶他的种种声音，最要紧的是，他该想明白却没来得及想的事……他需要制订一个计划，在重大事件发生之前。然而，和俄切的见面却像一个空荡荡的梦，什么都没有。俄切的形象此刻又一次出现在恩札面前。一位……什么呢？头目？将军？是的。丈夫？父亲？恩札似乎看见了站在俄切身旁的他的汉家妻子和诺苏妻子。俄切的脸像一个飞轮转了起来，撕扯着，化作一道模糊的影子，伴着刺耳的笑声。关于俄切的一切拼凑出一张面具，那是一种障眼法，挡住围绕在面具四周的恐怖气息，那是由俄切一手制造出的恐怖，那个冒血的窟窿。

这个院子是专门给毕摩住的，带路人边告诉恩札，边转动钥匙，打开朝南的一间。恩札在这个古怪的房间门口站了会儿，才发觉这个带路人也和先前的几个一样，不知什么时候消失了。房间很大，不过有点不伦不类：有火塘、竹笆，也有汉家的四柱床、高腿桌椅，还有一个带镜子的木架，上面搁了一个盛着清水的脸盆，旁边放了块雪白的方巾。一路的尘垢堆积在恩札脸上、手上、脖子上，但他没有心思清理自己。恩札掉头出门，站在院子里，把一扇扇门望过去。整个院子此刻除了他，没有人。一声短促的尖叫突然响起在院墙外，听得恩札心里一惊。他回到房间，关上门，背靠墙坐在竹笆上，轻轻呼了口气。恩札感觉自己飘了起来。一路的颠簸还在摇晃他，他并没有真正到达，他将永不能到达，到达的这个人也并不是他。恩札抵抗着自己身处俄切居所的此刻，抵抗的感觉却又明白无误地告诉他，他知道自己在哪里，他已经来到了这里。不！大脑又一次轻微地开裂了。(大脑)为了保护自己，恩札又一次进入了昏沉（不再需要大烟丸），却还醒着，思考着。有那么多事等着他思考。时间却白白浪费了。可没有时间了……恩札记起来了。时间终结在这里，这里是俄切，这里是孜鲁，是结束一切的地方，不是吗？时间不再转动了。接下来是什么？是时间一圈一圈转动，回到同一个点，是终点，也是起点……时间被俄切猛地推动！恩札又记起来了，俄切需要他，俄切的计划需要他来做毕。俄切的计划是什么？他弹开眼皮，挺起胸膛。大脑和身体，恩札一号和恩札二号，合拢了。他到达了。他恩札被运送到了俄切身边。现实感终于抵达了他。他已经是俄切计划的一部分了。

　　傍晚，毕摩们陆续回到院内。恩札走到窗前，瞧见毕摩们走进房间，摘下蓝色或黑色的查尔瓦，端着杆杆酒和晚饭，钻进各自屋中。给恩札送来的晚饭依然搁在那张高腿桌上，还有一小瓶酒。不同食物被洁白的瓷碟隔开，那白色在幽暗中闪着光，晃着他的眼睛。恩札坐回竹笆，眼前的四柱床上摊着那本本子，像一扇门，是他下午穿过的所有门通向的那扇，不，是驷匹尕伙内所有门背后的最后一扇门，打开幕布一样的暗夜背后的深渊。你早就在本子之内的世界里了。恩札提醒自己。过去你不知道，现在知道了，他接着告诫。你要怎么把整个驷匹尕伙从本子里的世界捞起来呢？你能做到吗？他听见那本本子在嘲笑他。院子里吵闹起来。恩札又走回窗前，天光已经完全消失了。喝多了的毕摩们站在屋前，站在院子中央，推推搡搡，又抱作一团，似乎不想结束夜晚的狂欢。他们的眼神被屋内簇起的火光摇映着，浑浊而涣散。

恩札退回屋内，点起火塘，没有碰晚饭。他从屋外毕摩的脸上看见了自己在路上喝酒、吃大烟丸的样子。不吉不净的，去兮浩浩然。他念着经文，清洗身上的污垢和心中的悔意。不过，他不再后悔自己到了这里。来了，是错。为了保全自己的名声拒绝俄切的邀请（当然，这也是不可能的），也是错，恐怕还是更大的错。在一摊孜鲁之中，急着摆脱俄切，不让自己沾上污迹，是没有意义的。他停止了默诵。

响起了敲门声。两位年长的毕摩并排站在恩札的门外，两张面孔一模一样。这对双胞胎兄弟脸带微笑，一前一后走进屋。前头那位将作礼物的酒放在桌上，后头那位这时已经先走到竹笆前，等另一位到他身旁后，两人一起坐下，仍然面带笑意，连嘴唇的弧度都一模一样，唯一的不同的是眼神——左边的忧郁，右边的亢奋。

恩札和他俩面对面坐下。收到本子了，很好啊。左边那位收起笑容，直奔主题。右边那位从四柱床上拿起本子，摩挲着封面，点了点头。真相即将大白，恩札紧张起来，仍然保持着谨慎，点点头，不说话。你可告诉过其他人没有？左边的问恩札。恩札摇摇头。很好，很好。他回答道，边和他的兄弟交换了一下眼神。接下来的对话却岔开了，围绕着恩札从利木莫姑到冕宁一路的路途情况、天气，士兵和他的对话，恩札最近做毕的情况。两人听着恩札的讲述，神情严肃，轮流点着头，仿佛每个字都事关重大。话题被拖延着，恩札难以判断情势，猜想这里的规矩或许不同，或这漫散的谈话和他不知道的什么事紧密相关。恩札老老实实地作答，同时紧张地注视着兄弟俩。但他的对话者其实并没有在听恩札说话。他们——主要是左边那位，他承担着兄弟俩的发言人的角色——正在回想整件事：俄切忌惮利木莫姑的毕摩，于是他俩托人一路辗转，将本子暗暗递送到恩札手里，希望他想出办法阻止俄切。但令人意外，又总是如此：俄切比他俩快了一步。几天前，不知俄切从哪里也听说了恩札的名字，转眼间，恩札就被带来了。左边那位将他俩原先的计划对着恩札和盘托出，作结道：现在所有地区的毕摩都在这儿，再没例外了。嗯，嗯。右边那位表示肯定，用力地点着头，一边做出快速翻阅本子的样子，手指由上而下摩挲着每一页，眼睛却看着恩札，脸上的微笑逐渐失控。恩札看着他的动作，突然明白了什么。他转向左边那位，问，是否他旁边这位，他的胞兄，就是本子的记录者。这时两个人一起点头。过了会儿，左边的停止点头，补充道，一半是他。右边的这时还在继续晃动脑袋，晃动整个上半身，拳头剧烈地捶打竹笆。左边的轻轻拍打他的背，终于让他平静了下来。你该看出来了，我哥魂离了身。左边那位说。多久了？恩札问。我俩跟了俄切几年之后，他开始写那些事之后。他看向本子。还没写完，人就不好了，时而清醒，时而糊涂。恩札想起本子前后的不同字迹，想起刚刚左边那位说到"一半"，便问：那后面一半是谁记的？是西昌黑骨头吉狄家支的毕摩。左边的回答。他被俄切请来，后来出征时俄切也带着他，方便随时打卦。老人经受了几年，不久前跳崖了。恩札听说过西昌吉狄家支，驷匹尕伙内最古老的毕摩世系之一。三个人半天都不说话。为什么不逃走呢？恩札问面前的兄弟俩，也是在问其他毕摩，和他自己。他会派兵追？左边那位摇头，说，我们都不重要。停顿之后，他又改口：或许他会派人追。没人试过，也没人知道。谁都猜不出他的下一步，说不准他要干啥，他不是诺苏。只不过，逃走和待在他身边一个样。从这里出去，也做不了毕了。左边那位把双手举到空中，端详着自己的手背、手心。他的手抖得厉害。他接着说下去：我们留在这儿给他占卜、做毕，让结果合他的心意……都是假的。逢到他计划攻打我们家支的寨子，我们就向他求情，有时也能成功，也算保全了自己家支，留在这儿还有这么点用处。反正对他来说，往哪里去都一样，结果也都一样。恩札听见洛峨河的水声，听见那个声音在催促他：回答，回答！要怎么阻止呢？恩札大声问道，又仿佛是在自言自语：这样下去不是个办法啊。恩扎的话引起了左边那位的强烈反应：到了这里，手脚都被缚住了，一切计划都晚了，只有看看俄切有什么计划。这样啊。恩札回答。这么说，和坐质差不多嘛。他的玩笑没什么效果，左边那位消失了的微笑再没出现过。右边那位倒是抬起了头，像刚睡醒一样，眼神恢复了忧郁，两个兄弟的样貌现在再难分出彼此。俄切的计划是什么呢？他要我来是干啥？恩札不禁问。还不知道。左边那位回答。只知道他要把驷匹尕伙最厉害的几个毕摩请来，念叨了一段时间了。可外头厉害的毕摩没剩几个了，听说俄切去请，丢了魂的有，装病的有，下午我们都在说这个。最后只有你到了。

话到这里似乎说尽了，谁都没再开口。兄弟俩告辞时，先前右边那位，兄弟中的哥哥，将本子扔进火塘。恩札要去捡，被弟弟阻止了。不会再有外面的毕摩来了，你是最后一个。最后一个，最后一个，他俩互相重复着这句话，迈过门槛，转身的姿势像是逃进了屋外的黑暗。

16 大颠倒在准备

俄切从所有人面前消失了。等待的气氛笼罩着两座宅子（一所是俄切的私宅，一所是指挥部，由巷道连接）。人们感觉得出来，接下来将有什么事发生，一个计划就要启动，他们也将很快成为计划的一部分。通常，俄切消失在众人面前越久，事情就越重大。已经过去一个星期了，俄切还没露面。

只有俄切的亲信、贴身随从和妻子们捕捉得到他一晃而过的身影。除了必要的事务之外，俄切每天待在书房和卧室，两个房间由会客厅背后的一道暗门连接。在沉默中，在假想中，俄切独自行动起来。德布洛莫的念头侵占了他的白天和夜晚，在他脑袋里活动，变化自己，孕育自己，好像借用了他的脑袋，他只是个念头的运动场。俄切已经很久没有这样的感觉。他想起小时候和弟弟互相讲故事，两人轮流讲，一个人停下来，故事站住，前方出现分叉，另一个人接手，让故事继续滚动下去。这个计划目前还只是个故事，藏身在他的想象之中，充满分叉；和故事一样，它也不是非实现不可。他现在还握有推翻它的自由，只要他推迟计划成形、跌入世界的那一刻。一旦到那个时候，他知道，就再也无法回头，就必须一路前进，冲刺，战斗，下一场战斗，更多的战斗……这次将比以往任何一次计划的实现都更彻底——为了金矿，他得将自己从山外和山内两个世界中连根拔起，再重新种下。除了金子，一切都有可能变成他的敌人。

我是不是在冒险？赌上一切，是因为我已厌倦了眼下所有？还是为了成为山地无法让我成为的一切？或者，成为一片乌有？俄切反复追问自己。毕竟没有金子，我也还有无数的枪子儿、士兵、粮食，可以继续生存，壮大，享受迄今我所拥有的；毕竟充满敌意的种子仍在播撒，萌发，等着我去收割，碾碎。刚刚抬头的旱灾和很快会到来的饥荒本是迅速消灭一轮敌手的绝好机会。一切无非是经验和重复，虽然乏味，但可以确保我活下去。在山里，还有什么比活下去更重要？

在沉默中，在假想中，念头又一次抵达了终点：他自身生命的消亡。随后念头又一次折返，奔向另一个方向：金子。这次，俄切跳过了关于金子的种种现实考量。过去几天，念头的几轮转动中，金子可以换来的大大小小的益处他已经一一衡量过了。这一回，俄切终于开始接近种种想法中最内在的部分。它一动弹,他就敏捷地抓住了它,沿着它走下去,就像踏上一条笔直的路;前几天,他都在另外的路上来来回回地兜圈。人在面对极度重要的问题时,反而会极度不认真、不理智,本能地想要回避它,因为最内在的想法往往让人最不堪忍受。但俄切凭经验知道,不能假装那个想法不存在,或者和眼下的计划无关。现在不处理它,将来在不合时宜的时刻,比如战役最关键的瞬间,最需要决断的瞬间,要命的瞬间,这个一直被刻意忽略和压抑的念头就会猛地跳出来,偷袭他,像一颗哑弹,卡住思维的枪管,阻碍情感的引燃、意志的轰响,在战场上,这将是致命的。

于是,念头在贴着现实辟开的曲折道路跑了几天之后,突然扔开一切,穿过现实,跳进了封存于"未曾发生"中的背面的世界。在头脑虚构出的画面上,俄切听见那背面的世界中传来一个声音:"你本是个死人。"这无比熟悉的声音来自他体内一直沉默着的鬼魂,那是被掩埋在遗忘之地的另一个自己,现在它突然开口了。他的震惊来得迟缓,像在做梦;梦的中心传来这份启示,却让眼前的世界成了梦。

那个"未曾发生",他差一点走上的路,正是他自己的死。死亡带走全家的那一天,唯独他被救了,本属于他的命运被截断了。那天的一切都是漆黑的,他晕倒了,或者忘记了,只有救下他的人知道父亲和弟弟的结局,但他找不到那个人。后来他又得了重病,清醒时已在养母家中。

那第一个"尚未发生"的空白从死亡手里骗取了他的未

来。他后怕着,又被死亡诱惑,好像他和那空白早就有过约定。无论如何,他从那时起就欠下了债。后来他在山内独自打拼,凭着从死人堆中再次返回的勇气,搅动活人的世界,将诺苏不断赶往死地,用诺苏的命为自己抵债,好叫死放过他。但他本是个死人。俄切不再回避这个真相。无论他赢了多少次战斗,他都依然有债要还,因为只要他活着,他就在一刻不停地赊债。

这个计划和我自己有关,只和我有关。是我一直在等这样一个计划。俄切明白了。这计划是我的一次清算。不是针对某个家支,也不是针对一直压制着我、看不起我的那些川军头头,名义上的上司。这是我对自己的清算,一次性地,用金子清还我赊着死亡的债。

金子,俄切感叹,才是死亡势均力敌的对手。在大地之下,它承受挤压,那是一段长久至接近永恒的时光,接着,它诞生到这个世界中……无限种"尚未发生"全都包裹在金子中。释放它们,就可以自由地、再一次地塑造外部世界。这是死亡的反面,既然死亡能够消灭无限种"尚未发生",把一切重新压缩成一个点,一个哪里都不占据的空空的洞……金子抗衡死亡。不,金子比死亡更高明,它将过去带进未来,它在时间之外,它永恒。俄切想象着这个陌生事物:永恒。他想象自己面前的永恒,想象永恒面前的自己,一个带着死亡烙印的人。他的生命像一阵风,一次眨眼,一个飞驰过永恒表面的、微小得不值一提的窟窿,同样在黑暗的挤压中诞生，却终将消失于无。在俄切用永恒比照自己从而产生的种种想法中，一次都没想到驷匹尕伙的诞生，没想到诺苏的神灵。在俄切心里，神灵是虚妄，山地是一片不断移动的战场，供每一件"尚未发生"之事在其中施展自己，演变为种种现实的后果。诺苏，是在互相投掷中白白浪费的生命；而俄切，他的意志扫荡驷匹尕伙，最终也将在退场中错失一切。但金子，唯一的真实，出现在了驷匹尕伙。他怎么没有预料到？在这片贮藏一切"尚未发生"的大地上，在这阵瞩目的空白的最高处，是金子在闪耀！即使他的双脚永远无法从这片渗血的腐臭的大地中拔出，可金子长着翅膀，金子将为他铺路，天上、地上、空中，道路送到他脚下，各不相同，每一条都许诺一个方向，一次命运的更新。

俄切又想到山外那个动荡不安、不受他控制的世界。金子首先需要和那个世界进行交换，才可以将空白兑换为他可以把握的现实。那是"尚未发生"中他看不清的部分。或许他终究无法拥有金子和金子代表的一切？他接近的只是金子带来的可能性。甚至，金子也不是永恒的全部，只是永恒映现在他眼中的样子。可只要存在永恒，不就证明死亡是假象？可永恒不也只是一瞬间？因为和永恒交错而过的、飞驰过永恒表面的他的生命只是一瞬间。停住，俄切想喊，想抓住那些被脚下的黑天遮住的金色星星组成的河流，想摆脱死亡的追逐，摆脱两个自己之间的交锋，是的，德布洛莫的计划敲打他，唤醒了他身上的另一个，那个死人。他由两半组成，一半恨着这片夺去了他曾经一切的山地，另一半受惠于山地给的一切。过去的那一半恨着现在的这一半，俄切抓取得越多，越快，那个死人越感到空虚厌倦。死去的那一半如今复活，交锋随之结束，对自己迄今获得的一切的否定占了上风。死人的声音急切地说个不停，它要断开俄切身上的锁链，从俄切新的行动的中心发出指挥。

俄切走出卧室，叫随从备马。他要去见养母。坐上马车，俄切才发现已是半夜，他的午后。二十多年来，他从未在这个时辰见过养母。他将头探出狭窄的小窗，深吸了一口夜间更加浓重的焦枯空气。这是去德布洛莫的好时节。只要他不率先出兵，漫长的休战期就将随着天灾到来。他并不欢迎自然界的暴力，但它既然要来，就最好能为他服务。灾难是机遇的伙伴，他也将乘着同一股搅扰一切的力量，飞离脚下的世界。

马车砸着干硬的地面，几乎要跳起来。俄切来到最后一段路，那是一条隐蔽的小巷，尽头处就是养母的独户宅院。房子是十年前俄切找人盖的，按照她的要求，不大，外表无装饰，看起来同普通人家一样，里面的暗道和暗门却设计得比俄切的宅子还复杂。每天的饮食从俄切的厨房送来，地窖中的存粮也会定期更换。除了这些安排，这么多年里，养母从未向俄切提过任何额外要求。她的手伸向其他地方。他的第一任妻子是养母的亲侄女，存粮都由她亲自押送，养母还要她定期向自己汇报俄切的动向。养母知道俄切知情，但两人之间从不提这些，她也从不干预俄切的事务。她只是想听见外面的世界仍在他掌控之中的消息，这样，她的世界便能运作良好。他容许她像只无害的田鼠，藏身在他的身下，假装自己这个养母并不存在（虽然这更多是为了保障她自己的安全）。这样，他也不用想起，自己的一切都是她给予的。这是最初几年里她时时提醒他的。买下他时，这个女人已经守了九年的寡，没有孩子。那九年把她变得多疑、坚韧、严苛，不受任何情感的牵制。她把这些都教给了他。时机到来时，她拿出所有积蓄，在几个诺苏家支中疏通关系，换取了他第一次做保头的成功，那是他成为俄切的开端。他成长于她的庇护之下，受惠于她，便自然要回赠她。这是他进山之后的第一笔债。这算术也是她教的。

他沿着暗道踏入她的卧室时，里面的蜡烛快灭了。她咳嗽了一声。她老了，却比以往更警醒。她知道是他来了。她从床上坐起，两只缠过的小脚从床沿上挂下，悬在半空中，蜷缩着，似乎里面藏着什么东西。

"你来了。"她朝着黑暗和黑暗中的养子说话。

他重新点上一根蜡烛，放上托台，走到床前，用掌心裹住她的手。她的手指在他的手里半开半合，时不时地抖一下，连同她不断嗫动的嘴唇，让他再次想到窸窸窣窣的小型啮齿动物，想到她是只田鼠。

他俩合拢在一起的手，是一种默契的母与子的表演。他俩既是表演者，也是唯一的观众。这种表演今天就将结束了，俄切一边松开手，一边这样想。然而，强大的惯性还在让表演持续。俄切恢复站姿，扯了扯黄皮军装的下摆，说："我来看看您。您身体可好？"

她的眼皮抬了起来，有力的目光洞穿了养子的谎言。俄切吃了一惊。难道她的衰老也是表演？她总是贴着他。当他再不需要她之后，她依然紧紧地贴过来。缺乏距离让他看不透她。他又一次记起，是她一手塑造出了俄切。出于这层缘由，多少年来，他对她的厌恶不少于感激。好像厌恶她，他就可以不用厌恶自己。

俄切告诉她，他要出门一段时间，于是提前来看看她。以前他偶尔也这样不通知就来，虽然不是在半夜。她一定觉察出了异样。她不会同意他的计划，不会允许自己余下的日子被他拿去下赌注。但他同样知道，她什么也不会说——他的行动早就不再需要征得她的同意。任何话，说出来只会折损她的面子。来这一趟纯属冲动。于是他没再开口。手握过了，也无法再有第二次。好长一阵，两人一动不动地对坐着。等到俄切从自己的思绪中回到眼前，他发现面前的她如此陌生。他想起十六年前第一次见到她时的情景。他第一次想到，那时她一定见了一轮掳进山的汉族男娃，最后挑中他，把他买下。对她来说，从始至终他都只是一桩生意，她口中的"算术"。这想法为他带来一阵解脱的快感。

俄切坐回马车上时，天还没亮，仍是斯格时分。当他最后隔着昏暗看向她时，他看到了困住自己的那条叫作"俄切"

的锁链的起点。这将是他人生中最后一次见她。原来,他来是为了确认这个。

当天下午刮起了沙尘。俄切刚醒,一封过去的信突然跳入他的头脑中。去年五月,过路的红军曾派人给俄切送来那封信,具体内容他记不太清了,但现在,既然他在通盘考虑德布洛莫计划,红军作为一股陌生的潜在力量,适时地闯入了记忆。俄切唤秘书去取信。他起身,径直进书房,信已摆在书桌上。挨着信的是那封电报,电报旁边是那张历时一个多月终于绘制完成的驷匹尕伙全境地图。俄切将它们由左至右排在一道水平线上,一边不经意地调整着它们的位置:信、电报、地图——这是按照到达的前后顺序;地图、电报、信——这是按照内容的重要程度……手在电报和地图之间犹豫了一下。两种未来在等着他作最后选择。对了,图纸……俄切又拿来图纸,把它和地图重叠在一起。天平终于倾斜了:地图、电报、信。

他决定从最容易也最次要的部分开始行动。他展开那封信,就着呼啸的风声读了起来。

旅长俄切先生:

红军已经到冕宁泸沽来了。红军是在中国共产党领导下,用马克思列宁主义武装起来的军队。

红军的宗旨是要打倒帝国主义，打倒封建军阀，打倒地方豪绅，解除一切压迫和镣铐，实现民主、平等、自由。

红军是为广大人民谋利益的军队。红军经过的地方，曾经受到广大人民群众的欢迎与拥护。红军是战无不胜的、勇敢坚强的队伍。

先生驻宁属多年，有一定的威望和力量。你对宁属大部分群众有一些好处。我们这次到宁属来，听到很多汉族群众称道你的好处。你能调动几千乃至上万的汉夷武装，我们深感敬佩。你对红军没有好大恶意，这是我们深深知道的。但是我们认为，你的这种威望和力量，毕竟仅仅限于宁属一隅，说到四川全省、全国，那还远远说不上。现在我们红军要打到四川去，消灭四川军阀，还要继续前进，北上抗日。先生是一个聪明能干的人，时间紧迫，机不可失，希望先生及早决定和我们红军一道消灭四川军阀，继续前进，北上抗日，建立不朽的功绩。到那时，你的威望，你的力量，就不仅仅限于宁属一隅，而将远及四川全省、全国了。如果同意，请赶快派人到泸沽来，我们等候着你。

至于先生存在泸沽的部分粮食，因我们的先头部队不明先生主张，遂致有所侵食。这没关系，等到先生派人来时，我们决定照价赔偿。

以上意见，请考回信。

中国工农红军政治部（方印）

俄切像第一次读时那样，仔细咂摸信里的字句。信写得很有头脑，像一个体面的买卖人。去年刚收到信时的印象和思绪渐渐复活，再次运转起来：红军做的这是无本生意，先借了粮，接着又要来借兵，和来找俄切的那些头头们没有两样，将来再给他挂个新官职，照样不授实权。这买卖他不想再做。当时，俄切还转念想到不久后，川军头头们或许将成为他的敌人。那么红军就是敌人的敌人……朋友？不会的，红军不可能成为他的盟友。他的未来，他的空白之地，将永远只在山内，他不需要"全省"和"全国"。如果他连川军也不再需要，就更别提红军了，这支逃兵的队伍。在之前的军务牒文中，俄切知道，红军当时一路西进，弹尽粮绝。在那样的时节穿过驷匹夯伙，光气候就足够消灭他们的残部。

现在重新权衡了一遍利弊之后，俄切依然没有放下信。虽然过路的红军再与他无关，信里头还是有什么牵动了俄切。他回到开头，目光扫过"宗旨""主义"，那些"打倒""战无不胜"……他想起多年前去乐山，头头们请他看的一次杂耍团演出。演出开始前，一个神仙打扮的女人给观众分发糖果，一边操纵袖子里的小机关，一阵阵杳喷喷的沁凉白雾顿时笼罩了贵宾席。透过白雾，舞台在俄切眼中陡然化作了仙境。信里的新词同样香喷喷的，撒播的许诺闪闪发亮，涂抹着胜利的图景……他顿时看到了红军在中国大地上发现的空白，这是第三种未来，不是他的，不是川军的。它是那么彻底、完整，要掀翻一切既有的秩序，消灭川军头目们、日本人。俄切若不加入他们，也会被消灭。那时甚至不会再有诺苏，不会再有黑骨头和白骨头，什么都颠倒了，只有"人民"。可消灭一切人之后，谁是"人民"？谁能进入这第三种未来？在那些"宗旨""主义""打倒"和"实现"的背后，俄切终于嗅到了一丝熟悉的味道：在光灿灿的许诺中降临的不是什么新事物，仍然是阴沉的血与铁，它只是旧事物改头换面一番又回来了，就像诺苏信奉的那些回归的鬼魂。

这些当时的判断如今仍未动摇。俄切回忆起，当时他对秘书口授的回复红军来信的要点：士兵多为山民，受家支羁绊，亦无法适应山地之外气候和种种环境，出山恐无法助红军打胜仗，更可能拖累大部队；赔偿粮食之事无需挂心，算作俄切赠送；祝前行顺利，战无不胜，等等。

有关红军的回忆和考虑到此结束。俄切现在可以安心将它从目前的计划中剔除出去了。秘书被召进书房，即刻回复川军电报，俄切口授如下：德布洛莫金矿勘察队事故仍在调查中，定尽力查办。

黄沙压低天空，日头像驷匹尕伙上扎出的一粒血点，缩了回去。大风戳着冕宁城，掀起遍地的孔洞，在巷道和门窗中一遍遍地找寻，呜呜着，怒吼着。只有安宁河一片死寂。河床耸立，承受着干热空气的鞭打。秘书们的脚步声离远了，座钟"哐"地一响，震得窗棂上积起的尘土掉下来，昏蒙蒙的书房松了口气。俄切点上煤油灯，把地图摆到书桌中央。电报和信件顿时消失了，一副俄切更觉亲近的图景摊开在他的眼前。这是一张蓝红两色的大画，由许多小画拼贴而成，一张张小画都是独立的，代表驷匹尕伙内大大小小的不同地区，是休战期间毕摩们按照各自记忆手绘的出生地行路图。这些从来互相敌视和割裂的地区头一次在这张大画上拼到一起，组成了诺苏从未想到过也从未拥有过的一样新事物：第一张驷匹尕伙全境地图。几年前，俄切在乐山统领办公室、西昌指挥部看见过山外那种机器绘制和印刷出来的地图，自那以后，他就想要一张属于他的地图。和汉地的地图相比，桌上的这张地图没有比例尺、等高线，连长度标记都没有，看起来像一张儿童画，仅仅标示出沿着一个大致方位，从一个地名到下一个地名的次序。但这仍然是第一次，地图连缀起了从不往来的地区，让驷匹尕伙的千万颗大脑盘结成了一颗大脑。

俄切离开书桌，站立到窗前。地图现在完完全全刻进了他心中，变成了他的眼睛。窗外让人胆寒的风声鼓动着他心中的亢奋。眼前的地图强过挂起在汉地的地图一百倍——那种模仿高空的视野在这里是假的。这张地图来自被山压住却仍然睁着的眼睛，被山困住却仍在走着的脚。在这样的行路图之前，根本没有驷匹尕伙。是它创造出了诺苏的眼睛和脚，和驷匹尕伙的一切。

俄切又花了几个时辰细细查看地图。那些手写的地名和他十几年来的记忆逐渐重叠了。他记起了最久远的和最新的交战，黑烟，碉堡，炮火的啸声，火中的嘶叫，激昂的行军，疲累的返程。他记得雾中对面的人的呼吸，记得子弹划过头顶时漫长的停顿，记得喷洒到他脸上的血的气味。眼前的地图像一面破碎的天空覆盖下来，却总是一样的天空，同一个天空，无尽地重复……还有那些重复的"未明地带"，被最后的绘图者一遍遍地标记了出来。一个地区的尽头之后，另一个地区开始之前，是人的脚到不了的地方，只有毕摩将鬼魂赶去那里，毕摩画不出它们的模样，俄切倒也不吃惊。他从没真正信过诺苏的鬼神和他们的死后世界，这是他内心的又一个秘密。然而，他所渴求的金子就真实地存在于那些"未明地带"中最深的一处。俄切往北方看去，德布洛莫的名称没有写上，但他看见了那一圈环形山丘。他又看向德布洛莫周边，从冕宁出发，有自西和自南两个方向进入的行路图。俄切的手指沿着两条路线奔驰，指肚按过一个个地名，弄得纸张簌簌地抖。他听见金属碰撞的"咔嗒"声，那是眼前这不可动摇的大地秩序在焊接他的大脑，要为他十几年来贯穿这片破碎大地的努力开辟出一条最重要也是最笔直的道路。俄切这时看见自己顺着那些褶皱中的小道来到北方，那些环形山丘像一口锅，中央支着一根高高的管道，那是锅中央的一座孤山，旁边有一道结疤的硬块，底下一闪一闪地亮着光……俄切开始攀登，颠倒着，沿着一条往下的路，沉入大地深处。他将走进驷匹尕伙的大脑，踩着它无休止的抽搐和无尽的盲区，在它千万次的开裂之中，疯狂之中，混乱之中，找到那个笔直的瞬间。如果他想接近它，那条金色星星的河流，他就该相信并利用这颗大脑。

山峰在跳跃，大地尽头竖起天空，像一面高墙，把恩札前进的方向变作幽深的巷道。这回没有士兵，没有影子一样的带路人，恩札独自站在一个移动的房间中（应该是一辆马车吧，他没有细看），以为重新上了路，观望了一阵后，却发现自己并没有接近什么。山峰继续一遍遍地掠过他身侧的窗户，几乎在飞驰，天空和地平线却仍旧在不变的距离之外。那感觉，就仿佛马车一直是在原地打转，是转动制造出了往前移动的假象。恩札通过局促的小窗张望，觉得四周的景象如同画出来的，不真实，却又清晰得令人无法忍受，转开，转回，围绕他画着一个越来越小的圆，直至收缩为一个点，在他的肋骨深处爆炸。疼痛随即改变了风景，恩札再也感觉不到马车的颠簸。或许时间也在跳跃，他早已离开马车。一条溪流贴近了他，或者是一阵雨，总之是一种湿漉漉的、明亮起来的感觉。一个声音对他说："去到走不到，走到就睡着了。"这是在谈论白虎溪，也许叫作甜虎溪，名字他听不清，那是一条南方的溪流，从黑水河岔出，据说不管是谁，一接近它，就会不知不觉发困……话语像一阵微风袭来，恩札再次脱离身旁说着话的毕摩们，睡着了。溪流分解成无穷无尽的水珠，一滴又一滴，掠过他的眼眶，那漫长的队列最终变作他的眼泪，牵他来到溪流的对岸。这是兹兹普乌，恩札一上岸就知道了。白光中，一个人影显现了，悬浮在空中，它或祂张了张嘴,恩札等着那个曾追逐他的忽明忽暗的声音再次出现,却只听到一阵低沉的话语,让他想起锁链的拖动,或巨石摩擦空气,总之完全听不懂。后来,当他醒来,他意识到梦中的人影是神灵,祂说的是汉话。他回想那句话,里面依然没有任何他可以理解的部分。

恩札从胳膊上抬起头来。后背部依然隐隐作痛,空气中弥漫着酒味和浑浊的臭味,那群影子还在,黑压压的,在他睡着这会儿,它们变得更脆弱,也更污秽了。一瞬间,它们聚拢在恩札身旁,纷纷站起,组成一道高大的人墙,当中是一条幽深的通道。和梦里一样,恩札看见一个模糊的人影正从毕摩们组成的通道的另一头朝他快步走来。在一阵不稳定的烛光中,通道像一座坠毁的桥一样剧烈地颤动起来。毕摩们的影子乌云般围拢,托举起俄切,把他移送到恩札面前。

俄切今晚没有戴墨镜。恩札看见了他的眼睛,不像诺苏的眼珠乌黑,是淡褐色的,蒙着一层恩札看不透的屏障,像淬过的红石周围升起来的浓浓雾气,唯有俄切这样注入疯狂的目光才能穿出那层屏障。

俄切挨着恩札坐下,脱下手套,给桌上的两只红漆木杯斟满酒,把其中一只推到恩札面前。恩札看见俄切的手指白净细长,蜷曲在桌沿上,像冬眠的蛇。疼痛沿着恩札的后背往上爬,揪住他的后脑勺。先前黑压压一片的毕摩们这时都离开了会客厅,那对双胞胎兄弟从宴席开始就一直坐在他的邻座的，现在也不见了。偌大的会客厅里只剩下他和俄切，和门口几个背对他们站着的士兵模样的人影，仿佛从恩札看不见的地方，一道道指示正在发出，指挥众人配合俄切的行动，只有他毫不知情。

俄切端起酒杯朝着恩札举了举，不等恩札回应便一饮而尽。这是俄切闭门不出后的第一次露面，计划已经诞生，他的头脑变得松弛、轻盈。他已喝了不少酒，继续喝下去是为了留住这种松弛和轻盈，为了独自庆祝德布洛莫计划——计划已带着另一半的他（"尚未发生"的世界中的他）上了路。

俄切翻动手腕，握拳，端详着自己的两只手，随即叹了一口气，仿佛在自言自语：

"想想看，奇怪啊，这双手从来没直接沾过一滴别人的血。"

听见眼前诺苏的天敌说出这句话，咬噬着恩札的疼痛却中止了。一股冲动将恩札的眼睛扭向俄切。这张脸现在暴露在他面前，平静，和这句话中的事实一样平静，找不出一丁点儿傲慢和嘲讽。不，这是张面具，此刻的这张脸，这双白净的手，这个坐在会客厅里和毕摩们谈笑的人是俄切的面具，俄切的另一张脸正看着另一个方向，那里有无数双挥舞着刀柄和长枪的手，士兵们染血的手，每一双手都直接从俄切的另一张脸上伸出。恩札突然想到妻子给他念过的关于孜孜尼乍的几句话：前后两双眼，前眼看路，后眼窥视人；前后两张嘴，前嘴吃饭，后嘴吃人。俄切正用前眼盯着恩札。

"帕乌[1]，"这张脸上突然张开一个小洞，吐出一个声音。第二次叹气后，一副躯体——俄切的上身——朝着恩札倾斜过来。藏在军帽底下的扁而窄的额头蒙着一层细汗，一下挨近了恩札。一阵酒气飘到恩札鼻子里。

"我俩做的事没什么两样。你在维持你们诺苏的规矩，我也在维持你们诺苏的规矩……这规矩要靠你和我这样的人才能维持下去。你看，我也没发明什么新的，只是一直向你们诺苏学习，也就是比你们聪明一点，快一点。太多人误解我，其实，我从始至终一直是诺苏古老原则的仆从。"

那个一路追逐着他的阴沉声音又到来，又开始对着恩札窃窃私语：祖人罪过，祖人创伤……忽然之间，三根舌头一起弹响，合唱道：断路！诞生！罪过！创伤！忍耐！声音嗡嗡地响，从高大的房柱背后窜出来，变成一声清晰的诅咒，刺刀般戳向恩札："我俩做的事没什么两样。"

怎么？他和俄切做的是一样的事？恩札的后背像被人抽了一鞭，突然往后扯了一下，连同他的后脑勺，猛地朝后方仰了过去。我这是跌倒了，恩札还来得及这样想。黑暗中，屋顶、墙壁、血一样的烛光，鬼魂一样的人影，都在急速旋转，旋转，翻搅在一起，一切都在这颗脆弱的、即将分崩离析的脑袋中大大地混合了，颠倒了。冕宁吞噬了利木莫姑，洛峨河干瘪了，整个驷匹尕伙压缩成一粒小小的、僵死的黑

---

1. 帕乌：诺苏对叔伯的称谓。

点，不再有诺苏和汉家，不再有恩札和俄切，白路和黑路合成了一条路。恩札想尖叫，想从俄切的诅咒推动的颠倒中挣脱出来，却只听见自己的声音在一片漆黑中回荡，颤抖着，重复着："什么规矩？什么原则？"会客厅一忽儿大，一忽儿小，时明时暗，融化成大脑的阵阵抽搐，跳动着，预示着厄运的来临。

声音低下去，消失了。四周重新变得安静、空荡。脑袋从可怕的融合中挣脱出来，重新属于恩札，埋进面前的两条胳膊中。

听见恩札嘴里抛出一串含糊的咕噜，俄切皱了皱眉头。又一个疯了的毕摩，俄切想。可惜，他是最后一个，没有别人可以顶替了。可是，计划转起来了，在不再做俄切之前，他还得继续作为俄切战斗，于是对诺苏的旧感觉又恢复了。毕摩们缝缝补补的工作，只是诺苏面朝他们的神灵的无穷无尽的表演，又和他无关了。俄切的心肠又硬了。他保持着微笑，等待恩札恢复常态。

恩札听见说话的声音又变了，现在像布匹一样软和，像摘下皮手套的手指那般一一分明，搭在恩札身上，渐渐加大重量："大毕摩，我问你，你们诺苏为何杀人杀不停，赶鬼赶不绝？其他毕摩都说不清，你说说？你们赶鬼的那条黑路，究竟走不走得到头？"

驱赶……清洗……这回，恩札终于听懂了问题。他已经对这同一个问题思考了很久很久，虽然毫无结果。他现在依然在想要如何回答,他将这样来回答……怎么回答?为了掩饰自己的沉默,他不得不站起来,双手想要撑住长桌,却碰翻了面前的木酒杯。他对着俄切的方向勉强笑了笑,一下子清醒过来。

"必须清洗一切,现在。"恩札说。

眼前黑黝黝的身影点着头。一个年轻的声音轻柔地附和:"让这一切停下,现在。"

恩札眨了眨眼。俄切正双手合十,指尖抵住下巴,目不转睛地注视着恩札。军帽下正是发出年轻声音的那张十分年轻的脸。

"可是……"

俄切动了动嘴,又不作声了。他看着恩札,像在求恩札帮他说下去。突然降下的沉默,故意暴露的犹豫,他的身份,合在一起,俄切正不露痕迹地刺激着这场谈话。

情形倒过来了,现在,恩札被推到了主动者的位置。恩札看不出俄切伪装的天真,他接过这个"可是",试着补全它:"可是该怎么做?""可是谁让这一切停下?""可是我不能……"这是面前这个人想说的吗?他做不到?他不能?制造了开端的人无法让一切停止?恩札满脸困惑,看向俄切。同样的困惑摊开在俄切的脸上,他的表情因为暴露出痛苦隐秘的重击而微微扭曲,面具在重压下扯碎了,脱落了,他努力地克制着自己,将额头和嘴角皱成一团,但那扭曲仍然在扩大,越来越明显,几乎激起了恩札的同情。

德布洛莫。这四个字忽然闪现，一开始暗淡模糊，后来一下贴上恩札的脑袋，不再如之前那样暗沉、阴森。它发着光，那从窟窿的最深处迸射出的光在催促他想下去，走下去，别停，沿着德布洛莫想（走）下去……恩札小心翼翼地举起它，直到它跑起来，几乎在飞——孜孜尼乍，俄切，没有时间了，沿着黑路走到底，别停，沿着魔王向前，沿着鬼母返回，走穿它！战车开动，悬崖耸起，撞上彼此！孜鲁扩大，溃败的溃败，腐烂的腐烂，露出骨头，整个剡去！黑路清洗自身，让驷匹尕伙得到清洗，哦——哦——吼——

恩札默念自己发明的咒词，任由血往上冲。从受伤的腹腔深处迸射出来的血，沿着脊背涌上恩札的脑袋，又在他脸上化作阵阵红晕。喜悦如同一阵狂风猛地击打他。将俄切带到鬼母脚下，说服他去往德布洛莫（抓住他面具脱落的此刻）——这就是计划。让一切从后往前，由下至上颠倒：忍耐！创伤！罪过！——之后——诞生！断路！——这就是计划。一阵很久以来没有过的苏醒感振奋了恩札。计划逼真地落在他面前，什么都没有漏掉，什么都说得通了——驷匹尕伙必定会诞生出俄切，它将被送到鬼母跟前，黑路上的一切彼此清洗，威胁诺苏的两大敌人将彼此毁灭。

不该混合的一切会重新分开，刻下新的秩序。俄切说得没错，他是诺苏古老原则的仆从，他将匍匐在神灵脚下。黑路和白路将分开，俄切将从诺苏的命运中离开，孜孜尼乍将继续被囚禁在黑路的终点，沉入遗忘。神灵一直都在场。如果不是神灵的协助,这个计划不会到来。他想起路上梦见的衰弱的神灵,他对先祖的愤怒,妻子灌进他脑袋的鬼母的故事,冕宁的见闻,病痛、大烟、酒,这些统统是神灵对他的考验,他差点坠落至万劫不复的深渊,可他爬了起来,重新赢得了神灵的信任,祂们回馈给了他这个计划。经历了信仰的风暴之后,恩札的灵魂被吹停在高空,从那里,他看着脚下的俄切。

俄切的手指垂落了,消失在桌面底下。俄切的脸变得遥远,像第一次见面,他端坐在大厅另一头的模样。四周的寂静中,会客厅变成了空荡荡的旷野,俄切的脑袋悬浮在重重叠叠的烛光之外的阴影中,像一个水面上的浮子,忽高忽低,倏地游近,鼓起微凸的轮廓,重新变成一个活人。

"你说德布洛莫?"俄切的声音雾气般围拢过来。

"德布洛莫。"恩札重复。

也许我刚刚说过了这四个字?恩札想。注意到这些是困难的,神灵暂时借走了他。但既然俄切这样问,他就是说了。

恩札穿过重重幻影,下降到椅子上。一阵冰凉的风从院中沿着门厅吹入,宣告深夜的在场。恩札的大脑不再沸腾,围绕着计划旋转起来,冷却了。

"你得亲自去德布洛莫,协助我封堵黑路,阻断鬼魂返回。这一切会停下来的。"

"你认为,我该……?"俄切用手指摩挲着上嘴唇,思考着——装作正在思考着——恩札的提议。

"你必须。"恩札把神灵的旨意传递给俄切。这是一个俄切无法拒绝的邀请。

"我也会协助你。我们要做一场新的毕,和以往的都不一样。在德布洛莫,我们会彻底清洗黑路,神灵会帮助我们。"

沉默了半天后,俄切神色郑重地对恩札说:"只要你说这一切可以改变,只要你帮我。"

"当然。"

我会把俄切放在路口,恩札默默向神灵许诺。你们对一切自有安排。一切分开的将根据你们的旨意汇合,清洗出新的秩序,再次分开。这是你们对毕摩的授意,对我这个驷匹尕伙最后的毕摩的授意。

就这样,一切都在恩札这颗脆弱的、即将分崩离析的脑袋中大大地混合了,颠倒了。

恩札的神色变化清楚地映现在俄切眼里。眼前的毕摩似乎恢复了清醒和镇定,惧怕和回避自己的眼神也消失了。疯狂有时确实如此,俄切想到,会瞬间冷却下来。是毕摩的天真保护了他。在那个纯黑与纯白不断交战的世界中,神灵吹起号角,毕摩失聪;黑与白交替的阵阵闪光覆盖真实,毕摩失明。俄切不禁想到仪式中的草偶,被看不见的绳扯动,跌落。毕摩如同草偶,把牵引自己的线交给神灵,从此等候神灵,却不知道神灵在大地流血之日就离开了。诺苏诞生的第一天,大地就血流不止。诺苏从不曾跨出这摊血。神灵们是怯懦地逃跑了,还是出于对血的厌恶,抛弃了诺苏?俄切更愿意相信，神灵从不曾存在过。绳线是一代代毕摩自缚的发明。俄切望着恩札，这个毕摩此刻镇定得如同一个又聋又盲的人。俄切不禁心生同情。然而，终究，一切仍在他的控制之中，朝着他想去的方向更近了一步。

"你这样说，我实在太高兴了，来——"俄切再次斟满酒杯，朝恩札举起。这回，他的微笑的的确确是真挚的。

四

17　　　　　　　　　　　　　黑路终点

斯格时分,恩札穿过院子,朝通往屋宅外的小门走去。两名守卫没有阻拦他。恩札没问原因,也不意外。他知道接下来他不会再遭到任何阻碍,但祂们要他具体做什么,他还说不出。去有水的地方,他只是听见了这个声音,于是他凭着路上的记忆,往安宁河的方向去。巷道漆黑,高墙和天空之间的分界线不见了,天空中一粒星也没有。狂乱的夜风没有停止咆哮,从巷道的另一头向他冲来,同样逼近的还有另一个世界的声响:陌生的哭号、哀求、威胁,被风聚拢,挨近他,扯碎,又再次盘旋在他的头顶。它们步步紧跟,几乎贴上他的皮肤。这是鬼魂的第一轮攻击,恩札预料到了,但它们不可能阻碍他。他空着两只手继续往前走,像是行进在一片从未有人走过的地带,感觉不到自己的身体,也感受不到脚下的地面。

穿过巷道,恩札来到一条大路上。鬼魂的喧哗消失了。他更加确定了保护着他的力量来自何方。恩札闻到了河水的气息。虽然安宁河还很远,他却觉得河水几乎就在手边。他循着近乎本能的方向感加快脚步。有一会儿,他觉得这一切像很久以前发生过的事,那时,他还年轻,还是个做毕的学徒,行走在神灵的左右,神灵的低语贯穿他夜间的梦。那时的他不属于这个世界。他所学习的一切,都是为了在更深处,更低处,世界的起点和根部,感受整个驷匹尕伙的存在,哪怕只剩他一人,如同此时。他一直在寻找和这种存在的联系,直到他老了,他终于听见了它——和他一直以为的不一样,它并不是来自天空,而是从淤积在驷匹尕伙低陷处的孜鲁中升起。

恩札跨出了冕宁城,离开最后几处房屋的暗影,径直走向河坝。他举起双臂,像在摸索面前的黑暗。他沿着斜坡继续往低处走,直到踩上河床。这里一滴水也没有,他却听见河床底下传来清晰的水声。在龟裂的泥沙底下存在着另一条河流,洛峨河,驷匹尕伙内所有河流来自它,汇入它。空气中充满轻微的鸟啼和虫翅的颤动声,好像有什么在蛰伏,等待着一线生机。恩札脱下查尔瓦,放在脚旁,走向河床中央。站定后,他转了个身,面朝河流奔去的方向,慢慢躺下。水流声包裹着他的耳朵,遮盖了沙砾在他身子底下摩擦时发出的声音。他平举起手臂,张开双腿,让身体尽可能地舒展,覆盖河床。然后，他闭上眼，等待一阵阵细小的颤抖渐渐平息。胸膛的起伏在减弱，一切动作都停下了。河流在他身下鼓动起来，从朝向北方的头顶流向脚底，随后慢慢抬起他。天空逐渐亮了起来，一道细细的裂缝出现在夜空深处，依稀的白光正在那里跳动，慢慢变亮，径直照向他。他知道他必须走到那里去，进入那条裂缝背后的神灵居所。他即将清洗自己的全部罪过，远离神灵就是其中最深的一种。这样做过之后，他才能洗刷诺苏的罪过，祖人的罪过，让新的诺苏在洁白一片中复活。

窸窸窣窣的动静从四周包围他。空中，泥土下方，各种声响此起彼伏。洁净的灵魂正汇聚到此处，把白路移向恩札。恩札没有念任何经文，他凝视着头顶星空的一隅，保持沉默。后背的肋骨深处这时涌起烧灼的感觉，一股热气从那里涌现，融化，又散开，最后离开了他。然后一切安静下来。许久之后，那些沿着白路而来的灵魂离开了。恩札站起，继续在河床中央仔细听了会儿，直到他又完全回到身体所在的地方。他感受着身体的轻盈，似乎折磨他的病灶已经完全消除了。走回俄切屋宅的一路伴随着恩札一刻不停的祈祷。神灵的居所已经移入他的内部，他的心头充溢着白路终点的宁静。

恩札不知道自己是怎么回到屋里的。他没有睡着，也没有细想德布洛莫，除了祈祷，还是祈祷。就在他忘却时间的某个瞬间，"没有时间了"这句话突然给了他一道闪电般的醒悟。他现在辨认出了那追逐着他的三位合唱者的声音。威胁他的鬼母的声音不见了，毕摩先祖的声音也消失了，三个声音中，只有一个孤独的声音留了下来，是它在说：没有时间了。那是神灵依旧在对他说话。从始至终，神灵一直在暗示他，他直到此刻才听懂这句话。由于恐惧，由于另两个声音的侵扰，他一直将这句话同样当作威胁和诅咒。没有时间了的不是黑路。时间沿着黑路死去，转回，走向同一个起点，重新运动，永不休止。没有时间了的是白路，时间会在白路的终点，在兹兹普乌被遗忘，那是真正的结束。沿着白路抵达新世界的洁净的诺苏将生活在没有时间之中，就像此刻，不停在他心里涌动的奇异的宁静。

一大早，全体毕摩到达宴会厅。俄切最后才到，不再穿查尔瓦，一身黄军装熨得笔挺，腰间佩着一把刀柄缠红丝绒的精致短刀，刀尖微微弯曲。墨镜，手套，他恢复了在众人面前的模样，但他的目光不再使恩札感到任何压力。

神判开始了。前两次是鸡骨卜和羊胛骨卜，结果都为大吉。第三回，恩札用的是古老的木刻卜，在细蒿枝上打上刀刻纹，随意折成三段后，恩札开始念卜辞："打木刻，刻木记，鹰眼利，卜显灵……欲问木刻卜，这位主人家，外出可有鬼怪邪魔力大无穷者作祟？可有柴禾当枕头之邪兆？可有草灰之灾祸？近处朋友来犯否？远处敌人来犯否？可否安然踱步于世间？……"念完，恩札举起三段折断的蒿枝看刀刻的数目，最中间一支的"库纳黑纳"刻纹数目为三，上支为三,下支为四。恩札旁边的毕摩大喊着"大吉",把神判结果传递出去。恩札连卜三回,做得利落、迅速,旁观的毕摩们呆呆发出赞叹。他们看得很清楚,这回神判不同于他们以往做的,恩札没有为了得到大吉的结果使用伎俩,没有一遍遍重来。出征势在必行,大家似乎都很高兴,俄切露出满意的笑容。神判是俄切让恩札主持的,恩札没有拒绝为俄切和士兵们做这件事,虽然对他来说,这一切早已没有必要,也不会有第二种结局。

一列五十人的队伍上路了。人是俄切亲自挑的,都是最早收编进特别营里的诺苏。和分散在俄切辖地内各村寨的士兵不同,他们几乎一年到头都驻扎在冕宁。队伍里还有四个汉人,是俄切从成都请来的地质勘探专家。晌午一过,队伍刚开拔,冕宁城里的人就像随着脚下枝丫的振荡扑棱翅膀的鸟儿一样,知道俄切再次出征了。窗户缝里探出一双双眼睛,瞥见巷道里涌出的蓝的黑的查尔瓦,听见马的鼻息,军靴的叩地声,等到队伍出了城,他们看见队尾拖着一样醒目的怪东西,它是几样东西的组合:几根丑陋的油绿色的粗筒,长短不一,高高低低地戳在马背上(俄切刚买来这两台民国二十年宁造八二迫击炮,上路前拆成了利于运输的几部分),后面几匹马的马鞍两侧挂着一堆鱼形的金属壳壳(迫击炮的弹药),一个方箱,后面跟着一百头吵闹的山羊,殿后的是马背上几百罐叮当作响的杆杆酒。队伍驮着短短的影子移动着,在闪烁不定的光线中,像一缕黑色的短烟抹过安宁河,很快隐入一片松林。

谁都说不出这趟要走多久,也从没有人走过这条路线。他们只知道要去的地方是德布洛莫,俄切要在那里驱鬼。可一切都有点不对劲。驱鬼为何带着他们?还有那两门炮是要做什么?他们觉得,队伍里那四个汉人一定与真正的目的有关。他们穿着奇怪的服装,休息时总是凑在一块小声说话。有人说那个新来的毕摩也知道,但他上路后一直走在俄切身旁,他们没有机会问他。

树荫消失后,大地显出干渴的模样。傍晚,他们烹羊,喝酒,试图忘却路上的辛苦,焦渴却越来越难耐。不久前他们翻过了小相岭,它像一粒孤零零的星子落在俄切摊开的地图上,之后,他们一直在没有人烟的地带行进,不知道什么时候才能看见下一个地名标记出的所在。他们走起来才知道,地图上大大小小的"未明地带"就像星子周围的黯淡夜空,可以无尽地扩大。躺在陌生的大地上过了那么多夜,人已迟钝麻木,和身下的大地一样陌生的体验却在阵阵敏感的发作中涌现了。在梦里,交媾的画面和纷飞的子弹声交错在一起,陌生的北方沿着他们开辟的路闯过安宁河,进犯着他们身后的家乡。他们醒来,干渴难耐是真的,预感也是真的,他们正在犯下可怕的事,比以往任何一次出征都危险:他们要去攻打看不见的鬼地里的敌人。事情越明显,他们越不想讨论;越深入北方,他们越沉默。声响从四周脱落,他们已经认不出驷匹尕伙。地平线时时露面,在落日骇人的粉红色中燃烧,黑灭了。在夜的幕布上，他们看见经书中描绘过的黑路摊开在前方：悬崖背后露出老虎的注视，树丛深处抖动着豹的脊背，那头凶恶的浑身白毛的野犬夜里扑向一个士兵，用它惨白的睫毛和呼吸抵住他的脖颈，第二天，他的皮肤果真开始溃烂。在白雾组成的镜子中，好几个人看见面前竖起自己的影子，他们后来向其他人描述说，那些影子身穿布满洞眼的汉军军服，端着枪，冻伤了双腿，盲人一样始终在原地迈步。阿祖烈达一言不发地听他们说着，隐隐感到被魔鬼拍打过的感觉依旧烙刻在他肩头。

　　士兵们终于去找那个新来的毕摩了。他们请他眼下就开始驱鬼，他没有同意，反而请求他们耐心等待到达德布洛莫。到时候一切都会结束，他扔下这句含糊的安慰的话，独自走向营地篝火外，没有再看他们一眼。夜间的扎营地是一片狭窄山谷，营地旁是一条干涸的河。有疾风通过时，河中的鹅卵石互相碰撞，仿佛篝火中枯枝的开裂声。这是又一处"未明地带"，在地图上找不到名字。恩札拨开面前黑漆漆骨骼般垒起的山峦的半轮影子，站在通往山腰的一片散发着青涩气味的林地入口。刚刚，他回绝了士兵出于害怕所作的请求，对他的毕摩天职喊了暂停。他还得等一等，所有诺苏都得等一等。出发前那晚他经历的洁净的喜悦早已退去，他自身的洁净现在让他焦急。驷匹尕伙仍然在他脚下喘息，吐出浑浊的孜鲁的气息。自从他经历了白路上河流的冲刷，他已知道神灵不在经文中的那个宇宙里。自从他积累了半辈子的经文知识全部垮塌,自从几天前上了路,他一直在思考,他又能思考了,不再被病痛打断,却也无法平静。

驷匹尕伙是自创世之日就被遗弃的地方。从第一天起,被大地上其他地方损毁和舍弃的一切便堆积到这里。驷匹尕伙由残破、遗忘、停滞和盲目组成。没有光辉,没有荣耀。宇宙诞生后,人类便从这个大地中心,从他们的起点处转身离开——除了诺苏。现在,这里依旧没有光辉,没有荣耀,只有一摊孜鲁。到达德布洛莫后,他将回到这个起点,从最低陷处的孜鲁之中开始工作。再等一等,他对下方火光中活动着的士兵轻声说,半是叮嘱,半是祈求。你们不必知道将发生什么。我会替你们挡住坏事,毕摩就是世世代代看护你们的人,事情一向是这样的。所以,再等一等,让我由神灵带领,也带领你们过去。

"去哪?"

"这里就是大地终点。"

"时间之门在我们脚下关闭。"

"将来的诺苏还会这样征战不息,索求彼此的血吗?"

"没有将来。我们是最后的诺苏。"

"过去堆积了太多错误,还能做正确的事吗?"

"罪过归于祖人。创伤归于祖人。"

"时间之门在我们脚下关闭。"

"这里只有我们。一直如此。永远如此。"

不同的声音,既不陌生,也不亲近,同时涌入恩札的大脑。恩札仔细聆听，有一个瞬间，他觉得一切都清晰了，正在来临的，永不发生的，就像太阳光，明朗、切近。可当这一切汇聚成最后的话语时，恩札恐惧了。他不禁抬起手臂，捂起耳朵，想逃避越来越响亮的余音——那是大地在隆隆作响，驷匹尕伙这个大地中心正发出自杀的声音。他仿佛看到地面像冰川一样崩裂，碎片一样的地块疯狂地互相撞击，远离，在无休无止的撞击和远离中，地块不断缩小，露出底下越来越宽阔的虚空，那是无限的黑色的湍流，从一开始就被损毁和舍弃的事物从那里说话，不同的声音，既不陌生，又不亲近，那是驷匹尕伙最初的声音，它用早已不属于它的声音对他说话。

　　一阵骚动从队伍前端传递到末尾，又沿着队尾往回扩散。地图上的下一个地名是尼日波。队伍离开小相岭后，许多天过去了，一路上都没有任何大河的迹象。迷路的担忧化作一阵窃窃私语，士兵的脚步越来越沉重，将前路变为禁途。这一切却仍然和俄切隔绝。俄切举起望远镜，目光沿着深谷中的密林和层层重叠的山峰抬起，滑向被墨镜片调暗的太阳。半空中有一串炫目的光斑，俄切盯着它看了会儿，内心一阵迷醉。上路后他便进入了独处的状态，墨镜带来他熟悉的黑夜中的清醒时光，日光中活动的士兵们仿佛化为幻影，他们的干渴和困顿不再与他有关。

　　出征前，川边保安司令部没有发回新的电报。在西昌加急送来的《新蜀报》上，俄切读到山外的旱灾日益严重，四川各地饥民骚乱，牵制住不少军方力量。山外的缠斗也在持续，各方争夺的进一步结果和部署尚未明朗。在第二版的角落里，一则简讯的标题抓住了他："红二、红六军团沿金沙江北上甘孜，刘文辉听令率兵追击"。俄切莞尔。甘孜打起来了。不管战况如何，哪方得胜，都只会有利于中央军。俄切不用多思索就知道刘文辉会怎么办。蒋委员长早已视他为敌，刘不会在红军身上折损自己的主要兵力，留机会给蒋消灭自己。他会佯装进攻，暗地里放红军一马。如此一来，胶着状态继续加深，他俄切在山内暂时不会有敌人，出征德布洛莫的外部风险大大减小了。俄切松了一口气，他还有时间。这次勘探他只带了精简过的小队，留下大部队驻守冕宁本部。等到探出矿脉，后方大部队还将分批跋涉前来，修筑工事，制造补给，招募矿工，一切从零开始，一年，两年……德布洛莫将变为一座地下金城，那将是他全然不同的后半生的开始。

俄切提前品尝到了锁链松开的自由。脚下这片未明地带在地图上看不出比例，他不记得已经走了多少天，但他相信，队伍终究将挪至下一个地点。中间的行进状态不再有关时间，只是一种等待被更替的状态。只要继续往东，他就将遇见尼日波，那是条大河，就算方向偏离也不可能错过，最多就是沿着河往北走一段多出来的路。那天结束时，士兵们在不知不觉的情况下受到俄切一言不发的镇定的感染，竟然度过了危机，重新安于现状。第二天，队伍重整秩序，仿若片片铁甲重新裹上俄切的拳头，指向东北方的群山。尼日波突然在黄昏时分降临在他们眼前。它已萎缩成一条小溪，开阔的峡谷显得十分荒凉。队伍带着群羊下到河谷，四散饮水。士兵灌满水壶，欣赏了一会儿漫天霞光后，继续赶路。

最后一滴杆杆酒喝完了。酒罐落地，宣告一天结束。这时队伍已经沿着尼日波两岸漫长的峭壁进入了北部，一场没有酒的危机随着旅程的即将结束，无声地解除了。接下来的路由阿祖烈达领队，往立觉拉达山隘口迈进。

两个多月前，阿祖烈达正是从这里离开甲谷甘洛的。堵截汉军后（四分之一个时辰不到，他用三十三发子弹结束了十六个汉人的生命），他没有回家，径直去往冕宁俄切的地盘，现在却又回到了甲谷甘洛。驷匹尕伙中的路是一个圆圈，他想起老人有时会这么说。也许，他正是沿着这样一个圆走回来的；也许，是曾经拍打过他的肩膀的鬼王画下了这个圆，把他放了进去。半年多前，在德布洛莫伏击过那群汉军后，他便感到在鬼王和他之间立下了看不见的契约，他已化身为它的战士，从此受它隐秘的敦促，它也许诺给他未来的胜仗。眼下他为了这样的未来奔走了两个多月，在山里不停赶路，还什么都没做。他心里提着一股劲，想打仗，想品尝胜利的滋味，想一步步走到少有人登上的高处。

驷匹尕伙内，如今只有"魔王"俄切的势力可以媲美当年的利利大兹莫。阿祖烈达铁了心要把自己的目标和俄切的计划绑在一起。一开始他还不确定，俄切进德布洛莫的意图。

半路上，他和几个汉人中的一个交谈了几句，才猜出俄切是为金矿而来。这个计划意外地对他的目标造成了阻碍。参与此事现在要求阿祖烈达变成相反的人。他的先祖是守德布洛莫东南大门的，先前他击退了在德布洛莫勘探金矿的汉人，现在却要协助俄切做同样的事。阿祖烈达心中产生了重新组合自己的迫切需要。立觉拉达山就在眼前，他比谁都熟悉那圈马蹄状的隘口。他回过头，朝后方的队伍宣布，德布洛莫到了。

队伍在沉默中顺着山路下降。拐弯处，一面巨大的悬崖封住了视野。前方失去纵深，下降的路显得更陡峭了。阿祖烈达仰头望了一眼悬崖，那场没有遭到任何抵抗、几乎被他忘却了的战斗重新闪现在记忆中。他不禁停下脚步，再次凝望悬崖。在悬崖顶端，在依然枯萎的索玛花丛中，他仿佛看见自己仍趴在地上，端起枪，等着向即将出现在谷地中的人影射击。队伍越过隘口，谷地敞开在眼前。阿祖烈达转眼间来到悬崖的脚下，刚才的幻影也消失了。他们的双脚陷入了一片灰蒙蒙的雾气，光线一下子从他们四周撤退，谷地提前进入黑夜，所有人站立不动了。

在他们面前，雾气正往高处扩张，抬升。他们的目光不由自主地跟随雾气的运动上升，在一道近乎透明的边界线之上，突然暴露出明亮得不真实的天空。一阵强烈的夕光浇筑峰顶，所有人短暂地失去了视力。随后，他们看见在大火般的强光深处，在俯瞰着他们的群山组成的锯齿形圆环的中央，雾气掀开的地方，现出一座山丘，它的顶端打开了一个洞，在那洞的四周，一个稍低的大斜坡上，矗立着洞穴似的矮屋，有什么事物在矮屋四周移动，这里，那里，逆光中，许许多多暗影正在移动，它们像人一样用双腿站立，脚边拖着长长的影子，飘荡在半空中。看到这样的景象，一个士兵脸色煞白，另一个士兵痛苦地闭上了眼睛。半空中这些半人半鬼的东西，让他们怀疑自己也成了鬼魂，否则，他们不可能到达德布洛莫。

恩札一开始就看见了那些女人。但他更相信自己根本什么都没瞧见。当其他人的目光停留在那片大斜坡上时，恩札将视线继续挪向远离大地的地方，远眺着不断迸射的光线的起点，一切事物之所以存在的根源——太阳。火红的光焰注满恩札的视野。德布洛莫大大小小的山峰正沐浴在这照耀中，这片黑暗之地犹如空空的祭台，托举起太阳的恩泽。恩札把手向着半空举起。在炫目的红光中，他看见自己高擎火把走上祭台，在他周遭，火光和阳光融为一体。他看见，布满裂痕和创伤的驷匹尕伙将在这双重的照耀中愈合，孜鲁将在这样的照耀中退缩。他不再怀疑，很久以前，当其他人类离开驷匹尕伙时，古老的光明没有撇下诺苏。借助光的启示，驷匹尕伙将再次获得不弱于这个星球上其他地方的力量。在这永不衰减的光辉中将重新矗立起兹兹普乌，神灵的住牧地，他听见祂们在那里欢笑，那个绝对的"是"化作一阵金雨般的声音，彻响在天际。为了担起这"是"，他必须做好舍弃的准备，他得准备好对他们喊出"不"。而他早已做出了选择。他闭上眼睛，任幻象在他眼底的残影中停驻，随后他移动视线，落向半空中的女人们。她们正向着祭台走去，仿若他的幻象正等待着她们的加入。

到达之后，俄切才对所有人宣布一直处于保密状态的金矿计划。那几位勘探专家也终于亲眼见到了图纸。四个人拿着图纸和罗盘，转向不同的方位，走走停停，手在空中比划，指点，不时交谈几句。当他们最后一齐走回俄切站立的位置时，脸上挂着犯难的神色。可能的测点太多，他们告诉俄切，这张图纸，可以说，只是一种初步假设。所以我才需要你们。俄切抽出两片嘴唇中夹着的烟斗，打断了说话者。他从其中一人手中拿回图纸，低头琢磨起来。这是什么？他指着一块由直线和小圆圈围起的三角区域问。矿区境界线。金子可能就在这片区域下面？俄切问，随后获得了肯定的回答。他抬起头，比照图纸所对应的实际空间。这样的区域有三块，其中一块就在他脚下不远处。他拿着图纸，沿着谷地边缘走到一块岩壁跟前。岩壁下方有一个小地洞，大小正好可以容一个五六岁小孩躬身进出。图纸上的小圆圈正好落在洞口的位置。过来测一下，俄切朝着那四个人喊道。总要从哪儿开始，那就从这儿吧，他说。他看出他们需要一个决策者，那只能是他了。四个人朝着他走来。一个人趴在地上，将一根金属棒探进洞去，金属棒连接着勘探专家背上的方箱。那台仪器上的指针开始左右轻晃。另一个人手中的罗盘也在颤动。勘探员露出惊讶的表情。

士兵们拓宽洞口,往内凿出长宽半丈至一丈左右的方坑,从坑中取样化验。风动机开始在洞内突突地开凿,坚硬密实的岩壁在机器的推进中成块地掉落。风动机撤出,拿锤子的士兵列队进入,开始向着地下挺进。士兵分成两组,几个时辰替换一次。轮到一组人在洞外轮息时,有人突然发出了尖叫声。俄切走出矿洞,谷地的雾气此时已经散开,几个灰突突的物体从大地上鼓起,这里那里,像零星的丑陋伤疤。发出尖叫之前,为了弄清那些是什么,那个士兵靠近过去,看见了被阿祖烈达的队伍击毙的汉兵和军马的尸体。他报告俄切说,尸体有秃鹫和野兽造访的痕迹,已经面目全非,可是凭着那些衣服,他确定,他们就是路上竖起在士兵面前的鬼魂。俄切这才想起,送来图纸的手下和阿祖烈达都曾向他报告过这场战斗,他居然完全忘了。为了让士兵们恢复镇定,俄切叫人掩埋了尸体,又对着全体士兵作了一番发言,安慰他们说,驱鬼的仪式很快就会开始。

恩札准备明天就开始仪式。他告诉俄切,他要去山上那些女人中间。

"让女人参加?"俄切问。

"她们一直在等待我们的到来。你与她将在半路上碰头。"

恩札没有意识到自己在自言自语。他的话对俄切来说已经不再重要。俄切已不需要恩札,只想尽快摆脱他。虽然如此，他没忘记许诺恩札的话：他俩将互相协助。为了稳住被鬼魂侵扰的手下们，他还得继续扮演俄切。

"需要我做什么？"俄切做出配合的口吻。

"你先忙你的。明天，不，后天——等我为你做清洗的时候一到，我再下山来找你。"

恩札说话时没有看俄切。他的心中翻搅着几重不安。他要阻止俄切随他去见孜孜尼乍，他也必须隐瞒最后一刻他对俄切的安排。此外，金矿计划也扰乱了他。俄切无疑欺骗了他，他早就安排了要来德布洛莫，一到这里，他便显露出了自己的真面目。机器每一次撞击德布洛莫都刺激着恩札——孜鲁仍在一寸一寸地蔓延。他对白路终止这一切的希望也随之越来越强烈，但他才做完一半的准备。

恩札要俄切再次答应自己，当他下山来时，俄切将听从他的请求。得到允诺后，恩札牵着三头羊离开营地，往中央的山丘走去。

又一个什作时分，铁哈随孜那走到洞口。孜那和昨天一样，对着空寂的半空呢喃着，又突然往前走去，抬起手指，似乎在小心翼翼地触碰着什么，这时，她的眼神几乎和常人一样清醒。但这短暂的一瞬很快又过去了。光线迅速转暗，在一旁守着她的铁哈轻轻抓住她的手臂，把她带回洞中。

铁哈不知道孜那的变化是不是和部队的到达有关。难道她一直等待着的人在他们之中？他不太相信。但如果像兹莫女儿反复告诉他的,正是她身上的孜孜尼乍把这些人召唤到了德布洛莫呢?他想起兹莫女儿说,消息传出去了。他们到后,铁哈曾悄悄潜入树林,在有限的视野内观察谷地的动静。这些人没有上山,反而钻进了地下。机器的轰隆声从昨天他们来到后就开始了,两台炮组装起来,架在他们的营地一侧,羊群旁若无人地四处活动。在大部分诺苏打扮的人中间,有一个身穿黄军服、从不摘下墨镜的人,像个军官。看样子他们将停留很久。他需要继续观察他们来此的目的,可为了保护女孩,他和孜那又必须不被部队发现。同时做这两件事很难——在峰顶的山洞和谷地之间,除了这个季节的雾气,不再有任何遮挡视线的东西。整个白天,当那些诺苏从帐篷中钻出来,他和女孩就不得不藏身在山洞中。

山洞和大斜坡之间的分隔线一直没有变动。上一次交谈后,兹莫女儿再也没有上来过。每天,女人们照常制作鬼板和草偶,围着火塘忙碌,洞口的祭品和食物也从未中断。外面的男人们如同兹莫女儿预料的一样到来之后,她们的节奏也依然如此。等到女孩睡下后,铁哈在夜色的掩护下再次来到洞口。山下点起了几簇篝火,有人开始剥羊。那个吞入机器的地穴中陆陆续续钻出一些漆黑的身影,围绕在火光周围。

从山顶通往谷地中的帐篷的路只有一条,绕过大斜坡后,它径直伸入冷杉林,终止在谷地最西侧的边缘。除了那次铁哈和兹莫女儿下到谷地清洗汉人的游魂,没有任何人下去过。当女人们望向谷地,当那些倒地的尸体在消散的雾气中现出轮廓时，女人们从未感到不安。在她们心中，穿着她们从未见过的汉人服装的那些僵直和破损的尸体，本就是德布洛莫的一部分。

恩札正沿着那条路从谷地向山顶跋涉。很长一段时间内，他的行踪掩藏在树林中。地势抬起至和斜坡一样高时，他重新出现在天空下，浓黑的夜色立即裹上他的身影。直到他出现在棚屋外，被防止野兽接近的彻夜不熄的两堆篝火照亮，铁哈才从洞口看见他。几乎就在同时，一个中年女人从棚屋中走出，接待了这个陌生男人。他带来的三头羊被人牵走，男人跟在女人身后，走进兹莫女儿的屋中。

铁哈继续停留在黑暗中，一动不动地注视男人消失于其中的那间屋。他知道那个身影肯定会再次浮现。斯格时辰，门开了，那个男人出来了。接待他的那个女人跟在他身后，把他领到东首的第一间小屋门前。两个女人走了出来，接待他的女人也离开了。男人独自留在屋中。

灰色的黎明中，洞口显出兹莫女儿的身影，那个男人就在她身后。他的脸让铁哈莫名熟悉。兹莫女儿把他领到沉睡中的女孩面前，留他在洞内，就像之前每一次有新的女人到来，她也这样把她们带到女孩面前。

和往常一样，铁哈随兹莫女儿走到洞外。洞口的篝火刚熄，扬起团团灰烬，飘洒在背后铅灰色的群山之上。铁哈往下方谷地张望，帐篷四周还没有出现人影，但他惊讶地看到，女人们已经在棚屋外三三两两地聚集在一起，正仰头望向山洞，似乎在等待着什么。这个男人身上一定有什么特别的东西，女人们感觉到了。男人的脸这时再次浮现，唤醒了铁哈的记忆。在拉觉阿莫索格律其家，铁哈见过这张脸。站在略次日毕的场中央的人就是他，这个毕摩。那个充满血腥味的夜晚又回来了。一阵许久没有过的不安拽住了铁哈。随着这个男人的到来，德布洛莫之外的山地已经逼近。

"他是毕摩，我在拉觉阿莫见过他。"铁哈告诉兹莫女儿。

兹莫女儿显然已经知道了。

"他是利木莫姑来的那个女人的丈夫。"她回答。铁哈并不认得那个女人。

"他来找她？"

"他是孜孜尼乍召来的毕摩。他为斯涅而来。他自己很快也会知道。我们等待着的时刻终于到了。"

"因为他来了？"

"他，还有下面那些男人。他们都会看到，会见证，会和我们联合。"

"他们愿意？"铁哈怀疑兹莫女儿所说的计划能否如此顺利。

"他们现在还不知道自己将成为见证人。那个毕摩准备明天在这里做毕，在我们中间。我答应了他。这是信号。他为我们选择了斯涅，就是明天。"

"你答应了他？叫你说过孜孜尼乍是被毕摩的仪式赶走的，你说过毕摩的法力已经失效。"

一抹微笑久久荡漾在兹莫女儿的眼中和嘴角边。"他会亲眼看见，他阻挡不了孜孜尼乍。这就是他将做出的见证。我要他答应我，他会等我们的斯涅过去之后，才开始仪式。他会带那些士兵上来，他们将看见一切。"

18 　　　　　　　大颠倒时的集会

天色转暗，女人们从斜坡上消失了。棚屋内火塘亮起，谷地中，机器停了，士兵一个接一个从地洞钻出，不多久也消失在了帐篷内。雾气和黑夜一同从谷地升起，弥漫在德布洛莫。很快，山谷上下陷入一片死寂。

铁哈走到刚入睡的孜那身旁，不放心地再次查看她的状态。他又在洞口坐下，仔细眺望斜坡和谷地的动静。无光的低洼处，斜坡上朦胧的火光中，都不见一个人影。他的不安被目光无法穿透的黑暗加重了。他想起不久前的逃亡，想起途中不可知晓的危险和他的侥幸逃脱组成的谜团。他不相信他会再次拥有那样的运气。铁哈的目光又一次落向谷地，掠过冷杉林，顺着斜坡伸入高空。没有一丝风。这个一直与驷匹尕伙隔绝、也被整个世界遗忘了的角落正屏住呼吸，等待它的明天。此刻只有梦魇般的死寂,牢牢钉住到来的所有人,似乎这些人,男人和女人,活人和鬼魂,孜孜尼乍,神灵,都只是德布洛莫在发梦。铁哈抵御着这样的睡梦,仿佛独自醒着是他的责任。除了他,此刻不会有另一个并非诺苏的人看到这一切;德布洛莫从来都在隔绝和遗忘中才能做梦。就在这时,月亮突然从环绕着浓重阴影的峰顶冒了出来,惨白,巨大。月亮是新的。这是麂子月到来后的第一个满月,它纠正了环绕着铁哈的幻觉。时间在走。死寂是假的。男人们,女人们,活人们,鬼魂们,孜孜尼乍,神灵们,已经到来,正在各自的梦中呢喃,在这片荒野上上下下的角落中呼吸,那呢喃和呼吸汇聚到一起,就是德布洛莫醒来的时刻。

格栅中渗出的火光渐渐透明,融化在喷薄而出的太阳的光芒中。无云的晴空如同鞭子的一声脆响,焚风越过山坳,终于将干旱赶进了德布洛莫。雾气一早散尽,昏暗却还笼罩着谷地,铁哈只能瞧见几个士兵的朦胧身影。他们钻出帐篷,把机器推进地洞,刺耳的哒哒声又开始了。这根在德布洛莫疯狂弹跳的舌头首先醒来了。谷地首先苏醒了。

斜坡始终空无一人。那个毕摩也不见踪影。清水和食物照例送来了,这次是由一个铁哈从未见过的年轻女人端来洞口,她的右脸以前被烧伤过,布满硬瘤状的疤痕。铁哈看着她的背影下降,在棚屋表面轻轻一抹,不见了。太阳在天穹中徐徐滑行,终于直射进谷地。很快,日光沿着山壁再次抬高,将谷地连同在那里忙碌着的士兵交还给了昏暗。斜坡上,洞口，刺目的光线依然倾泻，没有减弱的迹象。从昨夜开始，铁哈一直没合眼。午后的寂静和倦意让他恍惚，他不禁相信，这一天就要这样过去了。但仍然有什么正在发生。从拂晓到现在，有一个事实越来越明显：日出后的几个时辰当中，不曾有一位士兵抬头望向斜坡。他们的目光故意回避着女人的存在。

铁哈身后地上传来细枝折断的脆响。他回头，看着孜那走出山洞，停在他身旁，用晶石般的眼珠跟踪着空中他看不见的事物。铁哈侧过身，和孜那并肩站立，注视着徐徐垂落的赤红落日。最后一抹光线从洞口撤退，山洞四周的一圈山峰，连同下方的整座谷地，全部沉陷在漆黑之中。就在这时，像是听到了指令，所有棚屋的门一起打开了。

首先出现在斜坡上的是孩子。他们从各间棚屋走出，手中擎起点燃的火把，两两会合，拉起手往前走。当中有女孩也有男孩，领头的是两个最大的，朝着空地中央篝火堆的方向移动。孩子手中的火把映着他们各异的面孔和表情，残损的，错愕的，沉静的，颤颤巍巍的光和闪现不定的脸庞让铁哈的目光也飘动不止。最先出发的孩子已经走出去很远，最后的才刚刚钻出棚屋。浮动在黑暗中的光点星星般稀疏地散落，很难看出是一个队列。因为从一开始就留意着斜坡上的进程，铁哈能辨认出，孩子们的行走正在描画出空地的边界。

斯涅就从这道边界之内开始了。铁哈看了看孜那，她仍然面朝已是一片黑暗的高空，一动不动，呼吸轻柔，像是睡着了。月亮没有出现,夜色此刻还掩护着洞口。也许下一个天亮之时,或是接下来时间行进的任何一个时刻,他俩的这个栖身处就将不复存在。铁哈的目光飞回斜坡。火堆已经点燃,走完全程的孩子将火把掷入篝火后就散开在四周,随意地站着,坐着,有的互相倚靠,瞧瞧火焰,不时交换下目光。等到火把的光点全部汇入篝火,他们齐齐扭动脑袋,看向最东侧的那间棚屋。铁哈也不由自主地往那儿望去。

屋门两侧的木板正从屋里头一块块卸下,张开一个黑乎乎的口子。不一会儿,一个巨大的、形状奇怪的物体,摇晃着,从中横穿而出,向着斜上方抬高,直至完全耸立了起来。那间棚屋一直用来堆放草偶和鬼板,从不生火塘。此刻,篝火的亮光也无法完全照亮门前那个角落,因此,很长一段时间内,铁哈看到的只是一具庞大的黑影在同样密实的黑暗中若隐若现,像一块乌黑的山岩,缓缓朝向篝火的方位挪动。

黑影停在篝火旁,像一口屏住的呼吸。火光被拂动,一下子照亮那庞然大物朦胧的外表,露出它骨骼般坚实的轮廓。铁哈看见那是一座尖柱,足有两人多高,表面凹凸不平,搁在一个树枝搭建的方形底座上,八个个子差不多的女人分列四边,扛起了底座。女人将底座贴放在地上后,便从它脚边撤离。一阵大风刮过,山洞发出呜呜,把铁哈的注意力拉回到近处。身旁传来女孩均匀的呼吸声。日落已很久,她却并没有和往常一样,在什作之后回洞睡觉。铁哈伸出手,轻扣住女孩冰凉的手臂,想要领她回去休息。女孩不动。铁哈困惑地松开手，看不清黑暗中女孩的脸。就在他错开视线的这段时间内，斜坡上的人影也全部隐退到了黑暗中。

风带着干燥沙土的气味，在山顶和斜坡之间回荡，叫铁哈气闷。他死死盯着那团跳跃着的、唯一的火光，等着它刺破和昨晚一模一样的死寂。火苗在风中狂舞，腾空，火光顶开夜色的包围圈，不断扑向那座尖柱。铁哈这时看见了更费解的景象。尖柱凹凸不平的表面似乎在活动，涌出深深浅浅的暗影，这里冒出一个尖角，那里闪过一道软软的、薄薄的影子。他渐渐看出，尖柱是女人们一点点地，用各种东西拼凑、搭建成的。它不是草偶，也不是鬼板，它如此高大、醒目——它只可能是一样东西。

恐惧支配了铁哈。他不由得张望下方的谷地。叫他害怕的不是尖柱，是其他人，那些士兵，一旦和他一样看见它。他害怕他们的害怕。但他知道，女人们做出它，就是为了让男人们，让整个驷匹尕伙看见。这是她们的希望，她们的。"没有希望"的队伍终于出征。这支队伍很快将拽出无从选择的女孩和铁哈。

最低处始终没有任何声息，也没有一点光。即将进入斯格时分，幽深、黏稠的黑暗或许正从那机器凿开的、不知来自哪里又通往哪里的窟窿中诞生，释放，向着高处爬升。巨大的山谷中，只有斜坡上的篝火亮着，不断驱赶进击的黑暗，俯瞰着谷地，也注视着山洞口的一男一女——让这片山地困惑、又担负着山地秘密的两个年轻人，如同那对最初的哑物，对着一无所见的前方，努力睁大双眼。

女孩终于转身进了山洞。铁哈跟随着她。醒来时，熹微的晨光已经刺破黑夜。死寂和它带给铁哈的恐惧与压抑暂时减轻。为了确认昨夜所发生的事，他起身往外走去。他的脑袋沉重，每迈一步，洞外的群峰就如同攥紧的拳头上的指关节，在他眼前挥舞。

那座尖柱孤零零地矗立在昨夜的位置。白天的光线中，它显得更高大，更粗糙，不过没那么骇人了。此刻它泛起夜里看不出的种种细节和色彩，似乎在努力让自己讨人喜欢。它凭着由树枝和木条搭起的一个粗糙的框架立住，用泥巴加固，填满框架的各种东西纷纷从表面鼓起、戳伸出来：石块、枝丫、树叶、闪光的首饰。不久前她们打歌时头上的绸缎从道道缝隙中飘出，铁哈昨夜看见的那柔软、轻薄的飞起来的影子正是这个。除此之外，铁哈还认出了毛皮、包着荞麦或种子的布袋、远路换来的药材。经过烘晒、压平的各种花朵从下往上缀满尖柱，有粉的、紫的索玛花，有蓝钟花、蔷薇花，还有铁哈认不出来的只开在北方的花。铁哈的视线继续顺着尖柱表面攀爬，在最高处，尖点被一块缀银头帕紧紧包裹了起来，外面箍上了一道银项圈。铁哈认出头帕和项圈都是兹莫女儿的。铁哈记起了第一次见到兹莫女儿时她的模样——一位新娘。在东侧那间棚屋里，在他的目光无法穿透的时刻，女人们围着尖柱，正像围拢一位新娘，拿出她们的宝贵之物,依次放到它身上。无数双手从头到尾地打扮了它——这一切,他现在统统看见了。

日头脱离山坳,不可阻挡地升高了。光照又强烈了几分。刚刚铁哈看得那么清楚的种种细节和色彩,却在更明亮的天色中晃动起来,像要抖落它身上的目光。铁哈的眼睛被闪耀着金属光芒的群峰蜇了一下,再次降落到尖柱上时,他又感觉它变丑陋了。可它并不害怕自己的丑陋。相反,它正努力展现自己。夜在一步步退却,日光倾倒向谷地。一个士兵独自站在空荡荡的低洼中间,转动着脑袋,像个梦游的人。铁哈想起逃亡时误入这片谷地时曾看到过的景象,那些尸体,他和兹莫女儿送走游魂的那些汉地的死者,过去几个月里一直被雾气笼罩着,现在全都不见了。它们去了哪里?这些突然出现的士兵替换了它们。黑路掉头了。新人降生时,黑路即浮现。黑路连着山外,连着大地上所有角落。这些他想过的话,兹莫女儿说出来的话,不断在他脑海中盘旋。他以为只是故事,以为只是他一个人想到因而在驷匹尕伙内不存在的事,正在他面前成真。

他再次端详起尖柱。它的模样又变了,变得和山洞所在的这座耸立在群峰围拢的山坳中央的山丘很像。他仔细看,发现这是真的:底座是谷地;包着银光闪烁的头帕的尖点是这座山洞;用泥巴糊在外层、指向尖点的一块平整的小木板(之前他没有留意到),无疑就是洞外的斜坡。

一圈半人高的竹笆环形墙围绕着尖柱搭了起来,看来这是她们后半夜的成果。朝向篝火的那侧墙体的正中开了个口，在开口和尖柱之间剩出一小块空地，那儿垒起了一个长条形的高台，几个女人正在给它加上最后几块石头。除了她们，斜坡上就没有人了。铁哈猜想大多数人正在东侧那间棚屋里继续着准备工作。一个圆脸女人钻出冷杉林，走上了斜坡。铁哈看见她手里握着一束刚摘的索玛花，旁边装饰着几朵紫色桔梗。她走进环形墙，把花放在高台脚下，又走到一间棚屋外侧，从那里舀了一碗清水，放在花束旁边。这些供品，以往她们会端到洞口，通过女孩敬奉给孜孜尼乍。圆脸女人现在也退到了屋内。斜坡再次空无一人。这是否预示着，准备工作已全部就绪？

"我想请你也做好准备。"兹莫女儿的声音复又响起在铁哈耳畔。铁哈的视线呆滞地停留在高台上。光秃秃的石板反射着日光，露出一块刺眼的空白。

兹莫女儿的身影出现了。她昂着头朝山洞走来，身影挡住高台。她的脸，在铁哈许久没见到的这些天里变得十分苍白。她走路的姿势紧绷而僵硬，像有另一道目光停留在她身上，正时刻审视着她。

"该下去了。"

兹莫女儿和铁哈错身而过时吐出这句话，嗓音颤抖。她的眼眸里烧着一团火。铁哈转身时，兹莫女儿已径直钻入山洞，扶着女孩站起。她再次和他交错，往下方斜坡而去。这一刻终于到来，而他成了多余的人。铁哈顾不上体会重新袭来的忧虑和惶恐，匆忙从地上卷起女孩的查尔瓦，追随她们下山。

就在三个人前后走向斜坡中央时，一列新的队伍正朝着同一个方向走去，那是为斯涅做准备的女人，她们现在成了斯涅的主人。她们三三两两地从屋檐下跨上斜坡，一手拿草偶，一手举鬼板，抱着或牵着孩子，走到中央包围着尖柱的环形墙四周，站定，等候正从山顶下降的三个人。在她们的注视下，三人绕过墙，穿过正面的开口，到达尖柱脚下。当她们看见孜那在她们准备好的高台上坐下，尖柱从她的身后升起，她们便顺着环形墙散开成内外两圈，坐到地上。肃静降临，只剩篝火的毕剥声，像给这一刻打了个记号。它很快又被打破了。兹莫女儿从孜那身边回到女人中间，念出孜孜尼乍故事的第一句。女人们随即跟上她的念诵。她们的声音走向彼此，互相衬托着，仿佛来自同一个人，溶入正午的白光。

铁哈知道这合诵意味着什么。诵文是孜孜尼乍最后的藏身处。孜孜尼乍此刻从德布洛莫起飞了。

铁哈一直站在女人们的外围，正对着女孩。她的背脊此刻紧贴着尖柱，由于再次陷入昏睡，为了防止她跌下高台或者左右晃动，合诵开始前，女人们在她身体两侧竖起两簇枝条，架起她的胳膊。这样一来，女孩就像被缚在了尖柱和高台之间，瘦削的身躯隐没在查尔瓦底下，头颅温顺地垂落。她的模样刺痛了铁哈。他回忆起自己像一头待宰杀的羊，被尼曲牵着，从普诗岗托走向的各家的一路。此时铁哈才明白，他对女孩的同情和责任，是出自他曾剧烈感受到的自己的命运。和她一样，他曾是个梦游者，围着自己人生中的窟窿一遍遍地绕圈。女人们的念诵声变大了。铁哈也开始祈祷；他从不曾为自己这样做。他祈祷斯涅平稳进行，祈求孜孜尼乍离开女孩，让她回来。也许在这群人中，这渴望仅仅是他的。

女人的念诵从背后贴紧恩札。他好几次停下脚步，喘一会儿气，再继续往前。他并不想理会那飞虫一般萦绕的声音，但在和声之中，他如此逼真地听见了妻子的嗓音，比他记忆中的年轻，充满哀伤——罕侬滇古啊，莫要来射我……他不知不觉跟着她的带领默念起了那些字句，不知道自己曾在什么时候记住了诵文。妻子留在了她们中间，这是和她匆匆见过一面后恩札的安排；她将在他返回后告诉他斜坡上发生的一切。他和妻子的双脚如今都踩在孜鲁中，女人和孩子用队列和念诵圈出了它。这是他开始工作的地方，就在今晚，神灵将从这座黑暗的祭台上升起。

浓密的树冠遮挡了天光，斜坡上的声音似乎也飘移到更高处，离恩札的头顶远了。他往谷底走去，认出那条干涸的溪涧。只需要顺着这条小溪继续往西，穿出冷杉林，就能到达俄切部队的扎营处。天空响起了鼓声，一下，两下，冰雹般落下，砸得他的心怦怦作响。女人为鬼魂敲起了战鼓，攻击正式开始了。它们的力量将从此缓缓上升。让它们行进吧，让黑路大大地敞开吧,恩札默念他的祈祷。时间在神灵手里,时间之门即将关闭,白路在我身上,白路将前来终结时间。在鼓声的威胁中,恩札努力保持镇定。他已成功穿出俄切在驷匹尕伙上空投下的阴影,没有理由不能摆脱他的对手孜孜尼乍布下的陷阱。可是关于鬼魂,他必须承认他经验不足。他并不知道它们会在正午出击,也没料到黑路敞开在烈日之下。他只知道,他必须等待。因此他才答应那个领头的女人,会等她们的仪式结束(等她们为鬼魂辟出黑路),他才开始。他将待到最后出击,将黑路彻底清洗。昨夜,就在女人们走进东侧的棚屋,聚集起来做准备时,他把自己转移到另一间棚屋,从那里注视她们的一举一动。恩札看见她们让孩子开路,接着竖起那座黑漆漆的悬崖,又把那对痴呆、残缺的年轻男女接下山洞。她们不停谈论着死日斯涅,在他面前从不放低声音,也不介意他听见。这些被斯觉折磨着的女人,她们扭曲残疾的身子,虚弱憔悴的脸孔,不受控制的表情,令人费解和头昏的话语,固执而灼热的眼神,让恩札产生立刻医治她们的冲动。但和她们的苦楚同样深的疯狂,又已超出任何一位毕摩和苏尼的能力。恩札看出她们为了走上黑路已经舍弃了人世间的一切,也做好了舍弃最后一样东西——生命的打算。他还是头一次看见山里的女人做出上战场的男人才会做的事。但女人总是最容易激动的。不管恩札多么可怜她们,他依然告诫自己准备好在最后关头对她们说"不"。当他代表神灵主持最后的战斗,在俄切和她们的孜孜尼乍之间,他不能助力任何一方。

落在恩札前方地上的影子倏忽消失了。他抬起头，一道宽阔的斜影扫过那片冷杉林上空，嘲弄般地擦上他的额头。女人们的悬崖移动到他面前，耸立在溪岸上，正对他紧追不舍。他顿时又听见了她们的鼓声和念诵声。留给他的时间蓦地缩短。恩札小跑起来。

谷地周遭的水源都断流了。找水的士兵现在得走上一整天，接近天黑时往往又拎着空木桶返回谷地。羊群在露出裂缝、覆盖了一层沙土的山丘群中爬上爬下，把附近焦干的草皮和树叶都啃光了。四个勘探专家统一了一下，随后一同来劝俄切暂停开掘。

"就算找到了地下金脉，采到富矿石，也没有石磨来加工矿石，加上没有水，没法冲淘金粒，这样下去……"

他们派出的代表，一个衣服上缀满大口袋的戴眼镜的矮个男人，他们叫他"孙工"的，在风动机的突突声中捂着耳朵，朝着俄切的后背抛出这些话。俄切坐在一张小板凳上，弓着背，像被噪声和浓烈的泥石味催眠了，纹丝不动。孙工也不敢动。为了躲旱灾，他才答应前来傈僳的地界。这里的一切都叫他害怕：面前这个人，他的手下，这里的山，夜晚，白天，各种声音……但他最害怕的还是吃人不眨眼的干旱。它一截一截地吞着地上的活物，连这片贫瘠的土地也不放弃，他们刚到，它就探出了头。他无心再研究金矿，他每天都在想怎么逃走。他现在就想从俄切身边逃走。

俄切朝着身后的声音摆摆手,表示他听见了。五个士兵拿着小凿子进了洞,打开头顶上的矿灯,照出一条昏黄狭窄的地下甬道。孙工见俄切在机器关停的间歇中没说话,便从地洞中先退了出来。

俄切有足够的理由暂且不理会孙工的话。冕宁过来的补给队伍已经上路;石磨可以找,找不到可以做;至于水……他没想到干旱如此迅速地深入了腹地。但如果现在回冕宁,一路缺水,情况同样难以把控。隐隐的骚动已经在他的士兵中扩散,因为缺水、缺酒,因为半山腰上那些女人,因为悬在诺苏头上的鬼地的诅咒。这些都在威胁着他的权威。但他不动声色,他必须先专注于眼下的大事——找到金脉。他每天亲自守在地洞中,看着它一点点地扩张、加深,不放过任何一点微小发现。笔直的地道按着他的意志不断推进。俄切睁大双眼,等待一道闪光的征兆。那是"尚未发生"撬开现实世界的第一步,哪怕只有一堆富矿石,所有事态也将随之逆转,他将架起炮楼,拉上铁蒺藜,在远近通路设立岗哨,围守起这片谷地。他的预感告诉他,金脉的出现就在现在——要不就永无可能。

一阵全新的噪声响起在地道内。俄切示意士兵暂停。他侧耳细听,响动来自地道深处,来自岩石围起的黑暗的内部。他从一个士兵那里拿过帽子,给自己戴上,打开额头的矿灯,独自朝地道内走去。嗡嗡声更大、更清晰了,化作金属敲击岩石的突突声，在黑漆漆的空中拧着俄切的脑壳。在地道的某个地方，风动机正在铆足了劲工作，那不是他的风动机。这里有旁人。在他的地带内，他迄今最重要的计划中，居然有旁人？！一阵暴怒从俄切心中升起。就在这时，岩石掉落的巨大轰响震动了整条地道。一股充满阴湿的地下气味的大风呼啸而来，烟雾弥漫整个地道。烟雾散开时，在矿灯光柱的晃动中，俄切面前乍现一个大洞，一些摇晃的人影正从那端向他走来。俄切听见身后的士兵拖长着绝望的号叫，跑出了地道。他后退几步，抄起凳子旁的毛瑟枪，瞄准洞中涌出的人影。那是一列长长的队伍，一开始移动得很慢，走了很久都依然在那个大洞附近徘徊，后来，俄切看见了他们蓝灰色的军服，和军帽上绣着的红布五角星。他一下子弄清了面对的是什么，有点不相信自己的眼睛——这是一支偷偷潜入德布洛莫、抢夺他的金矿的红军队伍。他又气又惊，如果真的是诺苏惧怕的鬼魂现形，倒更容易些！俄切瞄准一个入侵者的身影，扣动扳机——倒地了。第一次和红军正面交战的兴奋让他停止了思考。他猛烈扣动扳机，一面往洞外退，一面大声叫外面的士兵过来，和他一同进攻。营地空荡荡的，士兵们都不见了。不是鬼！是红军！他朝着空空的谷地咆哮。两个手下终于从帐篷背后冒了出来，端着步枪朝他小跑过来。想到红军可能会从地道的另一头撤退，俄切又钻入地道，试图阻断他们的退路。红军果然没有往前移动，但也并未撤退，子弹从洞中飞来，撞得山壁上火星连连。俄切做了个手势,让两个士兵一左一右给他打掩护,同他一起边射击边往里推进。黑暗中不断传来倒地声,三个人的脚步顺着下斜的地道加快,什么也看不见了,俄切仍在射击。对面的攻击似乎减弱,突然间,红军的火力完全平息。俄切发现自己踩在了水里,水到脚脖子的高度。可能是地下水漫了过来。他摸索着继续往前。地面陡地下降,前后不见光亮。透骨的强风扑面而来,那是深锁于泥石之中的古老时间的一次释放。一股冲动抓住了俄切。地道一定已经打通,他现在就想走到另一端,不等后援。背后再听不到枪声,那两个士兵保准已倒地,他已失去了后援。他用枪托推开漂浮着的尸体,继续往前。水面升至他胸口,一股浓重的腥味扑面而来。他低下头去。不知从哪里来的一束光在水下摇荡,照出猩红的水面。血泊突然剧烈地翻涌起来,把俄切往水底吸过去。他旋转着,失去了方向,但始终没有闭上眼睛。一星金色在血光中闪烁。俄切大叫一声,想要伸手去抓那粒金子。直到这时他才醒过来。

　　向他汇报恩札回来了的士兵没有理会俄切醒来前的喊叫。俄切在风动机的噪声和泥石味的包围中走出地道,在那个士兵的带领下无意识地往前迈步。外面的光线刺目得不真实,他仍然在漂浮,不记得这是一天中的什么时辰。梦中的声响和种种感觉缠绕着他,像骨髓深处的预感。他摘下皮手套,举起双手,团拢在鼻子上。他闻到一丝淡淡的血腥味。这就是了。他很少做梦,他将梦视作同他关于新计划的念头一样重要的启示。应该就是了,这个梦,他喃喃道,是提醒我,和金子平行的另一个"尚未发生"正在某处酝酿,向此处逼近,他和它之间只有一种结局——战斗。

几个士兵围在刚下山的恩札身旁,陪他朝营地走去。他们压低眼神,不看恩札,恐惧让他们脸皮绷紧,表情木然。他们和迷失在荒野中的小羊多么相似呵,恩札想,他们不知道自己沿着怎样的道路走到了这片陌生地带。世界在阵阵狂风中完全改变了模样,他们已认不出它。于是,被领到俄切的帐篷外时,恩札转身停住了。他想说几句话,多少安抚一下面前这些和他的儿女一般大的白骨头娃子们,他们就快被眼下鬼地里的种种折磨压垮。可开口是困难的。他已不是过去的毕摩恩札,无法再用以前的方式说话,他现在的意图和计划,这些战士不会明白。他们既不了解白路,对黑路也一无所知,他们脚下是朽坏已久的人之路,那段摇摇欲坠的索桥,这摊孜鲁。神灵不是显露在所有人面前的。现在指给他们看他所看到的,会带来比他们和黑骨头之间的杀戮更大的混乱。

士兵去请俄切。恩札坐在帐外,举目望向山腰上的那块大斜坡。念诵声和鼓声送不到谷地,从这里唯一能看见的只有女人砌成的那面高耸的悬崖,和山顶的洞穴。被囚禁的孜孜尼乍就要从那女孩身上现身。末日正在走着,尖尖的悬崖敲着大地,从德布洛莫,再到整个驷匹夵伙,拖着锁链的孜孜尼乍那沉重的脚步声响起，哗啷，哗啷，戳着恩札的神经。他低下头去，双臂搁在膝盖上撑住脑袋，低声默念众神灵的名字，又接着祈祷："让它来吧，黑路敞开吧……"他重复着这两句话，好像发生的一切并没有和他的意愿违背，反而是在按照他的意愿进行，又好像山腰上的一切有他的一份贡献。在他的祈祷中，俄切出现了。他的面色阴沉，身后拖着地道深处的轰鸣，手里端着长长的枪杆，几步跨到恩札面前。末日于是也从这一头升起，啪嗒，啪嗒，那根带着锈味的金属舌头咬着大地，俄切的手伸入地下，搜寻比酒和大烟更凶恶的黄金，在德布洛莫的腹部剜出一个个血窟窿。"让他来吧，黑路敞开吧……"恩札同样如此祈祷，双眼紧盯倏忽变大的俄切的身躯。地道里的轰鸣更刺耳了，悬崖的阴影不甘示弱，扩大着，倾斜过来，遮住午后的太阳。恩札的大脑瞬间变暗。他听见一声怪叫响彻谷地，之后，悬崖和地道分别从上方和下方夹击而来，冲入他的体内，他听见魔王的咆哮和咒骂，他听见鬼母叫嚷、叹息。阵阵怪声撕扯着恩札，挤压他，拍打他头顶的大空，冲击他的每一根血管。"来吧，到这里来吧，大大地打开吧……"恩札晃动他的身体，忍受着对阵双方的缠斗。

俄切接过递来的水壶，把掌心上划开的口子对准壶口。鲜血向下滴落，他没有再闻到梦中的血腥味。

"还需要什么？"他将水壶递给恩札，配合地问，"我不用上去吧？"

"不用，"恩札已准备好了解释，"我会用你的血给你清洗，也清洗这一切。如你我所愿，事情将止息。"

微笑用力挤出，挂上恩札的嘴角。

"谢谢。"俄切朝着恩札微微颔首，重新戴上墨镜。"但请记住，这不是为我。你也看到，我已经在进行新的计划。这是为你们诺苏，为你们的古老原则。"

想到恩札上山举行仪式，俄切觉得奇怪。但他没有再问。让恩札带着他的仪式远离谷地，倒是更好。俄切抬起头，顺着竖在德布洛莫这口锅当中的那个高高的管道望上去，对着管道顶端那枚奇怪的尖柱眯缝起眼睛。尖柱的样子让他想起矗立在汉地教堂顶端的十字架，想起汉家建在西昌城里的记载他的功绩的石碑。他从没见过那些为他竖立的纪念碑，但想必也类似这尖柱，隆起在大地之上，要同一切轻易可损坏、可消灭的事物区别开来。俄切并不迷信这些看似坚固的大家伙，它们毕竟是用人的手造的。他清楚，但凡这类东西，都是假借了这种或那种名号：建造石碑的汉家想借着他俄切的名号威慑进犯的诺苏；这些女人借着这尖柱在这儿求神拜鬼；毕摩们，好比恩札，更是完全活在名号的世界中。这一切，还不就和他多年来借用白骨头、黑骨头、汉家百姓或者川军的名义和口号出征一个样？俄切不信这些。既不信人的手造出的，也不信人的嘴巴讲出来的。相比之下，黄金离这一切远远的。它是大地在沉默中孕育的完美之物，摆脱了人的易变。这份坚实、纯粹的冰冷十分合他的心意。

恩札答应女人要带士兵上山。他向俄切提出请求，保证只需要今晚，明天天亮后他们就可以回营地。俄切叫来留在谷地中的人，问他们谁自愿跟恩札去。没有人应声。阿祖烈达在犹豫：金矿工程像一个瞧不见边的沼泽把他困在其中，他向往的打仗始终不见踪影。可在那些女人和毕摩中间，他又能干什么？

恩札手握装着俄切的血的水壶，等待士兵的回应。围拢过来的士兵停在距离恩札四五步远的地方，不再往前。所有人都低着头。

这样下去要出事，恩札看着士兵们想。他们在忍耐恐惧，服从跟随俄切的惯性，然而他们正在丧失行动力，变得不再像诺苏。等他们看见了这一点，他们就将害怕自己，憎恶自己，此前的忍耐将要寻找发泄的出口。

"那就你一人上去吧。"俄切对着恩札交待一句，结束了难堪的沉默，起身离开营地。

恩札看见俄切回头朝那个黑乎乎的山洞口走去，肩膀微微颤动，背脊弹跳着。俄切已经投入新计划，然而事情没有止息。那个黑乎乎的洞眼引诱着俄切，像女人下半身张开的嘴，没有人知道里面有多曲折、阴冷。恩札盯着那隆隆作响的口子，仿佛闻到一阵孜鲁的气味。孜孜尼乍用黄金作诱饵引来俄切，就像她曾用美貌引诱阿俄宜苦。不过，俄切还尚未落败。此刻俄切和孜孜尼乍的缠斗才刚开始。他已钻进她的腹部。恩札又仿若看见了那两条追逐对方尾巴的蛇，它们很快就要在彼此的刺激中苏醒。决定它们开始互相撕咬的时刻的人将是他。

19　断路者

　　他将在外围等待。一旦孜孜尼乍现身,他就将上前,走到那个女孩身边。他不用费力去找她,无论何时,她一定在她们中间最显著的位置。他将用刀割开她的手。她的血将滴下。他将打开水壶,让俄切的血碰上她的血。这些将在几乎同一个瞬间内发生。随后,一切结束。

　　为了中断时间之轮的空转,他将放弃过去的做法,他将不再是毕摩。不,不搭神枝场。不诵经。他将仅仅在外围等待,等孜孜尼乍现身;找到女孩;不用把她从她们之中带走,只需要她的血——她的血,俄切的血,两者混合,黑路将吞噬自己,所有鬼魂随之殒灭。时间,不,将没有时间。白路将终结驷匹尕伙中的时间。

　　走在从谷地再次往上攀爬的那条路上,恩札在脑中一遍遍重复这些步骤，直至穿出冷杉林。姆斐的余晖沛然浇下，正是势头最猛的时刻。漫山遍野浸透着蝉鸣。时间仿若循着他的脚步，又从谷底的夜倒流回了白天。恩札终于又瞧见十丈开外处的斜坡。那里空荡荡的。尖尖的悬崖仍旧竖立在环形墙内，分成两圈围坐在四周的女人却不见了，正中央只有女孩，和那个与她形影不离的年轻男人。恩札焦灼地眺望女孩的动静。她蜷在尖柱旁，脖子弯垂，一动不动，和他离开时看到的样子没有丝毫变化。看来狡猾的孜孜尼乍仍在蛰伏。恩札庆幸自己在它醒来之前及时赶回了。

等到恩札双眼与斜坡齐平，可以看见整面坡时，降临在他面前的是一幅奇怪的画面：一条条暗影伫立在斜坡的最边缘，背对中央的尖柱，彼此间隔四五步的距离，双臂交替着往胸前方划动，同时两脚在原地轻轻顿踏，好似在空中游泳。这幅令人惊诧的画面喝止住恩札的脚步。念诵声也倏忽而至，它并未消失，只是变轻了。恩札抬手抹掉淌至眼睑上的汗珠，停在原地。

几个举着火把的大孩子在空地上没有规律地四处走动，像在试图吸引藏匿在群山和天空深处的视线，同时又不停扰乱它们对此处的注视。恩札警醒的目光在环形墙内的女孩和散落在斜坡边缘的女人们身上来来回回。一个拿着火把的七八岁的男孩掠过恩札，火光在恩札视野上下短短跳动了几下，骤然明亮起来。夜已升起，攻占了大斜坡。就在此时，恩札看见正前方的一个女人抬高双臂，往上空一举，捧出鬼板和草偶。恩札不由得朝其他人望去。更多的鬼板和草偶从那些纷纷高举的手中冒了出来，像摇头晃脑的枯黄的花朵。恩札分不出哪条身影是妻子，也找不到那个领头的女孩，所有女人似乎变成了同一个人。念诵声大了起来，响亮的和声如疾风刮过。她们无疑在向它传递消息，恩札想。他顺着她们由近及远地望去。他的目光替代疲累的双腿继续攀爬，一具具摆动着的躯体在恩札眼里成为没有生命的梯级，往黑暗中延伸，引诱他去往队列的尽头——那里，无边的夜色中，那被她们渴盼着的就要再次降生了吗？恩札打了个寒战，一时无法抵御这似曾相识的逼真预感。他低下头，想要努力挣脱面前的景象。一种感觉从内啃咬着他，又在外部对他发出耳语。是嘲笑，和随之而来的愤懑。被羞辱的愤懑。在这接连不断却又不慌不忙推进着的行动中，从这搭起的悬崖、高台之中，从她们组合又解散的队列、圈阵上，甚至从那女孩的昏睡中，他听见了细细的嘲笑：她们比你更明白发生着什么。这一切都超出了你的控制和理解。经文、鬼板、草偶，她们偷走了你的毕生所学。他的感觉如此对他喋喋不休。于是，愤懑让恩札又一次抛却对她们的同情，几乎产生了敌意。但他即刻清醒过来。这又是孜孜尼乍的圈套，要诱惑他回到老路。他要断绝的正是老路。他不可以再动用过去做毕的本领和武器，神灵已将它作废，他必须两手空空迎战。

最后一丝光亮在环形群山的皱褶中挣扎了短短一瞬，熄灭了。一阵陌生的燥热狂风席卷而来，从上至下覆盖山顶，似乎要刺开所有人的皮肤。高台上女孩沉睡的身影直立了起来。与此同时，所有鬼板和草偶飞离女人的手，被同样竖直着掷入天空。

来了。恩札向自己低语。他离开斜坡边缘，朝空地中央的女孩快步走去。她已走出环形墙，正转身往斜坡高处去。恩札一边缩短和女孩的距离，一边旋开挎在腰间的水壶壶盖，同时将右手伸入查尔瓦内，用拇指推开匕首的鞘。他的目光紧盯着女孩悬垂在身侧的左手，弓身小跑起来。

恩札抓住女孩的手臂时，一声钝响敲入他的大脑。是鬼板落地了，他想。它来了。一阵熟悉的刺痛从腹中升起，比先前强烈许多倍，铁网般箍紧他的全身，和大脑被击打后的晕眩汇合在一起，完完全全制服了他。匕首从他手中脱落了。在留给他的最后的时间中，恩札将指甲狠狠刺入女孩的手臂。那一小条冰凉、纤瘦的东西一下子滑脱出他的手掌。恩札抬起左手，确认指缝中留下了几丝红色。最后的任务完成了。他深知自己堪当此任。一阵无声的大笑不可遏止地升上恩札没有血色的脸孔，他的表情扭曲又怪异。当女孩在另一条身影的陪伴下没入山洞时，恩札已一动不动地躺在地上，水壶掉在他手边，沾着女孩的血的食指和中指没入了壶口。

合唱声传到恩札耳朵里时已经稀薄。单调的旋律不断重复，像盘旋在他头顶的虚弱的阵阵呼吸，像恩札自己的呼吸。他用了很久才辨认出她们唱着的：

女人要出嫁，男人也要出嫁。
男人要出嫁，女人也要出嫁。

接着是：

什么都要出嫁。
什么都要出嫁。

这两句响起在近处。恩札睁开眼睛，发现自己已不在倒下的地方。有人把他移到了环形墙内，紧挨着这高台，这尖尖的黑色悬崖。它们依旧竖立在此处，没有消失。守着恩札的是他的妻子。见他苏醒，她停止了唱和，抽身离开。几个只会爬行的孩子凑近恩札身边。有个脸颊长着淡青色胎记的娃儿仰起脖子，漠然却专注地盯着和他一样侧躺在地上的这个老头。

妻子端着木碗里的汤药回来了。她跪在恩札面前，试图扶正他的脑袋。这个动作引发了一阵猛烈的抽搐。从恩札嘴中喷出的血让妻子受了惊吓，木碗翻倒在地。当妻子弯下腰去捡那打着转的木碗时，恩札看见在她的后背上，细藤条的缠绕之间，有一块鬼板。

鬼板落在了她身上。在这一事实的袭击下，恩札的大脑僵硬了，接着是整张脸，整个身体。他感到自己变成了石头。在不祥之感的催迫下，恩札撑起上身，环顾四周。火光的外缘，夜色中，背着鬼板的女人站满了大斜坡。它在她们身上。它用她们开了路。从深谷、林地、洞穴中，从干涸的江河、风、云雾间，从时间的裂缝之中，它们成群结队雨点般落下。它们像人一样垂下双腿，脚边拖着长长的影子，飘荡在半空中。密密麻麻的，缓慢行进中的，鬼魂的队列。

合唱渐渐加速，变成狂欢的节奏。什么都要出嫁！什么都要出嫁！吥啰！吥俄觉！背负鬼板的女人欢庆着。

恩札的头重重倒下。滚烫的额头触碰着滚烫的黑沉沉的大地。

一道白光瞄准恩札。他抬起滚烫的眼眶，在飞逝的光束中，变窄了的视野里，一张张女人的面孔跳到他眼前。她们围聚在环形墙内的一小片空地上，地上竖起了神枝场。摇曳的篝火中，恩札看见地上搭着长出竹子和野葡萄的圣山，铺满水草的圣湖，他又看见了积满露水的银河。它们统统空着。在神枝场上空，一对手掌打开，有什么掉落进了神枝场。恩札揉拭着被滚烫的泪水淹没了的眼眶，想要看清那是什么。他看见一块空白。阵阵笑声和尖叫声炸开在高台四周，灼热而腐臭的呼吸擦过他干硬的脸颊，邀请他加入她们的庆祝。"看呐！"喊叫声猛地袭向恩札耳际。一双手在绳上打了个活结，一头套住那掉落下来的空白，绳子的另一端拴在神枝场正中央的冷杉树枝上。女人们一起念着："跑快些，跑快些！"那空白便拽住绳子，移向神枝场边缘，活结抽紧了，绳子绷成直线。那块空白开始绕着神枝场飞跑起来，一圈，又一圈。神枝被绳子横扫，纷纷折断、倒下。一双双眼睛这时探过来，直直地盯着恩札，示意他见证接下来要发生的事。随后，似乎是为了让毕摩恩札看得更清楚，还是那同一双手，从衣服的一角撕下一块软布，抛向神枝场外缘，那块空白的上方。软布没有触到地面，而是悬浮在空中，将恩札看不见的那东西勾勒出轮廓：一个在众人的鼓动中奔跑着的小鬼魂。

"快呀！跑呀！"笑声再次从人群中爆发。软布如同伞面绷紧，完全竖立起来，被小鬼魂推着，继续绕着神枝场跑，一圈，又一圈。那个圆圈不断扩大、上升，直到把这座挺立在德布洛莫中央的山丘笼罩在内，直到它的大小超出德布洛莫，超出驷匹尕伙，超出四川，覆盖整个中国。

在这群人周围的空地上，晃动的火把照不到的角落，不断爆发出的阵阵大笑和短促的喊叫，渐渐变成一种尖锐的怪声，回荡在漆黑的山谷中。恩札不禁捂住耳朵。所有人都在玩着他刚刚看见的游戏。斜坡上到处是和鬼魂嬉戏的女人。鬼板撞击着她们的脊背，上面有女人们早早写下的离世亲友的名字，但那早已不重要，因为孜孜尼乍和她的庞大队伍已经悉数降临，站满德布洛莫。那只木桶做的鼓又敲响，鼓声一阵紧过一阵，加速着恩札与幻象的搏斗。

恩札感到自己正穿过不断降落着的鬼魂组成的队列，往天空飞升。惊愕让位给了巨大的沮丧。他已完成神灵交付的任务，为何一切还未终止？为何时间还在她们那一边？神枝场。一定是她们搭起的神枝场再次启动了时间。可她们并不是毕摩，神灵不会听从她们的召唤。是它的诡计，孜孜尼乍。恩札听见它身上的锁链在震动，哗啷，哗啷，它正赶着驷匹尕伙往黑路飞奔。诺苏男人逃不过它的蒙骗，他也一样。早在他做好准备之前，也许正是趁着他昏倒时，孜孜尼乍已先一步到来。当他抓住那个女孩时，她已是个空壳。他取到的血不过属于这个平平常常的女孩，孜孜尼乍的假替身，她帮它一起迷惑了他。孜孜尼乍早已隐匿在女人们中间，看着他犯下可笑的错误。不，不。恩札的额头又重重倒向地面，他试图从这个可憎的想法中脱身。神灵不会出错，现在神力一定以他不知道的方式进入了驷匹尕伙，只是还未显现。白路必将大大敞开。血已融合，不会弄错，孜孜尼乍和俄切的咬噬已开始，因为她和他，鬼母和魔王，注定要毁灭。

更快些吧！来吧！恩札重新开始祈祷。信念像飓风横扫恩札的魂灵，托举它向上，向上，直到他俯瞰正等待拯救的驷匹尕伙。在他前方不远处，开若星已钉上东南方的天空，斯格即将结束。就在这一刻，遥远往昔的起点闪过恩札的脑海。他是裹着透明的胎膜出生的。那是极其罕见的征兆，代表他此生注定要成为毕摩。回忆提振了恩札的全部精神。行动吧，下令吧，他喃喃祈求。我愿献祭。是的，我愿。

那只大鸟刚刚越过东面的山巅，恩札就看到了。那是祂们送来的。那是从未在驷匹尕伙出现过的一样东西，是神灵为眼下的驷匹尕伙所作的全新发明，没有被任何人梦见过，恩札甚至找不到字眼来称呼它。恩札猛地站起身,推开过来搀扶他的手臂,狂热的目光追随着震颤的巨翅在残夜中割开的若隐若现的弧线。它在绕圈,逃避着地上的目光,除了恩札,还没有人注意到它,直到它陡然降低,接着侧飞,沉重饱满的腹部擦过重重树冠,一下升高,悬停在谷地通往斜坡的那片冷杉林上空。它有上下两副翅膀,如同供祂们的巨足踩踏的梯坎一般平坦、笔直,不用扇动便悬浮在高空中。它制造出的旋风吹熄了孩子手里的火把,它的轰鸣仿佛神灵在咆哮。她们绝不可能再像回避恩札那样回避它。恩札看见她们聚拢起来,随后三三两两地朝它走去。鬼魂的队列跟随着女人的队列。它们现在一定已重新附身于鬼板。几个打头的女人径直越过停下脚步的恩札,继续往下坡走去。当她们的身影来到冷杉林的边缘,离它的翅膀搅起的飓风更近,她们的腰和脖子一下折弯了。一块鬼板脱离女人背上的藤条,飞入旋风中。

大鸟正在收走鬼魂,恩札一清二楚地看见了。他有意停留在大鸟标记出的祭台的边缘,等待着当黑路清洗完毕后,开始真正的工作。在眼下的关键时刻,恩札一边继续祈求,一边重复着誓词。神力终于开始贯穿他心中所思和眼前所见。

大鸟从冷杉林俯冲向谷地,像道黑色的幻影掠过地面,嗅着即将苏醒的猎物。士兵终于发现了它。几个人跑出帐篷,在俄切的命令下将迫击炮推过干涸的溪涧,直至最靠近树林的地点。炮弹对准大鸟,升空,落地,在山脚炸开。大鸟开始还击,一连串子弹从机头的勃朗宁1919中射出,落进谷地。帐篷中响起尖叫声。大鸟复又离开谷地，盘旋在树林上空，从腹中吐出成串的子弹。

第一个女人的倒地无声无息。接着是第二个，她看起来像是被风绊倒的。其余几人停下脚步，查看同伴的情况。第三个女人刚把手放在第二个女人汩汩冒血的肩窝处，就倒下了。树林中现在还剩下三个女人。她们默契地立起身，揽紧彼此的腰，继续往越来越昏暗，同时轰鸣声越来越大的林地深处走去，直到完全站在了大鸟的肚膛下方。她们放开彼此，排成一线，面朝其余人正大步前来的方向，最后一次努力挺起腰板。不再有子弹落下，但林中风太大了，她们也因为几天来不吃不睡快撑不住了。三个女人迅速更换姿势，肩膀挨肩膀，背对彼此，肘弯扣肘弯，用上身搭起一个稳定的小三角，之后三人弯曲膝盖，往前伸直双腿，将自己斜支在地面上，如同一整块夯牢在大地上的三棱锥木楔。成功后，她们便保持着这个姿势，和着大鸟的轰鸣，几乎嘶吼着唱起了"没有什么希望"之歌。

歌声没来得及传出树林。为了照顾掉队的和行动缓慢的同伴，后续的大队伍从斜坡往树林移动得很慢，根本没听见这支先头小队发出的声音。然而，当大鸟出现时，她们便听见了孜孜尼乍胜利的号角。她们平静地看着先行走入斯涅的同伴领取了自己的那一份，没有为此放慢脚步。当大队伍距离树林还剩一丈远时，一声巨响从地下传出。来自谷底的又一颗炮弹飞入树林，撬开地面，瞬间吞没了唱着歌的三个女人。两台迫击炮同时开火,炮弹接连砸向山腰,摇晃整个德布洛莫。男人们正试图抵抗孜孜尼乍的到来。她们必须忍受他们,和他们的恐惧,直到他们愿意看见祂——那时他们也将看见她们。那是男人和女人联合之前将发生的事,但得一步步来。每一声炮响都摁住她们的呼吸,即便如此,她们还是在一点点往前移动,心中毫无恐惧。山里的战争太多了。这烧焦的气味,撕裂天空的轰炸,四周扬起的一朵朵泥尘之花,带血味的空气,身体各处的巨大伤口,成群的新游魂,就是她们过去每一天的生活。而现在是她们自己的战争。为了颠倒驷匹尕伙、终结它的四分五裂的最后一场战争。

焦干的枝叶噼啪作响地烧起来,很快翻滚成一颗火球,带着浓烟,同破晓的晨曦一同升起在林地上空。这一切和她们第一次到达德布洛莫后,从那双凶眼中所见的一模一样。斯涅真的在她们脚下。她们一刻没有停步。兹莫女儿说过,她们要用自己的腿和脚朝斯涅走去,直到跨过它。

前三个女人无声无息地倒下时,恩札的视线被大队伍挡住了。突如其来的炮声在队伍间炸开一道缝,在他意识到发生了什么之前,树林中血肉横飞的景象已整个儿抛到他眼前。恩札往前冲了出去,想拦住还在移动的队伍。几步之后,他停下了。那个"不"从他心中响起,他必须克制自己。黑路加速,窟窿扩大,他不能助力任何一方,不。恩札痛苦地闭上眼睛,将残余的心思集中在继续祈祷上,却不由得又将眼皮弹开。越来越密集的攻击来自谷底,俄切的方向。他们试图击落大鸟。恩札的担忧刚升起在心头,大鸟便腾空而起,飞离林地,掠过女人们的头顶,盘旋在斜坡上方。

炮击仍然没有暂停。恩札似乎听见士兵们的恐惧已经爆发,变得疯狂,被俄切牢牢抓住,引向此处。女人们的移动同样没有暂停。背负着鬼魂的她们如同梦游者一般,继续朝炮弹打开的黑路终点移涌,没有一个人摘除鬼板,扔开草偶。这些身患绝症和莫名病痛的女人,汇聚起诺苏的罪过和灾难,此刻成为了平静的献祭者。恩札在走向树林的这支队伍中再次徒劳地搜寻妻子的身影。一颗炮弹径直越过树林,落在恩札近旁,将他掀翻在地。烟尘和淡淡的晨雾混合成一道短暂的虹。尘雾消散时,女人的队伍也消失了,只剩队伍末尾的一个老妇坐在地上,双臂紧紧搂住一个女娃。在她们和恩札的四周,躯体错乱地撒落在大地上,在恩札眼中融化为一摊乌黑。炮声暂停了。

恩札跪在散发着阵阵孜鲁气味的地面上,攥紧拳,叩击额头。等这一切结束后,他将亲手合上她们的眼睛,清洗这些亡灵。此刻他却不能分心。他专注地等待着黑路上双方缠斗的下一步征兆。不论是孜孜尼乍还是俄切,都还在所操控的女人和士兵背后狡猾地闪躲。全体诺苏的命运正屏息等待它们最后决斗的那一刻。恩札同样必须为神灵们的最后一击做好准备。

火球吞噬着那片冷杉林,越过林中堆满枯叶的干涸溪流,往低处的谷地窜去,同时沿着树冠继续向四周蔓延,在山腰处汇聚成一片其中心仍在不断扩散的炽热火海，犹如一顶火红的王冠，环住中央的斜坡和山丘。焚风一直没有吹向这里，斜坡不见一缕黑烟，除了老妇和那个娃娃，恩札再看不到其余的人影。在这场为白路预备的熊熊大火上方，灰色的天空消失了。最高处，越过群山的峰顶，一顶更大的火王冠正扣向德布洛莫，那是恩札等待已久的太阳。无边的红色光焰犹如神灵浩荡的恩泽，洒向黑路终点的这座祭台。恩札回想起刚到达德布洛莫时，在同一片火红的光焰中，曾于一瞬间瞥见过的景象。他恍悟到，那是神灵对他此刻将要做出的最后行动的启示。

仪表盘的反光晃醒了驾驶舱中的关祐生。群山背后那片红色在他眼中如同肿胀水泡般越来越透明，把他从天亮前的战斗重新拖回世界之中。忽冷忽热的风吹开了地狱之门，警告他不可再拖延。关祐生将油门杆慢慢推到顶，抬高机身，沿着一道椭圆的弧线返回，将机头正对山顶岩壁，俯冲下去。

关祐生为何驾着这架寇蒂斯霍克Ⅱ型战斗机飞行四百多公里，最后在这片陌生的山地中结束生命？无人能回答。记忆灰飞烟灭，死者——他这样的死者，将永远沉默。

这里是关祐生的故事。他出生在广西桂平，是一户自耕农人家的第三个孩子。连年混战，加上开埠后洋货倾销，农村破产，即便是正常甚至小丰年景，关家依旧入不敷出，不得不借债买米，最后渐渐变卖土地、耕牛，典当农具、衣物，勉强度日。许多农户放弃土地，举家迁徙，村庄渐渐空了。父亲也决定带全家离开，去南宁投奔表亲。一家七人向西南行进。夜路上常有劫匪，劫财，也劫人。年幼的关祜生清楚地记得一路上的饥饿，记得家人的担心受怕传递给他的朦胧的恐惧。走了差不多一半路，两岁多的幺妹去世了。出发前她就得了伤寒。到了南宁，全家很快花光了本来也没多少的积蓄。新的处境像一片汪洋大海包围着他们这群被从土地上连根拔起的人。亲戚家无法再借住，全家搬到了郊外一片流民聚居区，用竹条和柳木造了一间简陋的棚屋。就从那时开始，刚成年的大哥加入了一个街头帮派，很快染上斗殴和鸦片，有时神志不清地回到家里，吵醒所有人。有一次，他卡着父亲的脖子把他顶到木板墙上，威胁如果不拿东西给他去典当，他就要杀了父亲。母亲把陪嫁的银簪给了他，那是最后一点值钱的东西。后来大哥回家的间隔越来越长，最后消失了。不久后，父亲托中间人介绍二姐去德隆商号襄理家中做了杂工。几个月后，晌午时分，二姐突然出现在家门口，拎着离家时那只装衣物的蓝花包袱，脸色灰暗，整个人缩小了一号。那一刻蝉鸣哗地溅开，关祜生从稻草地铺上弹坐起来，看着门口的二姐。

  隔着那面捡回来的粗布门帘，关祜生听见二姐在内间断断续续地哭，后来是母亲劝慰二姐的声音。他听见二姐的哭声渐渐悲愤，父亲那时开始叱骂二姐。一阵长长的、可怕的沉默之后，二姐冷冷地说，好，我回去。二姐被那个襄理强暴了。这是关祐生第二天不停追问母亲才得知的。二姐在父母的劝说下又回到那户人家后，便不再回家。总是母亲出门，去那户人家拿银元，有时眼睛红肿着回来。一年多的时间里，全家靠着二姐供养。后来，襄理的老婆不再待在山中养病，回到家中，赶走了二姐。之后，二姐就和流民区的许多年轻女人一样，上了邕江北岸的花艇[1]。她挣到的钱要交牌照费、税费、保证金，还要打点督察，置办新衣，不再够养活全家。那阵子传言蒋委员长要来广西开会和视察，政府要把整片流民区拆除。老乡来动员父亲，往西南走，去安南种地。据说有几拨人已经到达，领路的也已来去了几趟，认得边境线上的军官，知道如何打通关卡。全家动身之前，母亲把二姐找回了家。那时，二姐的模样已经让关祐生认不出了。她看着不再是十七岁，一种看不见的东西似乎从她体内永远地流走了。二姐把带来的银元交给母亲，说她要留在南宁，她走不动那么远的路，也再干不了别的营生。翌日清晨，一支国民党的军队突然闯进流民区抓人充军，关祐生被带走了。那一天是他永远告别家人的日子。他并不知道的是，到五月中，父母、年幼的弟弟和众人从防城县跨上通往安南芒街的铁索桥时，丧命于法国士兵与从安南入境的鸦片贩子的火拼之中。他同样不知道的是，两年后，也就是关祐生考上广西航空学校那年的年末，二姐死于梅毒。

---

1. 花艇：一九四九年前南宁的公开妓院。几十条船连扣在一起，排在邕江北岸河边，俗称"五桥"。

关祜生是航空学校首期三十名学员之一。校长来连队选拔学员时，关祜生在平衡、射击、定向、速降等一系列测试中都拿了高分，成为连队中唯一入选的学生。在航空学校，关祜生发现了自己对飞行的激情。第一次坐着安士吐朗驱逐机升至六千英尺高空时，他快乐极了。等到他学会驾驶，在加速度中与庞大的机械合为一体后飞升，成为他人生中最美好的体验。他梦中都在开飞机。他没想到，在自己世代为农的血液中潜藏着如此强烈的摆脱大地的渴望。他被分在轰炸组，训练用的是香港从英国远东航空公司购置的英制阿芙罗637式飞机。

那时"一·二八"已过去两年，中国日益分裂。中央政府在剿共和抗日之间摇摆，试图从同样日趋分裂的外部世界中寻求不可靠的支持。来自德国、英国、美国、苏联的战机遍布中国由南至北的机场。

关祜生在乡下长大，他对全国性战争（和自己可以为此做的准备）的全部感受来自航空学校的校歌：

领空，中华领空，长天浩荡无穷！
航空，防空，我们空中之雄。
看，华夏江山被寇，要与列强奋斗！
为国杀敌去，勇气贯长虹！
来，齐努力，准备着，复兴民族任前锋！

列强中最坏的是日本，这是训练之余整日讨论国情和世界局势的同学告诉他的。然而为国杀敌对关祐生来说是一种几乎抽象的感受。不管在老家桂平，还是后来在南宁，关祐生听到的最大敌人一直都是"赤匪"。"九一八"事变，东北被占，敌人又多了一个日本。可是若让他设想消灭了"赤匪"和日本人后家人的命运，他同样不相信能有任何转机。

桂粤"西南派"正在暗中联日反蒋，这是桂系部队中人人知道的秘密。秋天，航空学校向日本订购的中岛91式战斗机、中岛92式战斗机共二十架降落在学校训练场。随后不久，关祐生和其余十一名学员被派往日本明野陆军飞行学校学习空中战斗。

在四国的高松分校，关祐生驾驶着机尾带"明"字徽记的战斗机，练习空中接敌、进攻，空靶射击、无线电通信、侦照、导航、夜间飞行。隔年回到柳州，学校中已有十多位日本教官，课程和他在四国的安排完全一样，每天半日学科，半日飞行。关祐生被安排在侦察第二队服役。每日能摸到操纵杆，在五百三十匹马力发动机的嗡嗡声中，八分钟爬升至一万英尺高空，成为关祐生的唯一寄托。推杆，爬升，俯冲，滑翔，犹如从孤独漫长的阴郁人生中吐一口长长的气。这是他人生唯一的光亮。

民国二十五年，两广事变，桂粤割据。百余名日本军官来到广州白云和天河机场视察设备。日本对华野心毕露，国内民心已倒向抗日，高层与日本人的勾结让广东空军屈辱又愤慨。一个月后,广东空军带着全部七十二架飞机叛离粤系,投靠中央政府。当时关祜生正在广州休假,和明野时期相熟的飞行员全裕安小聚。全裕安说服了关祜生跟随粤军一起至南昌,后又迁至杭州笕桥,被安顿在中央空军学校高级班受训。全裕安和战友们每天都在期待被分配到抗日前线,关祜生也在等着有机会上北方战场。

半年训练结束后,学校却突然通知要搞甄别试。全体粤系空军将被分为甲、乙、丙等,落入丙等者就要被取消飞行资格。结果技术最优秀的广东来的空军全部落为丙等,调为地勤服务员。关祜生也在列。众人灰心失望,纷纷自行辞职,有的要结伴云游一番再作打算,有的准备掉头回南方。全裕安决定回老家,邀关祜生同走。几年前,关祜生已从亲戚来信中得知家人丧生、二姐去世的消息,广西已无家。作为逃兵,他也不可能再归队,关祜生便决意留在杭州,等待重返飞行员行列的机会。希望眼看越来越渺茫。两个月后,由于和第二大队少尉、重庆人彭莲如结识,关祜生听说重庆珊瑚坝机场在招民航飞行员,决心去碰碰运气。待他辗转到重庆时,珊瑚坝机场被淹,所有民航班次转移到广阳坝机场。他便带着彭莲如的介绍信又赶去广阳坝机场,然而得知彭莲如的朋友在前一年管理机场公路扩建时,染上起于工棚的热疫,已经去世。

机场扩修当时还未完工。关祜生穿行于忙乱的工兵、技术员、管理人员当中,竟然没有受到半点阻挠,一路来到停机坪。黄昏降临，四周阒无一人，谁也没注意到这个穿着便服的二十出头的飞行员。关祜生站了一会儿，听见自己的心跳，江水拍岸的声音，和更为遥远、依稀的某户人家饭桌旁的对话。他走向离他最近的飞机。那是一架寇蒂斯霍克Ⅱ型战斗机，他记得它的参数：翼展三十二英尺六英寸，机长二十五英尺，最大时速两百零五公里，爬升至五千英尺需两分三十秒，升限为两万五千一百英尺，航程五百六十公里。

关祜生检查了一遍油箱的油量、仪表盘、氧气面具、防风镜（没有飞行夹克），随后镇定下来，把自己缩进狭窄的驾驶舱内，等待天彻底黑透。从跑道起飞时，他听见地面传来惊呼，随后发现那只是紧张造成的幻听。并没有人察觉他的行动。夜幕掩护他，也遮蔽了他的视野。关祜生没有看到广阳岛如同一颗黯淡的果核浮在长江中，也没有看到整座山城的灯光在他脚下摇曳、倾斜、消失。他没有目的地，也没有计划，只有一股模糊的冲动，想要一直飞下去，直到燃油耗尽。身上的薄棉衫不足以抵挡高空的寒冷，他便以低速作低空飞行。离开重庆后，他沿着唯一认得的长江的走向飞行，避开成都平原，往西南，过泸县、宜宾，转向南方，到昭通附近，再掉头往北，进入一片渐渐抬高和破碎的山地上空。

脚下是何方，关祜生毫无概念。他贴着漆黑的山脊飞，在层层叠叠的褶皱组合而成的线条中，慢慢认出一张巨大的脸孔。它盯着他,又时而藏匿进漆黑之中。关祜生向四方天际眺望,看不出这片山地究竟结束在哪里。这带来了出乎意料的安慰。他放弃校正方向舵,感受着黑夜中滑翔的自由,甚至做了几个滚转和尾旋的动作。当他又一次侧滑时,他看见了破晓时分的地平线,一线微弱的红色跳动在他不愿回归的世界之上。那光亮十分遥远,还没够着他。在他下方,深邃的山谷中,是摇篮般的黑夜。他飞至目力所及最大的一粒星下方。在深深凹陷的大地中央,一座小山针尖似的立着。悬浮的光点洒落在小山周围。他降低高度,想要看清楚是什么在发光。一簇橘色的篝火在他眼中渐渐增大。这画面突然在他心中勾勒出一种渴望,原始而莫名,他想象脚下是一片未受践踏的净土,是他坎坷人生的目的地。关祜生调整机头,飞向那簇篝火。

炮弹袭来,击碎他的美梦。这片给予他短暂幻觉的山地同世界上任何一个角落一样充满敌意。他抬起机枪,让勃朗宁1919中的全部子弹撒向隐匿在脚下黑暗中的那张面孔。接着,他很快便会发现,这和任何一场他曾听过的战争一样,一旦开始,便要与面目不清的敌人纠缠到底。子弹和机油耗尽,他注定将身陷这座山谷。

在他架着这架战斗机撞上山岩前的瞬间,一道灰影突然从山洞口起飞,扑向坠落中的飞机。那道灰影蓦地贴近驾驶舱的窗玻璃时,他才看出那是一个人,一个会飞的女人。关祜生来不及分辨那到底是黎明前的幻影还是一个活生生的人,就像他同样不再知道自己到底是二者中的哪一个——受到强烈冲击的油箱爆炸了。机头像融化的蜡烛一样折弯,无数火舌腾空窜起,一口吞下螺旋桨、起落架、悬臂式上翼、下翼、前射炮筒、半露天机舱中的关祐生。火球在斜坡顶端停顿几秒,新的一股爆炸随即而至,冲击机尾。机身残骸开始后滑,一路碾过环形墙,撞翻尖柱,割开枯萎的草皮,将途经的一切卷入大火。

一个人影穿过山腰的火海,出现在斜坡上。恩札一眼认出那身黄军装。俄切毫发无损,大步朝斜坡中央走去,一边朝爆炸起火的大鸟连续开枪。在谷地中,他用枪口抵住士兵的脑门,才让他们一个个镇定下来。只有那个老家甲谷甘洛的诺苏还算冷静,俄切命他指挥其余士兵保持住火力,随后他佩上两把枪,独自上山。他决心亲手解决山外来的这架飞机。不管是谁派来的,它都一定是冲着他的计划来的。俄切走到驾驶舱前方,再次举起手枪,瞄准火苗深处熔化的玻璃,燃烧着的那具躯体,整个机头。他怀疑即使变作火球,飞机也能够以某种方式采集和传递这里的讯息。山外的某台大机器也许正在把他的计划变作一串串电报上的密码,散播给大大小小的敌人。失去他从未尝过的新的自由的恐惧一下子攫住俄切。掌心渗出冷汗,握着手枪的手在颤抖。俄切试图朝机头靠近,乱窜的火苗却逼停他的脚步。最终的大爆炸迟迟不来,他一边咬牙嘶吼,一边不停扣动扳机。

　　恩札回想起他在利木莫姑做过的那个战车和悬崖的梦。纸糊的战车里有个扑簌簌抖动着的活物，它是魔王俄切。恩札现在完完全全领悟了。此刻悬崖已倒，魔王看上去也已丢了魂。恩札最后瞧了一眼正在四周蔓延的火。它即将攀上斜坡，和其余的火融合。然后，从大地中心开始，世界将变成一场大火。去兮浩浩然！这是最后的清洗。开辟出白路的是火。现在大鸟已经摧毁了孜孜尼乍（恩札看见了女孩的一跃），该轮到他了。他将在最后的行动中和白路合二为一。恩札捡起那面女人搭的悬崖垮塌时飞出的一根燃烧的树枝。他高擎火把，跨前一步，踏上想象中的祭台。火把碰着了他的查尔瓦的下缘，无数双金色的手臂紧紧抱住他，从皮肤表面，到浑身上下每一处最细微最内在的部分。肉体灼烧的剧痛释放出巨大的亢奋。恩札感到自己完全成为了一样全新的东西。浑身着火的恩札朝俄切奔去。他张开双臂，扑向俄切。在结束一切的黑暗中，恩札想到这一切将随着自己，最后的献祭者的消失被遗忘。没有诺苏会看见发生的这一切，骊匹尕伙将恢复完整。这是他此生作为毕摩做出的最重要却也是最简单的工作。当恩札被俄切击毙倒地时，这个念头还在他渐渐变冷的头颅里继续转动。

　　孜那抬起滚烫的额头，朝着莫黑前来的方向伸出双臂。睡意一旦降临，她就将再次开始在那片黑暗中跋涉。在空无一人的山地中，无数条又深又长的路组成了这黑暗，她走在上面，经过一个又一个分岔的路口，呼唤着莫黑，不知自己身在何处。到处都是莫黑的气息，可她总是孤身一人。

在迷失中，她终于明白，她永远不可能再从这黑暗中带回莫黑的魂，把它洗净，送上白路。这是它的领地。游魂是它的猎物。和过往的每个游魂一样，莫黑已溶解在这黑暗中。她等待再一次进入这黑暗。它是莫黑唯一的容身之处。她无法转身离开，她无法再一次失去莫黑。在迷失中，她对莫黑的记忆变成一粒种子，狂野地、悄悄地生长，因为绝望而毫无顾忌，因为爱而无法停止。嘭嗒，嘭嗒，它吸吮她的记忆，狂野地、悄悄地生长。

所有不被驷匹尕伙允许的记忆和爱。

嘭嗒，嘭嗒。她吸吮这黑暗。

她抬起额头，伸出双臂，犹如在每一个什作时分。这次，睡意并未把她带走。光在她身旁跳跃，刺破了她已经习惯的、保护着她和莫黑的那黑暗。它尖叫着冲出了她。她终于醒来。在她眼前，大地在燃烧，天空在燃烧，火光和曙光一齐点燃了地平线，它如一道血痕扩张，吞没山地中的一切生灵。接着，如同曾经的每一次猛烈而短暂的闪现，它正在离开。群山之上，星星一颗接一颗熄灭，窨窿在消失。

通往那黑暗的甬道在关闭。

一阵陌生的轰鸣从天而降，朝她站立的洞口坠落。她抬起头来，在即将损毁的甬道的远远的一端，站着那个小小的人影。让她感到一阵甜蜜蜇痛的那双眼睛在朝她微笑。它用那道幻影引诱着她。它需要她，她们，还有他们，每一个。她同意被它猎取。她愿意与它交换，让她和莫黑永远不再分离。

孜那朝那窟窿背后的甬道高高跃起。

20 黑路迢迢

　　大火烧了九天九夜。第十天,洪水冲坏了天空,暴雨如注,地平线沉落了。在十几座高山围成的锯齿形圆环一带,雨落在中央的山丘上,顺着大斜坡淌下,汇成无数条黑色的河,将那焦黑的一团团、一堆堆,冲入谷地最低处。只有残损的金属机身还矗立在斜坡上。巨大的雨点砸在上面,砰砰作响,回荡在山谷中,仿佛枪炮声还在继续。

　　树林被炮弹击中前,谷地的队伍就开始溃散。大鸟来袭,那几个汉人首先逃跑了。士兵们心惊胆战地开炮,不知道是应该害怕俄切命令他们击落的那从天上飞来的大东西,还是更该害怕那从炮弹砸开的地下跑出来的东西。俄切不见踪影之后,士兵立即扔下武器,往南面的隘口逃离。谷地中只剩阿祖烈达一人。

难道这就是那场他一直期待着的尸骨成堆、血流成河的大战？阿祖烈达似乎亲眼见到了上方那些女人们轻飘飘如尘土倒地的样子，又回想起士兵们四散而去时，被炮声吓得跌坐在地，一眨眼又不见了的情形。他露出鄙夷的表情。这些不像女人的女人，不像男人的男人。这些永远只知道攻打彼此的黑骨头和白骨头。阿祖烈达不相信这就是那场大战。

等到炮声和枪声平息，树林腾起火光，阿祖烈达开始紧盯那只盘旋不停的大鸟。它一出现，就引起了俄切强烈的不安，它一定来自山外汉军。阿祖烈达重又记起，之前在德布洛莫伏击汉军的那一战，回想起自己守鬼地的天职。俄切，从阿祖烈达重新开始讲述的自我的故事中消失了。俄切只是一座冥冥中的桥梁，为的是把他带回德布洛莫，和变得更强大后又回到这里的他的旧敌再次面对面。这不正是大战最需要的对手吗？阿祖烈达越想越亢奋。他走向两台大炮中的一台，效仿炮手，装弹，然后——一声巨响从天空落下。阿祖烈达眼望着他那势均力敌的对手撞上了山顶，冒起滚滚浓烟。他的双手从炮管上垂落，怔怔地看向四处冒起的黑烟、火光，正在下坠的大鸟的残躯……他的机会永远失去了。他的目光越过峰顶，呆呆注视着红色的天空转为透明。一阵灼热的疾风撞向他的头顶和双肩，像熟悉的魔鬼的拍打。阿祖烈达不禁昂起头，发现天已全黑，发光的火海正袭入谷地，烧着了他身下的枯草，而他不知何时已躺倒在地。火苗摸上他头顶的英雄结、双肩，阿祖烈达跳起来，退后到地道口，拍打着呲呲作响的头发,一边本能地警觉四望。在烈火烧穿的天空和大地的无数个洞眼之上,那个山洞安然无恙。一个长发垂散的女人站在洞口,眺望着脚下的火海。他想起在谷地的帐篷中流传的谣言:山上有一个被鬼母附身的女人。他没想到,在他误以为的对手一个接一个消失在他面前之后,和他一样还留在德布洛莫的,是这个女人。他领悟到,这个篡夺了鬼王位置的女人,才是他真正的、最后的敌人。

大火照彻山谷,阿祖烈达得以在九天九夜中一刻不停地监视着那个山洞。他在呛鼻的浓烟和山腰传来的爆炸声中醒着,像耐心的猎人在下风口等待属于他的猎物。亿万簇火苗扭曲成奇形怪状的图案,刺痛他的双眼。他在等那摧毁、夷平一切的大火死去。那时,驷匹尕伙就将只剩下他一个兹莫武士,和最后一场大战。他将像远古故事中的英雄,开启新的世代,重扬大兹莫的声名。一天,两天,三天,阿祖烈达没有合过眼。他的头脑被那个女人的身影占满。后来,时间模糊了。

下雨了。什作时分闷热无风的暴雨。火光被雨切断,谷地通往山顶的路重新敞开。阿祖烈达钻出地道,踩着发烫的地皮,在大雨中疾奔上山。攀上斜坡时,最后一寸天光退散,雨声如同战鼓敲打他耳朵,阿祖烈达开始发抖——以往任何一场战斗之前,他都不曾如此紧张。越接近山顶,阿祖烈达的手脚越是不听使唤。一股说不清的力量像头顶的雨水在他体内猛涨,他感到,整座驷匹尕伙都已化作那个女人的身影。

他必须马上见到她。她只远远出现了那一次。他害怕那是他的幻觉,害怕她已不在那里。

他几乎是跌进了山洞。一个黑影等在那里。它蹿向阿祖烈达,把他击倒在地。俩人在泥浆般的黑暗中纠缠,搏斗,阿祖烈达大张着嘴,却没有喊叫,也没听见对方发出声音。他渐渐占了上风。当他双拳不断落向这具矮小瘦弱的男人的身体时,一路上的颤抖终于停止。等到这个无端闯入他的大战的男人躺倒在地一动不动,阿祖烈达站起身,耸耸肩,让冷风灌进被雨水和汗水湿透了的布衫。他的心房像要迸裂,整座山洞充满他的心跳声,听不见一丝雨水落地的声音,仿佛洞外那个世界已随着大火彻底死灭,沉入深渊。阿祖烈达努力镇定下来,体会自己对面前的黑暗与沉默的控制权。当他继续往深处走,走入更彻底的黑暗和沉默,他强烈感受到了那个女人的存在。他的颤抖又回来了,变得更剧烈,似乎整座山丘都在摇晃、崩塌。是她让他的颤抖发作。阿祖烈达怒不可遏。他向女人站立的位置猛扑过去。一下,又一下,鬼王的双手开始拍打他,他撞击着她,一下,又一下,在他明白过来时,动作已经开始,渐渐加快速度,在她身体里寻觅那个篡位者的巢穴,想象自己正在粉碎它。女人仅仅在开头抵抗了一下。接着她的双臂突然环抱住他。那残忍的、诱人的黑暗向他敞开了。阿祖烈达蓦地头脑空白,战斗的意志荡然无存。然而他发现自己无法停止,直到一声长长的、哀求般的呻吟从他身上冲出。那是一阵女人发出的尖叫。附体于女人的鬼母突然来到他身上,他记起自己听见过它。阿祖烈达在惊恐中昂起头,从女人身上滚落,跑出山洞。从此,他将在外面那个死灭的世界中寻求对它的摆脱。

就在那夜,斯格时分一到,豪雨停歇。第十天结束在那片死灭之中。不仅活人,所有生灵,爬行的,疾走的,游弋的,飞翔的,都离开了德布洛莫,没有一丁点儿动静,至少看起来如此。

清晨,一场大雾从谷底升起,蹒跚着,漫过山腰和斜坡,遮蔽山洞,勾住不愿落脚的云,从重又变得空荡荡的德布洛莫弥漫向甲谷甘洛,整个北方,直至山地全境。满是窟窿的天空和大地,在这场白雾中混合、陷没。

浓雾中,铁哈又一次出发了。这次他不再独自一人,与他同行的是兹莫女儿。离开德布洛莫后,他们往东翻过一片积雪的无人山区,抵达一个叫苏洛的村寨,沿河谷一路往南,到达牛牛坝。那位店主为铁哈画过的地图,早就丢失了,但那条路线已刻在铁哈的记忆中。他和兹莫女儿走上了这条路:牛牛坝、三河依打、八拉沟,向北,穿过天喜,随后是几段急遽弯折的之字形山路。出村劫掠的诺苏成群结队地骑马飞驰在土路上,他俩藏身在林中、竹箐、溪涧边,等待最后跨出山地的时机。他们等来了夏季最后一场暴雨。雨势刚减弱几分,他俩就开始往龙头山方向攀登,在和出发时一样的死寂中,翻越井叶硕诺波。接着往南,大谷堆、小谷堆、竹蒿、田家湾、卢家寨。终点仍是山棱岗。

岩羊月的第一个龙日,铁哈与兹莫女儿来到一片平坦的荒野。铁哈认出,这是山棱岗一带。两人在齐腰高的蒿草丛中穿行,登上一面山坡。两年前,铁哈曾经站在同一个位置。他往前方的平坝望去,失去了边界线的荒草丛中露出一小段红色城墙,那是山棱岗如今唯一的遗存。他们继续往东,到达雷波。铁哈用风干麂子肉、乌梢蛇骨、大黄、接骨木和坝子花制成的草药丸与一枚琥珀,在集市上换得一些银元,这是他从山洞中带上路的物什。当夜,他们在雷波歇脚,临近划布磨时分,窗外突然响起枪声、惊叫声,不知谁家男女又被掳去。

仇恨和纷争一路跟随,延伸至他们脚下。只有继续走,进入纯汉人的地界,才能稍微安全。这是铁哈的计划。他听闻有一条路可以从雷波通达汉地,十几年前曾有人走过:雷波往北,过黄螂,坐木船,顺金沙江北上,可至一个叫蛮夷司的地方,那里属于屏山西境,是金沙江、西宁河和中都河的汇流处。从蛮夷司再坐船,沿中都河北上,可到达乐山,或者往东,至宜宾。

两人与客商、垦民结成一队,请了一个诺苏保头。到黄螂后,他俩在步哨继续等待同行之人。几天过去,没有找到人。黄螂和雷波一样,夜夜枪声不断。大旱灾后紧接着是水灾、蝗灾,田地荒芜,劫掠更加频繁。铁哈决定立即动身。请了新的保头后,只余几块银元。三人坐木船,在绝壁束缚中的幽绿金沙江上穿行。江岸树林间，有诺苏马队经过时，江中会漂来他们抛下的尸体。上岸后的山路上，他们也曾和两支队伍擦肩而过，兹莫女儿的着装似乎唬住了他们。经沙湾、冒水孔，他们终于到达蛮夷司。走到这里，盘缠已几乎用尽，兹莫女儿也病倒了。两人商量，先在屏山捱过动荡的秋季，之后再作打算。兹莫女儿把衣服和裙摆上的银扣子一一拆下，典当出去。

一路上他们都听见德布洛莫大火的消息。它甚至跑在他俩前头，在和数量有限的诺苏小心翼翼接触时——几乎总是女人和十几岁的孩子——它已经等在那里，忽地从火堆旁的一张嘴中跳出来。这时，铁哈会低下头，藏起他的心事。兹莫女儿从不这样做。她会扬起眉毛，仔细听对方的讲述。

"从山洞里掉出来的孜孜尼乍吃光了所有人。把自己送到那里去的女人，出征的男人，山外来的汉人，统统被她吃掉了。幸好有个毕摩招来了神灵。神灵惩罚她，降下天火。孜孜尼乍一声大笑，从坐落着那个山洞的小山上飞走了。方圆几百里的村寨，人人听到她那种戳破耳朵眼的笑声，孩子哭得停都停不下。现在你去德布洛莫看，只有那座小山没有着一丁点儿火。孜孜尼乍逃走了。神灵都变成了石头，因为祂们输了。驷匹尕伙也会变成一整块石头，把所有的诺苏堵在里面，就像我们当初求神灵封堵孜孜尼乍一样。神灵的惩罚现在也落在我们头上。"

这个故事，是他俩在牛牛坝南面的一个村寨听说的。三个女人蹲在土路旁的林下，在冰雹停顿的午后点了个火堆，喝着酒。一个女人讲完后，另一个女人又接下去："那个毕摩，就是从利木莫姑去了德布洛莫的，回到家了。是他的妻子一路将他背回了利木莫姑。他没有死，但因为他就在孜孜尼乍脚下，他的眼睛瞎了，耳朵聋了，最后成了哑巴。毕摩也变成了石头。"

毕摩扑向孜那时，是铁哈用木棍从背后击倒了他。后来他几次跑出洞口，看见斯涅正在带走越来越多的女人，那时，他记得瞥见过躺倒在斜坡上的毕摩孤零零的身影。他似乎和自己一样，在观望和等待。之后他再不知毕摩的下落。

等他俩到了天喜，听到的故事又不同。那个女人的丈夫刚从利木莫姑返家，她强调自己只是复述了家中男人的话。

"德布洛莫没有人。那里自生出天地以来，就不是活人待的地方，也没有什么孜孜尼乍。旱灾来了之后，到处都起山火。德布洛莫那场特别大，烧了九天九夜，但那并不是山火。几十年前，德布洛莫也起过大火。再往前几十年，也有一场这样的大火。每当德布洛莫的鬼魂快满了，神灵就会用一场大火冲洗德布洛莫，让它再次变空，容纳新的鬼魂。"

铁哈看得出，兹莫女儿不喜欢这个故事。她皱了好几次眉头，甚至有一次差点想要开口打断。为了证明它是假的，她故意问起那个毕摩的事，并先引述听来的第一个故事里毕摩的结局。

那个女人却纠正了兹莫女儿:"不不,你听到的是错的。德布洛莫没有人。毕摩的故事是另一个故事:一个毕摩在驱鬼时中了弹。他的妻子要把他带回利木莫姑。她在做毕场的草尖底下唤回了他的魂,用鸟毛兜住,上了路。毕摩的妻子走到利木莫姑外,却没能跨进家门。附近好几个村的人都出来,齐齐站在对岸,不许她跨过洛峨河。他们大声诅咒,手里扔出石块。那可是利木莫姑,可是洛峨河啊。倒在黑路上的毕摩是不吉不净的。沿途的空气和土地都被他们污染了。"

"消息传出来了。不过和我们想的不一样。"再次动身时,铁哈这样说了一句。

路前方的竹篝中飞出一只胸腹灰白的山鹧鸪,好像一句回答。但兹莫女儿只是点了点头,没有说话。关于斯涅,两人一路上还从未有过半句交谈。

"现在是斯涅之后的世界了。"铁哈又说道,随后停在那里,陷入沉默。和斯涅之前一样,他不知道自己该如何想明白这整件事。跨过斯涅对兹莫女儿来说,肯定意味着截然不同的东西。是因为在骒匹尕伙内再没有立足之处,她才跟随他出了山。

就在铁哈给了那个毕摩一击,带着女孩回到山洞后,兹莫女儿也出现在了洞口。她要铁哈带女孩返回斜坡,铁哈没有答应。

"孜孜尼乍是不是已经离开了她?"在篝火早已熄灭的洞口,铁哈半拦住兹莫女儿。他还没从毕摩突然的攻击中缓过神来，任何人似乎都足以威胁女孩。那一刻他不信任任何人。

"是。"兹莫女儿回答。她的神情似乎很紧张，铁哈还没看清，她就闪过铁哈，迈进山洞。

"她对你们已经没有用处。让她待在这儿吧。"铁哈对着兹莫女儿的背影喊道。回声消失后，幽黑的山洞深处没有传来一点声音。一些凌乱的想法开始出现在铁哈的思绪中。她在对女孩做什么？他担心她也会像那个毕摩，突然变成另一个人。铁哈往洞内走了几步，兹莫女儿突然站在他面前。

"别留在洞里。这对她太危险。"他现在记起来，兹莫女儿当时警告过他，他没有在意。孜孜尼乍的离开会让女孩的人魂迷路，兹莫女儿一定觉得，女孩在女人们中间更能得到保护。可是在他眼里，那个时刻，山洞之外才是危险的。山腰上的女人们正愈来愈投入在斯涅之中，他听见她们在尖叫、嬉笑。长夜还未结束，他不想冒险让女孩再次置身其中。

"她和我就在这里等斯涅结束。"

兹莫女儿没再坚持。"我会尽快回来。"她留下这句话，往洞口方向匆匆走去。等铁哈再抬头，她已经不见了。

斯涅之后，一切已经发生。铁哈以为整座山谷只剩他一人。他跌坐在地上，眼前不断闪回女孩奔出洞口的背影。那个瞬间，和外出捕猎那一次他看着她径直跨过溪涧的瞬间一模一样——一阵空白落入铁哈的头脑。他又慢了。那是她需要他的保护的时刻，他却又一次没来得及追上她。然后，他希望奇迹再次发生：她会安全到达对岸。然而那里只有天空。

他直直地看着她坠落进洞外那块天空。他追过去，被爆炸冲倒在地。当他抬起头时，洞口站着一个人影。他的内心充满狂喜——是她回来了。他看着她在逆光中走近，直到她的脸变成了兹莫女儿。

"你就那样突然落到了她飞出去的位置上。"沉浸在回忆中的铁哈不由自主地发出呓语。回过神来，他发现兹莫女儿停下脚步，看着他。在两人并排走着的悬崖山道下方，还能望见动身前熄灭的火堆，支立在乱石密布的干涸河滩中央。

"唔，我是想问你，那天她跳下去后，你怎么一下子就回到了洞口？到处都起了火，那只大铁鸟抹过洞口就开始下滑，哪儿都没有路上来……"

"是孜孜尼乍带我回来的。"

留下女孩和铁哈后，兹莫女儿一直站在紧贴洞口外侧的位置，不在铁哈视线内，也没有回到女人们中间。她从半空注视着篝火旁结伴念诵的女人。孜孜尼乍起飞之后，她始终能听见祂，像振翅，像风声，回旋在夜空中，她的耳边。孜孜尼乍对她另有安排。祂要她守在女孩附近，等待祂返回。天亮之后，当女人们几乎一个不剩全部留在斯浬当中时，她没有奔下斜坡。她多想同她们一道留在斯涅这一头，化为游魂，她们就还是同一支队伍。可那不是孜孜尼乍对她的安排。大鸟朝着洞口冲来时，她攀仕峭壁上的尖石，把自己猛地甩到洞的背面，她曾带领第一批女人从平坝往上攀爬的那条路的顶端。一声尖叫盖过飞机爆炸的巨响，孜孜尼乍回来了。

她已站在洞口。在黑暗退去后的金色洞穴中，女孩消失了。她明白了祂的安排：从此之后她将替代女孩，成为一次次等待祂返回的人。

然而，一路上都没有孜孜尼乍的踪影和声音。只有故事在不停变换模样。和他俩一样，它最后也跨过井叶硕诺波，跑出了驷匹尕伙。在蛮夷司，他们又撞见了它。兹莫女儿的病随天气转冷加重后，他们搬出下坝的小客栈，在鹰嘴岩旁一条街巷的尽头租了一间木屋，靠的是铁哈跟随当地一个保头当通司[1]的佣金。他和兹莫女儿的房间立在江岸悬崖上，由打入崖间的数丈高的木柱支撑，枕着日夜咆哮的金沙江。和几百年前一样，江边整日响着船工号子。神木山上砍伐下来的粗大原木，常常顺着中都河漂到蛮夷司，在这里绑成木筏，上面搭起窝棚，住着放筏的工人、押送木材的军官和商人。这些木筏会漂送至宜宾、重庆，出三峡，沿长江去往更遥远的地方。

一天傍晚，保头留铁哈吃饭。保头是个中年的白骨头，迁居蛮夷司已三十年，汉姓为吴，说起汉话带川西口音。他讲起"那件大事"时，听者只有铁哈一人。据保头说，这是由俄切的一个副官传出冕宁，又从西昌、雅安、乐山一路传至屏山的。

---

1. 通司：翻译员。

"大火过去半个月后,一个小兵儿,手上倒提起一颗女人的人头,嘞个女人头上的眼睛睁得大大的,长头发拖地。他就嘞个样子一路走回冕宁城,城里头许多人都看到咯。嘞个瓜娃子,到了俄切私宅门口就敲门,喊说要领赏。疯球咯!他还以为是以往出兵,凭人头领银元是不。还好是俄切不在家,大火之后他就没了人影。俄切手里的人,从嘞个地方逃出来后,好多都疯咯,说是德布洛莫的山头上站满了女鬼,头发长长的,尖声尖气,说每个晚上都有东西钻到帐篷里头,吸他们的精魂。都是那些跑到德布洛莫去的女人酿出的祸害啊。不吉的女人啊!"

保头抿了口杆杆酒,兴致不知不觉高了起来。他从没和任何有生意往来的人聊过这些事。帮他干活儿的铁哈在他眼里既不算诺苏也不算汉人,没有亲戚,没有朋友,安静本分,是个极好的听众。他发起自己的议论。

"男人怕起了女人,天不愿再嫁给地,天地失和了。这都是汉人带进来的灾祸。早几年我就有预感。哪有啥子鬼母,啥子鬼公,祸害诺苏的是活人,都是汉人的诡计。在蛮夷司,你晓得每天过路的,有多少山里头的大烟、草药、木材、皮毛?你晓得有多少四面八方来的汉人排起队,拿身家性命做赌注,只求打通可以进山揽这些财富的门路?世道越乱,这些物什更值钱。就只说那些阴沉木香杉板,价格一天比一天高,都快赶上黄金咯,好多都被刘文辉搞去咯。我跟你说,那些汉人的心思我是看得一清二楚,他们,就从来没有喜欢过在山里面插不下脚的局面。和不懂做买卖的诺苏打交道，他们也厌烦得很。他们一心巴不得诺苏衰落下去。更不用说挨着驷匹尕伙山脚的这些汉人，他们从娘胎出来后，喝的第一口奶就沾着对诺苏的恨。'仇恨的柴火早已堆满'，只消一丁点儿火种，就可以烧起德布洛莫那样的大火。

"汉人想要从根底上坏了我们。根底是啥？就是火塘边男人该在哪个位置，女人该在哪个位置，弄对了，才是一个家，才有家支，才有诺苏。汉人打不过诺苏男人，就从弱处下手，先污染诺苏女人，让女人变成男人再也认不出来的东西，就像德布洛莫那些女的那样。一个男人的母亲、妻子、女儿受了污染，是比打仗更让男人害怕的哦。女人的纯洁，一旦败坏，男人丢了面子和名声，泄了气，打不了仗了。你说汉人坏不坏？真是太坏咯。你瞧瞧这些（保头从屋子一角取来一叠《大公报》，怒气冲冲地往桌上一拍），汉地的女人为了钱，可以离家，去陪酒，去给饭馆里的陌生男人端吃的喝的，去卖身，头发剪了，脚也不缠了。这就是现在汉地灾祸连连的根由。就是这些东西，比飞机啊炮弹啊子弹啊还要容易飞进来，蛊了我们的女人，搞得她们着了魔，离了家，跑进德布洛莫，在那个地方唱歌跳舞，成了鬼，弄得男人都疯咯。"等到他的妻子，一个长着酒窝的女人来给火塘添柴，保头住口了。她消失在屋外后，他才继续"男人之间"的话。"更吓人的是，这才刚刚开始。要是男人再不好生管教女人，任由她们把根底坏下去，就要倒过来了，汉人就会赢得这一方天地。

我告诉你,这山两头的世界啊,再照这个样子搅合在一起,恐怕,将来就没有诺苏了。"

兹莫女儿躺在竹笆上,仰起青灰色的病人的脸,仔细听铁哈复述着保头的话。"纯洁"这个字眼刺痛了兹莫女儿。她回忆起阿祖烈达突然出现的那个夜晚。他扑向她时,她一下就认出了他。她曾祈求孜孜尼乍把他带回她身边,当她走进德布洛莫,不再等待他的归来,这个心愿沉入了遗忘。但孜孜尼乍从不忘记,于是,他被祂送回来了。她从未想象过那个时刻,从第一个瞬间开始,就是那么粗野、苦涩。他每深入她一下,就离她更远,她仿佛独自站在一片荒地中。即便如此,她并未害怕。山地里的婚礼有极其繁复的仪式,它们全部结束后才能通往那个时刻。她永远不会指望自己能拥有那样的婚礼。于是她让自己相信,眼下这样,便是她能拥有的全部。她抬起双臂抱住阿祖烈达。她希望未婚夫知道,她接受他带来的这种黑暗中的结合。没想到,她唯一的动作却让他如遭雷击一般开始颤抖,尖叫,远远逃进大雨中。那时她才痛苦地察觉,阿祖烈达从一开始就不知道是她。他羞辱了她,两遍。

她不知道自己在黑暗中独自躺了多久,也没有听见雨是何时停的。后来,她找到失去知觉的铁哈,涌进山洞的白雾覆盖在他流过血的额头上。她守着他直到天明。她试图倾听孜孜尼乍,希望祂告诉她,她下一步该怎么做,那儿却只有她一人。

上路后第一次听到故事时，兹莫女儿笑了。见证者们把故事带了出去。孜孜尼乍沿着斯涅这条路，跑出了德布洛莫。祂不会再沉入遗忘。翻过几个山头，故事却一变再变，不同的人在抢夺它，肢解它，男人污染它，女人呵斥它。对祂的恐惧没有让他们听见彼此，驷匹尕伙还是过去四分五裂的模样。斯涅没有结束。在一个个故事中活过来的，不是那个在德布洛莫和她们呼吸着同样空气的祂。这是不是比遗忘还要糟糕？为什么卓涅没有到来？难道真的如保头所说，是由于诺苏女人不再纯洁？是因为阿祖烈达污染了她，孜孜尼乍才不再返回？

回来的只有小鬼虫。熟悉的病痛似乎正把她一步步带往过去。没有尽头的斯涅中，她迷失了方向。她在祈求中呼唤孜孜尼乍，来到她梦里的不是祂，是女人们。这一次，她和她们一同身处那一天的皑皑火光中。她注视着火焰舔舐她的身体，灼烧的痛无比真实，她在哭泣，而她们只是站立在火中，平静地注视她。她们把她曾对她们说过的那句话还给了她：斯涅是要靠自己走过去的。梦消逝了，火光和痛楚也消逝了。她懂了，驷匹尕伙的斯涅只是故事的开始。

岩羊月最后一个下午，铁哈不在家中，兹莫女儿感觉病好了些，便起身出了屋门。自从搬进这间屋，她一直在竹笆上度过时日。真武山黑压压地堆在窗外，白天的世界由街巷里的叫卖声、山壁间的江流声、号子声，还有木筏撞上江滩时码头船工们的起哄声组成。天擦黑时，铁哈会带着报纸回来，她便就着烛火读报纸。她会一页页地翻看所有黑白照片，一边问铁哈，照片上说的是什么事、什么地方。

她准备去报摊上买一份报纸。从屋脚上坡，才走到街巷的中段，她便听见后面有个声音，"阿米子[1]、阿米子"地追着喊。她停脚，回头，目光和几步外的一个阿嫫碰上了。阿嫫手里的木碗都没搁下，便气喘吁吁地来到她跟前，压低声音："阿米子，明年春天你就要摘下这个头帕，戴上俄尔[2]咯。"

兹莫女儿愣住了。阿嫫的话如同一道闪电划破那个大雨之夜。她又见到了阿祖烈达的脸，鬼魂的脸，他复活了，再次发出那声让她彻骨冰冷的尖叫。街巷上空的日光如同冰川的阴影，追着她压过来。她僵立着，突然想起老家村寨里的那个阿嫫，谁刚怀上娃娃，她都看得准。她突然明白了这次发病为何感觉不同。原来如此。斯涅的黑路碾碎了她，把一颗鬼卵种在她身上。鬼卵。她突然爆发出大笑。原来如此！

她折回头，下坡，爬楼，回到屋中。心跳怦怦，激动难以自制。双手手掌轻轻放在腹部，仿佛捧着世间最珍贵的一样事物。原来孜孜尼乍就蛰伏在她身上。阿祖烈达带来的属于她一个人的斯涅，原来正是袖的计划。嘭嗒，嘭嗒，它在她身上走，那是驷匹尕伙的卓涅在走。

铁哈推开屋门，兹莫女儿抬起头，怔怔地瞧着他，两颊

---

1. 阿米子：对年轻诺苏姑娘的称呼。
2. 俄尔：诺苏女性在生育之后，便要摘下头帕，换戴荷叶帽"俄尔"。俄尔由黑布拼接而成，帽形像伞。

通红，眼眶湿漉漉的。铁哈猜她又发烧了。他走到她旁边，在竹笆上盘腿坐下，看着她手里的头帕。从德布洛莫出发前，在洞口旁的草丛中，铁哈找到了孜那的头帕。它没有一点破损，仅仅被雨水打湿。头帕是北部山地的样式，内层红色，外层黑色，四边嵌着五彩线条和银片，帕面上绣有不同花纹：日、月、星星、彩虹、水波、牛眼。兹莫女儿的头帕和它很像，在大火中随着尖柱烧毁了。出发后，她一直戴着女孩的头帕。路上，兹莫女儿的身影好几次让铁哈产生错觉，以为和他同行的依然是女孩。回想起这些，铁哈心底一阵哀痛。

"明年我就不能戴它了。"兹莫女儿悄声说道。铁哈惊讶地发现她口气中包含着喜悦。

兹莫女儿告诉铁哈街上那个阿嫫说的话。她还说，她相信阿嫫的话是真的。

那个冲进山洞的男人是她的未婚夫，这是兹莫女儿上路后告诉铁哈的。她似乎还想对他说点什么，最后却选择了沉默。她当时想说的，或许就是这件难以启齿的事。铁哈庆幸她跟他出了山。她，他，如今还有这个孩子，都是驷匹尕伙不允许存在的生命。

"你好好养病，别的不用管。我们就待在蛮夷司，等这个孩子出生。"

铁哈的话激起兹莫女儿的强烈反应。她连连摆头："你不必这样计划。这不是你的责任。"

铁哈记起曾经有过相反的对话。是在兹莫女儿告诉了他孜孜尼乍的计划后，他拒绝参与，最后为了女孩才留在了德布洛莫。这一次却是他自己想帮她。他知道兹莫女儿最终同样不会拒绝他。他模糊地感到，这一切仍然和女孩有关。如果说兹莫女儿曾试图说服他，通过孜孜尼乍，女孩的命运将和女人们、男人们连在一起，现在，他终于愿意如此相信。他希望女孩以无论何种方式继续存在下去。跨出斯涅的他、兹莫女儿、将要到来的孩子，将证明那个在迄今听到的故事中都不存在的女孩存在过。他第一次逃出山时，相信只要自己能走出驷匹尕伙，就可以将铁哈的部分统统遗忘。如今，因为女孩，因为兹莫女儿，也许还有其他他无法想清楚的理由，他做不到，也不再想那样做。

除了分担保头的通司工作，铁哈又私下找了更多营生：代诺苏写告官的汉文诉状，帮偷逃出山的汉人绘制行路图，替贩卖木材、马匹等等山中物产的诺苏准备货单和信函，辅佐黑骨头头目与地方军官做生意谈判。他接受各种各样的事务和酬劳，有时也出蛮夷司地界，但有一个条件：往南不过黄螂。他不想冒险再次入山为奴。他渐渐有了两个名字：诺苏叫他"铁哈"，汉人叫他"冯先生"。两个曾彼此隔绝的世界开始在他身上汇合。

转入深秋，生意减少。铁哈这时领到另一份职务。原宜宾《新川南日报》改为《金岷日报》，吸纳铁哈为蛮夷司的通讯员。他写的第一份通讯稿和一支重庆考察团有关。考察团带着川南某教导师一旅周团长所颁的团籍和介绍信,自北碚、泸州至蛮夷司,要在冬季之前进山,采集动植物标本,调查地质与矿产资源。铁哈随保头同考察团见了半日面,记录他们的话,改写成简单易懂的字句。虽然是汉文稿,铁哈也转成诺苏话念给兹莫女儿听了一遍,让她知晓发生的事。不久,他在《金岷日报》上看到了考察团顺利归渝的消息。那则消息的标题是:**中央政府拟明年成立凉山金矿督察局 宁属夷务指挥官、靖边司令部司令俄切协助重庆科考团勘查**。在那张黑白合影的正中位置,铁哈凭着墨镜和黄军装认出了俄切。他旋即读起报道全文,得知德布洛莫不久会修建金矿,地址就是那片山谷,金矿督察局局长为西康建省委员会委员长刘文辉。俄切和山外联手了。铁哈仿佛看见成群的阿加和呷西被驱赶进德布洛莫,钻入漆黑的地洞,终日挖着,凿着,倒下,又被他们的子女和掳进山的新的阿加和呷西替换。德布洛莫不空,这支队伍就不会停止,和鬼魂的队列一样,没有尽头。在最后一段记者问答中,铁哈读到这样一行文字:"被问及几个月前德布洛莫的交战时,俄切司令申明此事纯属谣传,并承诺将调拨驻兵和物资,全力配合督察局的工作。"

一个化着雪的什作时分,铁哈刚踩上第一级木台阶,听见屋中传来说话声。兹莫女儿一个人时总会喃喃自语,有时是对肚中的孩子说话,有时是在祈求,每当这样的时刻,孜孜尼乍的名字会一次次出现在她口中。铁哈此时却听见了低低的笑声，和一个陌生女人的嗓音。

推开门，铁哈看见保头的妻子正和兹莫女儿一块儿坐在竹笆上。在保头家中，铁哈很少见到这个长着酒窝的年轻诺苏女人，她的身影只在火塘边匆匆闪现。看上去她和兹莫女儿很熟稔，正一手搓纺砣，一手捻着羊毛线，像在自己家中。故事的结尾从她口中吐出，像箩筐中的蓝色羊毛线球，不断轻跳。

"……牧羊人爬上山顶，往冰封的德布洛莫山谷望去，寻找那只走丢了的黑羊。突然，一片金光晃花了他的眼。一夜之间，山谷冒出了大片大片的金索玛，像一面巨大的锦缎，覆盖整座德布洛莫，把那个山洞都淹没了。那些索玛花整个冬天都没有凋谢，花瓣上长着一双双眼睛，人们说，这是那些女人的眼睛，它们白天黑夜都永远望着天空。你们看，这是其中的一朵——"

保头妻子这时放下纺砣和羊毛，小心翼翼地从衣袖中摸出一块交叠的手帕，展开。一朵金色的索玛花绽放在铁哈和兹莫女儿眼前。在六枚花瓣汇聚的中心，有一只黑色的眼睛。像那个独眼女人的，又像圆脸女人的，但更像女孩的。铁哈心中一动，接着听见兹莫女儿说出了他最后的闪念。

"这是孜孜尼乍的眼睛。"

蟒蛇月的第二个兔日，沙特时分，兹莫女儿生下女儿，取名"小索玛"。分娩用了整整一夜，中间有好几次，守在门外的铁哈听不到任何动静，担心房内的兹莫女儿撑不过去。

终于，清澈的啼哭降临，铁哈走进房间，汉家产婆在烧热水，兹莫女儿苍白而平静的脸孔垂落在怀中婴儿的头顶。第一声船工号子响起在窗外。兹莫女儿抬起头，铁哈目睹一种奇异的激情让她的眼眸完全化作液体，深处的光彩正向四周流溢。

"你在这儿了。"兹莫女儿闭起眼睛，仰起头，朝着半空重复这句话。

小索玛两个月大时，北方爆发"七七"事变。不久，"八一三"战役占满了各种报刊的主要版面。从配着黑白照片的新闻中，铁哈和兹莫女儿看见了火光、黑烟、炮火，成为焦土的城市，废墟中的黑色肢体，挤满火车站的逃难者的面孔和眼睛。斯涅加速，扩散到了整个中国。蛮夷司周边的劫掠又开始了，保头让铁哈暂且休息。消息很快从西昌传来：几个黑骨头家支联合焚掠普格、德昌、西昌，四十七军军长与之激战，俄切率部出击。不久，新任雷波县长在赴任途中被诺苏掳入山。

一天，斯格时分，铁哈房间的门"咚咚"响了两声。披着查尔瓦的兹莫女儿站在门外的黑暗中。

"时间不多了。我想请你帮我写下那个故事。"

那夜起，铁哈和兹莫女儿开始记述所发生的事。除了做饭吃饭，睡觉，照顾小索玛，两人夜以继日地工作。"那个故事"越写越长，它似乎包含着无穷个不同的故事。

大部分时候，是兹莫女儿讲，铁哈记录。他俩也会互相提问题和补充。先写的是女人的故事。按照她们前后来到德布洛莫的次序，兹莫女儿讲述她记忆中的每一个女人：病痛，家支，灾祸，如何走到德布洛莫，从孜孜尼乍的眼睛里看到了什么。三十多个女人的故事，他们用了一个多月才写完。然后是他们自己的故事：铁哈的，兹莫女儿的。最后是孜那。铁哈和兹莫女儿都不知道，在她成为他们见到的那个女孩之前，她曾经是谁。最后，兹莫女儿决定把她画出来。她和铁哈前后尝试了一整天，终于画出了那幅画：女孩站在山洞口，脚边是她打到过的所有猎物，在她身后，他俩一起勾勒出什作时分的道道光线。

画画是个好办法。铁哈做记录和誊抄时，兹莫女儿就躺在竹笆床上，面前搁一块木板，铺上纸，开始画画。她画德布洛莫：点起篝火的夜晚的斜坡，棚屋的模样，跳舞的人群，女人们一起到达后等待目睹孜孜尼乍的那一天。一幕幕场景在同一张纸上紧挨在一起，要是再也画不下，他们便用糨糊接上新的纸，让场景往上下左右延伸。他俩大部分时候写的和画的是同一个小故事，完成后便叠拢在一起。房间的地上到处都是松散地叠成一堆堆的纸张。

接着是斯涅的故事。写到最后那场大火时，兹莫女儿从竹笆上爬起来，一面发出长长的咳嗽，一面低语着"我画过了"，从墙根的某一堆中找出那张大纸。

"在这儿。"

她递给铁哈。那是很早之前兹莫女儿画下的，是她从孜孜尼乍的眼睛中第一次看见的景象。纸上的皑皑火光在铁哈眼中跳跃,由简单线条组成的小人儿倒在火焰中。兹莫女儿照着那张草图重新临摹了一遍,把它放进斯涅那一摞。

这一年行将结束时,小索玛已经半岁。一对细长的阔眼占了她的整个上脸盘。白天时,小索玛就靠坐在竹篓中,"呀、呀"地叫着,看着她的母亲和铁哈的身影穿梭在墨水和白纸之间,随后静悄悄地垂下小脑袋睡了。

蛮夷司能买到的报纸越来越少,外面的消息却仍在由人们口口相传,一路送进大山深处的这座边城。不到一个月,中央政府撤退至重庆,接着上海被日本人拿下,很快,南京城沦陷。失去了土地、家屋和生命的人一夜间遍布驲匹尕伙之外的大地。

"所有的黑路连在一起了。"兹莫女儿从报纸上剪下那些黑白照片,和她的画贴在一起——它们彼此相似。

故事中最后的,也是对铁哈来说最困难的部分开始了:孜孜尼乍的故事。铁哈已经想了很久要如何讲述,从上路后,他就每天都在想,现在却依然难以落笔。然而兹莫女儿早已想好了。她对铁哈说出故事的第一句:"孜孜尼乍一声巨吼,天际燃起熊熊大火。"

兹莫女儿重新开始讲述这个故事。她将女人们合作记住的孜孜尼乍的故事、白路和黑路的故事、路上听到的故事,统统糅合在越来越长的讲述中。小索玛在什作之后就开始沉睡,兹莫女儿和铁哈给火塘添上柴火,从斯格时分忙到划布磨时分。夜最深时,卷着雪片的大风击打着薄薄的木窗格,刺入兹莫女儿不住打颤的声音。铁哈低头哈气，暖和冻僵了的握笔的手。他一声不吭地记录着兹莫女儿的话，没有打断，也没有提问。这个最终的故事连起了一切：女人们的故事、铁哈的故事、兹莫女儿的故事、沉睡的孜那、斯涅那三天两夜、大火和暴雨、破碎和死寂、他和兹莫女儿出山的一路、小索玛的出生。但它又打乱了这一切：每一个故事中都充满大大小小的分叉，通往其余的所有故事。这个最终的故事中没有神灵，没有时间。男人们，不管是毕摩还是士兵，都在恐惧中被困缚了手脚，退入故事的远景。

兹莫女儿把保头妻子讲过的那个故事一字不差地复述完，一声不响地抬头看着微明的窗格。她的眼眶在疲惫中凹陷下去。

"然后呢？"铁哈问。在一片金色的索玛花海中，他预感故事将要结束。

"孜孜尼乍一声巨吼，天际燃起熊熊大火。"

"回到开头？"

铁哈不由得想起驷匹尕伙内的经文。一切洗净，一切被遗忘，驷匹尕伙内的宇宙开始新一轮循环。

"从驷匹尕伙的斯涅开始，又结束在另一场斯涅中？难道这一切永远如此，重复，又重复？就好像诺苏从来没有'历史'。"

但是铁哈发现，兹莫女儿明白这个词：历史。

"历史是空无。从来没有讲历史的人，历史也没有内容。

孜孜尼乍的故事不是历史。但它会成为历史的母亲。"剧烈的咳嗽打断了兹莫女儿。恢复平静后，她继续，"这一切不是重复。故事是为了希望才讲出，希望就在我们的恐惧中。我们的斯涅只是恐惧的第一天。它正在到来，那最大的恐惧。驷匹尕伙的卓涅也正在来。希望就在'没有什么希望'之中。就算将来只剩下一个诺苏，只要听见这个故事，它也将在他身上召唤出我们每一个诺苏。我便是抱着这样的希望来讲这个故事的。"

兹莫女儿在三天后的姆斐时分停止了呼吸。铁哈正在自己的房间整理文稿，听见小索玛醒来后的哭声。她没有像往常一样，在母亲的安抚下安静下来。铁哈敲门，没听见兹莫女儿的应声。他带着预感轻轻推开房门。小索玛抬头看见铁哈，立刻停止了哭泣，将他的目光引到身旁的母亲身上。在冬日透明的阳光中，铁哈看见兹莫女儿的脸和女孩的脸重叠在一起，浮现出一个几乎不存在的微笑。她终于加入了她们的队伍。

铁哈继续整理着故事。除了照顾小索玛，他把全部精力用在这件事上。时不时地，从四面八方涌入的消息中，故事的某个片断会化身为山外正发生的事，再次飘入他的耳朵。铁哈渐渐明白，这是那种奇异地与整个世界融为一体的故事，禁得起一讲再讲。他渐渐确信，当故事的某些部分被将来的人一再讲出来时，尽管它总是让人恐惧，却无法阻止人们记住它。它不会再消失。

斯涅仍在扩大。山外，战线由东往西蔓延，黄河决堤，武汉失守。山内，普格和布拖的头人们带了近万名诺苏出击宁南至西昌一路，与俄切交战已有半年。从驷匹尕伙往内往外望，到处都是分割和争战，没有结束的征兆，和故事一样失去了边界，也失去了起点和终点。铁哈不再只是整理兹莫女儿和他一起写下的部分，他开始继续往下写，写下他从大地中心看到的——条条地平线交错成的一个充满错觉和幻象的宇宙。他也往前写，写天地诞生时首先出现的人类，既是诺苏的也是汉人的祖先，当他们遗忘了共同的起点，才开始了后来的分割和征战。他余下的人生已注定要献给这件事。它把他留在了蛮夷司，也把他和故事中的其他人永远连在了一起。他不知道它会如何结束，他只感到为它选择每一句话都不简单，因为他是在为小索玛，为将来世世代代的诺苏写下它。他只在梦中见过那个结局：有一天，白路终于到来，驷匹尕伙在　阵闪烁之后不见了。山内外的所有的人，诺苏，汉人，都不见了，仿若没有历史的诺苏只是大地的一个梦。他在惊恐中醒来，敦促自己继续工作。

铁哈把故事念给小索玛听，有时用诺苏话，有时用汉话。她会跟着重复单个字眼：孜孜尼乍的"尼"、德布洛莫的"布"、驷匹尕伙的"伙"，有时用诺苏话，有时用汉话。铁哈心里清楚，不用过多久，这个小人儿就会问他，"我是什么人?""我从哪里来?"那就是铁哈开始对她讲出整个故事的时刻。他会告诉她,如果她想,她可以既是诺苏,也是汉人。铁哈希望未来某一天,当小索玛自己讲出这个故事时,随着最后一句结束,故事也真正结束,小索玛就不用和他一样,一生都被困在故事之中。在孜孜尼乍的两次振翅之间,小索玛可以替所有人忘记这个故事,同时也被它遗忘 ——这是铁哈的全部希望。然而,他知道,驷匹尕伙从不简简单单地遗忘。

后记

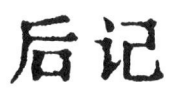

"你为什么会想到写凉山彝族？"

2024年2月，我到凉山，聊起这部小说时（当时即将下印），第一次见面的一位彝族朋友这样问我。那几天里，一模一样的问题又出现了几次。提问者和我并不熟悉，因此我通常会回答，我是学人类学的，过去许多年里一直对非汉语族群保持关注；或者，我会开始讲述2017年第一次进凉山时的见闻和感受。这些朋友——有彝族，有汉族，有的年长，有的是我的同代人——听完后，大多解除了好奇，然而我总对自己的回答感到隐隐的不满，无论我回答得多么真诚。这种不满还不仅仅由于我未从文学本身来谈作品的缘故。后来我想到（还算及时！），所有这些第一次认识我、听说了这部小说但没读过的朋友们，也许将是我的读者。我应该利用最后修订这篇后记的机会，更充分完整地说出我的想法。

我想，与我相遇的陌生人如此提问，大概是因为敏感于一种汉彝有别的距离。作为汉语写作者的我，或许也首先被看作一个外来者，需要缩小由诸种外部差异（语言、历史、文化风俗、族群认同，等等）构成的距离，才能真正获得对作为"他者"的彝族的处境的事实性理解，并且，只有越来越努力地深入这种理解，才能写得越"真"，越"准确"。这是任何一种跨出个人经验的实践行动通常会遵循的过程，所谓"理解他者"。但回想起来，我的创作并未全然依从这一规律。

早在2016年，我读了几本有关民主改革前的凉山的书，其中一本是林耀华的《凉山夷家》。书中有关一位考察团翻译员汉人王举嵩的生平文字吸引了我。民国八年（1919年），彝人攻陷边城山棱岗时，王举嵩父亲作为守城军人准备殉职，安排儿子一同自缢，王举嵩却被彝人救下，掳进山中，在彝地生活了二十年。两页之间，林耀华对王举嵩的经历仅仅做了简短而外在的概括。对他的遭遇的想象让我着迷。（不久后我了解到，在当时当地，此类遭遇并不罕见。）在两种彼此敌对的文化的夹缝中（且正值乱世），这个在"敌人"手下死而复生的少年，如何在被迫迈过界线后继续生存下去，如何理解他自身的矛盾？这一切关乎存在，而存在本质上是一种关乎意义的自我叙事。我给这个彝地俘虏取名"铁哈"，他成为《大地中心的人》中出现的第一个人物。围绕这个迷途的人，想象的工作开始启动，有些部分，甚至是铁哈在领着我往下写。

为了使铁哈，也使小说中出现的其他人物成为活生生的人，需要一整个活生生的世界，因此我开始做相关阅读，参阅大量的资料（能找到的汉语的彝族相关书籍），2017年也在凉山走了一个月。这些当然是为了理解过去那段历史，但也是为了跳出故事编织它自身的方式，寻找我自己讲故事的方式——摆脱现实的重力，轻捷进出于所掌握的事实，"用了解到的因果去撒谎"（略萨谈《世界末日之战》）。

创作如果不能以独有的目光再造现实，便一文不值。小说的说服力靠的不是再现现实（那通常只能带来最平庸的作品），而是靠作者施展以假乱真的戏法，并借此挑战贫瘠僵硬的现实逻辑要求人作出的种种妥协。即使参照了某段真实的历史时空，这部小说也是由生活在今天的我，向着今天的读者而写；小说中诸多人物的追问与行动，也决不是今天的读者无法理解的。

书中的"凉山"是我的虚构，是人的存在及困境展开其命运的实验地，也是语言展开其命运的所在。我创造出的所有角色都在接近我自身——他们的灵魂与我的并不相异，同样的复杂，犹豫，矛盾重重；和我一样，局限性镌刻在几乎每个人物的身上，其绝望和希望都如此。

因此，这本书不该被当作一份彝族说明书来读。我也并未试图通过让自己变得更像一个彝族人，来消除向我提问的人指出的那段"距离"。这一理解同样来自我受过的人文学教育。我不是一个文化决定论者,我不相信任何居于某种他者文化核心处的、纯粹恒定、不可被理解的本质性差异。我警惕对他者的还原,既然我自己无法接受一种还原论视角下的自我。

"你为什么会想到写凉山彝族?"现在是我在继续问自己。我担心一味强调艺术的自主权,仍不是回答的全部。我记得,2016年我开始读有关凉山的史料时,并非一时兴起,我选择了接纳当时那个时空的真实存在,寻觅其中蕴藏的催生创作的线索。想象的起飞姿势,仍然接受了大地重力对它的最初校准。所以准确地说,这部小说呈现的是一次介于现实与虚构之间的想象力工作。

这种双重性质的工作也并非文学和艺术独有。凉山彝族送灵仪式上的《指路经》中,有一条引导亡者灵魂出山、回归祖地的漫长路线,从每一位死者生前居住的村寨出发,亡灵将在重重山地中跋涉,直到跨过美姑河,经雷波出凉山,最后抵达云南昭通。如同文学创作,《指路经》也是一种介于现实与虚构之间的想象力工作。世世代代的毕摩都在仪式上借助这份文本,一遍遍地从头开始创建神灵鬼怪的世界,借此扭转整个山地的现实——疾病得以治愈,亡灵获得安抚。赋予这类实践奇迹般的效果的那种技艺,是我努力学习着的。

现在,告别这部作品已经三年(我于2018年至2021年写完了它),其中的人物更真实了。我依然能强烈地感受到,他们如同一切活过又死去的人,曾在世界的一角存在过,与我亲近，并有着值得被留存的记忆。为了他们，我正在写第二部，作为《大地中心的人》的续篇。

最后，我想致谢为我 2017 年冬天的凉山之行提供便利和帮助的朋友，拉玛伊佐、孙阿木、马吉石子。感谢阿牛史日先生和吉郎伍野先生，他们与我分享了尚未正式出版的彝族经文的汉译文本。也感谢雷波县苏杰兵先生分享彝族歌谣《吹罗夺》的汉译抄本，给《"没有什么希望"之歌》的歌词提供了参考，这份奇特的文本当时以油印本的形式存于雷波彝学会档案室，未署汉译者姓名。感谢我的家人，尤其是我的丈夫王炜，承担了许多具体琐碎的家务和带娃工作。如果没有他们的支持，难以想象我在怀孕及成为母亲的第一年中，可以写完最后四章。不过，孕育生命的过程与写作有相似之处，却又绝然不同，希望更多人能理解这一点，这样，也许他们就不会一再重复"生孩子是女性能做出的最好创造"之类的判词。

写于 2021 年 10 月
修改于 2024 年 2 月

图书在版编目（CIP）数据

大地中心的人 / 童末著. -- 上海：上海文艺出版社, 2024
ISBN 978-7-5321-8952-6
Ⅰ.①大… Ⅱ.①童… Ⅲ.①长篇小说－中国－当代
Ⅳ.①I247.5
中国国家版本馆CIP数据核字(2024)第042895号

发 行 人：毕　胜
策划编辑：刘志凌
责任编辑：李伟长　贺宇轩
封面设计：别境Lab
封面版画：里　林
书名木刻：欧飞鸿

书　　名：大地中心的人
作　　者：童　末
出　　版：上海世纪出版集团　上海文艺出版社
地　　址：上海市闵行区号景路159弄A座2楼 201101
发　　行：上海文艺出版社发行中心
　　　　　上海市闵行区号景路159弄A座2楼206室 201101 www.ewen.co
印　　刷：苏州市越洋印刷有限公司
开　　本：1240×890 1/32
印　　张：13.25
插　　页：4
字　　数：262,000
印　　次：2024年3月第1版 2024年3月第1次印刷
Ｉ Ｓ Ｂ Ｎ：978-7-5321-8952-6/I.7050
定　　价：78.00元
告 读 者：如发现本书有质量问题请与印刷厂质量科联系　T:0512-68180628